UMA HISTÓRIA DOS ÚLTIMOS DIAS

COMANDO TRIBULAÇÃO

NICOLAE

COLHEITA DE ALMAS

APOLIOM

ASSASSINOS

O POSSUÍDO

A MARCA

PROFANAÇÃO

O REMANESCENTE

ARMAGEDOM

GLORIOSA MANIFESTAÇÃO

DEIXADOS PARA TRÁS

UMA HISTÓRIA DOS ÚLTIMOS DIAS

TIM LAHAYE

JERRY B. JENKINS

Título original: *Left Behind: A Novel of the Earth's Last Days*
Copyright © 2018 por Tim LaHaye e Jerry B. Jenkins.
Edição original por Tyndale House Publishers. Todos os direitos reservados.
Copyright da tradução © Vida Melhor Editora, S.A., 2018.
Todos os direitos desta publicação são reservados a Vida Melhor Editora, S.A.
As citações bíblicas são da *Nova Versão Internacional*, a menos que seja especificada outra versão da Bíblia Sagrada.

PUBLISHER	Samuel Coto
EDITORES	André Lodos e Bruna Gomes
TRADUÇÃO	Wilson Almeida e Cesar Pagani
COPIDESQUE	Fátima Fuini e Patricia Garcia
REVISÃO	Mirela Favaretto e Carla Morais
CAPA E PROJETO GRÁFICO	Maquinaria Studio
DIAGRAMAÇÃO	Julio Fado

Nenhuma parte deste livro pode ser reproduzida, armazenada em qualquer sistema de recuperação de textos ou transmitida sob qualquer forma ou meio — eletrônico, mecânico, fotocópia, gravação, digitalização ou outro similar —, exceto em breves citações de resenhas críticas ou artigos, sem a permissão prévia por escrito do editor.

Os pontos de vista desta obra são de total responsabilidade de seu autor, não refletindo necessariamente a posição da Thomas Nelson Brasil, da HarperCollins Christian Publishing ou de sua equipe editorial.

Dados Internacionais de Catalogação na Publicação (CIP)

L11d 1.ed.	LaHaye, Tim 　　Deixados para trás, v. 1 : uma história dos últimos dias / Tim LaHaye, Jerry B. Jenkins; tradução de Wilson Almeida, César Pagani. – 1.ed. – Rio de Janeiro: Thomas Nelson Brasil, 2019. 　　416 p.; 15,5x23 cm. 　　Tradução de: Left behind: a novel of the earth's last days 　　ISBN: 978-85-78602-85-7 　　1. Literatura americana. 2. Ficção. 3. Suspense. 4. Apocalipse. 5. Religião. I. Almeida, Wilson. II. Pagani, César. III. Título. 　　　　　　　　　　　　　　　　　　　　　　　　　CDD 810

Bibliotecária responsável: Aline Graziele Benitez CRB-1/3129

Todos os direitos reservados a Vida Melhor Editora Ltda.
Rua da Quitanda, 86, sala 218 – Centro
Rio de Janeiro, RJ – CEP 20091-005
Tel.: (21) 3175-1030
www.thomasnelson.com.br

*Para Alice MacDonald e Bonita Jenkins,
que garantiram que não fôssemos
deixados para trás.*

CAPÍTULO 1

Rayford Steele estava com seus pensamentos voltados para uma mulher na qual ele jamais havia tocado. Com seu Boeing 747 totalmente lotado de passageiros, ligado no piloto automático, voando sobre o Atlântico, a caminho do aeroporto londrino de Heathrow para um pouso às seis da manhã, Rayford sequer estava pensando em sua família naquele momento.

Durante o próximo recesso de primavera, ele passaria algum tempo com a esposa e o filho de doze anos. A filha também estaria em casa, de volta da faculdade. Mas, naquele momento, com seu primeiro-oficial lutando contra o sono, Rayford sonhava com o sorriso de Hattie Durham e desejava muito ter seu próximo encontro com ela.

Hattie era a comissária-chefe no voo de Rayford. Ele não a via já fazia mais de uma hora.

Rayford costumava esperar ansioso para se encontrar com a esposa. Irene era uma mulher exuberante e muito ativa, na casa dos quarenta. Mas, ultimamente, Rayford estava sentindo um certo tipo de repulsa, porque a considerava obcecada pela religião. Ela só falava sobre esse assunto.

Rayford Steele não tinha problemas com Deus; ele até gostava de ir à igreja de vez em quando. Mas, desde que Irene passou a frequentar uma congregação pequena e participar de uma classe de estudos bíblicos semanais, indo a todos os cultos de domingo, ele começou a sentir certo desconforto. A igreja que ela frequentava não oferecia a ninguém o benefício da dúvida nem aceitava as pessoas como elas são, mas isso não o incomodava. Os membros da pequena congregação costumavam perguntar diretamente a Rayford como Deus estava agindo na vida dele.

"Sempre me abençoando!", era a resposta que ele dava, com um sorriso, o que parecia satisfazê-los. No entanto, ele procurava um motivo para justificar o porquê de estar sempre ocupado aos domingos.

Rayford tentava convencer a si mesmo de que a devoção de sua esposa a um pretendente divino era o motivo pelo qual a mente dela parecia estar sempre em outra sintonia, mas, na verdade, ele sabia que o real motivo para que pensasse assim era seu próprio desejo sexual.

Hattie Durham era uma mulher incrível. Ninguém poderia negar. E ele se sentia ainda mais atraído por ela quando Hattie o tocava. Nada que fosse além dos limites, nada demais. Ela simplesmente roçava em seu braço quando passavam um pelo outro em algum lugar mais estreito, ou colocava gentilmente a mão no ombro dele toda vez que estava em pé, atrás do seu assento, na cabine do avião.

Mas não era apenas o modo como ela o tocava que fazia com que Rayford se sentisse fascinado por Hattie. Suas expressões, sua postura, a troca de olhares, tudo isso o levava a ter pelo menos algum tipo de esperança de que ela pudesse sentir alguma admiração por ele. Tivesse ela ou não qualquer interesse especial por Rayford, isso somente poderia ser uma fantasia. E foi assim que ele pensou.

Eles já haviam ficado algum tempo juntos, conversando por horas ao tomar um drinque ou num jantar, às vezes em companhia dos colegas de trabalho. As investidas de Rayford não passavam de um leve toque nas mãos dela, mas seus olhos conseguiam detectar um olhar mais afetuoso da parte de Hattie, e ele poderia imaginar, talvez, que seu sorriso tenha provocado nela um sentimento especial.

Quem sabe hoje. Quem sabe nesta manhã, se a batidinha codificada na porta não acordasse seu copiloto, ele tentaria tocar em Hattie quando ela colocasse a mão em seu ombro — somente de uma forma amistosa. No entanto, ele nutria a esperança de que ela pudesse reconhecer o primeiro passo da parte dele à procura de um relacionamento romântico.

Seria a primeira vez que isso poderia aconteceria. Claro que ele não era nenhum santo, mas jamais tinha sido infiel a Irene. E não faltaram oportunidades para isso. Ele se sentiu um pouco culpado por ter-se envolvido em uma troca de carícias com outra mulher, durante uma festa de Natal da empresa, há uns doze anos. Na ocasião, Irene estava em casa, desconfortavelmente passando pelo nono mês de gestação do filho mais novo, Ray Jr., que veio de surpresa.

Embora estivesse sob a influência daquele clima, Rayford foi cauteloso o bastante para deixar a festa mais cedo. Irene percebeu que ele chegou ligeiramente alcoolizado, mas não suspeitou de nada além disso; nada que a levasse a duvidar de seu honrado comandante. Rayford foi o piloto que, tempos atrás, depois de ter tomado dois drinques, durante uma interrupção do seu voo por causa de uma nevasca no aeroporto de Chicago, desembarcou voluntariamente do avião quando o tempo melhorou. Ele se ofereceu para pagar um piloto substituto, mas a Companhia Pancontinental ficou tão impressionada com seu comportamento que, em vez de puni-lo, usou sua atitude como exemplo de autodisciplina e sabedoria.

No voo para Londres, dali a poucas horas, Rayford seria o primeiro a ver os sinais do amanhecer, numa provocante paleta de cores em tons pastéis sinalizando a chegada da relutante aurora sobre o continente. A escuridão, vista através da janela parecia ter alguns quilômetros de espessura. Os passageiros, meio atordoados e sonolentos, estavam com as persianas das janelas abaixadas e seus travesseiros e cobertores nos assentos. Naquele momento, o avião mais parecia um dormitório escuro para a maioria deles, menos para alguns teimosos insones e para uma ou duas comissárias que estavam ali para atender a alguma necessidade.

Para Rayford Steele, naquelas horas antes do alvorecer, a questão era descobrir se ele estaria disposto a se arriscar para ir em busca de um novo e excitante relacionamento com Hattie Durham. Ele conteve um sorriso. Estaria brincando consigo mesmo? Alguém com sua reputação poderia ir além de apenas sonhar com uma bela mulher quinze anos mais nova? Ele já não estava mais tão seguro. Se ao menos Irene não tivesse se envolvido com aquela nova mania de religião...

Sua preocupação com o fim do mundo, com o amor de Jesus, com a salvação de almas, será que tudo isso acabaria se desvanecendo? Ultimamente ela estava lendo tudo quanto lhe vinha às mãos sobre o arrebatamento da Igreja.

— Será que você consegue imaginar, Rafe — disse ela, certa vez, com grande entusiasmo —, ver Jesus voltando para nos levar daqui antes de nossa morte?

— Sim, claro! — respondeu ele, olhando por cima do jornal. — Eu morreria.

Ela não estava brincando.

— Se eu não soubesse o que aconteceria comigo — disse ela —, eu não falaria nada a respeito disso.

— Mas eu tenho certeza do que aconteceria comigo — ele insistiu. — Eu morreria, sumiria, fim da linha. Mas você, é claro, voaria diretamente para o céu.

Rayford estava apenas brincando, não quis ofendê-la, mas Irene levantou-se e se afastou. Ele foi atrás dela, puxou-a, agarrou-a pela cintura e tentou beijá-la, mas ela reagiu com frieza.

— Ei, querida — ele provocou. — Diga-me uma coisa: milhares não iriam desmaiar ao virem Jesus voltando para resgatar todas as pessoas boas?

Ela se afastou ainda mais, em lágrimas.

— Eu já disse muitas vezes a você. As pessoas não serão salvas por serem boas, elas apenas são...

— Pessoas que foram perdoadas, eu sei, eu sei — ele respondeu e voltou-se para sua poltrona, pegando novamente o jornal.

— Acredito somente naquilo que a Bíblia diz — Irene justificou.

Rayford simplesmente encolheu os ombros. Ele gostaria de ter dito "Ah, isso é bom para você", mas não queria tornar a situação ainda mais delicada. De algum modo, ele tinha certa inveja da confiança que ela demonstrava, mas, na verdade, nutria um velado desprezo pelo fato de ela ser uma pessoa conduzida pela emoção, por sentimentos. Ray não queria colocar as coisas dessa forma, mas a verdade é que ele se considerava mais brilhante, mais inteligente. Acreditava em regras, sistemas, leis, padrões, coisas que podem ser vistas, sentidas, ouvidas e tocadas.

Se Deus fazia parte de tudo aquilo, ótimo. Um poder mais elevado, um ser amoroso, uma força que rege as leis da natureza, tudo bem. Podemos cantar sobre isso, orar com base nisso, sentir-nos felizes pela capacidade de sermos bons para com os outros e seguir em frente com a vida. Rayford tinha medo de que essa fixação de Irene pela religião pudesse aumentar, como nos tempos em que ela havia se envolvido com vendas de produtos de limpeza, utilidades domésticas ou com a academia. Agora ele a via saindo pelas ruas, tocando a campainha das casas e perguntando às pessoas se poderia ler um ou dois versículos bíblicos para elas. Bem, ela sabia perfeitamente o que estava fazendo.

Irene havia se tornado uma religiosa completamente fanática, e, de alguma forma, isso permitia a Rayford sentir-se livre para sonhar com Hattie Durham sem se sentir culpado. Talvez ele tentasse dizer qualquer coisa, sugerir algo, deixar transparecer alguma emoção disfarçada no momento em que estivessem caminhando pelo aeroporto de Heathrow, em direção ao ponto de táxis. Ou quem sabe antes. Será que ele se atreveria a declarar-se para ela ali mesmo algum tempo antes da aterrissagem?

* * *

Próximo a uma janela, na primeira classe, um escritor estava curvado sobre seu *notebook*. Ele o havia desligado pretendendo retomar seu trabalho mais tarde. Aos 30 anos, Cameron Williams era o mais jovem dentre os colunistas do influente *Semanário Global*. Os veteranos da equipe de redatores o invejavam, pois ele era o melhor de todos em condições semelhantes, ou porque o editor-chefe o designava para escrever sobre as notícias mais importantes do mundo. Na revista, tanto seus admiradores quanto seus detratores o chamavam de Buck[1], pois diziam que ele estava sempre lutando contra as tradições e as autoridades. Buck acreditava que sua vida era encantadora, já que havia sido testemunha ocular de alguns dos eventos mais importantes da história.

Um ano e dois meses antes, sua matéria de capa para o dia primeiro de janeiro levou-o até Israel para entrevistar Chaim Rosenzweig, e isso resultou no acontecimento mais estranho que ele já havia presenciado.

O idoso Rosenzweig foi escolhido de forma unânime como "a maior fonte de notícias do ano" na história do *Semanário Global*. A equipe da revista costumava ficar longe de quem quer que fosse escolhido como o "homem do ano" pela *Time*, mas a indicação de Rosenzweig era praticamente automática. Cameron Williams participaria da reunião da equipe, determinado a defender Rosenzweig, e daria seu voto contra qualquer outra estrela da comunicação que seus colegas indicassem.

Ele ficou agradavelmente surpreso quando o editor-executivo, Steve Plank, iniciou a reunião dizendo:

— Quem gostaria de indicar algum sujeito estúpido ou outra pessoa qualquer que não seja o ganhador do Prêmio Nobel de Química?

Os principais membros da equipe olharam uns para os outros, balançaram a cabeça e ameaçaram ir embora.

— Vamos colocar as cadeiras no lugar, a reunião já acabou — propôs Buck. — Steve, não estou forçando nada, mas você sabe que eu conheço Rosenzweig e que ele confia em mim.

---

[1] Em referência a Buck Brannaman, um famoso adestrador americano conhecido como O Encantador de Cavalos. [N. do T.]

— Não tão rápido, caubói — contestou um rival, e depois se dirigiu a Plank.

— Você agora está deixando Buck decidir o que quer fazer?

— Pode ser — disse Steve. — E se eu quiser assim?

— Penso que se trata somente de um trabalho técnico, uma matéria de cunho científico — rebateu o concorrente de Buck. — Eu indicaria para fazer essa matéria um redator especializado em assuntos assim.

— E depois você colocaria o leitor para dormir — devolveu Steve Plank. — Vocês sabem que o redator para as matérias mais chamativas sai deste grupo. E não se trata de um conteúdo científico mais profundo do que a primeira entrevista que Buck fez com ele. Esta precisa ser escrita de uma forma que o leitor possa conhecer o homem e compreender o significado de sua descoberta. Não seria algo óbvio, mas um fato que mudou a história.

E prosseguiu:

— Vou fazer a indicação hoje. Obrigado por sua disposição, Buck. Penso que todos os demais demonstram a mesma atitude.

Expressões de entusiasmo encheram a sala, mas Buck também teve de ouvir gente resmungando, reclamando de que o garoto de cabelos claros (ele, no caso) seria o indicado, o que realmente aconteceu.

A confiança que o chefe depositava nele e a competição de seus colegas tornavam-no cada vez mais determinado a superar a si mesmo em cada tarefa. Em Israel, Buck ficou hospedado em um complexo militar e se encontrou com Rosenzweig no mesmo *kibutz*, nos arredores de Haifa, o mesmo lugar em que o entrevistou no ano anterior.

Rosenzweig era uma pessoa fascinante, é claro, especialmente por sua descoberta, ou invenção — ninguém sabia bem em que categoria ele deveria ser colocado —, o que o tornou, na realidade, "a maior fonte de notícias do ano". O humilde cientista se autodenominava botânico, mas, na verdade, ele era um engenheiro químico, inventor de um fertilizante sintético que foi responsável por fazer o deserto de Israel florescer como se fosse uma estufa.

— Por várias décadas, a irrigação não era a questão essencial — explicou ele. — Na verdade, minha fórmula, acrescentada à água, fertiliza a areia.

Buck não era exatamente um cientista, mas tinha o conhecimento necessário para balançar negativamente a cabeça quando alguém fazia esse tipo de afirmação. A fórmula de Rosenzweig permitiu que Israel começasse a se transformar na nação mais rica do mundo, muito mais próspera do que seus vizinhos produtores de petróleo. Cada centímetro de suas terras florescia, produzindo grãos e flores, incluindo produtos nunca cogitados para o cultivo em Israel. A Terra Santa tornou-se uma grande exportadora, suscitando inveja no mundo; a taxa de desemprego do país era praticamente zero. Todos os seus habitantes eram bem-sucedidos.

A prosperidade que havia sido impulsionada pela fórmula mágica de Rosenzweig mudou o curso da história de Israel. Dispondo de muito capital e recursos técnicos, o país estabeleceu a paz com seus vizinhos. O livre comércio e a passagem liberada entre os países fizeram com que todos amassem a nação, tendo livre acesso a ela. Quando não havia como ir a Israel, era possível conseguir a fórmula.

Buck não havia pedido que Rosenzweig revelasse a fórmula, nem que falasse a respeito do complicado processo de segurança que a resguardava de qualquer potencial inimigo. O fato de ele estar protegido pelos militares era um sinal claro da importância de se manter a fórmula em segurança. Guardar esse segredo era um modo de garantir o poder e a independência do Estado de Israel. Nunca o país havia desfrutado de tal tranquilidade. A cidade murada de Jerusalém não passava de um símbolo, dando as boas-vindas a todos que abraçassem a causa da paz. Os antigos guardas acreditavam que Deus os havia recompensado após séculos de perseguição.

Chaim Rosenzweig havia sido homenageado em todo o mundo e reverenciado em seu próprio país. Era procurado pelos líderes mundiais e protegido por complexos sistemas de segurança, semelhantes aos dos chefes de Estado. Por mais forte que Israel tivesse se tornado, e com a glória atingida até então, os líderes da nação não eram ingênuos. Se Rosenzweig fosse capturado e torturado, poderia ser forçado a revelar um segredo que iria revolucionar qualquer país do mundo.

Imagine o que a fórmula poderia fazer se fosse modificada para ser usada nas vastas tundras da Rússia! Será que essas terras poderiam florescer, mesmo sendo cobertas de neve durante a maior parte do ano? Seria essa a chave para ressuscitar a enorme nação após a desintegração da União das Repúblicas Socialistas Soviéticas?

A Rússia era agora uma nação gigantesca que causava inquietação, com sua economia devastada e uma tecnologia ultrapassada. Tudo o que aquele país ainda tinha era seu poderio militar. Cada quantia poupada era destinada a aumentar seu armamento, e a troca de moeda não havia sido feita de forma pacífica por essa nação guerreira. A reorganização do mundo financeiro, que passou a usar três moedas principais, levou anos para se firmar. No entanto, quando a mudança foi feita, a maioria dos países ficou feliz com isso. Na Europa, predominava o euro. A Ásia, a África e o Oriente Médio usavam ienes. A América do Norte, a América do Sul e a Austrália comercializavam em dólar.

Estava surgindo um movimento para unificar a moeda em nível mundial, mas aquelas nações, que no passado haviam relutado em aceitar a mudança, achavam que seria inviável fazê-lo novamente.

Frustrados por sua incapacidade de obter lucro da fortuna de Israel e determinados a dominar e ocupar a Terra Santa, os russos haviam lançado um ataque contra Israel no meio da noite. Aquele ataque ficou conhecido como o Pearl Harbor russo. Por causa da entrevista com Rosenzweig, Buck Williams encontrava-se em Haifa quando isso ocorreu. Os russos enviaram mísseis intercontinentais balísticos e jatos MIG carregados com bombas nucleares para a região. Tanto a quantidade de aeronaves quanto o número de ogivas deixavam bem claro que a missão era o aniquilamento.

Dizer que Israel havia sido tomado de surpresa, conforme Cameron Williams havia escrito, era como falar sobre a extensão da grande muralha da China. Quando os radares israelenses localizaram as aeronaves russas, elas já estavam muito próximas. O apelo dramático feito por Israel simultaneamente a seus aliados imediatos mais próximos e aos Estados Unidos, pedindo ajuda, também tinha o objetivo de conhecer as intenções dos invasores em ocupar seu espaço aéreo. Enquanto Israel e seus aliados estivessem tentando montar algo parecido com um tipo de defesa, era óbvio que os russos os superariam na proporção de cem para um.

Eles teriam apenas alguns momentos antes que a destruição fosse iniciada. Não haveria tempo para negociações, nem apelos para o compartilhamento de riquezas com as hordas vindas do Norte. Se os russos quisessem apenas intimidar e assustar, não teriam inundado o céu com seus mísseis. Aviões ainda poderiam retornar; no entanto, os mísseis estavam prontos e apontados para alvos.

Assim, não se tratava apenas de uma demonstração de força com o objetivo de levar Israel a se humilhar. Não havia mensagens para as vítimas. Sem receber qualquer tipo de explicação para que todas aquelas máquinas de guerra estivessem cruzando suas fronteiras e invadindo o país, Israel estava sendo forçado a se defender sozinho. Eles sabiam muito bem que o primeiro ataque de bombas causaria seu completo desaparecimento da face da terra.

Com muitas sirenes soando forte por todos os lados e as emissoras de rádio e TV recomendando às possíveis vítimas que buscassem refúgio em quaisquer abrigos que pudessem encontrar, Israel acionou suas defesas contra o que seria seguramente seu último momento na história. A primeira bateria de mísseis terra-ar israelense atingiu os alvos. O céu se iluminou com bolas de fogo alaranjadas, o que, obviamente, não seria suficiente para diminuir a ofensiva russa, contra a qual não havia defesa possível.

Aqueles que conheciam as possibilidades e o que as telas de radar informavam interpretaram as ensurdecedoras explosões no céu como sendo o começo do massacre a ser efetuado pela Rússia. Cada líder militar sabia o que estava por vir; seria uma situação devastadora total quando o ataque atingisse completamente o solo de toda a nação.

Pelo que podia ouvir no meio militar, Buck Williams sabia que o fim estava próximo. Não havia jeito de escapar. Mas, enquanto a noite se iluminava como um dia claro e as terríveis explosões prosseguiam, nada sobre a terra ainda havia sido atingido. O edifício estremecia, era sacudido e rangia, mas, apesar disso, permanecia intacto.

Ao longe, do lado de fora, aviões de guerra se espatifavam no solo, formando crateras e espalhando fragmentos queimados, mas as linhas de comunicação continuavam abertas. Nenhum dos postos de comando foi atingido. Tampouco havia relatos de acidentes. Nada ainda havia sido destruído.

Seria algum tipo de brincadeira cruel? Estava claro que os primeiros mísseis israelitas atingiram os bombardeiros russos e os explodiram no ar a grande altitude, sem que o fogo causasse danos ao solo. Mas o que teria acontecido com o restante da força russa? O radar tinha mostrado claramente que o ataque da Rússia havia utilizado quase toda a sua frota aérea, deixando em solo talvez alguns aviões como reserva para sua própria defesa. Milhares de aviões de guerra se precipitaram sobre as cidades mais populosas do pequeno país.

O ronco dos motores e os ruídos ensurdecedores continuavam; as explosões eram tão horríveis que os militares veteranos cobriam a cabeça e gritavam aterrorizados. Buck sempre havia alimentado o desejo de estar perto das linhas de combate, mas seu instinto de sobrevivência se mantinha em alerta máximo. Ele tinha certeza de que morreria e começou a ter os mais estranhos pensamentos. Por que nunca havia se casado? Restos mortais de seu corpo sobrariam para que fossem identificados por seu pai e seu irmão? Haveria um Deus? Seria a morte o fim de tudo?

Ele estava agachado sob o abrigo, surpreso com seu forte desejo de chorar. Essa guerra não era nada parecida com o que ele supunha ser uma batalha tão intensa. Ele havia imaginado acompanhar as ações de uma guerra de um local seguro, registrando todo o drama em sua mente, e não no meio daquele fogo cruzado.

Apenas a poucos minutos daquele horror, Buck concluiu que poderia morrer tanto fora quanto dentro daquele abrigo. Não sentia nenhum desafio, apenas algum tipo de singularidade. Ele seria a única pessoa naquele posto que poderia tanto ver quanto saber o que iria matá-lo. Caminhou até a porta na ponta dos pés. Ninguém se preocupou em adverti-lo. Era como se todos já estivessem condenados à morte.

Buck forçou a porta contra aquela fornalha explodindo em chamas, protegendo os olhos contra a intensa claridade das explosões. O céu parecia estar pegando fogo. Ele ainda ouvia o ruído de aviões no meio dos estrondos e o barulho das chamas, assim como uma e outra explosão de algum míssil provocando uma nova chuva de faíscas no ar. Buck se sentia aterrorizado e surpreso ao ver as grandes máquinas de guerra despencando no solo de toda a cidade, despedaçando-se e sendo tomadas pelo fogo. Mas elas apenas caíam entre os edifícios, nas ruas desertas e nos campos. Qualquer artefato atômico e explosivo subia com ímpeto para explodir na atmosfera. Ele permanecia ali naquele calor intenso, com bolhas já se formando em seu rosto e com o corpo molhado de suor. O que estaria acontecendo com o mundo?

Em seguida, começaram a cair pedaços de gelo e granizo do tamanho de bolas de golfe, forçando Buck a cobrir a cabeça com a jaqueta. A terra tremeu e rugiu, atirando-o ao chão. Com o rosto em contato com aqueles pedaços de gelo, sentiu a forte chuva caindo sobre ele. De repente, o único barulho que podia ser ouvido era o do fogo crepitando, enfraquecendo e se extinguindo no céu. Depois de uns dez minutos de intensa atividade, o fogo se dissipou, e as bolas incendiárias espalhadas foram apagando-se no solo. O fogo desapareceu tão rápido quanto surgiu. Uma quietude reinou sobre a terra.

Enquanto as nuvens de fumaça pairavam sob uma brisa suave, o céu noturno reapareceu, com sua escuridão azulada, e as estrelas cintilavam tranquilamente, como se nada de errado tivesse acontecido.

Buck retornou ao posto, segurando no braço a jaqueta de couro cheia de lama. A maçaneta da porta ainda estava quente, e, lá dentro, os líderes militares choravam e tremiam. O rádio noticiava ao vivo os relatos dos pilotos israelenses. Eles não conseguiram atingir o espaço aéreo a tempo de executar qualquer tipo de ação, apenas puderam observar todo o ataque aéreo russo que parecia estar se autodestruindo completamente.

Por milagre, nenhuma morte foi reportada em todo o Israel. Em outras circunstâncias, Buck poderia ter imaginado que algum defeito misterioso tivesse levado os mísseis e aviões a se destruírem mutuamente. No entanto, testemunhas afirmaram que uma tempestade de fogo, seguida por uma forte chuva de granizo e um terremoto, havia destruído todo o esforço ofensivo.

Teria sido uma chuva de meteoritos enviada por Deus? Talvez. Mas como explicar os milhares de fragmentos de aço queimados, retorcidos, derretidos, lançados contra o solo em Haifa, Jerusalém, Tel Aviv, Jericó e, até mesmo, em Belém — demolindo antigos muros, mas não chegando a causar um só arranhão em nenhuma criatura viva? A luz do dia mostrou a extensão do massacre e revelou claramente a aliança secreta que a Rússia havia feito com as nações do Oriente Médio, principalmente a Etiópia e a Líbia.

Entre as ruínas, os israelenses encontraram materiais que poderiam ser usados como combustível, ajudando a preservar seus recursos naturais por mais de seis anos. Forças especiais, tentando enterrar os mortos antes que seus ossos fossem descarnados e alguma doença pudesse ameaçar a nação, competiam com falcões e abutres que disputavam a carne dos inimigos.

Buck ainda se lembrava de tudo de modo muito vívido, como se os fatos tivessem acontecido ontem. Se não estivesse presente e visto tudo por si mesmo, nem mesmo ele acreditaria. O repórter conseguiu reunir mais informações do que precisava para incentivar os leitores do *Semanário Global* a comprarem toda a edição.

Editores e leitores encontravam suas próprias interpretações para aquele fenômeno, mas Buck admitiu que se tornou crente em Deus naquele dia. Teólogos judeus mostraram passagens da Bíblia que apontavam para os atos de Deus destruindo os inimigos de Israel com fogo, terremotos, granizo e chuva. Buck ficou muito impressionado quando leu Ezequiel 38 e 39, que fala a respeito de um grande inimigo do Norte que invadiria Israel com a ajuda da Pérsia, da Líbia e da Etiópia. Mais impressionante ainda eram as profecias das Escrituras que falavam sobre as armas de fogo usadas na guerra e os soldados inimigos sendo devorados por aves de rapina ou enterrados em valas comuns.

Amigos cristãos queriam que Buck tomasse a decisão de aceitar a Cristo, pois ele estava claramente em sintonia com Deus. Apesar de ainda não estar preparado para ir tão longe, certamente ele se tornou alguém diferenciado desde então, tanto na vida pessoal quanto na profissional. Para ele, nada iria além da simples crença.

* * *

Não tendo certeza se deveria tomar alguma atitude específica, o comandante Rayford Steele sentiu um impulso irresistível de se encontrar com Hattie Durham. Ele se livrou do cinto de segurança e tocou no ombro de seu copiloto ao sair da cabine de comando.

— Estamos ainda no piloto automático, Christopher — disse ele, enquanto o jovem copiloto despertava e ajustava seus fones de ouvido. — Vou fazer minha caminhada matutina.

Christopher piscou e umedeceu os lábios.

— Para mim, não parece que o dia já esteja clareando.

— Provavelmente ainda faltam algumas horas. De todo modo, vou ver se alguém está acordado.

— Positivo. Se houver alguém acordado, diga que Chris mandou lembranças.

Rayford suspirou e assentiu com a cabeça. Quando abriu a porta da cabine, Hattie Durham quase o atropelou.

— Não precisa bater — disse ele. — Já estou abrindo.

A comissária-chefe puxou-o para o lado da cozinha, mas não havia qualquer paixão em seu toque. Seus dedos mais pareciam garras segurando o braço de Rayford, e seu corpo tremia na escuridão.

— Hattie...

Ela o empurrou para trás, contra a divisória da cozinha, colocando o rosto bem perto do dele. Se ela não estivesse claramente aterrorizada, ele poderia aproveitar aquele momento e dar-lhe um carinhoso abraço, mas seus joelhos tremiam enquanto tentava falar, e sua voz mais parecia um gemido agudo e desesperado.

— As pessoas sumiram — ela tentava dizer-lhe num sussurro, encostando a cabeça no peito de Rayford.

Ele colocou as mãos nos ombros dela e tentou erguê-la, mas ela permanecia encostada nele.

— O que você está dizendo...?

Ela, agora, soluçava, e seu corpo estava descontrolado.

— Muitas pessoas simplesmente sumiram!

— Hattie, este é um avião enorme. Elas devem ter ido ao banheiro ou...

Hattie puxou a cabeça de Rayford para baixo, de modo a poder falar diretamente em seu ouvido. Embora estivesse soluçando, ela se esforçava para ser entendida.

— Rayford, eu já estive em todos os lugares. Estou dizendo a verdade: dezenas de pessoas sumiram!

— Hattie, ainda está escuro. Vamos encontrar...

— Eu não estou louca! Vá até lá e veja você mesmo! Em todo o avião, muitas pessoas desapareceram!

— Isso só pode ser uma brincadeira. Eles devem estar se escondendo, tentando...

— Rayford, por favor! Os sapatos, as meias, as roupas, tudo foi deixado para trás. Essas pessoas foram embora!

Hattie tirou as mãos de Rayford e se ajoelhou num canto, chorando baixinho. Ele quis confortá-la, dizer-lhe que podia contar com sua ajuda, ou pedir a Chris que fossem juntos examinar todo o avião. Ainda que ele não quisesse aceitar, Hattie parecia estar ficando louca e devia saber disso melhor do que ele. Era óbvio que ela realmente acreditava que muitas pessoas haviam desaparecido do avião.

Rayford esteve sonhando de olhos abertos na cabine. Será que estaria meio sonolento agora? Ele apertou fortemente os lábios contra os dentes e sentiu dor. Era um sinal de que estava acordado. Foi até a primeira classe, onde uma senhora idosa estava sentada com cara de espanto, olhando para o lado leste, antes do alvorecer, segurando nas mãos o casaco e as calças de seu marido.

— O que está acontecendo? — perguntou ela. — Onde está meu Harold?

Rayford examinou todo o ambiente da primeira classe. A maioria dos passageiros ainda dormia, inclusive um jovem ao lado da janela com seu *notebook* sobre a mesinha da poltrona à frente. De fato, alguns assentos estavam vazios. Quando os olhos de Rayford foram acostumando-se com a pouca luminosidade, ele caminhou rapidamente para a escada e começou a descer, enquanto ouvia aquela mulher chamando.

— Senhor, meu marido...

Rayford pôs o dedo nos lábios em sinal de silêncio e sussurrou:

— Já sei. Vou encontrá-lo. Voltarei logo.

"Que coisa mais absurda!", pensou ele, enquanto descia, já imaginando que Hattie devia estar bem atrás dele.

— Vamos encontrá-lo?

Hattie estava apoiada em seu ombro, e ele desceu mais lentamente.

— Devo acender as luzes?

— Não — ele sussurrou. — Neste momento, quanto menos as pessoas souberem o que está acontecendo, melhor.

Rayford queria ser forte, ter as respostas, ser um exemplo para sua tripulação, para Hattie. Mas, quando chegou ao compartimento inferior, percebeu que o restante do voo seria um caos. Ele ficou tão assustado quanto os demais que estavam a bordo. Enquanto observava os assentos, quase entrou em pânico. Ao voltar para o pequeno espaço que separava os dois andares, bateu fortemente no próprio rosto.

Aquilo não era uma brincadeira, nem um tipo de mágica, muito menos um sonho. Algo terrível estava acontecendo e não havia lugar algum para onde fugir. Haveria muita confusão e terror se ele não mantivesse o controle. Rayford nunca havia se preparado para uma situação assim, e logo todas as pessoas estariam olhando para ele. Mas por quê? O que ele poderia fazer?

Primeiro um passageiro começou a gritar, depois outro, todos percebendo que seu companheiro de assento havia desaparecido, mas as roupas continuavam ali. Então choravam, gritavam, pulavam de seus assentos. Hattie agarrou Rayford por trás e apertou-o com tanta força, que ele mal podia respirar.

— Rayford, o que está acontecendo?

Ele afastou as mãos dela.

— Ouça, Hattie. Eu sei tanto quanto você; precisamos acalmar as pessoas e manter os pés no chão. Vou fazer algum tipo de comunicado. Junto com os demais comissários, procure manter todos os passageiros em seus lugares. Certo?

Ela assentiu com a cabeça, mas sabia que a situação era desesperadora. Quando passou por trás dela para subir rapidamente à cabine de comando, Rayford notou que ela estava gritando. "Isso não vai acalmar os passageiros", pensou ele, enquanto voltava depressa para vê-la abaixada no corredor. Ela pegou um paletó, uma camisa e uma gravata ainda intactas. As calças estavam junto de seus pés. Apavorada, Hattie colocou o paletó próximo a uma luz de leitura e leu o nome escrito na etiqueta.

— Tony! — exclamou ela, desesperada. — Tony se foi!

Rayford pegou aquelas roupas das mãos de Hattie e as jogou atrás do espaço que dividia os andares. Em seguida, ergueu-a pelos cotovelos e a conduziu para longe da vista dos passageiros.

— Hattie, ainda faltam algumas horas para a aterrissagem e não temos um plano para atender pessoas em pânico. Vou fazer um comunicado, mas você precisa fazer o seu trabalho. Você consegue?

Ela acenou que sim, mas com um olhar distante. Ele a forçou a olhar para ele.

— Você consegue? — perguntou Rayford.

Ela concordou mais uma vez.

— Rayford, nós vamos morrer?

— Não — disse ele. — Disso eu tenho certeza.

Mas ele não tinha certeza de nada. Como poderia saber? Ele teria preferido enfrentar um incêndio em um dos motores ou até um mergulho fora de controle. Uma queda no oceano certamente seria melhor do que isso. Como poderia acalmar as pessoas no meio daquele pesadelo?

Manter as luzes da cabine de passageiros apagadas poderia causar ainda mais problemas. Naquele momento, ele ficou feliz em poder dar a Hattie uma tarefa específica.

— Não sei o que vou dizer — disse ele —, mas acenda as luzes para que possamos fazer um levantamento cuidadoso de todos os que ainda estão aqui e dos que sumiram. Em seguida, pegue mais daqueles formulários de declaração para visitantes estrangeiros.

— Para quê?

— Apenas faça isso. Mantenha-os ativos.

Rayford não sabia se havia feito a coisa certa ao deixar Hattie tomando conta dos passageiros e dos tripulantes. Enquanto subia correndo as escadas, notou outra comissária saindo de um compartimento; ela gritava e soluçava. O pobre Christopher, que estava sozinho na cabine de comando, era o único no avião que não tinha ideia do que estava acontecendo.

Rayford havia dito a Hattie que sabia tanto quanto ela, mas então percebeu a terrível verdade que ele sabia muito bem. Irene estava certa: ele e todos aqueles passageiros tinham sido deixados para trás.

CAPÍTULO 2

Cameron Williams acordou quando a senhora idosa sentada à sua frente chamou Rayford. O comandante já havia pedido que ela ficasse quieta, então ela olhou para Buck. Ele passou os dedos entre os cabelos louros, forçou um sorriso tímido e perguntou:

— Algum problema, senhora?

— É com o meu Harold — ela respondeu.

Buck havia ajudado Harold a guardar a jaqueta de lã com desenhos em zigue-zague e seu chapéu de feltro no bagageiro, acima do assento, quando embarcaram. Ele era um senhor baixinho, calvo e elegante com seus mocassins, sua calça marrom-clara e seu suéter bege sobre a camisa e a gravata.

— A senhora está precisando de alguma coisa?

— Ele desapareceu!

— Desculpe, o que a senhora disse?

— Ele sumiu!

— Bem, talvez ele tenha ido ao banheiro, enquanto a senhora estava dormindo.

— Você se importaria em ver isso para mim? E leve um cobertor com você.

— Um cobertor?

— Tenho medo de que ele esteja sem roupas. Meu marido é muito religioso e poderia ficar completamente envergonhado.

Buck conteve um sorriso ao notar que a mulher estava muito aflita. Para chegar até o corredor, ele teve de passar por cima de um executivo que dormia profundamente — talvez por ter passado muito dos limites com as bebidas gratuitas. Buck se inclinou para pegar o cobertor com aquela senhora. Na verdade, as roupas de Harold estavam cuidadosamente dobradas em seu assento; os óculos e o aparelho auditivo estavam por cima. As pernas da calça pendiam do apoio do assento até o chão, junto com seus sapatos e meias. "Que bizarro", pensou Buck. "Como ele pode ser tão detalhista?" Ele se lembrou de um amigo, no Ensino Médio, que sofria um tipo de epilepsia. A doença ocasionalmente fazia com que ele tivesse um apagão mental, mesmo parecendo estar perfeitamente consciente. Ele podia tirar os sapatos e as meias em público ou sair de um banheiro com as roupas abertas e não se dar conta disso.

— Seu marido tem histórico de epilepsia?

— Não.

— É sonâmbulo?

— Não.

— Espere um pouco, volto logo.

Os banheiros da primeira classe estavam livres, mas, quando Buck chegou à escada, encontrou vários outros passageiros no corredor.

— Com licença — pediu ele —, estou procurando alguém.

Buck seguiu em frente e passou por diversas pessoas, notando que havia filas para os sanitários, tanto na primeira classe quanto na executiva. O piloto quase tropeçou nele, mas não disse uma palavra. Em seguida, a comissária-chefe abordou Buck.

— Senhor, por favor, peço que volte ao seu lugar e afivele o cinto.

— Estou procurando por...

— Todo mundo aqui está procurando alguém — ela o interrompeu. — Esperamos ter alguma informação em poucos minutos. — Ela o conduziu de volta à escada; em seguida, passou meio espremida ao lado dele e subiu os degraus, saltando de dois em dois.

Na metade da escada, Buck parou e observou o cenário. Era noite ainda. Quando as luzes se acenderam na cabine dos passageiros, ele estremeceu. Em todo o avião, muitas pessoas estavam segurando roupas e gritando o nome de alguém que havia desaparecido.

Buck logo percebeu que aquilo não era um sonho, e teve a mesma sensação de terror que havia sentido diante da sua quase morte em Israel. O que ele poderia dizer à esposa de Harold? "A senhora não é a única. Dezenas de pessoas deixaram as roupas nos assentos"?

Enquanto voltava apressado para seu lugar, sua mente revirava em busca de alguma lembrança de qualquer coisa que ele tivesse lido, visto ou ouvido sobre uma tecnologia com poderes para remover as roupas das pessoas e fazer com que elas desaparecessem de um ambiente completamente seguro. Quem quer que tivesse feito isso, onde estaria escondido naquele avião? Será que faria alguma exigência? Outros desaparecimentos poderiam acontecer em seguida? Seria Buck uma das próximas vítimas? E onde estaria esse alguém?

Enquanto Buck voltava para o lugar, tendo de passar outra vez por cima do seu dorminhoco companheiro de assento, o medo parecia invadir todo o ambiente. Buck colocou-se em pé e curvou-se sobre o encosto do banco da frente.

— Parece que muitas pessoas estão desaparecidas — explicou àquela senhora. Ela parecia tão confusa e assustada quanto ele.

Buck sentou-se quando o comandante começou a se comunicar com os passageiros pelo interfone. Após pedir que todos voltassem aos seus respectivos lugares, ele explicou:

— Estou pedindo aos comissários de bordo que verifiquem os banheiros e garantam que todos os passageiros sejam identificados. Em seguida, vou pedir que os formulários de autorização para entrada no país sejam entregues a todos os estrangeiros. Se alguma pessoa de seu grupo não estiver presente agora, peço que alguém preencha o formulário no lugar dela e indique qualquer detalhe de que possa se lembrar, tanto a data de nascimento quanto sua descrição física.

E continuou:

— Tenho certeza de que todos sabem de nossa difícil situação. Os formulários nos mostrarão quantas pessoas estão faltando, assim terei alguma informação para oferecer às autoridades. Meu copiloto, o sr. Smith, fará agora uma contagem dos assentos vazios. Vou tentar fazer contato com a Pancontinental. Devo, porém, informar a todos que nossa localização, neste momento, torna extremamente difícil a comunicação com o pessoal em terra, com longo tempo de espera. Tentarei usar o telefone via satélite. Assim que tiver qualquer informação, passarei a todos os passageiros. Enquanto isso, gostaria de poder contar com sua cooperação e pedir que se mantenham calmos.

Buck observou o copiloto saindo apressado da cabine de comando, sem o quepe e bastante agitado. Ele descia rapidamente por um corredor e subia pelo outro, olhando cada assento, enquanto os comissários entregavam os formulários.

O passageiro ao lado de Buck levantou-se, com saliva escorrendo pelo queixo, quando uma comissária perguntou a ele se alguém de seu grupo estava faltando.

— Faltando? Claro que não. Ninguém faz parte do meu grupo. Só eu mesmo.

Ele se encostou novamente, voltando a dormir despreocupadamente.

O copiloto voltou à cabine de comando poucos minutos depois. Rayford ouviu o barulho da chave na porta, que logo se abriu com um baque. Christopher jogou-se em seu assento, ignorando o cinto de segurança, e sentou-se com a cabeça entre as mãos.

— O que está acontecendo, Ray? — ele suspirou. — Mais de 100 pessoas desapareceram do nada, e só ficaram as roupas!

— Tanta gente assim?

— Sim, mas que diferença faria se fossem cinquenta? Como é que vamos explicar ao aterrissarmos que estamos com menos passageiros do que tínhamos quando decolamos?

Rayford balançou a cabeça, tentando ainda fazer contato pelo rádio, buscando encontrar alguém, quem quer que fosse, em Greenland, em alguma outra ilha, em qualquer lugar. Mas eles estavam distantes demais para captar algum sinal de rádio e até mesmo para ouvir as notícias. Finalmente, conseguiu estabelecer contato com um Concorde da Air France, distante vários quilômetros, voando na direção oposta. Rayford pediu a Christopher que colocasse seus fones de ouvido.

— Vocês têm combustível suficiente para voltar aos Estados Unidos? — o piloto do outro avião perguntou a Rayford.

Ele olhou para Christopher, que acenou positivamente com a cabeça e lhe disse baixinho:

— Estamos no meio do caminho.

— Podemos chegar ao Kennedy[2] — respondeu Rayford.

— Esqueça — foi a resposta. — Ninguém está descendo em Nova York. Duas pistas ainda estão abertas em Chicago. Estamos indo para lá.

— Nós viemos de Chicago. Não podemos aterrissar em Heathrow?

— Negativo. Aeroporto fechado.

— Paris?

— Cara, é melhor você voltar para o lugar de onde veio. Deixamos Paris uma hora atrás. Fomos informados do que aconteceu, e nos disseram que deveríamos seguir diretamente para Chicago.

— O que está acontecendo, Concorde?

— Se você não sabe, por que não pede *mayday*?[3]

— Temos aqui uma situação que eu nem consigo descrever.

— Amigo, essa notícia já percorreu o mundo todo, você ainda não sabe?

---

[2] Aeroporto Internacional John F. Kennedy, em Nova York. [N. do T.]
[3] Código de emergência usado por aeronaves e navios indicando pedido de socorro. [N. do T.]

— Negativo, não sei de nada — respondeu Rayford. — Conte para mim.

— Estão faltando passageiros, certo?

— Positivo. Mais de 100 desaparecidos.

— Nós perdemos quase cinquenta.

— E qual sua ideia a respeito, Concorde?

— A primeira coisa em que pensei é que teria ocorrido algum tipo de combustão espontânea, mas, se fosse isso, haveria fumaça ou sobrariam resíduos. As pessoas desapareceram mesmo, materialmente. A única coisa com a qual posso comparar é aquilo que acontecia no *Jornada nas Estrelas*, em que as pessoas se desmaterializavam e voltavam a se materializar, aparecendo em outro lugar.

— Eu gostaria de poder dizer a meus passageiros que seus entes queridos vão reaparecer inteiros tão rapidamente como desapareceram — disse Rayford.

— Isso não é o pior, Pancontinental. As pessoas desapareceram em todos os lugares. O aeroporto de Orly perdeu seus controladores de tráfego aéreo e terrestre. Em algumas aeronaves, toda a tripulação desapareceu. Onde o dia já amanheceu, há carros empilhados uns sobre os outros e o caos está por toda parte. Aviões caíram por todos os lados e nos principais aeroportos.

— Então se trata de algo incontrolável?

— Em toda parte, tudo ao mesmo tempo. Faz pouco menos de uma hora que tudo aconteceu.

— Cheguei a pensar que isso tivesse acontecido só no meu avião. Algum tipo de gás, quem sabe um problema técnico.

— Você achou, então, que isso era apenas um fato isolado?

— Achei, mas tenho de admitir que essa é uma situação que jamais enfrentamos.

— E nunca mais queremos passar por isso. Continuo dizendo para mim mesmo que foi como um sonho horroroso.

— Um pesadelo.

— Positivo. Mas não foi isso o que aconteceu, certo?
— O que você vai dizer para essa os seus passageiros, Concorde?
— Não faço a menor ideia. E você?
— A verdade.
— Mas qual é a verdade? O que sabemos?
— Não consigo pensar em nada.
— Boa escolha de palavras, Pancontinental. Você sabe o que alguns estão dizendo?
— Já ouvi a respeito — respondeu Rayford. — E é melhor que as pessoas tenham ido para o céu do que alguma potência mundial ter atingido essa gente com raios destruidores.
— Dizem que todos os países foram afetados. Vejo você em Chicago?
— Certo.

Rayford Steele olhou para Christopher, que começou a alterar a posição dos controles para fazer uma longa curva e redirecionar a rota da enorme aeronave para os Estados Unidos.

— Senhoras e senhores — disse Rayford pelo intercomunicador —, não temos condições de aterrissar na Europa. Retornaremos a Chicago. Estamos quase na metade da rota programada, portanto não teremos problema com falta de combustível. Espero que, de alguma forma, vocês fiquem mais calmos. Informarei a todos quando estivermos próximos o suficiente para que consigam usar seus celulares. Até lá, por gentileza, não tentem fazer ligações.

Quando o comandante terminou de dar a informação sobre o retorno aos Estados Unidos, Buck Williams se surpreendeu ao ouvir alguns aplausos dos passageiros. Chocados e aterrorizados como estavam, muitos deles eram norte-americanos e queriam ao menos voltar para seu lugar de origem, com o qual estavam familiarizados, e tentar entender o que havia acontecido. Buck bateu no ombro do executivo ao seu lado.

— Sinto muito, amigo, mas você precisa acordar para ouvir isto.

O homem olhou para Buck com irritação e balbuciou:

— Se não estamos caindo, não me perturbe.

* * *

Algum tempo depois, Rayford Steele finalmente conseguiu interromper um pouco suas tarefas de voo e usar o telefone via satélite para sintonizar uma rádio especializada em notícias. Logo ficou sabendo que pessoas desapareceram em todos os continentes. As linhas de comunicação estavam congestionadas. Todas as agências da defesa civil tinham entrado em emergência, tentando lidar com as inúmeras tragédias. Rayford havia acompanhado ataques terroristas e se lembrava de como os hospitais, os bombeiros e as unidades policiais se envolveram no trabalho. Então, podia imaginar isso agora, multiplicado milhares de vezes.

Por mais que quisessem disfarçar, as vozes dos repórteres pareciam aterrorizadas. Todas as explicações razoáveis eram apresentadas, mas esconder toda essa discussão e até mesmo deixar de noticiar a destruição eram apenas os aspectos práticos. O que as pessoas queriam saber pela mídia eram informações simples sobre como chegar até seus entes queridos e fazer contato para saber se eles ainda estavam vivos.

Rayford recebeu instrução para entrar em um padrão multicanal de comunicação de tráfego aéreo que lhe permitisse aterrissar em O'Hare no momento certo. Apenas duas pistas estavam liberadas, e cada aeronave de grande porte do país parecia dirigir-se para lá. Milhares de pessoas tinham morrido em acidentes aéreos e rodoviários. Equipes de emergência tentavam desobstruir as vias expressas e as pistas dos aeroportos. Enquanto faziam o trabalho, sentiam-se aflitas com a perda de pessoas queridas e de companheiros de trabalho que tinham desaparecido. Um noticiário informou que muitos taxistas desapareceram dos seus pontos no Aeroporto Internacional O'Hare e que motoristas voluntários estavam sendo convocados para dirigir os táxis nos quais foram encontradas apenas as roupas dos motoristas sobre os bancos.

Carros que estavam sendo conduzidos por pessoas que desapareceram acabaram perdendo o controle e, claro, causaram muitos acidentes. A tarefa mais difícil para o pessoal de emergência era determinar quem havia desaparecido, quem estava morto ou ferido e, por fim, comunicar o fato aos sobreviventes. Quando Rayford estava perto o suficiente para se comunicar com a torre do Aeroporto de O'Hare, perguntou se eles poderiam conectá-lo por telefone com sua casa. Ele quase foi ridicularizado.

— Lamento, comandante, mas as linhas telefônicas estão absolutamente congestionadas e o pessoal das companhias telefônicas está muito confuso.

Rayford informou aos passageiros a extensão do fenômeno e pediu a todos que ficassem tranquilos.

— Não há coisa alguma que possamos fazer neste momento para alterar a situação. Meu plano é deixá-los em Chicago o mais rápido possível, para que possam ter acesso a algumas respostas, e espero que consigam ajuda.

***

O telefone de bordo, encaixado atrás do banco da frente de Buck Williams, não estava programado para fazer conexões externas como a maioria dos telefones. Buck esperava que a Pancontinental logo pudesse trocar aquelas relíquias para evitar as queixas dos passageiros que usam computador, mas descobriu que, dentro do aparelho, a conexão era do tipo padrão, e que, se pudesse de algum modo fazer a ligação sem danificar o aparelho, poderia conectar o *modem* de seu computador diretamente à linha. Seu celular não funcionava naquela altitude.

Na frente dele, a esposa de Harold balançava a cabeça de um lado para outro e gemia com o rosto enterrado nas mãos. Ao seu lado, o executivo roncava. Antes de ter ficado completamente bêbado, logo após a decolagem, ele havia dito alguma coisa sobre um importante encontro na Escócia. Ficaria surpreso quando visse em que lugar estava aterrissando agora.

Perto de Buck, pessoas choravam, oravam e conversavam. As comissárias ofereciam lanches e bebidas, mas poucos aceitavam. Tendo inicialmente preferido um assento junto ao corredor para ter mais espaço para as pernas, Buck estava contente por ter ficado quase escondido, próximo à janela. Ele tirou do estojo de seu *notebook* um pequeno jogo de ferramentas que nunca pensou em usar e começou a desmontar o telefone.

Desapontado por não encontrar nenhuma conexão modular em suas ferramentas, resolveu brincar de eletricista amador. Essas linhas de telefone costumam ter os fios da mesma cor, concluiu ele, e assim abriu seu computador e cortou o fio que se ligava ao conector fêmea. Dentro do telefone, cortou o fio e descascou o revestimento de borracha do protetor. Os quatro fios internos, tanto do computador como do telefone, certamente eram idênticos. Em poucos minutos, ele os havia conectado.

Buck digitou uma curta mensagem para seu editor-executivo, Steve Plank, em Nova York, informando seu destino:

> Vou escrever tudo o que sei e tenho certeza de que esta será mais uma dentre muitas outras notícias semelhantes. Mas pelo menos aqui a notícia está sendo preparada na hora em que tudo está acontecendo. Se ela poderá ter alguma utilidade, eu não sei. Steve, pensei numa coisa: será que você está entre os desaparecidos? Como posso saber? Você tem meu e-mail. Por favor, avise-me se você ainda está entre nós.

Ele salvou a mensagem e a preparou para ser enviada a Nova York, enquanto trabalhava em sua própria matéria. No topo da tela, a barra de ferramentas piscava a cada vinte segundos, informando que a conexão para o contato estava ocupada. Buck continuou trabalhando.

A comissária-chefe surpreendeu-o mergulhado em várias páginas de suas reflexões e emoções.

— O que o senhor está tentando fazer? — ela quis saber, inclinando-se para ver melhor a confusão de fios ligados entre o *notebook* e o telefone de bordo. — Não posso permitir que faça isso. — Ele deu uma olhada no crachá para saber o nome dela.

— Ouça, bela Hattie, estamos ou não contemplando o fim do mundo?

— Não conte com minha permissão, senhor. Não posso deixar que se sente aqui e destrua uma propriedade de nossa companhia.

— Não estou destruindo nada. Estou apenas fazendo uma adaptação de emergência. Se tiver sorte, farei uma conexão que ninguém mais conseguirá.

— Não vou permitir que faça isso.

— Hattie, posso dizer uma coisa para você?

— Só se me disser que vai colocar esse telefone no lugar onde ele estava.

— Sim, eu vou.

— Agora.

— Não, agora não.

— Essa é a última coisa que eu gostaria de ouvir.

— Entendo, mas, por favor, me ouça.

O homem que estava ao lado de Buck olhou para ele e depois para Hattie. Ele praguejou e, a seguir, usou um travesseiro para cobrir a orelha direita e apertou a esquerda contra o encosto da poltrona.

Hattie tirou do bolso um papel impresso em computador e localizou o nome de Buck.

— Sr. Williams, espero sua cooperação. Não quero aborrecer o piloto com isso.

Buck tentou alcançar a mão dela. Hattie se manteve na posição em que estava, mas não puxou a mão.

— Podemos conversar só por um segundo?

— Senhor, não vou mudar minha opinião. Agora, por favor, tenho um avião cheio de pessoas apavoradas para cuidar.

— E você não é uma delas? — ele perguntou, enquanto continuava segurando-lhe a mão.

Ela apertou os lábios e acenou com a cabeça.

— Você não gostaria de fazer contato com alguém? Se isto aqui funcionar, consigo entrar em contato com pessoas que podem ligar para você, informar aos seus familiares que você está bem, e eles até podem mandar uma mensagem de retorno para você. Eu não estraguei nada e prometo colocar tudo de volta no devido lugar.

— Pode mesmo?

— Sim, posso.

— E o senhor me ajudaria?

— No que precisar. Passe para mim nomes e números de telefone. Vou acrescentá-los à mensagem que estou tentando enviar a Nova York e pedir que alguém ligue para sua família e me dê retorno. Não posso garantir que vá funcionar ou que eu consiga; pode ser que ninguém retorne mas vamos tentar.

— Ficarei muito grata.

— E você vai me proteger de outras comissárias intransigentes?

Hattie sorriu levemente.

— Todas elas vão querer sua ajuda.

— É somente uma tentativa. Por favor, mantenha todo mundo longe de mim para que eu possa continuar tentando.

— Deixe comigo — ela concordou, mas ainda parecia um pouco preocupada.

— Você está fazendo a coisa certa, Hattie — ele garantiu. — Nesta situação é bom pensar um pouco em você mesma. É o que estou procurando fazer.

— Só que todos estamos no mesmo barco, senhor. E eu tenho minhas responsabilidades.

— Você precisa admitir que, quando pessoas desaparecem, algumas regras voam pela janela.

* * *

Com o rosto muito pálido, Rayford Steele estava em seu assento na cabine de comando. Faltava apenas uma hora e meia para o pouso em Chicago, e ele já havia informado aos passageiros tudo o que sabia. O desaparecimento de milhões de pessoas ao mesmo tempo, em todo o planeta, havia provocado um caos muito além do que se podia imaginar. Ele parabenizou a todos os que permaneceram calmos, evitando atitudes histéricas, embora tenha sido informado de que alguns médicos a bordo estavam distribuindo sedativos como se fossem bombons.

Rayford tinha sido sincero, seu único jeito de ser. De sua parte, tinha certeza de que havia dado mais informações do que se tivesse perdido um motor, os freios hidráulicos ou, quem sabe, o trem de aterrissagem. Tinha usado de franqueza para com os passageiros, dizendo que todos aqueles que estivessem viajando sem a família poderiam descobrir, ao voltar para casa, se alguns parentes teriam sido vítimas das muitas tragédias ocorridas.

Embora não tivesse falado, ele pensou no quanto se sentia agradecido por estar no espaço aéreo quando o fenômeno ocorreu. Que confusão estaria esperando por eles em terra! Naquele voo, em sentido literal, eles estavam acima de tudo. Claro que tinham sido afetados. Pessoas haviam desaparecido por toda parte. Mas, com exceção do reduzido número de tripulantes, por causa do desaparecimento de três deles, os passageiros não sofreram tanto quanto se estivessem no trânsito ou se ele e Christopher estivessem entre os desaparecidos.

Ao atingir certa distância do aeroporto de O'Hare, o impacto completo da tragédia começou a surgir diante de seus olhos. Voos de todas as partes do país estavam sendo desviados para Chicago. Os pousos estavam sendo reorganizados com base nos suprimentos de combustível.

Rayford precisava ter prioridade após ter feito um voo de ida e volta sobre o Atlântico. O piloto não tinha o costume de se comunicar com o controle de terra, a não ser depois do pouso, mas agora a torre de controle do tráfego aéreo estava recomendando que isso fosse feito. Ele foi informado de que a visibilidade era muito boa, apesar da fumaça intermitente que subia por causa dos desastres em terra. No entanto, o pouso seria arriscado e precário, pois as duas pistas abertas estavam lotadas de aeronaves. Os aviões estavam alinhados nas duas laterais das pistas e em toda a sua extensão. Os portões de embarque e desembarque estavam lotados, e ninguém conseguia sair do lugar. Todos os tipos de transporte estavam sendo usados, e os passageiros eram levados de ônibus dos extremos das pistas até o terminal.

Rayford foi informado de que seus passageiros — pelo menos a maior parte deles — teriam de fazer o percurso a pé. Todo o pessoal disponível foi convocado para trabalhar, mas eles estavam ocupados orientando as aeronaves até as áreas de segurança. Os poucos ônibus e *vans* disponíveis foram destinados a deficientes, idosos e tripulantes. Rayford recomendou que toda a sua tripulação fosse caminhando.

Os passageiros disseram que não conseguiram usar os telefones de bordo. Hattie Durham contou a Rayford que um passageiro na primeira classe, não se sabia como, havia conseguido conectar um telefone ao seu computador. Enquanto preparava as mensagens, seu *notebook* discava e rediscava automaticamente para Nova York. Se houvesse uma linha disponível, ele aproveitaria para fazer ligações.

Quando o avião começou sua descida para Chicago, Buck conseguiu encontrar uma linha livre, permitindo-lhe mandar as mensagens que estavam prontas para envio. Isso aconteceu exatamente no momento em que Hattie anunciou que todos os aparelhos eletrônicos deveriam ser desligados.

Com uma agilidade que nem ele mesmo sabia que possuía, Buck digitou tudo rapidamente e conseguiu baixar e salvar todas as mensagens, escapando do corte de comunicação. No exato momento em que sua ligação poderia interferir nas mensagens da aeronave com o aeroporto, ele ficou fora do ar, e agora precisava esperar algum tempo para abrir os arquivos que continham notícias de amigos, companheiros de trabalho, parentes, qualquer pessoa.

Antes de seu último minuto de preparação para o pouso, Hattie apressou-se e foi até Buck.

— Alguma coisa?

Ele balançou a cabeça negativamente, desculpando-se.

— Obrigada por tentar — disse ela. E começou a chorar.

Buck segurou a mão dela.

— Hattie, todos estamos indo para casa e vamos chorar muito, mas tenha calma e fique firme. Ajude os passageiros a sair do avião; pelo menos você poderá se sentir melhor fazendo isso.

— Sr. Williams — ela soluçou —, perdemos diversas pessoas idosas, outras de meia-idade, mas não todas. E perdemos muitas de sua idade e da minha, mas não todas. Alguns adolescentes sumiram.

Ele olhava com os olhos arregalados. O que será que ela estava querendo dizer?

— Senhor, perdemos todas as crianças e os bebês neste avião.

— Quantos havia?

— Mais de doze. Todas as crianças! Não sobrou nenhuma!

O homem ao lado de Buck acordou e desviou o olhar do sol forte que entrava pela janela.

— Do que vocês estão falando? — perguntou ele.

— Estamos nos aproximando de Chicago — Hattie informou.

— Tenho de me apressar. Peraí, o quê? Chicago?

— O senhor não vai querer saber — disse Buck.

O homem quase sentou no colo de Buck para dar uma olhada pela janela, rodeando-o com seu hálito alcoolizado.

— Hã? Estamos em guerra? Rebeliões? O quê?

Depois de atravessar uma espessa camada de nuvens, os passageiros puderam ter uma visão aérea de Chicago. Muita fumaça. Fogo por todo lado. Carros fora da estrada e empilhados uns contra os outros e contra as defesas de segurança ao longo da estrada. Aviões espatifados no chão. Veículos de emergência, com as luzes piscando, abrindo caminho entre os destroços.

Quando estavam em frente ao aeroporto de O'Hare, ficou bem claro que ninguém conseguiria ir a lugar algum. Havia tantos aviões quanto a vista pudesse alcançar. Alguns destruídos e em chamas; outros, parados em fila. Pessoas caminhavam com dificuldade entre os veículos do aeroporto, pelo gramado, na direção do terminal. As vias expressas que levavam ao aeroporto pareciam as grandes nevascas de Chicago, com a diferença de que agora não havia neve.

Guindastes e guinchos de reboque tentavam abrir caminho para entrada e saída de carros, mas isso poderia durar muitas horas, até mesmo dias. Uma fila de pessoas seguia vagarosamente, tentando sair dos edifícios do terminal, entre carros imobilizados, na direção das rampas. Pessoas andavam por todos os lados à procura de um táxi ou de alguma *van*. Buck começou a pensar em como enfrentaria a situação. De algum modo, ele teria de encontrar um meio de sair daquela área congestionada. Seu maior problema era chegar a um destino ainda pior: Nova York.

— Senhoras e senhores — anunciou Rayford —, quero agradecer novamente a todos por sua cooperação. Fomos autorizados a descer na única pista que permite o pouso de uma aeronave deste porte e, em seguida, taxiar numa área aberta, distante cerca de três quilômetros do terminal. Vamos pedir que usem nossas rampas de emergência, porque não conseguimos conectar a porta do avião à ponte de desembarque. Os que não tiverem condições de caminhar até o terminal, por favor, aguardem até que possamos mandar alguém aqui para buscá-los.

Não houve o costumeiro agradecimento pela escolha de voar com a Pancontinental, nem a típica frase: "Esperamos ter sua preferência no seu próximo voo." Ele recomendou que todos permanecessem sentados com os cintos afivelados até que se apagasse o sinal. Intimamente ele sabia que aquele seria seu pouso mais difícil em muitos anos. Estava seguro de que poderia fazer um bom pouso, mas havia muito tempo que não aterrissava no meio de tantas outras aeronaves.

Rayford invejava aqueles que, na primeira classe, tiveram acesso às faixas de comunicação via *modem*. Ele estava desesperado para falar com Irene, Chloe e Ray Jr. Por outro lado, temia nunca mais poder falar com eles.

CAPÍTULO 3

Hattie Durham e os demais membros da tripulação encorajaram os passageiros a lerem atentamente os cartões com as instruções de segurança encontradas nas bolsas das poltronas. Muitos tinham medo de não serem capazes de pular e descer pelos escorregadores de emergência do avião, ainda mais se tivessem de levar junto suas bagagens de mão. Receberam instruções para tirar os sapatos, saltar na rampa e deslizar sentados. Depois, os comissários colocariam no escorregador os sapatos e as bagagens de mão. Ninguém deveria retirar no terminal de bagagem suas malas despachadas; a companhia prometeu que elas seriam entregues na residência de cada passageiro — só não podiam dizer quando.

Buck Williams passou seu telefone para Hattie e anotou o número dela, para o caso de conseguir entrar em contato com seus familiares antes.

— Você é repórter do *Semanário Global*? — ela perguntou. — Eu nem poderia imaginar.

— E estava querendo me fazer parar de mexer no telefone.

Ela pareceu abrir um pequeno sorriso.

— Sinto muito — disse Buck —, não foi engraçado. — Agora vou deixar você fazer seu trabalho.

Como um viajante prático, Buck estava feliz por não precisar pegar as bagagens no terminal. Na verdade, ele nunca as despachava, mesmo nos voos internacionais. Quando abriu o bagageiro acima da poltrona para pegar sua maleta de couro, encontrou sobre ela o chapéu e a jaqueta daquele senhor idoso. A esposa de Harold olhava fixamente para Buck, olhos inchados, queixo apoiado nas mãos.

— Senhora — perguntou suavemente —, quer ficar com estas roupas?

Com tristeza, a senhora agradeceu e pegou o chapéu e a jaqueta, apertando-os contra o peito como se nunca mais quisesse soltá-los. Ela sussurrou alguma coisa que Buck não conseguiu entender, então pediu que repetisse.

— Não consigo saltar na rampa deste avião — ela confidenciou.

— Espere aqui mesmo — ele disse. — Logo alguém virá ajudá-la.

— Mas ainda assim terei de escorregar naquela coisa?

— Não, senhora. Estou certo de que eles encontrarão outro jeito de tirá-la daqui.

Buck guardou o *notebook* e o acomodou no meio de suas roupas. Fechou o zíper da maleta e correu para a frente da fila, ansioso por mostrar aos outros o quanto essa tarefa seria fácil. Primeiro, atirou os sapatos, observando-os escorregar até a pista. A seguir, segurou bem a maleta contra o peito, deu um passo rápido e saltou com as pernas para a frente.

Exagerando um pouco em seu entusiasmo, ele não escorregou sentado, mas apoiado nos ombros. Com esse gesto, as pernas se ergueram, fazendo com que as pontas dos pés ficassem acima de sua cabeça. Ganhou velocidade e bateu com o traseiro na rampa por causa do peso deslocado para a frente. Girou sobre si mesmo, e os pés bateram com força no chão, numa tremenda cambalhota. Por pouco não ralou o rosto no concreto. No último instante, ainda agarrado à maleta como se fosse um salva-vidas, enfiou o rosto entre as pernas e acabou esfolando a parte de trás da cabeça em vez de bater com o nariz no chão. Apesar de dizer que estava tudo bem, quando passou a mão pela cabeça notou que ela estava ensanguentada. Era apenas uma leve escoriação, nada mais grave. Rapidamente pegou os sapatos e apertou o passo em direção ao terminal; não tanto por necessidade, e sim por causa da vergonha que sentiu. Ele sabia que não precisava ter pressa para chegar lá.

* * *

Rayford, Christopher e Hattie foram os últimos a deixar o avião. Antes do desembarque, queriam estar certos de que todas as pessoas fisicamente aptas haviam deslizado pela rampa e que os idosos e deficientes foram transportados de ônibus. O motorista insistiu para que os tripulantes entrassem com os últimos passageiros no ônibus, mas Rayford se recusou.

— Não quero chegar à frente dos meus passageiros, enquanto eles têm de ir caminhando para o terminal — justificou. — Como eles veriam uma atitude assim?

Christopher, então, disse:

— Faça como quiser, comandante. Você se importaria se eu aceitasse a carona?

Rayford olhou para ele com olhos penetrantes.

— Você está falando sério?

— Eu não ganho tão bem assim para ter de passar por isso.

— Como se fosse culpa da empresa. Você não quer fazer isso, Chris.

— Pode ser que eu queira. Quando você chegar lá, estará arrependido de não ter pegado uma carona também.

— Eu deveria colocar isso no meu relatório.

— Milhões de pessoas simplesmente desaparecem, e você acha que eu vou me preocupar se você informar que peguei uma carona em vez de ir a pé? Até mais, Steele.

Rayford balançou a cabeça e falou para Hattie:

— Pode ser que eu me encontre com você no terminal. Se conseguir sair de lá antes, não precisa esperar por mim.

— Está brincando? Se você vai a pé, eu também vou.

— Não precisa.

— Depois daquela bronca que você deu no Smith? Eu vou andando, sim.

— Ele é o copiloto. Deveria ajudar até que os últimos passageiros deixassem o avião e ser o primeiro a se apresentar como voluntário num caso de emergência.

— Está bem, faça-me um favor e me considere também como parte de sua tripulação. Só porque não consigo pilotar essa coisa, não quer dizer que eu não me sinta responsável. E não me trate como se eu fosse uma garotinha.

— Jamais faria isso. Pegou suas coisas?

Hattie puxava sua mala de rodinhas, enquanto Rayford carregava na mão a maleta de couro. Era uma longa caminhada, e, por várias vezes, não aceitaram carona de unidades que passavam transportando aqueles que não conseguiam caminhar. Ao longo do trajeto, encontraram outros passageiros de seu voo. Rayford recebeu muitos agradecimentos, mas ele nem sabia o motivo. Quem sabe por ter evitado o pânico; no entanto, eles pareciam estar tão aterrorizados e chocados quanto ele.

Quase todos tapavam os ouvidos por causa do barulho estridente dos aviões que estavam pousando. Rayford procurou calcular por quanto tempo mais aquela pista permaneceria aberta. Ele não achava que a outra pudesse continuar recebendo mais aeronaves. Será que alguns pilotos tentariam descer em rodovias ou em campo aberto? E a que distância das grandes cidades? Teriam de procurar trechos livres de estradas sem pontes pela frente? Ele estremecia só de pensar.

Por toda parte, ambulâncias e outros veículos de emergência procuravam chegar às cenas horríveis dos desastres fatais.

Finalmente no terminal, Rayford encontrou multidões na frente das cabines telefônicas, com as redes de celulares aparentemente sobrecarregadas. Muitos pareciam irritados, esperando chegar sua vez, reclamando da demora dos que estavam ao telefone e faziam mais e mais tentativas frustradas, sem se importarem com os demais na fila. As lanchonetes e restaurantes do aeroporto contavam com pouca alimentação disponível, e todos os jornais e revistas já haviam esgotado suas edições. Nas lojas onde funcionários desapareceram, saqueadores saíam carregando mercadorias.

Rayford queria, mais do que tudo, sentar e conversar com alguém sobre o que fazer naquelas circunstâncias. Mas todos os que ele encontrava — amigos, conhecidos ou estranhos — estavam ocupados demais, tentando resolver seus próprios problemas. O'Hare parecia uma enorme prisão lotada, com seus recursos cada vez mais limitados e sofrendo um impasse crescente. Pessoas corriam por todos os lados procurando algum elo com o mundo exterior; tentavam fazer contato com suas famílias e sair do aeroporto.

No centro de controle de voos, bem no coração do aeroporto, Rayford deparou-se com a mesma situação. Hattie disse que tentaria fazer algumas ligações em alguma sala de embarque e que o encontraria mais tarde para ver se poderiam compartilhar uma carona para os subúrbios. Ele estava certo de que seria muito difícil achar algum transporte para qualquer lugar, e andar durante quase 32 quilômetros estava fora de cogitação. Além disso, todos os hotéis na região já estavam completamente lotados.

Finalmente um supervisor pediu a atenção dos pilotos na central do subsolo.

— Temos algumas linhas telefônicas em operação, cerca de cinco — ele informou. — Se vocês vão ou não conseguir ligar, não sabemos, mas esta é sua melhor chance. As linhas não passam pelas centrais telefônicas do aeroporto; então vocês não estarão competindo com os telefones públicos do terminal. Simplifiquem suas chamadas. Além disso, há um número limitado de voos de helicópteros disponíveis para hospitais suburbanos e postos policiais, mas, naturalmente, as emergências médicas terão prioridade. Podem entrar na fila para fazer suas ligações e depois conseguir transporte para os subúrbios.

Até agora, não temos notícias de cancelamento de voos, a não ser para os restantes de hoje. Vocês devem retornar aqui para seu próximo voo ou ligar para saber a programação.

Rayford entrou na fila, começando a sentir a tensão de ter voado por tanto tempo e ainda saber tão pouco. O pior era ter noção de que sabia bem mais do que a maioria a respeito do que tinha acontecido. Se estivesse certo, e se fosse verdade o que ele imaginava, não teria resposta quando ligasse para casa.. Enquanto permanecia ali, um monitor de TV acima dele transmitia as imagens do caos. Em todas as partes do mundo havia mães chorando angustiadas, famílias inconformadas com a situação, relatos de morte e destruição. Dezenas de notícias incluíam testemunhas que viram seus entes queridos e amigos desaparecerem diante de seus olhos.

Para Rayford, a cena mais chocante na TV foi a de uma mulher em trabalho de parto, prestes a entrar no centro cirúrgico, que subitamente ficou sem o bebê. Os médicos retiraram a placenta. Seu marido havia filmado o desaparecimento do feto. Enquanto filmava a enorme barriga e o rosto dela banhado em suor, ele ficava perguntando como ela se sentia.

— Como você acha que me sinto, Earl? Desligue essa coisa!

O que ela estava esperando?

— Chegue aqui bem perto para que eu lhe dê um murro!

Ela estava consciente de que não demoraria muito e eles seriam pais?

— Em menos de um minuto vou me divorciar.

Nesse momento, ouviu-se um grito, o barulho da câmera caindo no chão, vozes aterrorizadas, enfermeiras correndo e o médico ali, atônito. A TV retrocedeu em câmera lenta, mostrando enorme barriga de grávida daquela mulher diminuir como se ela já tivesse dado à luz. "Agora, olhem conosco novamente", dizia o repórter, num tom de voz meio cantado, "e mantenham seus olhos no canto esquerdo da tela, onde uma enfermeira parece estar lendo a cópia impressa do monitor cardíaco fetal. Ali, podem ver?" A ação parou quando a barriga da gestante murchou. "O uniforme da enfermeira parecia estar ainda em pé, como se uma pessoa invisível o estivesse usando. Ela se foi. Observem agora, meio segundo depois." A imagem avançou um pouco e parou. "O uniforme, as meias e outras peças estão numa pilha sobre os sapatos."

Estações locais de televisão de todo o mundo relatavam ocorrências bizarras, especialmente em fusos horários onde o evento aconteceu durante o dia ou no começo da noite. Um canal de notícias mostrou, via satélite, o vídeo de um noivo desaparecendo, enquanto colocava a aliança no dedo da noiva. Uma agência funerária na Austrália relatou que, num serviço fúnebre, quase todos os enlutados sumiram, incluindo o cadáver, enquanto em outro que estava sendo realizado ao mesmo tempo somente alguns desapareceram e o cadáver permaneceu. Empresas funerárias também relataram outros desaparecimentos de cadáveres. Em um sepultamento, três dos seis homens que carregavam um caixão tropeçaram e o derrubaram quando os outros três carregadores sumiram. Ao pegarem o caixão, ele também estava vazio.

Rayford era o segundo na fila do telefone, mas o que ele viu na tela o convenceu de que ele nunca mais veria sua esposa. Durante um jogo de futebol em uma sede missionária, na Indonésia, a maioria dos espectadores e os jogadores — com exceção de um — desapareceram no meio do jogo, deixando chuteiras e uniformes no chão. O repórter da TV anunciou que o único jogador remanescente, cheio de remorso, tirou a própria vida.

No entanto, Rayford sentia algo mais do que remorso. Ele sabia muito bem. Aquele jogador, estudante de uma escola cristã, percebeu a verdade naquele exato momento: o arrebatamento havia ocorrido. Jesus Cristo havia voltado para buscar seu povo, e aquele jovem não estava entre eles. Quando Rayford parou na frente do telefone, lágrimas corriam pelo rosto. Alguém avisou:

— Você tem quatro minutos!

Ele bem sabia que aquele tempo era muito mais do que suficiente. A secretária eletrônica de sua casa foi acionada imediatamente, e ele se sentiu comovido ao ouvir a voz alegre de sua esposa. "Sua ligação é importante para nós", dizia ela. "Por favor, deixe sua mensagem após o sinal."

Rayford apertou as teclas para checar todas as mensagens gravadas. Havia três ou quatro recados sem importância; depois, ficou surpreso ao ouvir a voz de Chloe. "Mamãe? Papai? Vocês estão aí? Viram o que está acontecendo? Liguem para mim assim que puderem. Eu perdi uns dez colegas e dois professores, e todas as crianças dos alunos casados desapareceram. Raymie está bem? Liguem para mim!" Bem, pelo menos ele sabia que Chloe ainda estava por perto. Tudo o que queria agora era abraçá-la.

Rayford fez uma nova ligação e deixou um recado na secretária eletrônica. "Irene? Ray? Se estiverem aí, atendam. Se receberem este recado, estou em O'Hare tentando chegar em casa. Pode demorar um pouco se eu não conseguir carona em algum helicóptero. Espero que estejam em casa."

— Ande logo, comandante! — alguém pediu. — Todo mundo tem uma ligação para fazer.

Rayford balançou a cabeça e rapidamente discou para o colégio de sua filha, em Stanford. Recebeu a irritante mensagem de que sua ligação não poderia ser completada.

Depois de reunir seus pertences, checou a caixa de correspondência. Além da pilha usual de propagandas, encontrou um pequeno pacote embrulhado em papel acolchoado, com seu endereço residencial. Ultimamente, Irene estava enviando algumas pequenas surpresas para ele, inspirada por um livro sobre casamento, que ela insistia que ele lesse. Rayford colocou o pacote na maleta e foi à procura de Hattie Durham. Curiosamente, ele não parecia sentir qualquer atração por ela naquele momento, mas se achava no dever de fazer com que ela chegasse segura em casa.

Quando estava no meio de uma multidão perto do elevador, ouviu o anúncio de que um helicóptero com capacidade para oito pilotos faria um voo para Mount Prospect, Arlington Heights e Des Plaines. Rayford correu para o heliponto.

— Tem lugar para um, com destino a Mount Prospect?
— Sim.
— E para alguém com destino a Des Plaines?
— Talvez, se ele chegar aqui em dois minutos.
— Não é ele. É uma comissária de voo.
— Somente pilotos. Lamento.
— E se tiver lugar?
— Bem, pode ser, mas onde ela está?
— Vou mandar uma mensagem para ela.
— Ninguém está conseguindo enviar mensagens.
— Então me dê um minutinho. Não saia sem mim.

O piloto do helicóptero olhou para o relógio.

— Três minutos — disse ele. — Vou sair em uma hora.

Rayford deixou sua maleta no chão, esperando que isso fosse suficiente para segurar o helicóptero no caso de um pequeno atraso. Subiu as escadas e entrou no corredor. Encontrar Hattie ali seria impossível. Procurou um serviço de mensagens.

— Sinto muito, não há como enviar mensagens neste momento, não importa para quem.
— Esta é uma emergência, e sou comandante da Pancontinental.
— Qual é o recado?
— Que Hattie Durham encontre seu parceiro em K-l7.
— Vou tentar.
— Por favor.

Rayford ficou na ponta dos pés para ver se Hattie estava ali em algum lugar, mas foi ela quem o surpreendeu.

— Eu era a quarta na fila do telefone na sala de embarque — disse Hattie, surgindo bem ao seu lado. — Conseguiu alguma carona?

— Arrumei lugar para nós num helicóptero, precisamos correr — respondeu ele.

Enquanto desciam a escada rapidamente, ela comentou:
— Não foi horrível o que aconteceu com Chris?
— O que houve com ele?
— Você não sabe?

Rayford queria interrompê-la e pedir que fosse mais direta. Esse comportamento dos jovens o incomodava muito. Eles adoravam fazer suspense, mas ele preferia ir direto ao ponto.

— Apenas me conte o que houve! — exclamou ele, com um tom mais exasperado do que pretendia.

Quando atravessaram a porta e chegaram ao pátio, as lâminas do helicóptero já chicoteavam por cima de seus cabelos e faziam um barulho ensurdecedor. A maleta de Rayford foi colocada a bordo, e restava somente um assento. O piloto apontou para Hattie e balançou a cabeça negativamente. Rayford agarrou-a pelos cotovelos e empurrou-a para dentro, enquanto ele subia logo atrás.

— Ela só não vai neste voo se o problema for excesso de peso!
— Quanto você pesa, querida? — perguntou o piloto.
— Uns 52 quilos.
— Tudo bem, podemos ir! — o piloto concordou. — Mas, se ela não puder usar o cinto, não me responsabilizo!
— Vamos embora! — gritou Rayford.

Ele ajustou o próprio cinto e colocou Hattie sentada em seu colo. Passou os braços em torno da cintura dela e a segurou pelos pulsos. Pensou na ironia daquela situação: ele sonhou com aquele momento durante semanas, mas agora não sentia nenhum prazer, nenhuma excitação, absolutamente nada sensual. Rayford estava muito deprimido. Ficava feliz em ajudá-la, mas sentia-se completamente miserável.

Hattie mostrava-se constrangida e desconfortável, e olhava um tanto envergonhada para os outros sete pilotos no helicóptero. Nenhum deles parecia notar sua presença. O terrível desastre ainda era bem recente, e pairavam muitas incógnitas. Rayford pensou ter ouvido, ou interpretado, pelo movimento dos lábios, um deles mencionar o nome de "Christopher Smith", mas não dava para ouvir quase nada dentro daquela máquina barulhenta. Ele pôs a boca quase colada ao ouvido de Hattie.

— Então, o que houve com o Chris? — perguntou.

Ela respondeu ao pé de seu ouvido.

— Eles o levavam numa maca, enquanto eu estava indo para a sala de embarque. Tinha muito sangue!

— O que aconteceu?

— Não sei, mas ele não parecia estar bem.

— O quanto não parecia bem?

— Acho que estava morto! Quer dizer, eles estavam procurando reanimá-lo, mas eu ficaria surpresa se tivessem conseguido.

Rayford balançou a cabeça. O que viria depois?

— Ele foi atingido ou algo assim? Aquele ônibus bateu? Não seria muito irônico?

— Não sei — ela respondeu. — O sangue parecia estar vindo de suas mãos ou de seu peito, ou dos dois lugares.

Rayford tocou o ombro do piloto.

— Você sabe alguma coisa sobre o copiloto Christopher Smith?

— Aquele da Pancontinental?

— Sim!

— Aquele que se suicidou?

Rayford tremeu.

— Espero que não! Houve um suicídio?

— Muitos, eu suponho, mas a maioria foi de passageiros. O único tripulante de quem ouvi falar foi um tal de Smith, da Pan. Ele cortou os pulsos.

Rayford olhou rapidamente para os outros que estavam no helicóptero, tentando achar um rosto conhecido. Não identificou ninguém, mas um deles estava balançando a cabeça tristemente, depois de escutar o grito do comandante. Ele se inclinou para a frente.

— Chris Smith! Você o conhece?

— Meu copiloto!

— Sinto muito.

— O que você ouviu a respeito?

— Não sei até que ponto é verdade, mas os rumores são de que ele descobriu que os filhos tinham desaparecido e que a esposa havia morrido num acidente!

Pela primeira vez, a gravidade da situação tornou-se pessoal para Rayford. Ele não conhecia Smith muito bem. Lembrava-se vagamente de que Chris tinha dois filhos. Parece que eram adolescentes, com idades muito próximas. Não conhecia sua esposa. Mas um suicídio? Poderia também ser uma opção para ele? Não, de modo algum com Chloe ainda por perto. Mas, e se ele descobrisse que Irene e o filho tinham desaparecido e que Chloe havia morrido? Valeria a pena viver?

De qualquer modo, Rayford fazia parecer que não vivia para eles, pelo menos nos últimos meses. Sua vida era imaginar um flerte com a garota que agora estava em seu colo, embora nunca tivesse chegado a ponto de tocá-la, mesmo que ela sempre o fizesse. Será que queria continuar a viver se Hattie Durham fosse a única pessoa com quem ele se importasse? E por que se importaria com ela? Hattie era linda, sensual e inteligente, mas apenas para a idade dela. Eles tinham pouca coisa em comum. Seus sentimentos de amor por Irene estariam intensificados só porque ele estava convencido de que ela havia partido?

Não parecia haver afeto no seu abraço em Hattie Durham agora, nem da parte dela. Ambos estavam morrendo de medo, e um flerte seria a última coisa a passar pela mente deles. Era engraçado pensar que a última coisa que ele havia sonhado em fazer — abraçá-la, antes do incidente no avião — estava finalmente acontecendo. A mulher com quem ele tanto sonhou estava sentada em seu colo, mas, agora, era como se ela fosse uma estranha.

A primeira parada foi no Departamento de Polícia de Des Plaines, onde Hattie desembarcou. Rayford sugeriu que ela pedisse uma carona para a polícia, caso encontrasse alguma viatura disponível. A maioria delas tinha sido requisitada para servir em áreas mais congestionadas; portanto, era algo improvável.

— Estou apenas a um quilômetro e meio de casa! — Hattie gritou por conta do barulho do helicóptero, enquanto Rayford a ajudava a descer. — Posso ir caminhando!

Então, Hattie envolveu Rayford num forte abraço, e ele percebeu que ela tremia de medo.

— Espero que todos em sua casa estejam bem — ela disse ao se despedir. — Ligue para mim e me dê notícias, promete?

Ele balançou a cabeça afirmativamente.

— Mesmo? — ela insistiu.

— Sim, claro!

Quando o helicóptero subiu, ele viu que ela observava o estacionamento. Não havia nenhuma viatura, então ela saiu puxando sua mala de rodinhas. Enquanto o helicóptero seguia na direção de Mount Prospect, Hattie caminhava a passos rápidos, quase correndo, para o seu condomínio.

* * *

Buck Williams foi o primeiro passageiro de seu voo a chegar ao terminal em O'Hare. Lá, encontrou uma tremenda confusão. Nenhum daqueles que estavam esperando para usar o telefone aceitaria sua tentativa de furar a fila; além disso, ele não podia usar o celular, pois estava sem sinal, então foi diretamente para o espaço exclusivo do Clube Pancontinental. Também lá estava tudo congestionado; no entanto, apesar do menor número de funcionários — vários deles haviam desaparecido enquanto trabalhavam —, aparentemente havia certa ordem nas coisas. Ali também havia muita gente esperando sua vez de usar os telefones, tanto os via satélite quanto as linhas terrestres. E, cada vez que liberavam alguma conexão, era possível enviar uma mensagem ou se conectar diretamente ao *modem*. Enquanto esperava, Buck começou a usar seu *notebook*, reconectando o fio interno do *modem* ao conector fêmea. Então, localizou as mensagens que havia rapidamente baixado antes da aterrissagem.

A primeira era de Steve Plank, seu editor-executivo, endereçada a todo o pessoal de campo:

> Fiquem aí onde estão. Não tentem vir para Nova York, é impossível. Liguem quando puderem. Confiram regularmente suas mensagens de voz e seus e-mails. Mantenham contato tanto quanto possível. Temos pessoal suficiente para permanecer no trabalho e queremos relatos pessoais, melhor se for ao vivo, quando puderem nos transmitir. Não temos certeza se haverá transporte e comunicação entre nós e as gráficas, nem com os funcionários. Sendo possível, imprimiremos a revista no prazo.
>
> Mais um lembrete: comecem a pensar na causa de tudo isso. Militar? Cósmica? Científica? Espiritual? Mas, por enquanto, estamos lidando principalmente com os fatos. Tenham cuidado e mantenham contato.

A segunda mensagem vinha também de Steve, mas era específica para Buck.

> Buck, ignore a mensagem que eu mandei para o pessoal em geral. Venha para Nova York assim que puder e a qualquer custo. Cuide de suas questões pessoais, naturalmente, e registre qualquer experiência ou reflexão pessoal, como todos os demais. Mas você deve sair na frente no esforço para descobrir o que está por trás desse fenômeno. As ideias são como egos — todo mundo tem.
>
> Se vamos ou não chegar a alguma conclusão eu não sei, mas pelo menos tentaremos listar as possibilidades mais razoáveis. Você pode estar querendo saber por que preciso de você aqui para fazer isso. Tenho, na verdade, um motivo mais importante. Às vezes acho que, na posição em

que estou, sou o único a conhecer essas coisas. Três diferentes editores apresentaram ideias intrigantes que surgiram num encontro de vários grupos internacionais reunidos em Nova York neste mês.

O editor de política planeja cobrir uma conferência de nacionalistas judeus em Manhattan, que tem algo a ver com um governo mundial para estabelecer uma nova ordem. Por que eles se importam com isso eu não sei, e o próprio editor de política também não sabe. O editor de religião deixou alguma coisa em minha caixa de entrada sobre uma conferência de judeus ortodoxos que também estão vindo para uma reunião. Eles não são somente de Israel, mas de todos os lugares, e não querem mais saber de discussão a respeito dos Rolos do Mar Morto. Ainda estão confusos com a destruição da Rússia e de seus aliados (imagino que você ainda pense que tenha sido um acontecimento sobrenatural, mas, acredite, gosto de você mesmo assim). O editor de religião acredita que eles estão procurando ajuda para reconstruir o templo. Isso talvez não seja tão importante ou, quem sabe, não tenha relação com as outras questões das demais editorias — a não ser a de religião. Fiquei surpreso ao saber de outra reunião de um grupo de judeus no mesmo local, e praticamente na mesma data, para tratar de um assunto totalmente político. A outra conferência religiosa na cidade envolve líderes de todas as principais religiões, incluindo aquelas que seguem a linha da Nova Era, falando também sobre uma única ordem religiosa mundial. Eles devem também se reunir com os judeus nacionalistas, certo? Preciso de seu cérebro para desvendar tudo isso. Não sei o que fazer, se é que alguma coisa pode ser feita.

Sei que todos se importam com os desaparecimentos, mas precisamos ficar de olho no restante do mundo. Você sabe que a Organização das Nações Unidas está pensando em realizar uma conferência monetária internacional, tentando avaliar como lidar com esse assunto de três moedas. Pessoalmente, sou favorável, mas estou um tanto preocupado com essa ideia de usar uma moeda única que não seja o dólar. Você pode se imaginar negociando aqui com ienes ou euros? Acho que ainda sou muito provinciano.

Todo mundo está muito entusiasmado com esse sujeito, o Carpathia, aquele romeno que tanto impressionou seu amigo Rosenzweig. Ele deixou todo mundo de mãos atadas no senado do país dele, por ter sido convidado para falar na ONU nas próximas semanas. Ninguém sabe como ele conseguiu esse convite, mas sua popularidade internacional me lembra muito Walesa ou mesmo Gorbachev. Lembra-se deles?

E, cara mande ao menos uma palavra para eu saber que você não desapareceu mesmo. Pelo que sei até o momento, perdi uma sobrinha e dois sobrinhos, uma cunhada de quem eu não gostava e, possivelmente, alguns outros parentes distantes. Você acha que eles voltarão? Bem, guarde tudo para você até que saibamos o que está por trás disso. Se eu tiver de dar um palpite, estou prevendo algum terrível pedido de resgate. Quer dizer, parece que essas pessoas desaparecidas não estão mortas. O que vai acontecer com a indústria do seguro de vida? Não estou pronto para acreditar em tabloides. Você sabia que eles estão dizendo que os alienígenas finalmente nos pegaram?

Enfim, venha para cá, Buck.

CAPÍTULO 4

Buck continuava pressionando um lenço ensopado com água fria na parte de trás da cabeça. A ferida parara de sangrar, mas ainda doía.
Ele descobriu outro recado em sua caixa de mensagens e estava pronto para acessá-lo quando alguém tocou em seu ombro.

— Oi, eu sou médico. Deixe-me fazer um curativo em seu ferimento.

— Não precisa! Está tudo bem, e eu...

— Ei, deixe-me fazer isso, amigo. Estou ficando louco aqui, sem nada para fazer, e tenho aqui minha maleta de primeiros socorros. Estou trabalhando de graça hoje. Pode chamar isso de um arrebatamento especial.

— Um o quê?

— Bem, que nome você daria ao que aconteceu? — perguntou o médico, tirando um frasco de líquido antisséptico e um pacote de gaze da maleta. — Pode parecer bem rudimentar, mas o ferimento ficará esterilizado. AIDS?

— O quê? Não entendi.

— Ora, você conhece a rotina — disse o médico, enquanto colocava as luvas de borracha. — Você tem vírus HIV ou qualquer coisa parecida?

— Claro que não. Nem estou gostando de ouvir isso.

Então, o médico derramou uma boa dose do líquido estéril na gaze e colocou-a sobre o ferimento na cabeça de Buck.

— Ai, ai! Vá com calma!

— Ei, seja homem, rapaz. Isto vai doer menos do que a infecção que você poderia ter sem fazer o curativo.

O médico limpou o ferimento e fez com que o sangue escorresse novamente.

— Preste atenção, estou fazendo uma pequena raspagem no cabelo para que o curativo não saia do lugar. Tudo bem?

Os olhos de Buck estavam lacrimejando.

— Está bem, mas o que foi aquilo que disse há pouco sobre arrebatamento?

— Há alguma outra explicação que possa fazer sentido? — comentou o médico, usando um bisturi para raspar aquela porção do cabelo de Buck. Uma funcionária do Clube Pancontinental aproximou-se e pediu que eles fizessem aquele procedimento médico em um dos banheiros.

— Vou limpar tudo, minha querida — o médico prometeu. — Já estamos terminando.

— Bem, isso não me parece muito higiênico, e temos de nos preocupar com outros — reclamou a funcionária.

— Por que você não serve a eles uns drinques e petiscos? Vai descobrir que eles ficarão menos aborrecidos num dia como este.

— Não gosto do seu jeito de falar comigo.

O médico deu um suspiro, enquanto terminava seu trabalho.

— Você tem razão. Qual o seu nome?

— Suzie.

— Suzie, fui indelicado com você e peço desculpas, está bem? Agora, deixe-me terminar e prometo que não farei qualquer outra cirurgia aqui em público.

Suzie afastou-se, balançando a cabeça.

— Doutor, dê-me um cartão seu para que eu possa agradecer-lhe mais apropriadamente depois — pediu Buck.

— Não precisa — respondeu o médico, guardando suas coisas.

— Então me diga sua opinião sobre tudo isso que está acontecendo. O que você estava falando sobre o arrebatamento?

— Quem sabe numa outra ocasião. Agora é sua vez de telefonar.

Buck estava dividido, mas não podia perder a chance de se comunicar com Nova York. Ele tentou discar direto, mas não conseguiu. Então, usou seu *notebook* para buscar algum sinal de conexão, enquanto lia a mensagem da secretária de Steve Plank, a matriarca Marge Potter.

Buck, seu idiota! Se eu já não tivesse trabalho suficiente com que me preocupar hoje, você ainda me fez procurar a família de sua namorada! Onde você conheceu essa tal Hattie Durham? Então, já pode dizer a ela que localizei a mãe no oeste, mas isso foi antes que uma inundação, uma tempestade ou qualquer coisa parecida interrompesse as linhas telefônicas novamente. Ela está perfeitamente saudável, mas bastante agitada, e ficou muito agradecida pela notícia de que sua filha não desapareceu. Segundo a mãe, duas irmãs de Hattie estão bem.

Você é uma pessoa muito legal pelo seu jeito de ajudar as pessoas, Buck. Steve diz que você vai tentar chegar aqui. Será bom ver você. É tudo tão horrível! Até agora temos notícia de vários funcionários nossos que desapareceram; de alguns outros nem ouvimos falar, incluindo alguns aí em Chicago. Todo o pessoal da equipe principal está feliz em saber que já temos notícias sobre você. Eu tinha esperança e orava para que estivesse bem. Você notou que essa coisa parece ter atingido pessoas inocentes? Parece que todos os nossos conhecidos que desapareceram eram crianças ou pessoas muito boas. Por outro lado, algumas pessoas verdadeiramente maravilhosas ainda estão aqui. Fico feliz por você ser uma delas, e Steve também. Ligue para nós.

Marge nem mencionou se havia conseguido entrar em contato com o pai viúvo de Buck ou seu irmão casado. Ele ficou imaginando se isso era de propósito ou se ela simplesmente ainda não tinha notícias. Se fosse verdade que nenhuma criança havia restado, sua sobrinha e seu sobrinho teriam desaparecido. Buck desistiu de tentar conectar-se diretamente com o escritório, mas, finalmente, conseguiu contato por meio de sua conexão *on-line*. Ele enviou rapidamente seus arquivos e algumas mensagens sobre seu paradeiro. Assim, quando o sistema de telefonia, mais uma vez, voltasse ao normal, o *Semanário Global* já poderia sair com suas notícias na frente da concorrência. Ele desligou e se desconectou, vendo o olhar agradecido do próximo na fila. Depois foi procurar o médico que havia cuidado de seu ferimento na cabeça, mas não teve sorte.

Marge fez referência aos inocentes. O médico achava que era o arrebatamento. Steve tinha ridicularizado a ideia de alienígenas. Como descartar qualquer coisa naquele momento? A mente de Buck fervilhava com ideias para a reportagem sobre o que estava por trás dos desaparecimentos. Seria a matéria mais importante de sua vida!

Buck entrou na fila do balcão de atendimento para comprar sua passagem, sabendo que as chances de chegar a Nova York pelos meios convencionais seriam mínimas. Enquanto esperava, tentou lembrar-se do que Chaim Rosenzweig, a "maior fonte de notícias do ano", contou-lhe sobre o jovem romeno Nicolae Carpathia. Buck havia falado com Steve Plank sobre ele, e Steve achou que não valeria a pena inserir esse detalhe numa reportagem tão cheia de informações. Era verdade que Rosenzweig tinha ficado muito impressionado com Carpathia. Mas por quê?

Buck sentou-se no chão e só levantava quando a fila andava. Enquanto isso, procurou seus arquivos da entrevista com Rosenzweig, gravados no computador, e fez uma busca pela palavra "Carpathia". Ele se lembrava de ter ficado embaraçado ao admitir para Rosenzweig que nunca tinha ouvido falar daquele homem. Enquanto as transcrições da entrevista passavam na tela, apertou o botão de pausa e começou a ler. Quando notou que a bateria já estava acabando, tirou uma extensão da bolsa e conectou o computador a uma tomada na parede. "Cuidado com o fio", ele avisava às pessoas que ocasionalmente passavam por ali. Uma das funcionárias atrás do balcão gritou para que ele desligasse o fio da tomada. Ele sorriu em resposta.

— E se eu não desligar, você vai me expulsar daqui? Serei preso? Ora, dê-me um tempo ao menos hoje!

Dificilmente as pessoas notariam um maluco sentado ali no chão, gritando com a mulher atrás do balcão. Era um tipo de situação rara no Clube Pancontinental, mas nada surpreenderia ninguém naquele momento.

* * *

Rayford Steele desembarcou no heliponto do Hospital Comunitário de Northwest, em Arlington Heights. Os pilotos tiveram de descer do helicóptero para que um paciente pudesse ser levado até Milwaukee. Os outros pilotos ficaram esperando na recepção para ver se encontrariam um táxi, mas Rayford teve uma ideia melhor: começou a caminhar.

Ele estava a cerca de oito quilômetros de sua casa e apostava que pegaria uma carona mais facilmente do que conseguiria um táxi. Esperava que seu uniforme de aviador e sua aparência limpa pudessem ajudá-lo a encontrar alguém que se importasse com ele e o levasse até sua casa.

Enquanto caminhava com dificuldade, carregando seu casaco sobre o braço e a maleta na mão, sentia dentro do peito um vazio desesperador. A essa altura, Hattie já teria chegado ao seu apartamento, conferido suas mensagens e estaria tentando ligar para sua família. Se ele estivesse certo de que Irene e Ray Jr. haviam ido embora, em que lugar eles estariam quando o fato aconteceu? Ele encontraria alguma evidência de que eles haviam desaparecido, em vez de terem morrido num acidente relacionado com o acontecimento?

Rayford havia calculado que os desaparecimentos teriam ocorrido tarde da noite, talvez por volta das onze da noite, no fuso horário central do país. Alguma coisa os tiraria de casa naquela hora da noite? Ele não conseguia imaginar nada parecido e tinha dúvidas quanto a isso.

Uma mulher de uns quarenta anos parou para lhe dar uma carona na estrada de Algonquin. Quando ele agradeceu e falou onde morava, ela disse conhecer o bairro.

— Uma amiga minha mora lá — contou. — Isto é, morava. Você conhece Li Ng, a garota asiática do canal de notícias 71?

— Sim, conheço tanto ela quanto seu marido — falou Rayford. — Eles moram em nossa rua.

— Não mais. O noticiário do meio-dia de hoje foi dedicado a ela. A família inteira sumiu.

Rayford deu um forte suspiro.

— Isso é inacreditável. A senhora perdeu alguém?

— Temo que sim — ela estava com a voz embargada. — Cerca de uma dúzia de sobrinhos.

— Que coisa estranha!

— E quanto a você?

— Ainda não sei. Acabo de chegar de um voo e por enquanto não consegui encontrar ninguém.

— Quer que eu espere um pouco?

— Não precisa. Tenho um carro. Se eu precisar ir a algum lugar, não terei problema.

— O'Hare está fechado, você já deve saber — ela informou.

— Sério? Desde quando?

— Acabam de anunciar pelo rádio. As pistas estão lotadas de aeronaves, os terminais estão repletos de pessoas, as estradas estão congestionadas.

— Conte-me mais sobre isso.

Enquanto a mulher dirigia para Mount Prospect, suspirando forte, Rayford começou a sentir um tipo de fadiga que nunca havia tido antes. Todas as casas estavam com as calçadas cheias de carros, e havia pessoas caminhando sem rumo. Parecia que todo mundo, em todos os lugares, tinha perdido alguém. Ele logo seria mais um dentre eles.

— Posso oferecer-lhe alguma coisa? — perguntou à mulher, enquanto ela parava o carro na frente da garagem de sua casa.

Ela fez sinal que não.

— Já fico feliz em ter ajudado. Você pode orar por mim, se lembrar. Não sei se vou conseguir suportar tudo isso.

— Não sou exatamente uma pessoa de oração — admitiu Rayford.

— Você vai ser — garantiu ela. — Eu também não era, mas agora sou.

— Então pode orar por mim — ele pediu.

— Vou, sim. Conte com isso.

Rayford ficou ali parado na entrada da garagem e acenou para a mulher até perdê-la de vista. O quintal e os corredores da propriedade estavam impecáveis, como de costume, e a enorme casa, que considerava como um troféu, parecia mais um cemitério. Abriu a porta da frente. O jornal esquecido na varanda, as cortinas fechadas na janela panorâmica e o cheiro forte de café queimado apontavam para o que ele mais temia.

Irene era uma dona de casa exigente. Sua rotina matinal incluía deixar a cafeteira ligada com o temporizador cronometrado para as seis da manhã, coando sua mistura especial de café descafeinado com um ovo. O rádio estava programado para despertá-la às 6h30, sintonizado numa estação cristã local. A primeira coisa que Irene fazia quando descia as escadas era abrir as cortinas da frente e de trás da casa.

Com um nó na garganta, Rayford atirou o jornal na cozinha, pendurou a jaqueta e guardou a maleta no armário. Lembrou-se de pegar o envelope que Irene tinha enviado para O'Hare e colocou-o no bolso de seu uniforme. Ele o levou consigo, enquanto procurava evidências de que ela havia desaparecido. Se Irene tivesse mesmo sumido, ele sinceramente torcia para que estivesse certa. Queria, acima de tudo, que ela tivesse realizado seu sonho, tendo sido levada por Jesus num piscar de olhos — em uma jornada empolgante e sem sofrimentos, para chegar ao céu e ficar ao lado dele, como ela sempre gostava de dizer. Se alguém merecia isso, era Irene.

E Raymie. Onde estaria? Com ela? Por certo. Ele ia com a mãe à igreja, mesmo quando Rayford não estava junto. Parecia gostar daquilo, de pertencer à comunidade. Ele também lia e estudava a Bíblia.

Rayford retirou o fio da cafeteira da tomada, que esteve desligando e ligando automaticamente por cerca de sete horas, tendo queimado todo o café. Jogou fora aquela massa escura, meio empedrada, e colocou a cafeteira na pia. Desligou o rádio, sintonizado na estação cristã, que estava transmitindo notícias em cadeia, sempre repetindo informações sobre a tragédia e a destruição resultante dos desaparecimentos.

Examinou a sala de estar, a sala de jantar e a cozinha, já esperando encontrar nada além da costumeira limpeza da casa, que Irene mantinha impecável. Com os olhos marejados, abriu as cortinas, exatamente como ela teria feito. Seria possível ela ter ido a algum lugar? Teria visitado alguém? Havia deixado recado? Mas, se Irene estivesse em algum lugar e ele a encontrasse, o que seria daquilo em que ela acreditava? Seria uma prova de que ela estaria tão perdida quanto ele? Pelo bem dela, se tivesse realmente acontecido o arrebatamento, Rayford torcia para que ela tivesse sido arrebatada, embora a dor e o vazio interior o estivessem esmagando.

Rayford ligou a secretária eletrônica, e as mensagens ouvidas quando estava em O'Hare eram as mesmas, além do recado que ele mesmo havia deixado. Sua própria voz soava estranha. Apresentava um tom fatalista, como se ele não estivesse realmente enviando uma mensagem para sua esposa e seu filho, mas apenas fingindo.

Estava com medo de subir a escada para o andar de cima. Passou pela sala de estar e foi até a saída da garagem. Se apenas um dos carros estivesse faltando... E um estava! Talvez ela tivesse ido a algum lugar! Mas tão logo pensou nisso, Rayford pareceu afundar no degrau que ia para a garagem. O carro que estava faltando era sua BMW. O mesmo que o havia levado a O'Hare no dia anterior. O carro estava lá, esperando por ele quando o tráfego melhorasse.

Os outros dois carros estavam na garagem, o de Irene e o que Chloe usava quando estava em casa. E todas as lembranças de Raymie também permaneciam ali. Seu quadriciclo, sua moto de neve, sua bicicleta. Rayford odiou a si mesmo por causa de suas promessas quebradas de passar mais tempo com o filho. Teria muito tempo ainda para se arrepender disso.

Ele ouviu o barulho do pequeno pacote em seu bolso. Era hora de subir as escadas.

* * *

Buck Williams estava perto de ser atendido no balcão do Clube Pancontinental quando achou a entrevista que estava procurando, gravada em seu computador. Em algum momento, durante os vários dias de gravação, Buck havia mencionado para o Dr. Rosenzweig a questão dos outros países que estavam esperando ter acesso à sua fórmula para benefício próprio. Ele ouviu novamente parte do diálogo.

— Esse foi um aspecto interessante — Rosenzweig concordou, com os olhos brilhando. — Eu apreciei muito a visita do vice-presidente dos Estados Unidos. Ele queria honrar-me, levar-me até o presidente, fazer um desfile, conferir um diploma, tudo isso. Diplomaticamente não mencionou nada a respeito de minha obrigação de retribuir a ajuda. Afinal, eu lhes devia tudo, não? Falamos muito sobre o que uma nação amiga de Israel, os Estados Unidos, tem feito ao longo das décadas. E isso é verdade, não é mesmo? Como eu poderia questionar? Mas eu via aquelas homenagens e gentilezas para meu próprio benefício, e humildemente as recusei. Porque, como você vê, meu jovem, eu sou muito humilde, não é mesmo?

O velho deu uma boa gargalhada e relatou várias outras histórias de autoridades que o visitavam e faziam o possível para conquistá-lo.

— Todos lhe pareciam sinceros? Algum deles o impressionou?

— Sim! — Rosenzweig afirmou sem hesitação. — E veio de um lugar mais improvável e surpreendente, a Romênia. Não sei se ele foi enviado por alguém ou veio por conta própria, mas acredito na segunda hipótese, porque ele era uma autoridade de menor escalão que eu recebi logo após o prêmio. Essa é uma das razões por que eu queria vê-lo. Ele mesmo pediu o encontro. Não passou pelos canais tipicamente políticos ou protocolares.

— E ele era...?

— Nicolae Carpathia.

— Como os...?

— Os montes Cárpatos? Sim. Um nome melodioso, é verdade. Eu o achei fascinante e humilde ao mesmo tempo. Não seria parecido comigo?

E Rosenzweig deu nova gargalhada.

— Nunca ouvi falar dele.

— Pois vai ouvir! Com certeza!

— Porque ele é... — Buck estava tentando conduzir a conversa.

— Compreensivo, carismático! É tudo o que posso dizer.

— E é algum tipo de diplomata de nível mais baixo no momento?

— Um dos membros da câmara baixa no governo romeno.

— O senado?

— Não, o senado está acima do legislativo.

— Sim, é claro!

— Não se sinta mal por não saber essas coisas, mesmo sendo um jornalista de nível internacional. Somente os romenos e os cientistas políticos amadores como eu é que sabem. É um tema que gosto de estudar.

— Em seus momentos vagos.

— Isso mesmo. Mas nem eu mesmo conhecia aquele homem. Quer dizer, eu sabia de alguém da Câmara dos Deputados, que é como eles chamam a câmara baixa na Romênia, que era um pacificador e liderava um movimento em prol do desarmamento. Mas eu sequer sabia seu nome. Acredito que sua meta é o desarmamento global, no qual nós, israelenses, não acreditamos. Mas, naturalmente, ele deve primeiro promover o desarmamento em seu próprio país, algo que nem você mesmo verá até o fim de sua vida. Esse homem tem mais ou menos a sua idade. Pele clara, olhos azuis, como os antigos romenos que vieram de Roma antes que os mongóis se mesclassem com sua raça.

— E de que o senhor mais gostou nele?

—Vou contar-lhe — disse Rosenzweig. — Ele conhece meu idioma tão bem quanto o seu próprio. E fala fluentemente inglês, além de várias outras línguas, segundo fiquei sabendo. Um homem com boa instrução formal, mas também amplamente um autodidata. Sinceramente, gosto dele como ser humano. Muito brilhante. Muito honesto. Muito aberto.

— E o que ele queria do senhor?

— Essa foi a parte que mais me agradou. Como eu o achei tão aberto e honesto, foi essa a primeira pergunta que lhe fiz. Ele insistiu para que eu o chamasse de Nicolae, e então questionei: "Nicolae (isto depois de uma hora de amabilidades), o que você deseja de mim?" E sabe o que ele disse, meu jovem? "Dr. Rosenzweig, busco apenas sua boa vontade." Então, o que eu podia dizer? "Nicolae, você a terá." Sou pessoalmente um pouco pacifista, como você deve saber. Não fora da realidade, mas não mencionei isso a ele. Disse-lhe simplesmente que podia contar com minha boa vontade, algo que estendo também a você.

— Suponho tratar-se de um benefício que o senhor conceda assim muito facilmente.

— Você tem a minha boa vontade porque gosto de você. Um dia você vai conhecer Carpathia. Vocês gostarão um do outro. As metas e os sonhos que ele tem jamais poderão ser realizados, mesmo em seu próprio país, mas ele é um homem com ideais elevados. Se ele se destacar, você ouvirá falar dele. E como você está se distinguindo em seu próprio campo de trabalho, ele provavelmente vai ouvir falar a seu respeito, ou talvez ouvirá de você mesmo, estou certo?

— Espero que sim.

Nisso, chegou a vez de Buck ser atendido no balcão. Ele recolheu seu cabo de extensão e agradeceu à jovem funcionária por ter-lhe permitido usar a tomada.

— Quero me desculpar — ele disse, esperando pelo perdão que não veio. — É somente por hoje, o pior de todos os dias, você entende?

Aparentemente, ela não entendeu. Também havia enfrentado um dia difícil. Ela se voltou para ele com um olhar tolerante e perguntou:

— O que eu não poderia fazer por você?

— Você está falando assim porque não atendi ao seu pedido?

— Não — ela respondeu. — Estou dizendo a mesma coisa para todos. É só meu jeito de fazer um tipo de piada, porque, realmente, não posso fazer nada por ninguém. Não há voos previstos para hoje. O aeroporto vai fechar a qualquer momento. Quem sabe quanto tempo levará para limpar todos os destroços e fazer com que qualquer tipo de tráfego volte ao normal? Quer dizer, eu vou aceitar tudo o que você me pedir, mas não vou conseguir despachar sua bagagem, marcar um voo, oferecer-lhe um telefone, reservar um quarto de hotel, qualquer coisa que gostamos de fazer pelos nossos associados. Você é um membro do nosso clube de milhagem, não é?

— Sim, sou.

— Ouro ou *platinum*?

— Bem, sou... digamos... um membro *kryptonita*[4].

Ele exibiu seu cartão, mostrando que estava entre os 3% de passageiros aeroviários mais ativos do mundo. Se qualquer voo tivesse um assento na classe econômica, ele teria preferência para viajar na primeira classe sem nenhum custo adicional.

— Ah não! — ela exclamou. — Não me diga que você é o Cameron Williams daquela revista.

— Eu mesmo.

— *Time?* Sério?

— Nem ouse dizer uma blasfêmia dessas! Eu trabalho para a concorrência.

---

[4] Mineral verde supostamente extraterrestre, mencionado nos filmes do Superman [N. do T.]

— Claro! Eu sabia. E sei disso porque eu queria fazer carreira no jornalismo. Fiz faculdade de comunicação. Já li a seu respeito. O mais jovem vencedor de prêmios do ano e o que fez mais reportagens de capa com menos de doze anos de atividade?

— Isso é divertido.

— Ou algo assim.

— Não posso acreditar que estejamos brincando num dia como este — Buck refletiu.

De repente, ela retomou o semblante sério.

— Nem quero pensar nisso — ele arrematou.

— Bem, o que posso fazer por você, se é que existe alguma coisa possível?

— Aqui está o que preciso — Buck foi logo dizendo. — Preciso chegar a Nova York. Não me olhe assim! Sei que esse é o pior lugar para onde se pode ir agora, mas você conhece muitas pessoas. Conhece pilotos particulares. Sabe de quais aeroportos eles decolam. Digamos que eu disponha de recursos ilimitados e tenha como pagar o quanto for necessário para conseguir o que preciso. Quem você me indicaria?

Ela olhou firme para ele.

— Não posso acreditar que você esteja pedindo isso.

— Por quê?

— Porque conheço um piloto. Ele faz voos particulares saindo de aeroportos como Waukegan e Palwaukee. Só que cobra muito caro e seu preço dobra em uma emergência, especialmente se souber quem você é e como está desesperado.

— Não tenho como esconder isso. Passe essa informação para mim.

* * *

Ouvir algo pelo rádio ou ver na televisão era uma coisa, mas estar diante de uma situação real era um fato completamente novo.

Rayford Steele não fazia a menor ideia de como seria a sensação de encontrar evidências de que a esposa e o filho haviam desaparecido da face da terra.

No alto da escada, parou diante das fotos da família. Irene, sempre organizada, tinha pendurado cada retrato por ordem cronológica, começando pelos bisavós de ambos. Retratos antigos em preto e branco, desbotados e trincados pelo tempo, de homens e mulheres do meio-oeste com rosto carrancudo. Depois vinham as fotos coloridas já um pouco apagadas de seus avós, na comemoração das bodas de ouro. A seguir seus pais, seus irmãos e eles mesmos. Quanto tempo fazia desde a última vez que ele havia olhado com atenção para as fotos de seu casamento? Nelas, Irene estava com seu penteado moderno para a época, e Rayford com seu cabelo no estilo da moda de décadas passadas.

E aquelas fotos da família com Chloe aos oito anos, segurando o irmãozinho ainda bebê? Quão reconfortante era saber que ela ainda estava por perto e que, de alguma forma, logo a veria! Mas o que dizer dos outros dois? Eles haviam desaparecido. Rayford não sabia o que esperar e pelo que orar. Pediria que Irene e Raymie ainda estivessem em algum lugar, e não era isso o que parecia?

Rayford não podia esperar mais. A porta do quarto do filho estava entreaberta. O alarme estava apitando. Rayford desligou o aparelho. Na cama, havia um livro que Raymie estava lendo. Puxou lentamente os cobertores para trás e viu o que tanto temia: o pijama do garoto com a estampa dos Bulls estava ali, assim como suas meias. Ele se sentou na cama e chorou, mas quase achou engraçado imaginar Irene reclamando com Raymie por não usar meias para dormir.

Rayford colocou as roupas numa pilha bem-arrumada e observou uma foto sua no aparador ao lado da cama. Ele estava sorridente, dentro do terminal do aeroporto, com o quepe embaixo do braço, e, ao fundo, do lado de fora, um 747. Na foto estava escrito: "Para Raymie, com amor, papai." Logo abaixo, ele escreveu "Rayford Steele, comandante da Pancontinental, O'Hare." Ele balançou a cabeça. Que tipo de pai autografa uma foto para o filho?

Rayford sentia seu corpo pesado como chumbo; teve de se esforçar para ficar em pé. Logo sentiu tontura e lembrou-se de que fazia muitas horas que não comia nada. Caminhou vagarosamente para fora do quarto de Raymie, sem olhar para trás, e fechou a porta.

No final do corredor, parou diante das portas francesas que davam acesso à suíte principal. Que lugar bonito e bem decorado Irene havia preparado, com enfeites de porcelanas e quadros bordados com tricô! Ele já teria dito a ela, alguma vez, que gostava daquilo? Ele já havia parado para apreciar a decoração?

Não havia nenhum alarme para ser desligado ali. O cheiro de café sempre acordava Irene. Outra foto dos dois juntos, ele olhando diretamente para a câmera, ela olhando para ele. Ele não a merecia. Tinha direito só ao que estava acontecendo com ele agora: sentir-se ridicularizado por seu próprio egocentrismo, quando a pessoa mais importante de sua vida havia sido tirada dele.

Rayford se aproximou da cama, sabendo com certeza o que encontraria: o travesseiro amassado, os cobertores enrugados. Podia sentir o cheiro dela, embora soubesse que a cama estava fria. Cuidadosamente retirou os cobertores e o lençol e encontrou o medalhão que a esposa usava, com uma foto dele. Sua camisola de flanela, aquela mesma que ele sempre ridicularizava e que Irene usava somente quando ele não estava em casa, agora era uma evidência de sua partida.

Com a garganta apertada e os olhos marejados, viu o anel de casamento perto do travesseiro, onde ela sempre apoiava o queixo com a mão. Era demais para que ele pudesse suportar, então desmoronou. Colocou o anel na palma da mão e sentou-se na beirada da cama, o corpo moído de fadiga e dor. Colocou o anel no bolso do paletó e encontrou o pacote que ela havia enviado. Rasgando-o, viu dois de seus biscoitos caseiros favoritos, com corações de chocolate desenhados em cima deles.

"Que mulher tão doce!", ele pensou. "Eu nunca a mereci, nunca a amei o suficiente!" Ele colocou os biscoitos na mesinha de cabeceira, com sua essência perfumando o ar. Com os dedos rijos, tirou suas roupas e as deixou cair no chão. Deitou de bruços na cama, pegou a camisola de Irene em seus braços para que pudesse sentir o cheiro dela e imaginá-la ao lado dele, e chorou até dormir.

CAPÍTULO 5

Buck Williams entrou num espaço reservado do banheiro masculino no Clube Pancontinental para conferir seus pertences. Dentro de um bolso interno da calça, carregava cheques de viagem com valores altos, resgatáveis tanto em dólares quanto em euros ou ienes. Na maleta de couro que carregava, havia duas mudas de roupas, seu *notebook*, o celular, um gravador digital, artigos de higiene pessoal e alguns itens que funcionavam como isolantes térmicos para serem usados no inverno.

Ele estava preparado para passar dez dias na Grã-Bretanha quando deixou Nova York, três dias antes daqueles desaparecimentos misteriosos. Em suas viagens para o exterior, costumava lavar a roupa na pia do hotel, deixando-a secar o dia todo, enquanto usava a segunda muda de roupas, mantendo sempre uma delas como reserva. Por essa razão, carregava pouca bagagem.

Buck fez uma parada em Chicago especificamente para resolver uma desavença com a chefe da sucursal do *Semanário Global*, uma mulher de quase cinquenta anos, chamada Lucinda Washington. Os dois se desentenderam — seria novidade? — porque Buck passara com tudo por cima da equipe local para fazer uma matéria que estava bem debaixo do nariz de todos. Um antigo jogador lendário da equipe dos Bears conseguiu reunir um número suficiente de parceiros para ajudá-lo a comprar uma equipe de futebol profissional. De alguma forma, Buck descobriu a notícia, procurou o antigo jogador e conseguiu um furo de reportagem para publicar a matéria.

— Admiro você, Cameron — Lucinda Washington admitiu, recusando-se intencionalmente a chamá-lo pelo apelido que todos conheciam. — Eu posso entender, mesmo você sendo tão irritante quanto consegue ser. Mas pelo menos poderia ter me avisado.

— E deixar que você designasse alguém para chegar lá antes?

— O esporte nem mesmo é da sua área, Cameron. Depois de descobrir a "maior fonte de notícias do ano" e cobrir a derrota da Rússia por Israel, meu Deus, como você ainda poderia ter interesse numa coisa tão trivial? Vocês, mauricinhos que vieram das universidades da liga Ivy[5], não devem gostar de nada além de lacrosse[6] e rúgbi.

— Só que era algo bem maior do que uma simples reportagem sobre esporte, Lucy, e...

— Ei!

— Sinto muito, *Lucinda*. E que estereótipo é esse? Lacrosse e rúgbi?

Os dois caíram na gargalhada.

— Não estou nem mesmo reclamando de que você deveria ter me avisado que estava hoje na cidade — continuou ela. — Tudo o que eu quero é que pelo menos me informe antes de publicar esse tipo de matéria no *Semanário*. Meu pessoal e eu ficamos aborrecidos por termos sido derrotados assim, especialmente pelo famoso Cameron Williams.

— É por isso que gritou comigo?

Lucinda deu outra risada.

— Foi por isso que eu disse ao Plank que a gente teria uma conversa frente a frente, para você cair nas minhas graças outra vez.

— E o que faz você pensar que eu me importo com isso?

— Porque você me ama — Lucinda reagiu. — E não pode esconder esse sentimento.

Buck sorriu, e Lucinda acrescentou:

---

[5] Título dado à liga das oito melhores universidades particulares do nordeste americano. [N. do T.]

[6] Lacrosse é um esporte americano de elite, jogado com uma bola maciça de borracha e um bastão de cabo longo. [N. do T.]

— Mas olhe aqui, Cameron, se eu pegar você nesta cidade outra vez, na minha área, sem o meu conhecimento, vai levar um belo chute no traseiro.

— Tudo bem, mas antes preciso dizer uma coisa, uma pista que não tenho tempo de acompanhar. Fiquei sabendo que a compra do time não seguirá em frente. O dinheiro não é suficiente e a liga vai rejeitar a oferta. O jogador lendário de sua cidade vai ficar na pior.

Lucinda começou a rabiscar uma folha furiosamente.

— Você não está falando sério — disse ela, já pegando o telefone.

— É claro que não — ele sorriu. — Estou brincando, mas foi muito divertido ver você caindo nessa!

— Seu canalha! — ela berrou. — Qualquer outro que me dissesse uma coisa dessas teria sido jogado na lata de lixo!

— Só que você me ama e não vai fazer nada comigo.

— E essa atitude nem é cristã — ela retrucou.

— Não venha com isso de novo.

— Pense um pouco, Cameron. Você entendeu muito bem quando viu o que Deus fez por Israel.

— Posso admitir, mas não comece a me chamar de cristão. Deísta é o máximo permitido.

— Fique na cidade algum tempo para vir comigo à igreja, e Deus vai pegar você.

— Ele já me pegou, Lucinda, mas Jesus é outra coisa. Os israelitas odeiam Jesus, e veja o que Deus fez por eles.

— O Senhor trabalha de...

— ...um jeito misterioso, sim, eu sei. De qualquer forma, viajo para Londres segunda-feira. Vou trabalhar numa informação quente que um amigo de lá me passou.

— Ah, é? E o que é?

— Nem pense. Nós nem nos conhecemos tão bem assim.

Ela deu uma gargalhada, e os dois terminaram o encontro com um abraço amigável. Isso havia acontecido três dias antes.

Buck embarcou naquele fatídico voo para Londres preparado para tudo. Estava seguindo a pista de uma dica dada por um ex-colega de classe em Princeton, um galês que trabalhava no centro financeiro de Londres desde a graduação. Dirk Burton revelou-se uma fonte confiável no passado, passando para Buck informações sobre reuniões secretas entre investidores internacionais de alto nível. Durante anos, Buck havia se divertido um pouco com a tendência de Dirk para acreditar em teorias da conspiração.

— Vamos ver se entendi direito — Buck tinha perguntado a ele certa vez. — Você acha que esses indivíduos são mesmo líderes mundiais, certo?

— Eu não iria tão longe, Cameron. Tudo o que sei é que eles são gente de alto nível no setor privado, e, depois que se encontram, coisas importantes acontecem.

— Então você acha que eles elegem seus líderes mundiais, escolhem ditadores a dedo, esse tipo de coisa? — Buck questionou.

— Não estou inscrito no clube dos conspiradores, se é isso que você está querendo saber.

— Então de onde vêm essas ideias, Dirk? Diga você, que é um sujeito relativamente bem informado. Banqueiros poderosos estão por trás de tudo? Investidores e especuladores são os que controlam o dinheiro?

— Tudo o que sei é que nós, que atuamos nas Bolsas de Valores de Londres, Tóquio e Nova York, basicamente seguimos normalmente com nosso trabalho até o momento em que esses homens se reúnem. É aí que muitas coisas acontecem.

— Você quer dizer que, quando a Bolsa de Valores de Nova York tem uma forte baixa por causa de uma decisão presidencial ou de algum voto do Congresso, na verdade é por causa desse grupo secreto?

— Não necessariamente, mas esse é um exemplo perfeito. Se o mercado já oscila só por causa da saúde do presidente, imagine o que acontece com os mercados mundiais quando o verdadeiro grupo que controla o dinheiro se reúne.

— Mas como o mercado sabe que eles vão se encontrar? Pensei que você fosse o único a saber.

— Cameron, falando sério agora. Como muitas pessoas não concordam comigo, simplesmente não conto nada para ninguém. Um dos nossos chefões faz parte desse grupo. Quando eles marcam uma reunião, nada acontece imediatamente. No entanto, alguns dias depois, talvez uma semana, as mudanças começam a ocorrer.

— Como assim?

— Você vai me chamar de louco, mas um amigo meu está saindo com uma garota que trabalha para a secretária do nosso chefão desse grupo, e...

— Opa! Segure aí! Qual é a questão aqui?

— Bem, talvez a conexão seja um pouco remota porque, como você deve saber, a secretária do chefe não vai dizer nada. De qualquer forma, o fato mais importante é que esse sujeito está realmente empolgado com a ideia de se ter uma moeda única para o mundo inteiro. Gastamos a metade do nosso tempo com operações envolvendo taxas de câmbio e coisas do gênero. Isso faz com que os computadores precisem ser reajustados todos os dias, com base nos caprichos dos mercados.

Buck ainda não estava convencido.

— Uma moeda única? Nunca vai acontecer.

— Como você pode ser tão categórico?

— É muito estranho. Totalmente inviável. Veja o que aconteceu nos Estados Unidos quando tentaram introduzir o sistema métrico.

— Pois deveria ter acontecido. Vocês, americanos, são uns atrasados.

— O sistema métrico era necessário apenas para o comércio internacional, mas não para medir o tamanho do muro do Yankee Stadium ou quantos quilômetros há entre Indianápolis e Atlanta.

— Eu sei, Cameron. Ao facilitar a leitura de mapas e marcadores de distância, seu povo pensou que vocês abririam caminho para o domínio dos comunistas. Mas onde estão os seus comunistas agora?

Buck não levava muito a sério a maioria das ideias de Dirk Burton, até que, pouco tempo depois, Dirk ligou para ele no meio da noite.

— Cameron — disse, sem conhecer o apelido dado a ele pelos colegas —, não posso falar muito. Você pode tentar seguir a pista que vou lhe passar ou apenas assistir de camarote e depois se arrepender de não ter saído na frente com a reportagem. Lembra-se daquilo que eu disse sobre uma moeda universal?

— Ainda tenho minhas dúvidas.

— Certo, mas estou lhe dizendo que a notícia agora é que o meu chefe lançou essa ideia na última reunião dos investidores secretos, e alguma coisa já está fermentando.

— O quê?

— Haverá uma importante conferência monetária da ONU, e o tema será a viabilização da moeda.

— Grande negócio.

— É muito grande, Cameron. Nosso chefão foi derrotado. Ele, claro, estava tentando fazer com que a moeda mundial escolhida fosse a libra esterlina.

— Que surpresa isso não ter acontecido. Basta olhar para a economia do seu país.

— Então ouça. A grande notícia, se você acredita no vazamento do conteúdo de uma reunião secreta, é que eles concordaram em ter agora três moedas para o mundo todo, esperando que uma moeda única seja implantada dentro de uma década.

— Sem chance. Não vai acontecer.

— Cameron, se minhas informações estiverem corretas, o estágio inicial já está pronto. A conferência da ONU não será mais do que uma fachada.

— E a decisão já foi tomada por seus manipuladores secretos.

— Isso mesmo.

— Não sei, Dirk. Você é um bom amigo, mas não sei se devo acreditar no que diz.

— Eu não estou enganado, Cameron. Apenas faça um teste com minhas informações.

— Como?

— Vou antecipar para você o que a ONU deve anunciar dentro de duas semanas e, se eu estiver certo, como estou, comece a me tratar com um pouco mais de respeito.

Buck percebeu que ele e Dirk estavam brigando novamente, como nos tempos de Princeton, durante as festas com pizza e cerveja nos fins de semana, nos dormitórios.

— Dirk, escute. Isso parece interessante, e estou ouvindo com atenção. E você sabe muito bem, brincadeiras à parte, que eu não deixaria de acreditar em você, mesmo que estejamos longe um do outro há tanto tempo.

— Obrigado por acreditar em mim, Cameron, de verdade. Significa muito. E, além dessa primeira amostra, vou lhe dar um bônus. A resolução da ONU será em favor do uso do dólar, do euro e do iene dentro de cinco anos, mas também vou dizer que um americano é o verdadeiro poder que está por trás de tudo.

— O que você quer dizer com "o poder que está por trás de tudo"?

— O homem mais poderoso desse grupo secreto internacional.

— Em outras palavras, esse homem tem o controle do grupo?

— Foi ele quem descartou a libra esterlina como uma das moedas e tem o dólar em mente como a moeda do futuro.

— E quem é ele?

— Jonathan Stonagal.

Buck esperava que Dirk citasse um nome ridículo qualquer, para que ele explodisse numa gargalhada. Mas precisava admitir, ainda que para si mesmo, que, se houvesse alguém ligado a esse assunto, Stonagal seria uma escolha lógica. Um dos homens mais ricos do mundo, e por muito tempo conhecido como um poderoso banqueiro americano, Stonagal certamente estaria envolvido se algo relacionado com as finanças globais estivesse em jogo. Apesar de ter mais de oitenta anos e demonstrar uma aparência frágil em fotos recentes, ele era não somente o dono dos maiores bancos e instituições financeiras dos Estados Unidos, mas também um grande acionista de outros bancos ao redor do mundo.

Embora Dirk fosse seu amigo, Buck sentia a necessidade de manter uma espécie de jogo com ele, para motivá-lo a fornecer novas informações.

— Dirk, preciso voltar para a cama. Gostei de tudo o que me falou e achei muito interessante. Vou observar o resultado que virá desse acordo na ONU. Também vou seguir de perto os passos de Jonathan Stonagal. Se tudo acontecer do modo como me falou, você será meu melhor informante. Enquanto isso, veja se consegue descobrir para mim quantas pessoas fazem parte desse grupo secreto e onde se reúnem.

— Isso é fácil, Cameron. São pelo menos dez, embora algumas vezes outros tenham participado das reuniões, inclusive alguns chefes de Estado.

— O presidente americano, por exemplo?

— Ocasionalmente, acredite ou não. Em geral, eles se reúnem na França, não sei por quê. Eles ficam em algum tipo de chalé ou coisa parecida, onde há uma sensação de segurança.

— Mas nada escapa desse seu amigo, do amigo de um parente, de um subordinado, de uma secretária, ou seja lá quem for — brincou Buck.

— Pode rir quanto quiser, Cameron. Nosso personagem no grupo, Joshua Todd-Cothran, pode não ser tão reservado quanto os demais.

— Todd-Cothran? Ele não é o presidente da Bolsa de Londres?

— Ele mesmo.

— Mas ele não é todo discreto? Como pode estar numa posição tão elevada e não guardar sigilo? Além disso, quem já ouviu falar de um britânico que não seja discreto?

— Acontece.

— Boa noite, Dirk.

Naturalmente, tudo se confirmou. A ONU tomou sua resolução. Buck descobriu que Jonathan Stonagal havia se hospedado no Plaza Hotel, em Nova York, durante os dez dias da conferência. O sr. Todd-Cothran, de Londres, tinha sido um dos oradores mais eloquentes, demonstrando tanto desejo de ver a questão resolvida, que se ofereceu para passar a tocha ao primeiro-ministro da Grã-Bretanha, para conversão da libra no euro.

Muitos países em desenvolvimento lutaram contra a mudança, mas, em poucos anos, as três moedas já estavam espalhadas pelo mundo. Buck passou essa dica da conferência da ONU somente para Steve Plank, mas não revelou a fonte. Nem ele, nem Plank acharam que valesse a pena publicar um artigo especulativo sobre o assunto.

— Muito arriscado — Steve ponderou.

Porém, logo depois, ambos desejaram ter publicado a matéria com antecedência.

— Você teria se tornado mais do que uma lenda, Buck.

Dirk e Buck se tornaram mais próximos do que nunca, e não era incomum Buck ir a Londres com frequência. Se Dirk tinha uma dica importante, Buck fazia as malas e ia para lá. Muitas vezes, suas viagens incluíam países com climas que o pegavam de surpresa; assim, ele sempre carregava seus itens de emergência para enfrentar qualquer estação. Agora, aquilo tudo parecia supérfluo. Ele estava preso em Chicago após o fenômeno mais eletrizante da história do mundo, tentando chegar a Nova York. Enquanto esperava, Buck anotou na agenda do celular uma lista de coisas para fazer antes de viajar outra vez:

- Ligar para Ken Ritz, piloto particular.
- Ligar para papai e Jeff.
- Ligar para Hattie Durham e dar notícias de sua família.

- Ligar para Lucinda Washington para conseguir vaga num hotel local.
- Chamar Dirk Burton.

* * *

O toque do celular acordou Rayford. Ele havia dormido por horas. Era fim de tarde, e o céu estava começando a escurecer.

— Alô? — disse ele, sem disfarçar o tom sonolento da voz.

— Comandante Steele? — era a voz nervosa de Hattie Durham.

— Sim, sou eu. Hattie? Como você está?

— Estou tentando há horas falar com você e não conseguia! Eu ainda não sei nada sobre minha mãe ou minhas irmãs. E você, como estão as coisas por aí?

Rayford sentou-se, meio atordoado e desorientado.

— Recebi um recado da Chloe — respondeu ele.

— Eu já sabia — ela respondeu. — Você tinha me contado em O'Hare. Sua esposa e seu filho estão bem?

— Não.

— Como assim?

Rayford ficou em silêncio. O que mais ele poderia dizer?

— Você tem certeza de alguma coisa? — ela perguntou.

— Acho que sim — respondeu. — As roupas de dormir deles estão aqui.

— Ah, não! Rayford, sinto muito! Tem algo que eu possa fazer por você?

— Não, obrigado.

— Você precisa de companhia?

— Não, eu vou ficar bem.

— Estou apavorada, Rayford.

— Eu também, Hattie.

— O que você vai fazer?

— Continuar tentando encontrar Chloe. Espero que ela venha para casa ou que eu possa ir até ela.

— Onde ela está?

— Em Stanford. Palo Alto.

— Minha família está na Califórnia também — disse Hattie. — Eles enfrentaram por lá todo tipo de problemas, ainda piores do que houve por aqui.

— Imagino que sim, por causa da diferença do fuso horário — Rayford concordou. — Mais pessoas nas estradas, coisas desse tipo.

— Estou morrendo de medo do que possa ter acontecido com a minha família.

— Mande notícias quando descobrir, tá bem?

— Sim, mas espero que você ligue para mim.

— Gostaria de poder dizer que já tinha tentado falar com você, Hattie, mas não foi isso o que fiz. Está sendo muito difícil para mim.

— Se precisar, pode me chamar, Rayford. Talvez precise de alguém com quem falar ou que esteja perto de você.

— Sim, vou fazer isso. E você me dê informações quando tiver notícias de sua família.

Ele quase desejou não ter acrescentado a última frase. Perder a esposa e o filho fez com que ele entendesse o quão insípido era o relacionamento que ele esteve buscando com uma mulher de apenas 27 anos. Ele mal a conhecia e, certamente, não se importava muito com o que estava acontecendo com a família dela; era o mesmo que saber notícias de uma tragédia em algum lugar remoto. Hattie era uma boa moça. Na verdade, ela era encantadora e amiga. Mas esta não era a razão pela qual ele havia se interessado por ela. Nada mais do que uma atração física, algo de que se deu conta antes de levar o caso adiante; por sorte ou ingenuidade, não agiu por impulso. Sentia-se culpado por ter considerado tal possibilidade, e, agora, seu próprio sofrimento apagou tudo, menos a cortesia natural de simplesmente se importar com uma colega de trabalho.

— Meu celular está tocando — disse ela. — Você pode esperar?
— Não, pode atender. Eu ligo para você mais tarde.
— A gente se fala depois, Rayford.
— Sem problemas.

* * *

Buck Williams acompanhou uma multidão alvoroçada que se dirigia para um antigo telefone público que, por milagre, estava funcionando. Queria ver quantas ligações pessoais poderia fazer. Primeiro ouviu a mensagem do correio de voz de Ken Ritz.

"Este é o serviço de fretamento do Ritz. Aqui está minha proposta em face da crise: tenho Learjets nos aeroportos de Palwaukee e Waukegan, mas perdi meu outro piloto. Eu poderia chegar a qualquer aeroporto, mas agora não estão deixando ninguém usar as principais pistas. Não posso entrar em Milwaukee, O'Hare, Kennedy, Logan, National, Dulles, Dallas e Atlanta. Consigo pousar em alguns aeroportos menores e distantes, mas o que estou propondo é uma espécie de leilão. Desculpe ser tão oportunista, mas estou pedindo 20 dólares por milha, em dinheiro vivo, adiantado. Se eu puder encontrar alguém que queira ir para o mesmo lugar aonde estou indo, talvez possa oferecer um pequeno desconto. Estou checando as mensagens hoje e decolarei logo de manhã. Viagens mais longas, com dinheiro garantido, terão preferência. Se sua parada for no meio do caminho, vou tentar encaixar. Deixe-me uma mensagem e eu retornarei sua ligação."

Isso mais parecia uma piada. Como Ken Ritz poderia fazer contato com Buck? Com seu celular fora de área, a única coisa em que conseguia pensar era deixar para o piloto uma mensagem de voz informando seu número em Nova York.

— Sr. Ritz, meu nome é Buck Williams e preciso chegar o mais perto possível de Nova York. Pagarei o valor que você está pedindo em cheques de viagem, resgatáveis em qualquer moeda que desejar. — Às vezes, isso era um detalhe atraente para os pilotos particulares, porque eles usavam as diferenças de câmbio para conseguir uma pequena margem de lucro na troca. — Estou em O'Hare e tentarei encontrar um lugar para ficar nos subúrbios. Só para poupar seu tempo, vou buscar algum lugar entre aqui e Waukegan. Se conseguir um novo número, entrarei em contato. Enquanto isso, você pode deixar uma mensagem para mim no seguinte número de Nova York...

Buck ainda não conseguia fazer contato direto com o escritório, mas seu número funcionava. Ele conseguiu ouvir novas mensagens, principalmente de colegas de trabalho fazendo contato com ele e lamentando a perda de amigos em comum. Depois veio a mensagem de boas-vindas de Marge Potter, um gênio que pensava em tudo para ele:

"Buck, se você ouvir esta mensagem, ligue para seu pai em Tucson. Ele e seu irmão estão juntos, e eu odeio ter de lhe contar, mas eles estão tendo problemas para encontrar a esposa e as crianças do Jeff. Devem ter alguma novidade até o momento em que você ligar. Seu pai ficou muito agradecido em saber que você está bem."

O correio de voz de Buck mostrou que ele ainda tinha uma nova mensagem. Era de Dirk Burton, que insistia com ele para colocar aquela viagem em primeiro lugar. Buck queria ouvir tudo mais detalhadamente quando tivesse tempo. Enquanto isso, deixou uma mensagem para Marge, pedindo que, se ela tivesse tempo e uma linha disponível, explicasse a Dirk que seu voo não conseguiu chegar a Heathrow. Claro, Dirk já saberia disso agora, mas ele precisava ter certeza de que Buck não estava entre os desaparecidos e que chegaria a Nova York no devido tempo.

Buck finalizou aquela ligação e ligou para seu pai. A linha estava ocupada, mas não era o mesmo tipo de tom indicando linhas inoperantes ou que todo o sistema estava corrompido. Nem era aquela gravação irritante com a qual ele já estava acostumado. Seria apenas uma questão de tempo até que ele pudesse ligar. Jeff deveria estar ao lado do seu pai sem saber nada sobre a esposa, Sharon, e as crianças. Ele e a esposa tiveram suas diferenças e se separaram antes de as crianças terem nascido, mas depois de vários anos o relacionamento dos dois melhorou. A esposa de Jeff provou que sabia perdoar e conciliar. O próprio Jeff admitiu que se sentiu intrigado quando ela o aceitou de volta. "Chame-me de indigno, mas grato", ele disse certa vez para Buck. Os filhos do casal, ambos parecidos com Jeff, eram preciosos.

Buck pegou o número que a linda comissária de bordo lhe havia dado e culpou-se por não ter ligado para ela mais cedo. Demorou um pouco para que atendesse.

— Hattie Durham, aqui é o Buck Williams.

— Quem?

— Cameron Williams, do *Semanário Global*...

— Ah! Sim! Oi, Cameron, alguma notícia?

— Sim, senhorita, boas notícias.

— Oh! Graças a Deus! Então conte logo.

— Alguém do meu escritório me informou que encontraram sua mãe. Ela e suas irmãs estão bem.

— Obrigada, obrigada, muito obrigada! Não sei por que elas não me ligaram. Talvez tenham tentado. Meu celular está toda hora sem serviço.

— Há outros problemas na Califórnia, Hattie. Linhas sem sinal, esse tipo de coisa. Pode demorar um pouco até você conseguir falar com seus familiares.

— Eu já sei. Agradeço muito sua atenção. E você? Conseguiu contato com sua família?

— Soube que meu pai e meu irmão estão bem. Ainda não temos notícias de minha cunhada e meus sobrinhos.

— Qual é a idade das crianças?

— Não consigo me lembrar. Os dois têm menos de dez, mas não sei exatamente.

— Oh! — A voz de Hattie parecia triste, reservada.

— Por quê? — perguntou Buck.

— Por nada. É apenas que...

— Hã?

— Você não pode se basear no que eu vou dizer.

— Pois então me fale.

— Bem, você deve se lembrar do que eu lhe disse no avião. De acordo com as notícias, parece que todas as crianças desapareceram, inclusive as que estavam para nascer.

— Sim... sim... eu sei.

— Não estou dizendo que os seus sobrinhos estão...

— Entendo.

— Desculpe ter falado nisso.

— Não se preocupe. É tudo muito estranho, não acha?

— Sim. Acabo de falar com o comandante que pilotou o avião em que você estava. Ele perdeu a esposa e o filho, mas sua filha está bem. Ela também está na Califórnia.

— Qual é a idade dela?

— Uns vinte, imagino. Está em Stanford.

— Ah!

— Sr. Williams, como posso chamá-lo?

— Buck. É um apelido.

— Bem, Buck, posso estar errada quanto ao que disse a respeito de seus sobrinhos. Espero que haja exceções e que eles estejam bem.

Hattie começou a chorar.

— Não se preocupe, senhorita. Devemos admitir que ninguém está conseguindo pensar direito neste momento.

— Pode me chamar de Hattie.

Isso lhe pareceu um tanto irônico diante das circunstâncias. Ela estava se desculpando por ter sido inconveniente e, por outro lado, não queria ser muito formal. Se ele era Buck, ela era Hattie.

— Acho que não devo ocupar seu tempo — ele explicou. — Só queria lhe passar as notícias. Pensei que talvez, neste momento, você já soubesse.

— Não sabia, e obrigada mais uma vez. Você se importaria de me ligar de novo quando tiver tempo ou se lembrar? Você me parece ser muito gentil, e aprecio bastante o que fez por mim. Gostaria muito de poder falar com você mais vezes. Este é um momento de terror e solidão.

Ele não podia deixar de sentir uma certa intenção subliminar. Curioso, podia ser qualquer coisa, menos uma brincadeira. Hattie parecia estar sendo totalmente sincera, e ele acreditava que sim. Uma mulher bonita, assustada e solitária, cujo mundo tinha sido abalado, assim como o dele e o de todos que conhecia.

Quando desligou, Buck viu uma jovem no balcão acenando para ele.

— Escute — ela sussurrou quando ele foi até lá —, não querem que eu faça uma comunicação pública, para evitar correria, mas acabamos de ouvir algo interessante. As empresas de limusines e *vans* se associaram e mudaram seu centro de comunicação para uma pista lateral, perto do cruzamento da estrada Mannheim.

— Onde fica isso?

— Bem perto do aeroporto. Não existe nenhum tráfego vindo para os terminais. Mas, se você puder caminhar até o cruzamento, provavelmente encontrará todos aqueles sujeitos com rádios móveis, tentando controlar a saída e a chegada de *vans* e limusines.

— Posso imaginar os preços.

— Não, provavelmente não pode.

— Se não é isso, então vou ter de esperar bastante.

— O mesmo que teria de aguardar para alugar um carro em Orlando — ela explicou.

Ela estava certa. Depois de pegar uma carona, com um grupo, até o cruzamento da Mannheim, Buck encontrou muita gente cercando os intermediadores. Avisos intermitentes chamavam a atenção de todos.

— Estamos fazendo lotações para cada veículo. Cem dólares por pessoa para qualquer subúrbio. Somente dinheiro vivo. Nenhum deles está saindo para Chicago.

— Aceita cartões? — alguém gritou.

— Vou repetir — disse o coordenador —, apenas dinheiro vivo. Se você só tiver dinheiro ou talão de cheques em casa, pode pedir ao motorista que confie em você. — Ele anunciou uma lista das empresas que estavam disponíveis e quais os destinos. Os passageiros correram para lotar os carros, permanecendo em fila no acostamento da via expressa.

Buck entregou um cheque de viagem de 100 dólares ao homem que estava cuidando do transporte para os subúrbios da região norte. Uma hora e meia depois, juntou-se a vários outros numa limusine. Depois de tentar, sem sucesso mais uma vez, usar seu celular, ofereceu ao motorista 50 dólares para usar o dele.

— Não garanto nada — o motorista preveniu. — Algumas vezes, funciona; outras, não.

Ele procurou o número da casa de Lucinda Washington no seu caderno de anotações e ligou. Um adolescente respondeu:

— Casa da família Washington.

— Aqui é Cameron Williams, do *Semanário Global*, quero falar com Lucinda.

— Minha mãe não está — foi a resposta.

— Ela ainda está no escritório? Preciso que ela me recomende algum lugar onde eu possa me hospedar perto de Waukegan.

— Ela não está em nenhum lugar — respondeu o jovem. — Sou o único que ficou. Minha mãe, meu pai, todos se foram. Desapareceram.

— Tem certeza?

— Suas roupas estão aqui, bem no lugar onde eles estavam sentados. Os óculos de meu pai ainda estão em cima de seu roupão de banho.

— Rapaz! Sinto muito.

— Olha, eu sei onde eles estão, nem posso dizer que estou surpreso.

— Você sabe para onde eles foram?

— Se você conheceu minha mãe, também sabe para onde ela foi. Ela está no céu.

— Ah, sei. E você está bem? Tem alguém aí para cuidar de você?

— Meu tio está aqui. E um membro da nossa igreja também. Talvez o único que sobrou.

— Então está tudo certo com você?

— Sim, tudo bem.

Cameron desligou e devolveu o celular ao motorista.

— Tem alguma ideia de onde posso passar a noite? Estou tentando pegar um voo que parte de Waukegan amanhã cedo.

— As redes de hotéis provavelmente estão lotadas, mas há hospedarias baratas perto do aeroporto onde poderá se acomodar. Você será o último passageiro a descer.

— Se é o que tem pra hoje, fazer o quê, né? Pelo menos lá tem telefone?

— É mais provável encontrar telefone e televisão do que água corrente.

CAPÍTULO 6

Fazia muito tempo que Rayford Steele não se embriagava. Irene nunca gostou muito de bebidas alcoólicas, e nos últimos anos já não bebia mais nada. Ela insistia com ele para que escondesse qualquer garrafa que tivesse em casa. Não queria que Raymie sequer soubesse que seu pai ainda bebia.

— Isso é desonesto — Rayford costumava retrucar.

— É apenas prudência — ela justificava. — Ele ainda não sabe de tudo, e nem precisa saber.

— E como isso combina com sua sarcástica insistência de que sejamos inteiramente sinceros?

— Falar a verdade nem sempre significa dizer tudo o que fazemos. Você costuma informar para a sua tripulação que vai fazer uma pausa para ir ao banheiro, mas não costuma dizer exatamente o que vai fazer lá, ou diz?

— Irene!

— Estou apenas dizendo que não é preciso deixar claro para o seu filho pré-adolescente que você consome bebidas alcoólicas.

Ele achava difícil argumentar com ela, então mantinha suas garrafas de vinho escondidas. Se houvesse um momento que pedisse um drinque forte, o momento era aquele. Esticou o braço, passou a mão por trás da tampa de uma assadeira de bolo no armário sobre a pia e puxou uma garrafa de uísque pela metade. Seu desejo, sabendo que ninguém que se importasse com ele jamais veria isso, era beber tudo em um só gole. Porém, mesmo num momento como aquele, deveria respeitar convenções e boas maneiras. Beber no gargalo da garrafa não fazia seu estilo.

Rayford despejou três dedos em uma taça de cristal e bebeu tudo de uma vez só, como um profissional. Isso não combinava muito com seu caráter e ele não se sentiu confortável. A bebida desceu por sua garganta e foi queimando tudo pelo caminho, causando-lhe um calafrio que o fez estremecer e gemer. "Quanta idiotice!", ele pensou. "E ainda mais com o estômago vazio."

Ele já estava ficando tonto quando colocou a garrafa na mesa e, então, pensou melhor. Jogou a garrafa na lata de lixo embaixo da pia. Essa desistência, mesmo que ocasionalmente, de um drinque poderia ser uma homenagem a Irene? Não haveria nenhum benefício para Raymie agora, mas ele não se sentia à vontade bebendo sozinho. Seria ele capaz de tornar-se um bêbado secreto? "E quem não?", disse para si mesmo. Independentemente disso, ele não tinha nada a ganhar com sua maturidade depois do que aconteceu.

O sono de Rayford tinha sido profundo, mas não o suficiente. Havia umas poucas coisas para fazer naquele momento. Primeiro, ligar para Chloe. Depois, descobrir o que a Pancontinental queria que ele fizesse na próxima semana. Pelo regulamento convencional ele permaneceria em terra após um voo excessivamente longo e um pouso de emergência que havia desviado sua rota. Mas quem poderia saber o que estava acontecendo agora?

Quantos pilotos a companhia teria perdido? Quando as pistas seriam desobstruídas? Haveria já algum voo programado? Conhecendo muito bem a maior preocupação das empresas aéreas, tudo tinha a ver com a entrada de dólares. Assim que as aeronaves pudessem voar novamente, elas voltariam a ser rentáveis. Bem, ele gostava de trabalhar na Pancontinental, era uma boa empresa. Ficaria lá e faria a sua parte. Mas como deveria lidar com essa dor, esse desespero, esse vazio interior?

Finalmente entendeu a razão por que as famílias enlutadas se queixavam no enterro de um parente mutilado demais ou com o corpo completamente destruído. Elas diziam que não havia sentido em lacrar o caixão, e que o sofrimento se tornava maior porque elas tinham dificuldade de aceitar que a pessoa tinha mesmo morrido.

Isso sempre pareceu estranho para ele. Quem gostaria de ver o corpo da esposa ou de um filho dentro de um caixão à espera do funeral? Você não ia querer lembrar-se deles vivos e felizes como eram? Mas ele compreendia melhor agora. Não havia dúvidas de que sua esposa e seu filho tinham desaparecido como se tivessem morrido, assim como aconteceu com os pais dele anos antes. Irene e Ray não voltariam, e ele não estava certo de que os veria novamente algum dia. E nem se haveria uma segunda chance de chegar a esse lugar chamado céu.

Ele queria ao menos ter uma oportunidade de encontrar seus corpos — na cama, em um caixão ou em qualquer lugar. Faria qualquer coisa para vê-los ao menos por um momento. Isso não os traria de volta à vida, mas talvez não se sentisse agora tão abandonado, tão vazio.

Rayford sabia que as conexões telefônicas entre Illinois e Califórnia estavam interrompidas, e isso poderia durar muitas horas, talvez dias. No entanto, faria diversas tentativas. Ligou para Stanford, usando o número principal da administração, e não obteve sequer um sinal de ocupado ou mesmo uma mensagem gravada. Ligou para o quarto de Chloe. Nada. A cada meia hora ou pouco mais ele tentava de novo. Não alimentava a esperança de que ela atendesse; e, se o fizesse, seria uma surpresa maravilhosa.

Rayford estava faminto e achou melhor comer alguma coisa em vez de ficar só com aqueles goles de bebida. Subiu de novo as escadas, entrando no quarto de Raymie para pegar a pequena pilha de roupas e mantê-las como uma recordação do filho. Colocou-as numa caixa de papelão para presentes que encontrou no guarda-roupa de Irene. Depois, colocou em outra caixa a camisola da esposa, o medalhão e a aliança.

Ele levou as caixas para baixo, junto com os dois biscoitos que ela havia lhe enviado. O restante daqueles biscoitos devia estar em algum lugar. Encontrou-os numa tigela guardada no armário. Sentiu-se grato, pois o cheiro e o sabor deles lembrariam Irene enquanto durassem.

Rayford pegou mais dois biscoitos da tigela, colocou-os num pratinho de papelão e pegou um copo de leite. Sentou-se à mesa da cozinha, ao lado do telefone, mas não conseguiu comer forçado. Estava paralisado. Para manter-se ocupado, apagou as mensagens da secretária eletrônica e gravou uma nova. "Aqui fala Rayford Steele. Se precisar, por favor, deixe uma breve mensagem. Estou tentando manter esta linha desocupada para minha filha. Chloe, se for você, estarei dormindo aqui por perto, então me dê uma chance de atender. Se por algum motivo não for possível se comunicar, faça o que for preciso para chegar em casa. Qualquer companhia aérea pode debitar a passagem em minha conta. Amo você."

Em seguida, comeu os biscoitos, cujo aroma e sabor lhe traziam imagens de Irene na cozinha, e o leite fazia-o sentir saudades do filho. A situação estava ficando cada vez mais difícil.

Exausto, não quis subir novamente as escadas. Teria de se esforçar muito para dormir em seu próprio quarto naquela noite. Por enquanto, ele se esticaria no sofá da sala de estar e esperaria que Chloe ligasse. Apertou a tecla de rediscagem novamente, e dessa vez apareceu o sinal de ocupado, indicação suficiente para saber que algo novo estava acontecendo. Ao menos as linhas estavam sendo consertadas. Já era um progresso. Ele imaginava que a filha deveria estar pensando nele enquanto ele também pensava nela. No entanto, Chloe ainda não fazia a menor ideia do que tinha acontecido com sua mãe e com seu irmão. Ele contaria a ela por telefone? Temia que sim. Por certo ela perguntaria.

Ele se arrastou até o sofá e deitou-se. O soluço na garganta não estava mais acompanhado de lágrimas. Se ao menos Chloe conseguisse ouvir a mensagem e voltasse para casa, poderia contar tudo para ela pessoalmente.

Rayford ficou ali se lamentando, sabendo que a televisão estaria repleta de cenas que ele não queria ver, transmitindo 24 horas por dia a tragédia e o caos ao redor do mundo. E, então, de algum modo ele se fortaleceu. Sentou-se, olhando pela janela na escuridão. Devia dizer a verdade diretamente para Chloe. Não podia falhar com ela. Ele a amava, e ela era tudo o que ele tinha agora. Precisavam descobrir juntos por que ignoraram tudo o que Irene tentou dizer-lhes e por que foi tão difícil aceitar e crer. Acima de tudo, ele tinha de estudar, aprender, estar preparado para o que pudesse acontecer a partir dali.

Se os desaparecimentos tivessem sido um ato de Deus, e se eles tivessem deixado de fazer o que deveriam ter feito, seria o fim de tudo? Os cristãos, os crentes verdadeiros, foram levados, e os demais foram deixados para se lamentar e reconhecer seu erro? Talvez sim. Quem sabe esse fosse o preço. "Mas, então, o que acontece quando morremos?", ele pensou. "Se o céu é real, se o arrebatamento foi um fato, o que dizer quanto ao inferno e o juízo? Será esse o nosso destino? Passaremos por esse inferno de arrependimento e remorso para depois irmos literalmente para o inferno?"

Irene sempre falava de um Deus amoroso, mas até mesmo o amor e a misericórdia dele tinham seus limites. Será que todos os que haviam negado a verdade tinham ultrapassado os limites de Deus? Não haveria mais misericórdia, nem alguma segunda chance? Talvez não houvesse, e, se fosse assim, então seria o fim de tudo.

Mas, se houvesse opções, se ainda fosse possível, de alguma forma, encontrar a verdade e acreditar nela ou aceitar, ou o que quer que Irene tivesse dito ou suposto, Rayford descobriria. Significaria admitir que ele não sabia de tudo? Que ele tinha confiado em si mesmo e que agora se achava estúpido, fraco e sem valor? Ele podia admitir isso. Depois de uma vida de conquista, de excelência, de estar acima da maioria e de ser o melhor em seus círculos de trabalho, ele foi tão humilhado quanto possível por um único golpe.

Havia tanta coisa que ele não sabia, tanta coisa que não compreendia. Mas, se as respostas ainda estivessem disponíveis, ele as encontraria. Não tinha ideia de para quem perguntar ou por onde começar, mas isso era algo que ele e Chloe podiam fazer juntos. Eles sempre se entendiam bem. Ela havia passado pela fase do comportamento rebelde típico da adolescência, mas nunca fez nada estúpido ou irreparável, pelo menos até onde ele sabia. Na verdade, os dois sempre foram muito próximos; eram muito parecidos.

Não eram apenas a idade e a inocência de Raymie que permitiram a influência da mãe sobre ele. Era sua forma de ser. Ele não tinha um instinto de intrepidez, uma atitude de "primeiro eu" que Rayford achava necessária para que ele tivesse sucesso no mundo real. Ele temia que o garoto pudesse ser um filhinho da mamãe — muito compassivo, sensível demais, carinhoso ao extremo. Ele estava sempre atrás de outra pessoa quando Rayford achava que ele deveria estar atrás de ser o número um.

Quão grato agora ele se sentia pelo fato de Raymie ter passado mais tempo com a mãe do que com ele! E como desejava que Chloe fosse um pouco assim. Ela era competitiva, autossuficiente, uma pessoa que precisava ser convencida e persuadida. Podia ser bondosa e gentil quando essa atitude servisse aos seus propósitos, mas era parecida com o pai. Cuidava de si mesma.

"Belo trabalho, belo trabalho!", disse Rayford para si mesmo. "A garota de quem tanto se orgulhava por ser muito parecida com você agora está nessa mesma situação."

Ray decidiu que isso precisava mudar. Assim que se encontrassem, tudo seria diferente. Eles entrariam em uma missão, uma busca pela verdade. Se fosse tarde demais, teriam de aceitar e lidar com isso. Ele sempre foi alguém que buscava um objetivo e arcava com as consequências. A diferença agora eram os resultados eternos. Ele acreditava, contra toda a falta de esperança, que haveria outra chance de saber a verdade e de encontrar o conhecimento em algum lugar. Só havia um problema: aqueles que sabiam tudo tinham ido embora.

* * *

O Hotel Midpoint, na Rua Washington, a poucos quilômetros do pequenino aeroporto de Waukegan, era precário demais para ter uma lista de espera. Buck Williams ficou agradavelmente surpreso ao ver que os hotéis não aumentaram as diárias após a recente crise. Quando viu o quarto, descobriu a razão e ficou se perguntando como aquele lugar tão ruim acabou cruzando seu caminho. Devia haver algo melhor. Bem, pelo menos ali tinha telefone, chuveiro, uma cama e TV. Exausto como estava, conseguiria suportar. Primeiro, Buck ligou para seu correio de voz em Nova York. Não havia nada de novo do tal Ritz, então ouviu novamente a mensagem arquivada de Dirk Burton, que o lembrava da importância de chegar a Londres. Buck digitou a mensagem de Burton em seu *notebook* enquanto ouvia:

"Cameron, você sempre me diz que esta central de mensagens é confidencial, e espero que esteja certo. Eu nem vou me identificar, mas você sabe quem sou. Deixe-me dizer uma coisa importante, e encorajo você a vir para cá o mais rápido possível. O grande homem, seu compatriota, aquele que eu chamo de supremo agente do poder internacional, veio aqui outro dia para se encontrar com aquele outro que eu considero como nosso arrogante sujo. Você sabe a quem eu me refiro. Houve uma terceira pessoa na reunião. Tudo o que sei é que ele é europeu, provavelmente da Europa Oriental. Não descobri quais são os planos dos dois para ele, mas aparentemente é algo muito grande.

Minhas fontes dizem que seu amigo banqueiro já havia se encontrado pessoalmente com cada uma das peças-chave e com esse mesmo europeu em diferentes locais. Ele foi apresentado aos chineses, ao Vaticano, a Israel, à França, à Alemanha e aos Estados Unidos. Algo está sendo preparado, e eu nem quero sugerir nada, a não ser pessoalmente. Venha me encontrar assim que puder. Se não for possível, vou lhe dar uma dica: veja as notícias sobre o estabelecimento de um novo líder na Europa. Se você pensar igual a mim, saberá que nenhuma eleição será marcada e não haverá mudança iminente de poder, você vai entender. Venha logo, amigo."

Buck telefonou para Ken Ritz e deixou um recado na secretária eletrônica dele dizendo onde estava. Depois, tentou ligar para o oeste mais uma vez; finalmente conseguiu. Buck ficou surpreso e aliviado ao ouvir a voz de seu pai, embora ele aparentasse estar cansado e desanimado, mas nem um pouco apavorado.

— Estão todos bem aí, papai?

— Nem todos. Jeff estava aqui comigo, mas resolveu pegar o carro para ver se pode chegar ao lugar do acidente em que Sharon foi vista pela última vez.

— Acidente?

— Ela estava levando os filhos para um retiro ou coisa parecida, algo relacionado com a igreja que ela frequentava. Ela não está mais conosco, você já deve saber. A verdade é que ela nunca chegou lá. O carro capotou. Não havia sinais dela, a não ser as roupas, e você sabe o que isso quer dizer.

— Ela desapareceu?

— Parece que sim. Jeff não consegue aceitar. Está sendo muito difícil para ele. Quer descobrir por si mesmo. O problema é que as crianças também se foram, todas elas. Todos os seus amigos, todos os que estavam naquele retiro nas montanhas, todo mundo. A polícia estadual encontrou as roupas das crianças, cerca de cem peças, e algum tipo de lanche para a noite queimando no fogão.

— Que triste! Diga a Jeff que sinto muito. Se ele quiser falar comigo, estou aqui.

— Não acho que ele queira conversar, Cameron, a menos que você tenha algumas respostas para ele.

— Eu ainda não entendi o que aconteceu, papai. Não conheço ninguém que saiba de alguma coisa. Tenho um pressentimento de que as pessoas que teriam as respostas se foram.

— Isto é terrível, Cam. Gostaria que você estivesse aqui conosco.

— Aposto que sim.

— Você está sendo sarcástico?

— Apenas dizendo a verdade, papai. Se me quisesse aí por perto, seria a primeira vez.

— Bem, talvez situações como esta sejam os momentos nos quais temos de mudar nossa forma de pensar.

— No meu caso? Duvido.

— Cameron, não vamos entrar nessa discussão, certo? Apenas uma vez deixe de olhar para si mesmo e pense em outra pessoa. Você acabou de perder uma cunhada e dois sobrinhos, e seu irmão provavelmente nunca conseguirá superar essa perda.

Buck mordeu a língua. Por que ele sempre tinha de falar o que não devia, especialmente agora? Seu pai estava certo. Se Buck ao menos pudesse admitir isso, talvez eles conseguissem se entender melhor. Ele havia ficado ressentido com a família desde que foi para a universidade, depois da proeza de conseguir estudar em uma da famosa liga Ivy. De onde ele vinha, os filhos deviam dar continuidade aos negócios da família. O pai dele transportava combustível para o Estado, principalmente de Oklahoma e Texas. Era um trabalho difícil, porque os moradores sempre achavam que cada Estado deveria ser responsável pelos seus próprios recursos. Jeff começou a trabalhar no pequeno negócio com o pai, inicialmente no escritório, depois dirigindo um caminhão, e agora administrava as operações do dia a dia.

Muita coisa ruim aconteceu, especialmente porque Cameron estava na universidade quando sua mãe adoeceu. Ela insistiu para que ele continuasse lá, mas, quando ele não pôde voltar para casa no Natal, devido a problemas financeiros, seu pai e seu irmão nunca o perdoaram. Sua mãe morreu enquanto ele estava fora, e ele foi tratado friamente pelo pai e pelo irmão até mesmo no funeral dela.

A relação entre eles melhorou ao longo dos anos, principalmente porque sua família gostava de se vangloriar do fato de ele ter se tornado um jornalista famoso internacionalmente. Ele havia deixado o passado para trás, mas se ressentia em saber que agora só era bem-vindo porque havia se tornado famosos. Buck raramente os visitava. Havia muitas feridas para serem curadas antes de uma reconciliação plena, mas ele ainda ficava com raiva de si mesmo por abrir velhas cicatrizes quando sua família estava sofrendo.

— Se houver algum tipo de culto em memória deles, vou tentar chegar até aí, papai.

— Você vai *tentar*?

— É tudo o que posso prometer. O senhor pode imaginar como as coisas estão fervilhando no *Semanário Global* exatamente agora. Nem é preciso falar que será a reportagem do século.

— Você vai fazer matéria de capa?

— Vou ter muita coisa para cobrir, sim.

— Mas e a capa?

Buck suspirou. De repente se sentiu cansado. Não era de se admirar. Ele estava acordado por quase 24 horas.

— Eu não sei, pai. Já trabalhei em muitas frentes. Meu palpite é que a próxima revista será uma edição especial sobre tudo o que está acontecendo. É improvável que minha matéria seja o único artigo de capa. Parece que eu vou ser designado para uma cobertura muito importante daqui a duas semanas.

Ele esperava ter deixado o pai satisfeito com essa explicação. Queria desligar o telefone logo e dormir um pouco, mas não desligou.

O pai insistiu:

— O que você quer dizer com isso? Qual é a reportagem?

— Bem, vou juntar material de várias fontes sobre as teorias do que está por trás desses desaparecimentos.

— Será um grande trabalho. Todos aqueles com quem falo têm uma ideia diferente. Você sabe que seu irmão está com medo de que isso tenha a ver com o juízo final de Deus ou algo parecido?

— Ah, ele acha?

— Sim. Mas eu não penso assim.

— E por que não? — realmente Buck não queria entrar numa longa discussão, mas isso o deixou surpreso.

— Porque eu perguntei ao nosso pastor. Ele disse que, se Jesus Cristo estivesse levando as pessoas para o céu, ele, eu, você e o Jeff também teríamos ido embora. Faz sentido.

— Que sentido? Eu nunca fui muito ligado a nenhuma religião.

— Para o inferno você não vai. Você começou a acreditar nessa bobagem liberal da Costa Leste. Sabe muito bem que sempre esteve na igreja e na escola dominical desde que era um bebê. Você é tão cristão quanto qualquer um de nós.

Cameron queria dizer: "É exatamente esse o ponto que me intriga." Mas não disse. Foi a falta de sintonia entre a participação de sua família na igreja e o tipo de vida cotidiana de cada um que o levou a deixar a igreja definitivamente no dia em que pôde fazer sua escolha.

— Está bem, diga ao Jeff que estou pensando nele, tá bem? Se eu conseguir organizar as coisas aqui, vou até aí para ajudá-lo a decidir o que fazer a respeito de Sharon e as crianças.

Buck estava satisfeito por ao menos ter, naquela hospedaria, bastante água quente para um longo banho. Ele não se lembrava do ferimento atrás da cabeça até começar a latejar assim que a água quente escorreu pela cabeça e removeu o curativo. Não havia nada para refazer a bandagem, então deixou escorrer um pouco de sangue e depois fez compressa com um pouco de gelo. Pela manhã, procuraria uma atadura, somente para evitar os olhares. Por enquanto, ficaria assim mesmo. Seus ossos doíam de tanto cansaço.

Não havia controle remoto para a TV, e ele não queria ter de se levantar de jeito nenhum depois de deitar. Diminuiu bem o volume para não interromper seu sono e assistiu a um resumo geral dos fatos antes de cochilar. As imagens vindas de todo o mundo estavam quase além do que ele poderia suportar, mas a notícia era seu negócio. Ele se lembrava dos muitos terremotos e guerras da última década e das comoventes coberturas noturnas. Agora estava diante de algo que era mil vezes maior do que já tinha visto, tudo no mesmo dia. Jamais em toda a história houve mais pessoas mortas num mesmo dia do que naquele, em que desapareceram de uma só vez. Elas foram assassinadas? Sumiram? Voltariam?

Buck não conseguia tirar os olhos da tela, mesmo pesados como estavam, enquanto uma sequência de imagens mostrava os desaparecimentos registrados em vídeos amadores. De alguns países chegavam gravações profissionais de programas de televisão ao vivo. O microfone de um apresentador caiu em cima de suas roupas vazias, escorregou sobre seus sapatos e fez muito ruído ao rolar pelo chão. A plateia gritava. Uma das câmeras fez uma cena da multidão, que lotou todo o auditório momentos antes. Agora vários assentos estavam vazios, com as roupas soltas sobre eles.

"Ninguém poderia fazer um roteiro assim", Buck pensou, piscando vagarosamente. Se alguém tentasse vender um roteiro sobre milhões de pessoas desaparecendo ao mesmo tempo, deixando tudo para trás, menos seus corpos, seria ridicularizado.

Buck só percebeu que havia pegado no sono quando o telefone barato do quarto tocou uma campainha estridente, quase caindo da mesinha ao lado da cama. Ele atendeu.

— Desculpe incomodá-lo, sr. Williams, mas notei que seu telefone agora estava desligado. Enquanto você estava falando, chegou uma ligação. O nome dele era Ritz. Disse que você pode ligar para ele agora ou apenas esperar por ele lá fora às seis da manhã.

— Está certo, muito obrigado.

— O que o senhor vai fazer? Telefonar para ele ou encontrá-lo na entrada do prédio?

— E por que você precisa saber?

— Ah, não estou querendo me intrometer na sua vida, é que, se o senhor vai sair às seis da manhã, preciso receber o pagamento adiantado. E você fez uma ligação interurbana. Eu não me levanto antes das sete.

— Vou lhe dizer o que... Ah! Qual é o seu nome?

— Mack.

— Vou lhe dizer, Mack. Deixei com você o número de meu cartão de crédito, por isso sabe que não vou sair daqui sem pagar. Amanhã cedo vou deixar um cheque de viagem no quarto para você, cobrindo o preço da diária, e um valor extra mais do que o necessário para pagar pela ligação interurbana. Entendido?

— É uma gorjeta?

— Sim, senhor.

— Obrigado.

— Preciso que você me faça um favor: ponha por baixo da minha porta um curativo ou algo assim.

— Sim, eu tenho. Precisa dele agora? O senhor está bem?

— Agora não. Estou bem. Quando vier à minha porta, não faça barulho. E, por favor, deixe meu telefone desligado, apenas para o caso de alguém ligar, certo? Se vou ter de acordar tão cedo, preciso de uma boa noite de sono a partir de agora. Você cuida disso para mim, Mack?

— Claro! Vou desligar o telefone agora mesmo. O senhor quer receber uma chamada para acordá-lo de manhã?

— Não precisa, obrigado — sorriu Buck, quando percebeu que o telefone já estava mudo em sua mão. Mack seria tão bom quanto pudesse para cumprir sua promessa. Se encontrasse o curativo pela manhã, poderia deixar uma boa gorjeta.

Buck fez um esforço para se levantar, desligou a TV e apagou a luz. Ele era do tipo que olhava para o relógio antes de dormir e despertava na hora exata que havia programado. Era quase meia-noite. Estaria acordado às 5h30.

Bastou entrar debaixo do cobertor para cair no sono. Quando acordou, cinco horas e meia depois, ele não havia movido um músculo sequer.

* * *

Rayford sentiu como se estivesse sonâmbulo, enquanto se arrastava pela cozinha para subir as escadas. Ele não podia acreditar que estivesse ainda tão cansado, mesmo depois de seu longo descanso e de muito cochilo intermitente no sofá. O jornal ainda estava enrolado e amarrado por um elástico sobre uma cadeira. Se tivesse qualquer problema para dormir no andar de cima, talvez pudesse ler um pouco. Seria interessante olhar as notícias — agora sem sentido — de um mundo que não imaginava sofrer o pior trauma de sua história apenas poucas horas depois de o jornal ter sido impresso.

Rayford apertou a tecla de rediscagem automática e caminhou lentamente em direção à escada, mal podendo ouvir a distância. O que foi isso? O tom de discagem tinha sido interrompido, e o telefone do quarto de Chloe estava tocando. Ele correu para o aparelho e uma voz feminina atendeu.

— Chloe? — perguntou Rayford.

— Não. Quem está falando aí é o sr. Steele?

— Sim!

— Aqui é Amy. Chloe está tentando encontrar um jeito de voltar para casa. Ela vai ligar para o senhor durante a viagem, em algum momento amanhã. Se não conseguir, ligará quando chegar aí ou vai pegar um táxi até sua casa.

— Ela já está a caminho?

— Sim. Não quis esperar. Ela tentou ligar várias vezes, mas...

— Sim, eu sei. Obrigado, Amy. Como você está?

— Aterrorizada, como todo mundo.

— Posso imaginar. Você perdeu alguém?

— Não, mas sinto uma espécie de culpa sobre isso. Parece que cada pessoa que conheço perdeu alguém. Bem, perdi alguns poucos amigos, mas ninguém muito próximo, ninguém da minha família.

Rayford não sabia se expressava suas congratulações ou se deveria demonstrar tristeza. Se fosse o acontecimento no qual ele agora acreditava, essa pobre menina mal conhecia alguém que tivesse sido levado para o céu.

— Ótimo — disse ele —, estou feliz por saber que você está bem.
— E o senhor? — perguntou ela. — E a mãe e o irmão da Chloe?
— Receio que tenham sumido, Amy.
— Oh! Não!
— Mas gostaria que não dissesse nada para Chloe, se ela por acaso se encontrar com você antes de chegar aqui ou de me telefonar, está bem?
— Não se preocupe. Acho que não diria nada, mesmo que o senhor quisesse.

Rayford ficou deitado ali por vários minutos; depois, lentamente, foi folheando as páginas do primeiro caderno do jornal. Havia uma reportagem sobre a Romênia.

> As eleições democráticas tornaram-se ultrapassadas quando, com o aparente consenso do povo e das duas câmaras de governo, um jovem empresário e político popular assumiu a presidência do país. Nicolae Carpathia, um jovem de 33 anos, nascido em Cluj, provocou uma reviravolta nos últimos meses na nação com seu discurso popular e persuasivo, encantando a população, amigos e inimigos. As reformas que propôs para o país o conduziram à proeminência e ao poder.

Rayford olhou para a fotografia do jovem Carpathia, um homem loiro surpreendentemente charmoso que mais parecia uma versão jovem do Brad Pitt. "Será que ele teria desejado esse posto se soubesse o que estava para acontecer?", pensou Rayford. "Tudo o que ele terá para oferecer agora não vai valer mais do que um punhado de feijão."

CAPÍTULO 7

Ken Ritz parou em frente ao hotel Midpoint exatamente às seis da manhã, abaixou o vidro da porta e perguntou:
— Você é o Williams?
— Sim, eu mesmo — respondeu Buck, entrando com a mochila numa *van* novinha, com tração nas quatro rodas. Ajeitando com os dedos o novo curativo na cabeça, Buck sorriu, imaginando como Mack devia estar feliz da vida com seus vinte dólares extras.

Ritz era alto e magro, tinha o rosto um pouco envelhecido pelo tempo e um topete nos cabelos grisalhos.
— Vamos aos negócios — ele logo adiantou. — São cerca de 1100 quilômetros entre O'Hare e Kennedy e 1200 de Milwaukee ao JFK[7]. Vou levá-lo o mais próximo possível de lá. Estamos no meio do caminho entre O'Hare e Milwaukee, portanto vamos considerar 1200 quilômetros que, multiplicados por vinte dólares cada, dá um total de 24 mil dólares, já incluindo o serviço de táxi. Pode ser?
— Pode, negócio fechado — concordou Buck, tirando do bolso seu talão de cheques e começando a assinar algumas folhas. — Corrida cara essa sua, hein?

Ritz apenas deu um sorriso.
— Especialmente para alguém que dormiu no Midpoint.
— Até que foi bem agradável.

Ritz parou diante de um barracão metálico pré-fabricado, no Aeroporto de Waukegan, e puxou conversa, enquanto fazia os procedimentos de voo.

---

[7] Aeroporto Internacional John F. Kennedy, localizado no Queens, em Nova York. [N. do E.]

— Nunca houve acidentes neste aeroporto — ele se gabou. — E foram dois em Palwaukee. Só que aqui dois membros da equipe desapareceram. Muito estranho, você não acha?

Buck e Ritz passaram a comentar sobre os casos em que houve perda de parentes, sobre onde ambos estavam quando tudo aconteceu e os nomes dos desaparecidos.

— Até agora nunca havia voado com um jornalista — disse Ken. — Quer dizer, num voo fretado. Devo ter levado muitos de seus colegas quando eu era piloto comercial.

— Você ganha muito mais trabalhando por conta própria?

— Um pouco mais, mas não sabia disso quando troquei os voos comerciais pelos fretados. Não foi uma escolha minha.

Começaram a subir a bordo do Learjet, e Buck olhou seriamente para o piloto duas vezes.

— Você foi afastado como piloto?

— Não se preocupe, parceiro — tranquilizou-o Ken. — Vou levá-lo até lá.

— Você tem a obrigação de me dizer se foi afastado.

— Fui despedido. Isso faz muita diferença.

— Depende do motivo, não acha?

— Certamente. Mas o motivo vai fazer com que você se sinta realmente bem. Fui despedido por ser cuidadoso demais. O que me diz agora?

— Como foi isso? — pediu Buck.

— Você se lembra, muito tempo atrás, quando houve aquele debate sobre os aviões ultrapassados e antigos que caíam quando o frio era muito intenso?

— Sim, lembro. Isso foi até que fizeram alguns ajustes ou coisa parecida.

— Isso mesmo. E lembra-se de um piloto que se recusou a voar, mesmo depois que vieram com aquela conversinha, tanto para ele quanto para o público, de que aquele fato poderia ser explicado e não passava de mero acaso?

— Ah, sim.

— E se recorda de que houve outro grave acidente logo depois, provando que o piloto estava certo?

— Vagamente.

— Pois é, eu me lembro perfeitamente como se fosse hoje, porque aquele piloto sou eu.

— Realmente, agora eu me sinto bem melhor.

— Você sabe quantos daqueles modelos de avião estão voando hoje? Nenhum. Quando você está certo, está certo de verdade. E eu fui readmitido? Claro que não. Uma vez rotulado como encrenqueiro, sempre encrenqueiro. Muitos dos meus colegas já me agradeceram. Algumas viúvas de pilotos ficaram revoltadas por eu ter sido ignorado, mas já era tarde para seus maridos.

— Que coisa!

Enquanto o jatinho subia zumbindo na direção leste, Ritz quis saber o que Buck pensava sobre os desaparecimentos.

— Uma pergunta intrigante — Buck comentou. — Vou começar a trabalhar intensamente numa importante matéria a partir de hoje. O que você leu a respeito? Ah, se importaria de eu ligar um gravador digital?

— Fique à vontade — concordou Ritz. — Foi a coisa mais terrível que já vi. É óbvio que não sou o único que pensa assim. Preciso reconhecer que sempre acreditei em óvnis[8].

— Você está de brincadeira! Um piloto do seu nível acredita nisso?

Ritz balançou a cabeça.

— Não estou falando de homenzinhos verdes ou daquele tipo de alienígenas que raptam pessoas. Eu me refiro a fatos bem documentados, como os muitos objetos que foram vistos por astronautas e inúmeros pilotos.

— Alguma vez você viu algo parecido?

---

[8] Objetos voadores não identificados. [N. do T.]

— Não. Bem, quem sabe só uma série de coisas inexplicáveis. Algumas luzes ou miragens. Uma vez pensei estar voando muito perto de uma esquadrilha de helicópteros, não tão longe daqui, perto da estação naval de Great Lakes. Mandei um alerta pelo rádio, e em seguida os perdi de vista. Suponho que aquilo foi um acontecimento inexplicável. Talvez eu estivesse voando mais rápido do que imaginava ou não estava tão perto deles como pensava. Mas nunca recebi uma resposta, sequer uma confirmação de que havia helicópteros voando naquela área. A estação de Glenview também não confirmou nada. Deixei o caso de lado, mas, algumas semanas depois, perto do mesmo local, meus instrumentos ficaram malucos. Os ponteiros dos mostradores giravam sem controle, os medidores deixaram de funcionar, esse tipo de coisa.

— E o que você achou disso?

— Possivelmente um campo magnético, ou talvez uma força ainda desconhecida poderia ser a explicação. Você sabe que não faz sentido relatar ocorrências estranhas ou observações perto de uma base militar, porque eles rejeitam tudo imediatamente. Nem mesmo levam a sério qualquer coisa estranha num raio a muitos quilômetros de distância de um aeroporto comercial. Essa é a razão por que você nunca ouve relatos de óvnis perto de O'Hare. Não se toma conhecimento de qualquer informação a respeito.

— É por isso que você não aceita essa ideia de algum tipo de rapto feito por alienígenas, mas relaciona os desaparecimentos aos óvnis?

— Não estou falando de ETs ou de outras criaturas semelhantes. Penso que nossas ideias sobre a aparência de seres espaciais são muito simplistas e rudimentares. Se existe vida inteligente fora daqui, e deve existir, por causa de probabilidades evidentes...

— O que quer dizer com isso?

— Imagine a vastidão do espaço.

— Bilhões de estrelas e um universo imensurável podem sugerir a existência de qualquer coisa em algum lugar.

— Exatamente. Concordo com as pessoas que pensam haver seres mais inteligentes do que nós. De outro modo, eles não teriam conseguido chegar à Terra, se é que estiveram mesmo aqui. E, se tiverem vindo de fato, acho que eles são sofisticados e muito avançados para fazer coisas com as quais nunca sonhamos.

— Como fazer pessoas desaparecerem instantaneamente de dentro de suas roupas.

— Até aquela noite, essa ideia parecia ser ridícula, não? Buck concordou, balançando a cabeça.

— Eu sempre ridicularizei pessoas que achavam que esses seres podiam ler nossos pensamentos ou entrar em nossa mente, coisas assim — continuou Ritz. — Mas veja bem, quais são as pessoas que estão faltando? Todas as que eu conheci, ou de quem ouvi falar, tinham menos de doze anos ou uma personalidade muito incomum.

— Em relação aos desaparecidos, você acha que eles tinham alguma coisa em comum?

— Bem, agora certamente eles têm alguma coisa em comum, você não acha?

— Mas algo os separou dos demais, facilitando a captura deles? — perguntou Buck.

— É o que penso.

— Por isso ainda estamos aqui, porque somos resistentes, ou talvez não tão valiosos assim.

Ritz concordou.

— Tipo isso. É quase como se alguma força ou um poder incrível fosse capaz de analisar o nível de resistência ou fraqueza, e uma vez que essa força fosse absorvida, seria capaz de arrancar aquelas pessoas da terra. Elas desapareceram num instante, então tiveram de ser desmaterializadas. A questão é saber se elas foram destruídas no processo ou se poderiam ser rematerializadas.

— O que acha, sr. Ritz?

— Em princípio, eu diria que não poderiam. Mas uma semana atrás eu também teria dito que milhões de pessoas desaparecendo no ar, em todo o mundo, estava mais para um enredo de filme de ficção. Quando aceito o fato de que isso realmente aconteceu, preciso admitir a lógica que vem a seguir. Talvez eles estejam em algum lugar específico, adquiriram um novo corpo e talvez possam retornar.

— Esse é um pensamento confortador — disse Buck. — Mas não seria mais do que apenas uma ilusão?

— De modo algum. Essa ideia, somada a 50 centavos, é igual a metade de um dólar, ou seja, não vale nada além dos 50 centavos. Meu trabalho é pilotar voos fretados por dinheiro. Quanto ao mais, não tenho a menor ideia. Estou ainda tão chocado quanto qualquer um, e não me importo de lhe dizer que estou com muito medo.

— De quê?

— De que esse fato venha a acontecer novamente. Talvez tudo o que essa força precise fazer agora é procurar pessoas mais velhas, mais inteligentes, gente que foi ignorada na primeira vez.

Buck remexeu os ombros, como alguém que está em dúvida, e permaneceu em silêncio por alguns minutos. Finalmente, disse:

— Há um pequeno furo em seu argumento. Sei de pessoas desaparecidas e que aparentemente eram muito fortes.

— Eu não falo de força física.

— Nem eu — Buck disse, pensando em Lucinda Washington. — Perdi uma amiga e colega de trabalho que era brilhante, saudável, determinada e com uma personalidade muito forte.

— Bem, não estou dizendo que sei todas as coisas; aliás, talvez eu também não saiba nada. Você queria minha opinião. Aí está ela.

* * *

Rayford Steele deitou-se de costas, olhando para o teto. O sono chegou forte e intermitente. Ele odiava aquele sentimento de vazio interior. Nem estava querendo saber das notícias. Não teria interesse em ler o jornal que seria jogado em sua varanda na manhã seguinte.

Tudo o que ele desejava era que Chloe chegasse logo para que pudéssemos chorar juntos. Para ele, não havia nada mais deplorável do que ficar sozinho com sua tristeza.

Havia também muito trabalho a ser feito por ele e sua filha. Ele desejava investigar, aprender, descobrir, agir. Começou procurando uma bíblia; não a bíblia da família, que estava toda empoeirada, esquecida numa prateleira por muito tempo, mas a bíblia de Irene. A dela por certo teria anotações, talvez um roteiro que lhe apontasse a direção certa.

Não seria difícil encontrá-la. Geralmente essa bíblia ficava ao alcance da mão, ao lado dela na cama. Ele a encontrou caída no chão. Haveria algum tipo de guia? Um índice? Algo que se referisse ao arrebatamento, ao juízo final ou coisa semelhante? Talvez devesse começar pela parte final. Se a palavra *gênesis* significava "começo", talvez o último livro, Apocalipse, tivesse algo a ver com o fim, muito embora a palavra não tivesse esse significado. O único versículo da Bíblia que Rayford podia citar de cor era Gênesis 1.1: "No princípio Deus criou os céus e a terra." Ele esperava que houvesse algum versículo correspondente no final da Bíblia que dissesse algo mais ou menos assim: "Por fim, Deus levou todo o seu povo para o céu e concedeu nova chance àqueles que ficaram."

Mas não teve essa sorte. O último versículo da Bíblia não parecia ter nenhum significado especial para ele. Dizia apenas: "A graça do Senhor Jesus seja com todos." E a frase lembrava as palavras do rito religioso que sempre ouvia no fim dos cultos na igreja. Ele voltou para o versículo anterior e leu: "Aquele que dá testemunho destas coisas diz: 'Sim, venho em breve!' Amém. Vem, Senhor Jesus!"

Agora parecia estar fazendo algum sentido. Quem era este ser que testemunhava dessas coisas, e o que elas significavam? As palavras lidas estavam impressas em vermelho. O que isso queria dizer? Ele procurou por todos os lados daquela bíblia e viu algo escrito na capa: "Palavras de Cristo impressas em vermelho." Então, Jesus disse que viria sem demora. Ele teria vindo? E, se a Bíblia era um livro tão antigo, como parecia ser, qual o significado da expressão "em breve"? A definição "em breve" poderia não significar "dentro de pouco tempo", a menos que viesse da perspectiva de alguém com uma visão de longo prazo da história. Talvez Jesus quisesse dizer que, quando ele voltasse, seria um evento muito rápido. Foi o que aconteceu? Rayford leu todo o último capítulo da Bíblia. Três outros versículos estavam impressos em letras vermelhas, e dois deles repetiam a questão sobre a vinda em breve.

Rayford não conseguia entender bem todo aquele contexto. Pareceu-lhe mais um texto antigo e formal. No entanto, perto do fim do capítulo, havia um versículo que terminava com uma frase que lhe causou um estranho impacto. Sem que houvesse da parte dele qualquer intenção de encontrar um sentido específico, ele leu: "Quem tiver sede, venha; e quem quiser, beba de graça da água da vida."

Jesus não seria aquele que poderia ter sede. Não era aquele que desejaria tomar a água da vida. Rayford admitiu que a expressão se referia ao leitor. Ele, Rayford, é quem parecia estar com sede, com a alma sedenta. Mas o que era essa água da vida? Ele já havia pagado um preço muito alto por suas perdas. O que quer que fosse, o texto estava escrito naquele livro já fazia centenas de anos.

Rayford folheou aleatoriamente aquela bíblia, à procura de outras passagens, e nenhuma delas lhe chamou a atenção. Ficou desanimado, porque as passagens não fluíam paralelamente, e não pareciam ter relação umas com as outras para oferecer algum tipo de roteiro. A linguagem e os conceitos estranhos não o estavam ajudando.

Aqui e ali, ele encontrava anotações nas margens, feitas com a delicada letra de Irene. Por vezes, ela simplesmente escrevia: "Precioso." Ele estava determinado a estudar e, quem sabe, encontrar alguém que pudesse explicar-lhe aquelas passagens. Sentia-se tentado a escrever *precioso* ao lado daquele versículo de Apocalipse sobre beber de graça a água da vida. O versículo lhe parecia precioso, embora ainda não conseguisse fazer uma avaliação adequada.

O pior de tudo é que ele temia estar lendo a Bíblia tarde demais. De modo muito claro, havia passado o tempo de ele ter ido para o céu com sua esposa e seu filho. Mas será que realmente era tarde demais? Seria mesmo o ponto-final?

Dentro da capa interna estava o boletim da igreja do último domingo. Mas que dia era hoje? Quarta-feira de manhã? Onde ele esteve há três dias? Na garagem. Raymie havia lhe pedido que fosse com eles à igreja. Ele prometeu ir no domingo seguinte.

— O senhor disse a mesma coisa na semana passada, papai — Raymie questionou.

— Você quer que eu conserte ou não seu quadriciclo? Não tenho todo o tempo do mundo.

Raymie não era do tipo que costumava forçar situações. Ele apenas quis garantir:

— No próximo domingo?

— Pode contar com isso — Rayford havia confirmado. E agora desejava que o próximo domingo com o filho tivesse chegado antes. Queria mais do que tudo que Raymie ainda estivesse ali, porque iria com ele à igreja. Iria mesmo? Estaria de folga do trabalho naquele dia? E haveria culto na igreja? Alguém da congregação teria ficado? Ele tirou o boletim de dentro da Bíblia e grifou o número do telefone. Mais tarde, depois de confirmar suas atividades com a Pancontinental, pretendia telefonar para o escritório da igreja a fim de obter informações.

Durante anos, Rayford havia tolerado participar da igreja. Eles frequentavam uma que exigia pouco dos membros e lhes oferecia muito. Lá fizeram dezenas de amigos e encontraram seu médico, dentista, agente de seguro, e até adquiriram um título de sócios do clube de campo daquela igreja. Rayford tinha prestígio, era orgulhosamente apresentado aos novos crentes e visitantes como comandante de um Boeing 747, e até mesmo chegou a fazer parte do conselho da igreja por vários anos.

Quando Irene descobriu uma estação de rádio cristã, que ela chamava de "pregação e ensino verdadeiros", ficou desencantada com aquela igreja e começou a procurar outra. Isso proporcionou a Rayford a chance de, definitivamente, não ir mais. Como justificativa, ele disse à esposa que, quando encontrasse uma de que realmente gostasse, voltaria a frequentar. Ela encontrou uma, e ele tentou ir ocasionalmente, mas, na opinião dele, a igreja era muito radical, pessoal e desafiadora. Ele não se sentiu prestigiado ali. Era apenas mais um membro. E logo se afastou completamente.

Rayford observou outra anotação com a letra de Irene. Era uma lista de orações, e o nome dele estava em primeiro lugar. Ela havia escrito: "Rafe: orar por sua salvação, e que eu seja uma esposa amorosa para com ele. Chloe: que ela aceite a Cristo e viva com pureza. Ray Jr.: que nunca se desvie de sua fé forte e infantil." Em seguida, vinham os nomes do pastor da igreja, de líderes políticos, missionários, vários amigos e parentes, além de menções de conflitos mundiais.

"Por sua salvação", Rayford sussurrou. "Salvação." Palavra-chave repetida em outras igrejas pequenas, mas que nunca o impressionou. Ele sabia que a nova igreja de Irene estava interessada na salvação das pessoas, coisa que ele jamais tinha ouvido na anterior. Mas, quanto mais ele chegava perto desse conceito, mais se sentia indigno. A salvação não teria a ver com confirmação, batismo, testemunho, religiosidade, santidade? Ele nunca desejou envolver-se com essas coisas, o que quer que fossem, e agora estava desesperado para saber exatamente o que elas significavam.

* * *

Ken Ritz comunicou-se pelo rádio com os aeroportos nos arredores de Nova York e conseguiu permissão para pousar em Easton, Pensilvânia.

— Você deve saber — Ritz comentou com Buck —, aqui é o território de Larry Holmes, que já foi campeão mundial dos pesos pesados.

— O velho lutador de boxe que derrotou Muhammad Ali?

— O único, ele mesmo. Se Larry estivesse por perto e visse alguém esmurrando outra pessoa, com certeza esse cara levaria do velho Larry um bom soco no nariz. Pode apostar.

O piloto perguntou ao pessoal de Easton se haveria um veículo para levar seu passageiro até o centro de Nova York.

— Você está brincando, não é mesmo, Lear?

— Não foi essa a intenção, câmbio.

— Temos um motorista que pode deixá-lo a uns três quilômetros da estação do metrô. Não há carros entrando nem saindo da cidade por enquanto, e mesmo os trens e o metrô estão fazendo um trajeto complicado que os obriga a passar por lugares muito ruins.

— Lugares muito ruins? — Buck entrou na conversa.

— Repita, por favor — pediu Ritz pelo rádio.

— Você não leu os jornais? Alguns dos piores desastres na cidade foram causados pelo desaparecimento de maquinistas e ajudantes. Seis trens se envolveram em colisões frontais, causando numerosas mortes. Vários bateram na traseira de outros. Levará muito tempo para desobstruir todas as linhas e substituir os vagões. Você tem certeza de que seu passageiro quer mesmo chegar ao centro da cidade?

— Positivo. Ele parece o tipo de pessoa que sabe lidar com isso.

— Espero que tenha um bom par de sapatos para caminhar.

Buck precisou gastar mais dinheiro com aquele veículo que o deixou a uma distância razoável da estação, e dali em diante teve de caminhar. O motorista nunca tinha sido taxista, e o veículo obviamente não era um táxi. O carro era antigo e estava em péssimo estado.

Após caminhar mais de três quilômetros, Buck chegou à plataforma da estação por volta do meio-dia, onde esperou mais uns 40 minutos em meio a uma multidão compacta. Como estava na parte de trás daquela massa humana, precisou aguardar outra meia hora pelo próximo trem. A viagem em zigue-zague demorou duas horas para chegar a Manhattan. Durante todo o percurso, ele fazia anotações em seu *notebook* e olhava pela janela para ver o congestionamento, que se estendia por vários quilômetros. Como imaginava que muitos colegas de Nova York já teriam preparado reportagens semelhantes, sua única esperança de impressionar Steve Plank e ver sua matéria publicada era torná-la mais poderosa e eloquente. Estava tão impressionado com as cenas que via diante de si que até duvidava de que conseguiria descrevê-las completamente. Na melhor das hipóteses, só estava acrescentando mais drama às suas próprias recordações. Nova York estava paralisada, e, para sua maior surpresa, mais pessoas continuavam entrando na cidade. Sem dúvida, muitos, como ele, moravam lá e precisavam voltar para casa.

O trem acabou parando ainda bem longe do local onde Buck pretendia desembarcar. O melhor que conseguiu entender do anúncio feito com o som distorcido foi que aquela seria a última parada. Se o trem prosseguisse, os passageiros desembarcariam no meio de guindastes que estavam retirando os carros que obstruíam os trilhos. Buck calculou uma caminhada de quase 25 quilômetros até o escritório e mais oito para chegar a seu apartamento.

Felizmente, ele estava em ótima forma física. Colocou tudo na mochila e encurtou as alças, de modo a carregá-la mais perto do corpo, sem que ficasse balançando. Começou a caminhar, calculando os passos num ritmo de mais ou menos seis quilômetros e meio por hora. Três horas depois ele estava completamente exausto. Tinha certeza de que os pés estavam cheios de bolhas, o pescoço e os ombros doíam por causa da alça e do peso da mochila. As roupas estavam molhadas de suor, mas não havia como ir direto para seu apartamento sem antes passar pelo escritório.

"Ó Deus, ajuda-me." Buck respirava ofegante, mais exasperado do que parecendo fazer uma prece. Porém, se existisse um Deus, ele por certo teria senso de humor, concluiu. Apoiada num muro de tijolos, numa passagem, à vista de todos, havia uma bicicleta amarela com um cartaz preso a ela. Lia-se: "Pegue emprestada esta bicicleta. Leve-a para onde quiser. Deixe-a para outra pessoa necessitada. É grátis."

"Só mesmo em Nova York", ele pensou. "Ninguém rouba uma coisa que já é grátis."

Pensou em fazer uma prece de gratidão, mas por alguma razão não o fez, pois o mundo que ele contemplava não lhe mostrava qualquer evidência de um Criador benevolente. Ele montou na bicicleta e, considerando o longo tempo desde a última vez que havia pedalado, cambaleou até conseguir equilibrar-se. Não demorou muito para chegar ao centro da cidade, cruzando um emaranhado de destroços por todos os lados. Apenas umas poucas pessoas tinham uma condução tão eficiente quanto a dele — carteiros com suas bicicletas, outros dois usando bicicletas amarelas iguais à sua e policiais a cavalo.

A segurança era rigorosa no prédio do *Semanário Global*, o que não o surpreendeu. Depois de se identificar ao novo recepcionista, subiu até o 27º andar, parou no banheiro público para arrumar-se e, finalmente, entrou no corredor que dava para as principais salas da revista. A recepcionista imediatamente ligou para o escritório de Steve Plank dando a notícia. Plank e Marge Potter correram para abraçá-lo e dar-lhe as boas-vindas.

Buck Williams foi tomado por uma estranha e nova emoção. Ele quase começou a chorar. Percebeu que, como as demais pessoas, estava enfrentando um trauma horrível e, sem dúvida, sua adrenalina estava bem acima do normal. De qualquer modo, a volta ao seu território familiar — após tanto esforço e muitas despesas — fez com que ele se sentisse em casa, ao lado de pessoas que se importavam com ele. Essa era a sua família. Estava muito feliz em revê-la, e o sentimento era recíproco.

Ele mordeu os lábios para disfarçar as emoções, enquanto seguia Steve e Marge pelo corredor, passando em frente ao seu minúsculo e entulhado escritório a caminho da espaçosa sala de reuniões.

Perguntou-lhes se tinham ouvido sobre Lucinda Washington.

Marge parou no corredor, colocando as mãos no rosto.

— Sim — ela conseguiu dizer —, e eu não gostaria que isso acontecesse de novo. Perdemos várias pessoas. Onde começa e onde termina esse sofrimento?

Após ter ouvido isso, Buck se descontrolou. Não conseguiu mais disfarçar, apesar de estar tão surpreso quanto qualquer um por revelar seus próprios sentimentos.

Steve passou o braço ao redor dos ombros de sua secretária e guiou Marge e Buck até o escritório, onde os outros membros da equipe principal os aguardavam.

Todos comemoraram quando Buck entrou na sala. As mesmas pessoas que trabalhavam com ele, que o criticavam e o combatiam, que o hostilizavam e o irritavam, que estavam sempre querendo passá-lo para trás, agora pareciam genuinamente felizes em vê-lo de volta. Ninguém tinha a mínima ideia de como Buck se sentia.

— Rapazes, é bom estar de volta — ele saudou a todos.

Em seguida, sentou-se e colocou a cabeça entre as mãos. Seu corpo começou a tremer, e ele não conseguiu mais lutar contra as lágrimas. Começou a soluçar forte, bem ali, na frente de seus colegas e competidores.

Tentou enxugar o rosto e se controlar, mas, quando levantou a cabeça, forçando um sorriso embaraçado, notou que todos os demais também estavam emocionados.

— Está tudo bem, Buck — disse um deles. — Se esta é a primeira vez que você chora, vai descobrir que não será a última. Todos nós estamos tão assustados, atordoados, angustiados e pesarosos quanto você.

— Sim — disse outro —, mas seu relato pessoal será sem dúvida o mais excitante. — A frase fez com que todos misturassem risos com lágrimas.

* * *

Rayford se programou para chamar a central de voos da Pancontinental no início da tarde. Foi informado de que deveria apresentar-se dois dias depois para um voo na sexta-feira.

— Está confirmado? — perguntou ele.

— Não temos certeza de que você vai conseguir voar — disseram-lhe. — Serão poucos voos decolando até então. Certamente não haverá nenhum voo amanhã, e pode ser que não haja nem mesmo na sexta-feira.

— Haveria uma chance de eu ser avisado antes de sair de casa?

— Muito provavelmente, mas esta é sua atribuição por enquanto.

— Qual é a rota?

— ORD para BOS[9] para JFK.

— Hum. Chicago, Boston, Nova York. Quando estarei de volta?

— Sábado à noite.

— Ótimo.

— Por quê? Tem um encontro?

— Nem brinque com isso.

— Oh! Meu Deus, sinto muito, comandante, desculpe. Esqueci-me de quem estava falando comigo.

— Você soube o que aconteceu com minha família?

— Todos aqui sabem, senhor. Lamentamos muito. Soubemos pela da comissária-chefe do voo que não conseguiu descer em Heathrow. O senhor soube o que houve com seu copiloto daquele voo?

— Ouvi alguma coisa a respeito, mas até agora não fui comunicado oficialmente.

— O que o senhor ouviu?

— Suicídio.

— Confirmado. Uma coisa terrível.

— Você pode conseguir uma informação para mim?

— Se estiver ao meu alcance, comandante.

---

[9] Aeroporto Internacional O'Hare (ORD) e Aeroporto Internacional de Boston (BOS). [N. do E.]

— Minha filha está tentando voltar da Califórnia.

— Improvável.

— Eu sei, mas ela já está a caminho. De qualquer forma está tentando. Possivelmente ela vai procurar a Pancontinental. Você poderia verificar se o nome dela consta em qualquer das listas de passageiros vindo para o leste?

— Não deve ser muito difícil. Há somente uns poucos voos, e o senhor sabe que nenhum avião vai pousar aqui.

— E quanto a Milwaukee?

— Acho que não — disse o coordenador, enquanto verificava no computador. — De onde ela vai sair?

— De algum lugar perto de Palo Alto.

— Não vai ser bom.

— Por quê?

— Dificilmente haverá algum voo vindo de lá. Deixe-me conferir.

Rayford podia ouvir o homem falando consigo mesmo, tentando coisas, sugerindo opções.

— Air California para Utah. Ei! Encontrei! Chama-se Chloe e tem seu sobrenome?

— É ela!

— Ela se apresentou em Palo Alto. A Pan levou-a num ônibus até alguma pista distante. Colocou-a num voo da Air California para Salt Lake City. Aposto que é a primeira vez que eles voam para fora do Estado. Ela embarcou num avião da Pancontinental; ah, uma aeronave antiga, eles a levaram para, hum... ei, irmão, Enid, Oklahoma.

— Enid? Esse lugar nunca esteve em nossas rotas.

— Estou falando sério. As rotas foram desviadas por causa do congestionamento em Dallas. De qualquer maneira, está voando de Ozark para Springfield, Illinois.

— Ozark!

— Eu apenas trabalho aqui, comandante.

— Bem, alguém está tentando fazer isso funcionar, não é mesmo?

— Sim, e a boa notícia é que conseguimos por lá um ou dois turboélices que podem trazê-la para esta área, mas não se sabe onde ela poderá descer. O avião nem consta em nossa tela, porque não se pode saber nada ainda, a não ser quando o avião já estiver bem próximo.

— Como poderei saber onde vou pegá-la?

— O senhor não vai saber. Estou certo de que ela irá telefonar quando chegar. Quem sabe? Pode ser que ela simplesmente apareça aí.

— Isso seria muito bom.

— Bem, sinto muito que o senhor esteja passando por isso, mas pode dar graças a Deus por ela não ter viajado com a Pancontinental diretamente de Palo Alto. O último voo que saiu de lá caiu na noite passada. Não há sobreviventes.

— E isso foi depois dos desaparecimentos?

— Exatamente ontem à noite. Não tem relação com o fenômeno.

— Se acontecesse algo com ela, não teria sido muita desgraça? — comentou Rayford.

— Sem dúvida.

CAPÍTULO 8

Quando os outros repórteres e editores voltaram para suas salas, Steve Plank insistiu para que Buck Williams fosse para casa e descansasse antes de voltar para a reunião naquela noite, às oito.

— Eu gostaria que a reunião fosse agora, assim já resolvemos tudo de uma vez e depois eu vou para casa.

— Entendo — ponderou o editor-executivo —, mas temos um acúmulo de coisas a fazer e preciso que você esteja bem disposto.

Mesmo assim, Buck estava relutante.

— Quando poderei ir a Londres? Preciso ir o mais breve possível.

— O que você vai fazer lá?

Buck passou para Steve a informação sobre uma importante reunião de banqueiros dos Estados Unidos com jornalistas do mundo inteiro para apresentar-lhes um político europeu em ascensão.

— Espere aí, meu rapaz — Steve interrompeu —, estamos informados disso tudo. Você está falando de Carpathia.

Buck ficou admirado.

— Estou falando de quem?

— Ele é a pessoa que tanto impressionou Rosenzweig.

— Sim, mas você acha que é ele a pessoa que meu informante...

— Amigo, você deve estar fora do ar — comentou Steve. — O caso já nem é uma grande novidade. O banqueiro no caso deve ser Jonathan Stonagal, que parece ser o patrocinador dele. Eu não disse a você que Carpathia faria um pronunciamento na ONU?

— Ele é o novo embaixador da Romênia na ONU? — questionou Buck.

— Negativo.

— Então ele é...

— O presidente do país.

— A Romênia não elegeu um novo presidente há um ano e meio? — emendou Buck, lembrando-se da dica que Dirk lhe havia passado a respeito de um novo líder que parecia estar além do seu lugar e do seu tempo.

— Houve uma grande reviravolta por lá — Steve continuou. — É melhor você se atualizar.

— É isso mesmo que vou fazer.

— Não quero dizer que será você. Eu realmente não acho que essa matéria seja muito importante. O homem é jovem e impetuoso, fascinante e persuasivo, como pude descobrir. Ele se tornou uma estrela meteórica nos negócios, fazendo muito sucesso financeiro quando o mercado romeno se abriu para o Ocidente alguns anos atrás. Mas até a semana passada, ele nem mesmo tinha uma cadeira no senado. Ele fazia parte apenas da câmara baixa.

— A Câmara dos Deputados — Buck corrigiu.

— Como você sabia disso?

Buck sorriu ironicamente.

— Rosenzweig me deu muita informação.

— Por um momento, pensei que você realmente fosse um sabe-tudo. É isso que pensam de você por aqui, deve saber disso.

— Oh, que grande crime.

— Mas você tem demonstrado muita humildade.

— Esse cara sou eu. Então, Steve, você não considera importante o fato de um sujeito como Carpathia, que veio do nada, desbancar o presidente da Romênia?

— Ele não veio exatamente do nada. Seus negócios foram construídos com o apoio financeiro de Stonagal. E Carpathia tem feito uma cruzada contra o desarmamento, é muito popular entre seus colegas e o povo.

— Mas o desarmamento não combina com Stonagal. Ele não é um falcão secreto?

Plank concordou.

— Então há muitos mistérios aí.

— Alguns, Buck. Mas o que poderia ser mais importante agora do que a matéria em que você está envolvido? Não vá perder seu tempo com um sujeito que se tornou presidente de um país de pouca relevância.

— Tem coisa aí que não está bem explicada, Steve. Meu contato em Londres me passou algumas dicas. Carpathia está ligado às pessoas mais influentes do mundo. De deputado ele foi direto para a presidência do país sem uma eleição popular.

— E...

— Precisa de mais? De que lado dessa discussão você está? Ele por acaso substituiu um presidente assassinado ou coisa parecida?

— É interessante você dizer isso, porque o único ponto negativo na história de Carpathia é que correm alguns rumores de que ele foi implacável com seus concorrentes nos negócios há alguns anos.

— O quão implacável?

— As pessoas simplesmente foram apagadas.

— Steve, você fala exatamente como um mafioso.

— Preste atenção, o presidente anterior renunciou em favor de Carpathia. Insistiu que ele assumisse o poder.

— E você diz que não há argumento para uma boa matéria?

— O caso é parecido com os velhos golpes na América do Sul, Buck. Um novo líder a cada semana. Grande coisa. Assim, Carpathia está em dívida com Stonagal. Tudo isso significa que Stonagal terá o controle das finanças de um país da Europa Oriental, alguém que considera a destruição da Rússia o melhor acontecimento.

— Mas, Steve, é como se um novato do nosso congresso se tornasse presidente dos Estados Unidos num ano sem eleição marcada, sem voto. O presidente atual renuncia, e todo mundo fica feliz.

— Não, de forma alguma! Há uma grande diferença aí. Estamos falando da Romênia, Buck. *Romênia*. Um país não estratégico, com um produto interno bruto inexpressivo, nenhum aliado importante. Não há nada por lá, a não ser políticos internos de baixo nível.

— Isso ainda me cheira a coisa muito mais importante — Buck insistiu. — Rosenzweig tinha esse homem em alta conta, e ele é um observador astuto. Agora Carpathia está vindo para fazer um discurso na ONU. O que vem depois?

— Você se esquece de que ele foi convidado *antes* de se tornar presidente da Romênia.

— Outro quebra-cabeça. Ele era um sujeito desconhecido.

— Ele é um novo nome que surge em favor do desarmamento. Vai ter seu momento de glória, seus quinze minutos de fama. Acredite em mim, você nunca mais vai ouvir falar dele.

— Stonagal tinha de estar também por trás dessa jogada da ONU — Buck continuou. — Você sabe o quanto nosso querido John é amigo do embaixador.

— Stonagal é amigo de cada novo eleito, desde o presidente até os prefeitos da maioria das cidades de tamanho médio, Buck. E daí? Ele sabe fazer seu jogo. E me lembra o velho Joe Kennedy ou um dos Rockefellers, certo? Aonde você quer chegar?

— Bem, acho que Carpathia vai discursar na ONU por causa da influência de Stonagal.

— Provavelmente. E daí?

— E daí que ele está em busca de alguma coisa.

— Stonagal sempre está tramando algo, ele mantém suas engrenagens bem lubrificadas todo tempo para conseguir mais um de seus projetos. Certo? Então ele promove a ascensão de um homem de negócios para ser político na Romênia, com possibilidades de fazê-lo chegar à presidência. Talvez tenha até conseguido uma entrevista entre esse homem e Rosenzweig, o que não acrescentou nada. Agora ele coloca Carpathia numa posição de destaque internacional. Isso acontece o tempo todo por causa de gente como Stonagal. Você prefere correr atrás de um fato de pouco valor em vez de coordenar uma matéria de capa e dar sentido ao fenômeno mais monumental e trágico na história do mundo?

— Hum, deixe-me pensar sobre isso — disse Buck, sorrindo, enquanto Plank lhe dava uns leves tapinhas amistosos no peito.

— Como assim, "pensar"? Rapaz, você é capaz de descobrir todas as trilhas de um coelho! — elogiou o editor-executivo.

— Você costumava gostar dos meus instintos jornalísticos.

— E ainda gosto, mas você está cansado agora.

— Então definitivamente não vou a Londres? Tenho de avisar meu contato lá.

— Marge tentou localizar a pessoa que ia esperar você no aeroporto. Ela pode lhe contar tudo o que tivemos de fazer no meio de toda aquela situação. Esteja de volta aqui às 20h. Estou convocando todos os chefes das editorias interessadas em várias reuniões internacionais que vão acontecer aqui neste mês. Você vai coordenar essa cobertura, portanto...

— Então, todos eles vão poder me odiar numa mesma reunião? — Buck previu.

— Eles vão se sentir importantes.

— Mas *isso* é importante? Você quer que eu esqueça Carpathia, mas vai complicar minha vida com... o que era mesmo? Uma convenção religiosa ecumênica e uma confabulação sobre a moeda internacional única?

— Você tem dormido pouco, não é, Buck? É por isso que ainda sou seu chefe. Você não entende? Sim, eu quero uma matéria bem coordenada e muito bem escrita. Mas pense bem. Isso lhe dará acesso a todos esses figurões. Estamos falando de líderes judeus nacionalistas interessados num governo mundial único...

— Improvável e pouco convincente.

— ...judeus ortodoxos do mundo inteiro que procuram reconstruir o templo, ou alguns como...

— Já passei dos meus limites com os judeus.

— ...economistas internacionais que preparam o cenário da moeda mundial única...

— Também algo improvável.

— Mas isso vai permitir que você fique de olho em seu favorito e poderoso banqueiro...

— Stonagal.

— Certo, e líderes de vários grupos religiosos buscando uma cooperação internacional.

— Isso me tortura até a morte, por que você faz isso comigo? Essas pessoas estão discutindo coisas improváveis. Desde quando os grupos religiosos foram capazes de se entender?

— Você ainda não está percebendo, Buck. Você terá acesso a todas essas pessoas, religiosos, economistas, políticos, para escrever um artigo sobre o que aconteceu e por que isso aconteceu. Você poderá ouvir a opinião das mentes mais inteligentes e analisar os mais diversos pontos de vista.

Buck encolheu os ombros como sinal de rendição.

— Você marcou seu ponto. Ainda acho que os chefes das editorias vão ficar ressentidos comigo.

— Há algo a ser dito para dar consistência a tudo isso.

— Ainda quero tentar chegar no Carpathia.

— Isso não vai ser difícil. Ele já é o queridinho da mídia europeia. Está ansioso por ser ouvido.

— E Stonagal.

— Você sabe que ele nunca fala com a imprensa, Buck.

— Gosto de desafios.

— Vá para casa e descanse. Vejo você às 20h.

Marge Potter estava se preparando para sair quando Buck se aproximou.

— Oi — disse ela, enquanto arrumava suas coisas e folheava a agenda. — Tentei achar Dirk Burton várias vezes. Consegui ligar uma vez para o correio de voz e deixei uma mensagem. Não recebi confirmação.

— Obrigado.

Buck não sabia se conseguiria descansar em sua casa com todas aquelas coisas fervilhando em seu cérebro. Quando chegou à rua, ficou agradavelmente surpreso ao ver que os representantes de várias empresas de táxi estavam ali em frente, encaminhando as pessoas para os carros que conseguiam chegar até determinadas áreas por meio de rotas alternativas. As tarifas estavam acima do normal, claro. Por trinta dólares, em um carro compartilhado com outros passageiros, Buck foi deixado a duas quadras de seu apartamento. Três horas depois ele deveria estar de volta ao escritório, por isso pediu ao motorista que o pegasse no mesmo lugar às quinze pras oito. Isso, ele pensou, seria um milagre; ele jamais havia conseguido antes fazer esse tipo de acerto com qualquer taxista de Nova York e, pelo que se lembrava, nunca conseguiu sequer encontrar um mesmo taxista duas vezes.

* * *

Rayford caminhava angustiado de um lado para outro. Chegou à dolorosa conclusão de que aquele era o pior momento de sua vida. Ele nunca tinha passado por isso antes. Seus pais eram mais idosos do que os de seus colegas. Quando ambos morreram, num espaço de dois anos, tinha sido um alívio para ele. Eles já não estavam bem de saúde, tinham perdido a lucidez. Rayford os amava, e não considerava que fossem um fardo, mas, anos antes, eles praticamente tinham morrido para ele, por causa dos derrames e de outras doenças degenerativas. Quando faleceram, Rayford lamentou, mas a maior parte do tempo apenas pensava nas boas recordações que ficaram. Apreciou a bondade e a simpatia que recebeu nos seus funerais e retomou a vida. As lágrimas que derramou não eram de remorso ou mágoa. Ele teve principalmente sentimentos de nostalgia e melancolia.

O restante de sua vida seguiu em frente sem maiores complicações ou sofrimentos. Tornar-se piloto significava conquistar um nível profissional altamente remunerado. Era preciso ser inteligente e disciplinado, pessoalmente bem realizado. Ele entrou na carreira da forma mais usual — como militar da reserva, piloto de aviões pequenos, depois passou para aviões maiores e, em seguida, foi piloto de jatos e caças. Finalmente, alcançou o auge de sua carreira.

Ele havia conhecido Irene na Corporação de Treinamento de Oficiais da Reserva, durante a faculdade. Ela viveu toda sua infância no meio militar e nunca se rebelou contra isso. Muitos de seus colegas voltaram as costas para a vida militar e não queriam nem mesmo falar sobre aquela experiência. O pai de Irene morreu no Vietnã e sua mãe se casou com outro militar, por isso ela havia passado por quase todas as bases militares nos Estados Unidos.

Rayford estava prestes a se formar na universidade e Irene estava no segundo ano quando se casaram. Ela desistiu dos estudos tão logo o marido ingressou na carreira militar, e tudo se ajustou daquele modo. Chloe nasceu no seu primeiro ano de casamento, mas, devido a complicações, esperaram oito anos para ter Ray Jr. Rayford tinha grande entusiasmo pelos dois filhos, mas admitia: quis muito ter um garoto com seu nome.

Infelizmente, Raymie nasceu durante um período sombrio da vida de Rayford. Ele estava na casa dos trinta e já se achava maduro. Não se sentia muito à vontade com sua esposa grávida. Em razão de seus cabelos prematuramente grisalhos, embora atraentes, muitas pessoas davam-lhe uma idade maior do que a real, e ele tinha de lidar com brincadeiras por ser um pai mais velho. Aquela foi uma gravidez particularmente difícil para Irene. A chegada de Raymie atrasou quase duas semanas além do tempo previsto. Chloe, por sua vez, era uma garotinha geniosa de oito anos, e, nesse tempo, Rayford se distanciou um pouco mais da família.

Ele acreditava que Irene ficou muito deprimida durante aquela fase e começou a demonstrar um comportamento mais agressivo em relação a ele. Vivia quase sempre chorando. No trabalho, Rayford sentia-se no comando de sua própria vida, era ouvido e admirado. Foi designado para comandar os maiores, mais novos e mais sofisticados aviões da Pancontinental. Sua vida no trabalho caminhava muito bem; no entanto, ele não sentia prazer em voltar para casa.

Durante aquele período, passou a beber mais do que de costume, e o casamento passou por momentos bem difíceis. Voltava para casa cada vez mais tarde e, não raro, mentia sobre sua agenda de trabalho, de modo que saía um dia antes e voltava um dia depois. Irene o acusava de estar tendo casos extraconjugais, e, como ela estava errada, ele sempre negava com muita veemência. Segundo ele, esse comportamento dela justificava a ira que ele costumava demonstrar.

A verdade é que ele estava querendo e até mesmo procurando um modo de fazer exatamente aquilo de que ela o acusava. O que mais o frustrava era que, apesar de sua boa aparência, não conseguia arrumar um caso fora do casamento. Ele não levava jeito, não tinha habilidade nem estilo. Certa vez, uma comissária o havia chamado de charmoso, mas ele se sentia muito formal, mais um estilo intelectual. Por certo, ele conseguiria qualquer mulher se pagasse, mas considerava isso algo muito abaixo de seu nível. Ao mesmo tempo que brincava sonhando com um caso no estilo antigo e comportado, e esperava por isso, não suportava a ideia de se rebaixar a um patamar tão insignificante como o de precisar pagar para ter sexo.

Se Irene soubesse o quanto ele esteve inclinado a lhe ser infiel, ela o teria deixado. Quando as coisas estavam nesse clima, ele se envolveu num caso amoroso, certa noite, na véspera de Natal, antes do nascimento de Raymie, mas estava tão embriagado, que mal conseguia lembrar-se daquilo.

O sentimento de culpa e a possibilidade de estragar sua imagem serviram-lhe de alerta, fazendo com que reduzisse drasticamente o consumo de álcool. A chegada de Raymie contribuiu para que ele diminuísse ainda mais a bebida. Era tempo de melhorar seu comportamento e assumir a responsabilidade como marido e pai da mesma forma que ele assumia como piloto.

Agora, porém, quando Rayford permitia que todas aquelas lembranças passassem por sua mente confusa, sentia o mais profundo arrependimento que um ser humano poderia ter. Ele se julgava um fracasso. Era tão indigno de Irene! De qualquer forma, sabia agora, embora nunca tivesse admitido antes, que ela não havia sido, de modo algum, tão ingênua ou boba quanto ele imaginava. Ela devia saber o quão insípido ele era, quão superficial e, sem dúvida, sem valor. No entanto, ela permaneceu a seu lado, amou-o e lutou para preservar o casamento.

Ele não poderia deixar de reconhecer que ela se tornou uma pessoa diferente após ter mudado de igreja e passado a levar sua fé mais a sério. Era verdade que logo no início ela procurava convencê-lo a seguir naquele caminho. Estava tão empolgada e queria que Rayford também descobrisse o que ela havia encontrado. Ele sempre desconversava. Finalmente, ela desistiu ou resignou-se diante do fato de que ele não atenderia a seus apelos insistentes. Agora ele sabia, ao ver a lista de orações de Irene, que ela nunca havia desistido. Simplesmente passou a orar por ele.

Não admirava que agora, em última análise, ele nunca tivesse chegado tão perto de destruir seu casamento por causa de Hattie Durham. Hattie! Que vergonha ele sentia por causa daquela tentativa tão imbecil! Pelo que sabia, Hattie era inocente. Ela nunca o tinha ouvido falar mal da esposa nem comentar sobre seu casamento. Ele jamais havia feito qualquer insinuação imprópria para ela. Os jovens costumam ser mais sensíveis e melindrosos, e ela não era muito ligada a códigos de moral e religião. O fato de Rayford estar obcecado com a possibilidade de conquistar Hattie, embora ela provavelmente nem soubesse disso, fazia-o pensar que ele era ainda mais tolo.

De onde vinha aquela culpa toda? Ele havia trocado olhares com Hattie inúmeras vezes, e passaram horas sozinhos, jantando em várias cidades. Mas ela nunca pediu a ele que entrasse em seu quarto no hotel, nem tentou beijá-lo ou mesmo segurar suas mãos. Talvez ela até correspondesse, caso ele tivesse tomado a iniciativa, talvez não. Ela poderia facilmente sentir-se ofendida, insultada, desapontada.

Rayford balançou a cabeça. Não era apenas culpa que sentia por desejar uma mulher a quem ele não tinha nenhum direito. Ele era tão desajeitado, que nem sabia como cortejá-la.

E agora Ray estava enfrentando as horas mais sombrias de sua vida. Sentia-se nervoso em relação à Chloe. Queria que ela estivesse em casa e segura, mas pelos motivos mais egoístas. Esperava que sua própria filha viesse para amenizar um pouco sua aflição e seu sofrimento. Ele estava com fome outra vez, mas não tinha nenhum desejo de se alimentar. Até mesmo o aroma dos deliciosos biscoitos, que poderiam enganar seu estômago, resultou em lembranças dolorosas da esposa. Talvez amanhã.

Rayford ligou a televisão, não por interesse de ver mais desgraças, mas com a esperança de saber notícias sobre o restabelecimento da ordem no país, do tráfego, da comunicação. Após ver um minuto ou dois de cenas muito semelhantes, ele desligou a TV. Rejeitou a ideia de ligar para O'Hare e descobrir se era possível entrar no aeroporto para pegar seu carro, porque não queria que o telefone estivesse ocupado nem ao menos por um minuto, para o caso de Chloe tentar ligar para casa. Havia horas desde que ela havia saído de Palo Alto. Quanto tempo levaria para fazer todas aquelas conexões malucas e finalmente voar de Ozark, partindo de Springfield em direção a Chicago? Ele se lembrou de uma antiga piada no meio aeronáutico:

Ozark lido ao contrário é Krazo[10]. Só que agora ele não achava graça nenhuma disso.

Ele deu um salto quando o telefone tocou. Não era Chloe.

— Sinto muito, comandante — Hattie foi logo explicando. — Prometi chamá-lo de volta, mas adormeci depois da ligação que recebi e só agora acordei.

— Está tudo bem, Hattie. Na verdade, preciso...

— Quer dizer, eu não quero incomodá-lo de forma alguma num momento como este.

— Não, não, Hattie, está tudo bem, eu apenas...

— Falou com Chloe?

— Estou esperando que ela ligue para mim a qualquer momento, por isso vou ter que desligar!

Rayford tinha sido mais indelicado do que pretendia, e a princípio Hattie ficou em silêncio.

— Sem problemas. Sinto muito.

— Mais tarde ligo para você, tudo bem?

— Tudo bem.

Ela se sentiu um pouco magoada com o tratamento que recebeu. Rayford, por sua vez, lamentou, mas não se arrependeu por livrar-se dela naquele instante. Ela estava apenas querendo ser gentil, mas ele não tinha compreendido. Hattie estava sozinha e com muito medo, tanto quanto ele, e sem dúvida já tinha recebido notícias de sua família. Ah, não! Ele sequer perguntou sobre a família dela! Ela iria odiá-lo, e por que não deveria? "O quão mais egoísta eu poderia ser?", pensou ele.

Por mais ansioso que estivesse por ouvir Chloe, ele bem que poderia arriscar-se a falar mais uns poucos minutos ao telefone. Discou para Hattie, mas a linha estava ocupada.

---

[10] Krazo lembra a palavra *craze*, em inglês, que significa loucura, mania. O trocadilho somente faz sentido na língua original. [N. do T.]

* * *

Buck tentou ligar para Dirk Burton, em Londres, assim que chegou em seu apartamento. Não queria esperar mais por causa do fuso horário. Ele obteve uma resposta intrigante. A secretária eletrônica particular de Dirk atendeu com a mensagem costumeira, mas tão logo tocou o sinal para "deixar um recado", outro sinal mais demorado indicou que o sistema de gravação de mensagens estava cheio. Estranho. Ou Dirk esteve dormindo esse tempo todo ou...

Buck não havia levado em conta que Dirk poderia ter desaparecido. Além de deixar Buck com um milhão de perguntas sobre Stonagal, Carpathia, Todd-Cothran e todo aquele fenômeno, Dirk era um de seus melhores amigos desde os tempos de Princeton. "Oh, por favor, que isto seja apenas uma coincidência", pensou ele. "Que ele esteja viajando..."

Tão logo Buck colocou o fone no gancho, seu telefone tocou. Era Hattie Durham. Ela estava chorando.

— Desculpe incomodá-lo, sr. Williams, eu tinha prometido a mim mesma nunca ligar para sua casa...

— Tudo bem, Hattie. O que está havendo?

— Bem, na verdade é uma bobagem, mas acabo de passar por uma situação delicada e não tenho com quem conversar. Ainda não consegui falar com minha mãe e minhas irmãs e, bem, apenas pensei que talvez você pudesse me entender.

— Fique à vontade.

Ela contou a Buck sobre o telefonema ao comandante Steele; disse que Rayford havia perdido a esposa e o filho; e que ela havia ligado para ele para contar sobre as boas notícias a respeito de sua família. No entanto, ele interrompeu bruscamente a ligação.

— Ele simplesmente me ignorou, dizendo que estava esperando uma ligação da filha.

— Posso entender — disse Buck, revirando os olhos.

Desde quando ele havia entrado para o clube dos corações solitários? Ela não teria uma amiga com quem pudesse compartilhar seus problemas?

— Eu também consigo entender — ela se justificou. — É assim mesmo. Sei que ele está sofrendo por causa do desaparecimento da esposa e do filho. Mas ele também sabia que eu estava preocupada com a minha família e sequer me perguntou sobre isso.

— Olhe, tudo isso faz parte da tensão do momento, da angústia, como você diz, e...

— Sim, eu sei. Apenas queria falar com alguém, e pensei em você.

— Pode ligar quando quiser — Buck mentiu.

"Vou começar a ter problemas", pensou ele. "O número do meu celular terá de ser eliminado dos meus próximos cartões de visita."

— Sabe, gostaria de continuar conversando com você, mas tenho uma reunião esta noite, e...

— Não tem problema, obrigada por me ouvir.

— Entendo — disse ele, embora duvidasse de verdade que ela entenderia. Talvez Hattie fosse mais perspicaz e sensível quando não estivesse estressada. Esperava que sim.

* * *

Rayford ficou contente ao notar que a linha de Hattie estava ocupada, porque poderia dizer-lhe mais tarde que tentou retornar a ligação. Mas não conseguiu manter a linha desocupada por muito tempo. Um minuto depois, o telefone tocou novamente.

— Comandante, sou eu outra vez. Sinto muito, mas não vou tomar seu tempo. Eu desliguei o telefone, como prometi, mas estava em outra ligação...

— Na realidade, eu tentei ligar, Hattie. O que você ficou sabendo de seus familiares?

— Eles estão bem — disse ela chorando.

— Que bom! Graças a Deus — ele respondeu.

Rayford ficou perguntando para si mesmo o que havia acontecido com ele. Disse que estava feliz por ela, mas chegou à conclusão de que aqueles que não desapareceram tinham perdido o maior dos eventos da história cósmica. Mas o que deveria dizer: "Oh! Lamento muito que seus familiares também tenham sido deixados para trás?"

Quando desligou, Rayford sentou-se ao lado do telefone com a sensação incômoda de que certamente havia perdido a ligação de Chloe dessa vez. Isso o deixou furioso. Seu estômago estava roncando, e ele sabia que deveria comer alguma coisa, mas resolveu adiar por mais algum tempo, na esperança de poder comer na companhia de Chloe quando ela chegasse. Conhecendo bem a filha, imaginava que ela também não tivesse comido nada.

CAPÍTULO 9

O despertador subconsciente de Buck falhou naquele fim de tarde. Ao chegar ao escritório de Steve Plank por volta das 8h45, com o cabelo desalinhado e desculpando-se pelo atraso, logo confirmou que suas intuições estavam certas. O ressentimento dos editores veteranos era evidente. Juan Ortiz, chefe da editoria de política internacional, estava irritado com a participação de Buck nos assuntos relacionados com a conferência da cúpula que Juan planejava cobrir em duas semanas.

— Os judeus nacionalistas estão discutindo um tema que tenho acompanhado durante anos. Quem teria acreditado que eles mostrariam algum interesse num governo mundial? O simples fato de aceitarem discutir o tema já poderia ser considerado um passo monumental. Eles estão se reunindo aqui, e não em Jerusalém ou Tel Aviv, porque suas ideias são revolucionárias. Muitos israelenses nacionalistas acham que a Terra Santa já foi longe demais com sua generosidade. Isso é um fato histórico.

— Então qual o problema — perguntou Plank — de incluir nosso principal repórter nessa cobertura?

— O problema é que *eu* sou o principal editor dessa área.

— Estou tentando entender o sentido de todas essas reuniões — disse Plank.

Jimmy Borland, o editor de religião, argumentou:

— Entendo as objeções de Juan, mas tenho duas reuniões para cobrir ao mesmo tempo. Qualquer ajuda será bem recebida.

— Agora estamos começando a nos entender — disse Plank.

— Mas vou ser franco com você, Buck — avisou Borland. — A palavra final sobre a matéria é minha.

— Certamente — Plank concordou.

— Não tão rápido — interrompeu Buck. — Não quero ser tratado aqui como mais um repórter da equipe. Vou tirar minhas próprias conclusões sobre essas reuniões, e não estou tentando me intrometer nos territórios que são suas especialidades. Não quero nem mesmo cobrir as reuniões isoladas. Planejo apenas fazer a coordenação, descobrir o significado desses encontros e seus pontos em comum. Jimmy, seus dois grupos religiosos, os judeus que querem reconstruir o templo e os ecumênicos que desejam uma espécie de ordem religiosa universal, se envolverão em algum tipo de disputa entre eles? Haverá judeus religiosos...

— Ortodoxos.

— Sim, eles também estarão na conferência ecumênica? Porque os ecumênicos são contrários à reconstrução do templo.

— Bem, pelo menos você está pensando como um editor de religião — disse Jimmy. — Isso é encorajador.

— Mas o que você pensa sobre o assunto?

— Não sei. Mas é isso que o torna interessante. As reuniões deles serão realizadas no mesmo horário e na mesma cidade, o que é bom demais para ser verdade.

A editora de finanças, Barbara Donahue, colocou fim à discussão.

— Tenho tratado com você sobre vários assuntos dessa natureza, Steve — ela afirmou. — E aprecio seu modo de agir quando permite que todos se manifestem livremente. Mas todos já conhecemos sua decisão de envolver Buck na coordenação dessa matéria, portanto o melhor é deixar isso como está e continuar com o projeto. Se cada um de nós der o máximo empenho no preparo das matérias de nossas respectivas editorias, e se pudermos oferecer alguma contribuição ao texto geral, que eu suponho ser o ponto principal, vamos seguir em frente.

Até Ortiz balançou a cabeça afirmativamente, embora parecesse a Buck que ele demonstrava alguma relutância.

— Buck é o nosso jogador principal — disse Plank —, por isso mantenham contato com ele. Ele vai se reportar diretamente a mim. Você quer dizer alguma coisa, Buck?

— Somente meu muito obrigado — disse ele, fingindo certa emoção, fazendo com que todos os colegas rissem. — Barbara, seus economistas estão se reunindo na ONU, exatamente como fizeram quando decidiram sobre as três moedas?

Ela confirmou:

— No mesmo lugar, e praticamente as mesmas pessoas.

— E até que ponto Jonathan Stonagal está envolvido?

— Abertamente, você quer dizer? — ela perguntou.

— Todo mundo sabe que ele é muito discreto. Mas há alguma influência dele?

— Será que um pato pode falar?

Buck sorriu e fez uma rápida anotação.

— Vou tomar isso como um sim. Gostaria de chegar até ele e, quem sabe, tentar falar com nosso homem-chave.

— Boa sorte. Ele provavelmente não vai aparecer por lá.— Mas ele está na cidade, não é? Ele não esteve hospedado no Plaza da última vez?

— Você vai estar por perto, não vai? — arriscou ela.

— Bem, ele só recebia um dos principais líderes por dia em sua suíte.

Juan Ortiz levantou a mão:

— Vou acompanhar tudo isso, e não tenho nada pessoal contra você, Buck. Mas não creio que haja um meio de coordenar uma reportagem como esta sem estabelecermos um vínculo. Quero dizer, se você quiser coordenar uma matéria de destaque, relatando que houve quatro importantes conferências internacionais na cidade, quase todas ao mesmo tempo, tudo bem. Mas fazer algum tipo de ligação entre elas seria ir longe demais.

— Se eu achar que elas não têm relação entre si, não haverá uma reportagem geral consistente — Buck afirmou. — Concorda?

* * *

Rayford Steele já estava chegando ao limite por causa de suas preocupações, ainda agravadas por sua dor. Onde estaria Chloe? Ele permaneceu em casa o dia todo, andando de um lado para o outro, envolvido em seus pensamentos, às vezes chorando. Sentia-se velho e claustrofóbico. Ligou para a Pancontinental e ouviu que seu carro poderia estar liberado quando ele retornasse do seu voo no próximo fim de semana. As notícias da TV mostraram um surpreendente progresso na limpeza das ruas e no restabelecimento do transporte público. Mas, por muitos meses, a paisagem ainda seria desoladora. Guindastes e máquinas de demolição continuavam trabalhando, e os destroços estavam empilhados perigosamente ao lado das estradas e vias expressas.

Já era bem tarde quando Rayford decidiu ligar para a igreja de sua esposa, e ele se sentiu grato por não ter de falar com ninguém. Como esperava, havia uma nova mensagem na secretária eletrônica da igreja, transmitida por uma voz masculina que soava um tanto perplexa.

"Você ligou para a Igreja Nova Esperança. Estamos planejando ter um estudo bíblico semanal, mas por en3quanto vamos nos reunir apenas aos domingos, às dez da manhã. Todos os membros do conselho da igreja, menos eu, bem como a maioria de nossos membros regulares, foram levados. Os poucos de nós que sobraram estão cuidando do templo e distribuindo um vídeo que nosso pastor titular deixou preparado para esta ocasião. Você pode vir ao escritório da igreja a qualquer hora para pegar uma cópia grátis do vídeo, e contamos com sua presença no culto matinal de domingo."

"Bem, certamente esse pastor falava frequentemente sobre o arrebatamento da igreja", pensou Rayford. Era essa a razão por que Irene se sentia tão fascinada com o assunto. Que ideia criativa, a de gravar uma mensagem para aqueles que foram deixados para trás! Ele e Chloe buscariam uma cópia no dia seguinte. Seria muito bom se ela estivesse tão interessada quanto ele em descobrir a verdade.

Rayford espiou através da vidraça, na escuridão da noite, exatamente no momento em que Chloe, com uma grande mala ao seu lado, pagava o motorista. Ele saiu correndo de casa, calçando apenas as meias, e abraçou-a fortemente.

— Papai! — ela exclamou chorando. — Como estão todos?

Ele sacudiu a cabeça negativamente. Seu rosto mostrava grande desalento.

— Nem quero ouvir — disse ela, soltando-se dele e olhando para a casa, como se esperasse que sua mãe ou seu irmão surgissem na porta.

— Ficamos só você e eu, Chloe — Rayford falou, abraçando a filha e chorando com ela na escuridão.

* * *

Somente na sexta-feira é que Buck Williams conseguiu alguma informação a respeito de Dirk Burton. Ele falou com o supervisor da área em que Dirk trabalhava na Bolsa de Londres.

— O senhor deve me dizer precisamente quem é e qual o seu grau de relacionamento com o sr. Burton antes de eu lhe passar alguma informação — Nigel Leonard informou em seguida. — Tenho de lhe informar também que esta conversa será gravada a partir deste momento.

— Como assim?

— Estou gravando nossa conversa. Se isso for um problema para o senhor, basta desligar agora.

— Não estou entendendo nada.

— O que o senhor quer dizer com isso? Sabe o que é um gravador, não é mesmo?

— Claro, também estou usando o meu, se o senhor não se importar.

— Bem, eu me importo, sr. Williams. E por que o senhor está gravando?

— Então diga também por que o senhor está.

— Nós nos encontramos diante de uma situação complicada, e precisamos investigar todos os contatos.

— Que situação? Dirk também está entre os que desapareceram?

— Temo que não tenha sido bem assim.

— Então me conte.

— Informe primeiro o motivo de seu telefonema.

— Sou um velho amigo dele. Fomos colegas de classe na faculdade.

— Onde?

— Princeton.

— Muito bem. Quando?

Buck lhe contou.

— Certo. E quando foi a última vez que falou com ele?

— Não me lembro. Apenas trocamos mensagens de voz.

— Sua atividade?

Buck hesitou.

— Jornalista, repórter especial do *Semanário Global,* Nova York.

— Seu interesse é de natureza jornalística?

— Não vou excluir essa possibilidade — respondeu Buck, tentando evitar que sua raiva se extravasasse em palavras —, mas posso imaginar que meu amigo, importante como é para mim, não seja do interesse de meus leitores.

— Sr. Williams — disse Nigel cautelosamente —, permita-me declarar categoricamente, com nossos dois gravadores ligados, que o que vou lhe dizer é estritamente confidencial e não deve ser gravado. Você me entende?

— Eu...

— Porque estou ciente de que, tanto em seu país quanto na Comunidade Britânica, qualquer coisa que se diga após afirmar que se trata de assunto confidencial não deve ser divulgada.

— Posso lhe garantir — concordou Buck.

— Perdão, o que disse?

— O senhor me ouviu. Estou de acordo. A conversa não será gravada. Agora me diga onde está Dirk.

— O corpo do sr. Burton foi encontrado em seu apartamento esta manhã. Ele tinha uma perfuração de bala na cabeça. Sinto muito, já que o senhor era amigo dele, mas a morte por suicídio foi confirmada.

Buck estava atônito.

— Quem confirmou?

— As autoridades.

— Que autoridades?

— Scotland Yard e o pessoal de segurança da Bolsa.

"Scotland Yard", pensou Buck. "Vamos descobrir isso."

— Por que a Bolsa está envolvida?

— Costumamos proteger nossas informações e nosso pessoal, senhor.

— Suicídio é impossível, o senhor deve saber — retrucou Buck.

— Eu sei?

— Se o senhor é o supervisor dele, sabe.

— Houve um número muito grande de suicídios aqui desde os desaparecimentos, senhor.

Buck balançou a cabeça como se Nigel pudesse vê-lo do outro lado do Atlântico.

— Dirk não se matou, e o senhor sabe disso.

— Senhor, entendo seus sentimentos, mas não sei nada diferente do que o senhor pode saber sobre o que se passava na mente do sr. Burton. Eu gostava dele, mas não estou em condições de questionar a conclusão da perícia médica.

Buck bateu o telefone e foi direto ao escritório de Steve Plank. Ele contou ao seu chefe o que tinha acabado de ouvir.

— Que coisa terrível! — Steve exclamou.

— Tenho um contato na Scotland Yard que conhece Dirk, mas não me atrevo a falar com ele sobre esse assunto por telefone. Marge, pode me fazer uma reserva no próximo voo para Londres? Estarei de volta a tempo para essas conferências, mas tenho que ir para lá.

— Se houver voos. Não estou certo de que o JFK já tenha voltado a funcionar.

— E quanto ao La Guardia?

— Pergunte a Marge. Você sabe que Carpathia estará aqui amanhã.

— Você mesmo disse que ele era peixe miúdo. Talvez ele ainda esteja aqui quando eu voltar.

* * *

Rayford Steele não foi capaz de convencer a filha a sair de casa. Chloe passou horas no quarto de seu irmão e, depois, no quarto do casal, escolhendo alguns pertences deles para acrescentar aos que seu pai tinha colocado nas caixas. Rayford estava sofrendo as dores dela. Intimamente, esperava que ela lhe trouxesse algum conforto. Sabia que isso viria mais tarde. Porém, naquele momento, ela precisava de tempo para assimilar as perdas. Após ter chorado muito, Chloe estava pronta para conversar. Depois de recordar tantos fatos relacionados à família, a ponto de Rayford não saber se seu coração poderia suportar mais, ela finalmente encerrou o assunto e passou para o fenômeno dos desaparecimentos.

— Papai, na Califórnia eles estão aceitando a teoria de uma invasão espacial.

— Você está brincando.

— Não. Talvez seja porque você sempre foi tão prático e descrente em relação aos assuntos publicados pela mídia. No entanto, eu simplesmente não posso entender o que aconteceu. Quer dizer, deve ter sido alguma coisa sobrenatural ou de outro mundo, mas...

— Mas o quê?

— Parece que, se alguma força especial alienígena tivesse a capacidade de realizar esse feito, eles também seriam capazes de se comunicar conosco. Será que eles não estão querendo aparecer agora, vão exigir um resgate ou obrigar que façamos algo por eles?

— Quem? Os marcianos?

— Papai! Não estou dizendo que acredito nisso. Eu realmente não compro essa ideia. Mas você não acha que faz sentido?

— Você não tem que me convencer. Admito que até uma semana atrás eu não teria nem sonhado que alguma dessas coisas fosse possível, mas minha lógica já foi longe demais.

Rayford esperava que Chloe perguntasse qual a teoria dele. Ele não queria começar por um tema religioso. Ela foi sempre resistente a esse tipo de assunto, tendo deixado de ir à igreja quando estudava na escola e no tempo em que ele e Irene começaram a brigar por causa de religião. Chloe era uma boa filha, jamais se envolveu em problemas. Tirou notas boas o suficiente para ganhar uma bolsa parcial de estudos. Embora ocasionalmente ficasse fora até tarde da noite e tivesse passado por aquela fase louca da juventude do colégio, os pais nunca precisaram pagar uma fiança para tirá-la da prisão, e jamais houve qualquer evidência do uso de drogas. Ela realmente era firme em suas convicções.

Rayford e Irene sabiam que Chloe havia chegado em casa mais de uma vez embriagada, após uma festa, a ponto de passar a noite toda vomitando. Na primeira vez, ele e Irene preferiram ignorar, agindo como se nada tivesse acontecido. Acreditavam que ela seria suficientemente sensata para saber muito bem o que aconteceria numa próxima vez. Quando o fato se repetiu, Rayford teve uma séria conversa com ela.

— Eu sei, eu sei, eu sei, está bem, papai? Você não precisa começar a implicar comigo.

— Não estou implicando com você. Quero apenas deixar claro que você não pode dirigir se beber além da conta.

— Lógico que eu sei.

— E você também sabe o quão tolo e perigoso é beber demais.

— Pensei que você não estivesse implicando comigo.

— Apenas me diga que você sabe o que está fazendo.

— Acho que já disse.

Ele balançou a cabeça sem querer dizer mais nada.

— Vá em frente, papai, não desista de mim. Pode me dar um sermão. Prove que você se importa.

— Não brinque comigo — respondeu Rayford. — Algum dia você vai ter um filho e, do mesmo jeito que eu, não saberá o que dizer a ele. Quando você ama alguém de todo o coração e se preocupa com seu bem-estar...

Rayford não foi capaz de continuar. Pela primeira vez em sua vida adulta ele estava engasgado de emoção. Isso nunca acontecia em suas discussões com Irene. Ele ficava sempre na defensiva, preocupado demais em pensar no quanto se importava com ela. Porém, no caso de Chloe, ele queria realmente fazer a coisa certa, queria protegê-la. Desejava que ela soubesse o quanto ele a amava, mas estava tudo dando errado. Era como se ele a estivesse punindo, fazendo um duro sermão, repreendendo ou condescendendo. E foi assim que ele interrompeu a discussão.

Embora não tivesse planejado, aquela involuntária demonstração emotiva atingiu Chloe em cheio. Durante meses ela vinha mantendo-se distante dele. Tornou-se mal-humorada, fria, independente, sarcástica, desafiadora. Ele sabia que isso tudo fazia parte do processo de desenvolvimento dela, de se encontrar consigo mesma, mas foi um tempo doloroso e assustador.

Enquanto ele mordia os lábios e respirava profundamente, esperando recompor-se e não ficar embaraçado, Chloe aproximou-se dele e o envolveu num abraço, com os braços entrelaçados em seu pescoço, exatamente como fazia quando era uma garotinha.

— Ei, papai, não chore — ela o consolou. — Sei que você me ama e que se importa comigo. Não se preocupe. Aprendi a lição e não vou ser tola outra vez, prometo.

Ele se desmanchou em lágrimas, ela também. Tornaram-se muito unidos, como nunca haviam sido até então. Rayford não se recordava de ter disciplinado a filha outra vez, e, embora ela não tivesse voltado a frequentar a igreja, ele também tinha começado a se afastar dos cultos. Ela foi ficando cada vez mais parecida com ele. Irene brincava, dizendo que cada um dos filhos tinha sua predileção particular.

Agora, depois do desaparecimento de Irene e Raymie, Rayford esperava que o relacionamento que havia começado em um momento de emoção, quando Chloe estava no colegial, pudesse florescer para que pudessem conversar melhor. O que era mais importante do que aquilo que tinha acontecido? Ele já sabia no que acreditavam os amigos malucos da faculdade dela e os californianos. Qual era a novidade? Ray generalizava, dizendo que os moradores da Costa Oeste atribuíam aos tabloides o mesmo peso que os habitantes do Meio-Oeste davam ao *Chicago Tribune* ou mesmo ao *New York Times*.

Era noite quando Rayford e Chloe relutantemente concordaram que deviam comer algo. Ambos trabalharam juntos na cozinha, preparando rapidamente uma saudável mistura de frutas e vegetais. A função naquele ambiente trouxe alguns momentos de calma e um pouco de renovação mental, enquanto permaneciam em silêncio. Mesmo assim era doloroso, pois qualquer atividade doméstica lembrava Irene. E, quando se sentaram para comer, ocuparam automaticamente os mesmos lugares aos quais estavam habituados — o que deixava os outros dois lugares vazios ainda mais evidentes.

Rayford notou que o rosto de Chloe começou a ficar sombrio outra vez; sabia que ela estava sentindo o mesmo que ele. Muitos anos se haviam passado desde o tempo em que eles faziam juntos três ou quatro refeições por semana, como família. Irene sentava-se sempre à esquerda dele; Raymie, à sua direita; e Chloe, na frente. O vazio e o silêncio eram chocantes.

Rayford estava com fome e logo devorou boa parte da enorme salada. Chloe logo parou de comer e começou a chorar em silêncio, cabeça inclinada, lágrimas caindo em seu colo. O pai tomou sua mão, e ela se sentou no colo dele, escondendo a face e soluçando. Rayford procurou acalentá-la, até que ela ficou em silêncio.

— Onde estão eles? — perguntou Chloe em tom de lamentação.

— Você quer saber onde eu acho que estão? — ele respondeu. — Quer realmente saber?

— É claro que sim!

— Acredito que estejam no céu.

— Ah! Papai! Havia algumas pessoas religiosas na escola que viviam dizendo isso, mas, se sabiam tanto sobre religião, por que elas não foram levadas?

— Talvez tenham concluído que estavam erradas e perderam sua oportunidade.

— Você acha que foi isso que aconteceu conosco? — perguntou Chloe, voltando à sua cadeira.

— Temo que sim. Sua mãe não lhe disse que acreditava que algum dia Jesus ia voltar para levar seus seguidores diretamente para o céu antes de morrerem?

— Disse, mas ela sempre foi mais religiosa do que nós dois. Eu achava que ela estava simplesmente empolgada demais com o arrebatamento.

— Boa escolha de palavras.

— Hã?

— Ela foi arrebatada, Chloe. Raymie também.

— Você acredita mesmo nisso?

— Sim, acredito.

— Essa é uma ideia tão maluca quanto a teoria da invasão dos marcianos.

Rayford ficou na defensiva.

— Então, qual é sua teoria?

Chloe começou a tirar os pratos da mesa e falou de costas para ele.

— Sou bastante honesta para admitir que não sei.

— Isso quer dizer que eu não estou sendo honesto?

Chloe voltou-se para ele, demonstrando simpatia.

— Você não consegue ver, papai? Você está gravitando em torno da possibilidade menos dolorosa. Se estivéssemos fazendo uma votação, minha primeira escolha seria que mamãe e Raymie estão no céu com Deus, sentados nas nuvens, dedilhando suas harpas.

— Então estou enganando a mim mesmo, é isso que você está querendo dizer?

— Papai, não estou querendo culpá-lo. Mas é preciso admitir que essa explicação é muito artificial.

Agora Rayford parecia demonstrar alguma irritação.

— O que é mais artificial do que pessoas desaparecerem, saindo de dentro de suas roupas? Quem mais poderia ter feito isso? Há alguns anos acusamos os soviéticos, dizendo que eles tinham desenvolvido algum tipo de tecnologia avançada, um raio da morte que afetava somente a carne e os ossos humanos. Mas hoje não há mais ameaça soviética, e os russos também perderam pessoas. E como isso... seja lá o que for... escolheu quem levar e quem deixar?

— Você está dizendo que a única explicação lógica é Deus, e que ele levou os que eram dele, deixando o restante de nós para trás?

— Sim, é isso que estou dizendo.

— Pois eu nem quero ouvir.

— Chloe, nossa família é um perfeito retrato do que aconteceu. Se o que estou dizendo for verdade, duas pessoas escolhidas por essa lógica se foram e as outras duas pessoas enquadradas nesse mesmo ponto de vista lógico foram deixadas.

— Você acha que sou esse tipo de pessoa pecadora?

— Chloe, ouça. Tudo o que você é, eu também sou. Não estou julgando você. Se eu estiver certo sobre isso, nós perdemos alguma coisa. Eu sempre me considerei cristão, principalmente porque fui criado como um e não era judeu.

— Agora você está dizendo que não é mais cristão?

— Chloe, penso que os cristãos se foram.

— Isso quer dizer que eu também não sou cristã?

— Você é minha filha e o único membro de minha família que ainda está aqui; amo você mais do que qualquer coisa no mundo. Mas, se os cristãos desapareceram e todos os demais ficaram, então penso que ninguém mais é cristão.

— Algum tipo de cristão legítimo, você quer dizer.

— Sim, um verdadeiro cristão. Ao que parece, aqueles que foram reconhecidos por Deus como seus verdadeiros seguidores. De quem mais posso estar falando?

— Papai, o que isso revela sobre Deus? Que ele é algum ditador doentio, sádico?

— Cuidado, querida. Você acha que posso estar errado, mas e se eu estiver certo?

— Então Deus é um ser rancoroso, odioso e mau. Quem quer ir para o céu com um Deus como este?

— Se é o lugar para onde sua mãe e Raymie foram, é para lá que eu quero ir.

— Eu também quero estar com eles, papai! Então me diga como isto se harmoniza com um Deus amoroso e misericordioso. Quando eu ia à igreja, fiquei cansada de ouvir sobre como Deus é um ser amoroso. No entanto, ele nunca respondeu às minhas orações e nunca senti que ele me conhecia, nem ao menos que se importava comigo. Agora você está confirmando que eu tinha razão. Ele não se preocupava comigo. De modo nenhum. Se eu não me qualifiquei, eu fui deixada para trás por isso? Seria bem melhor que você estivesse errado.

— Mas, se eu não estiver, quem está, Chloe? Onde estão eles? Onde está todo mundo?

— Está vendo? Você se interessou por essa coisa de céu porque isso faz com que você se sinta melhor. Mas eu me sinto pior. Não acredito. Nem mesmo quero considerar essa ideia.

Rayford desistiu do assunto e foi assistir um pouco de TV. Só uma parte limitada da programação regular estava no ar, mas era possível encontrar algumas notícias. Ele ficou intrigado com o nome incomum do novo presidente da Romênia, sobre o qual tinha lido recentemente: Carpathia. Ele deveria chegar ao La Guardia, em Nova York, no sábado, e dar uma entrevista à imprensa no domingo de manhã, antes de fazer seu discurso na ONU.

Portanto, o aeroporto estava aberto. Era para lá que Rayford devia comandar um voo superlotado no início daquela noite. Ele telefonou para a Pancontinental em O'Hare.

— Estou contente por ter ligado — atendeu um supervisor. — Estava para chamá-lo. Sua licença para comandar um 777 está em dia?

— Não. Já comandei esse tipo de aeronave muitas vezes, mas prefiro o 747, e ainda não atualizei minha licença neste ano para pilotar o 777.

— Estamos somente operando com os modelos 777 neste fim de semana para o leste. Vamos ter que chamar outro piloto. Você precisa renovar logo sua licença para termos flexibilidade.

— Vou providenciar. Qual é o próximo voo para mim?

— Você quer voar para Atlanta na segunda-feira e retornar no mesmo dia?

— Num modelo...?

— 747.

— Perfeito. Sabe se há lugar para um passageiro extra nesse voo?

— Quem?

— Um membro da família.

— Vou verificar.

Rayford ouviu o ruído do teclado do computador e o som de vozes ao fundo.

— Ah! Enquanto eu estava checando, recebemos o pedido de uma comissária que deseja ser escalada para o seu próximo voo. Ela deve ter achado que você voaria de Logan para o JFK e retornaria em seguida.

— Quem? Hattie Durham?

— Deixe-me ver. Isso mesmo.
— Então, ela está escalada para Boston e Nova York?
— Sim.
— E eu não estou, portanto essa é uma questão que pode ser discutida, certo?
— Suponho que sim. Você estaria inclinado a escolher entre uma e outra opção?
— Como assim?
— Ela vai perguntar novamente, suponho. Você tem alguma objeção caso ela seja escalada para um de seus próximos voos?
— Bem, de qualquer forma não será para meu voo até Atlanta? Está muito próximo.
— Sem dúvida.

Rayford suspirou.

— Nenhuma objeção. Bem, espere. Vamos deixar que isso aconteça naturalmente, se é que vai acontecer.
— Não estou entendendo, capitão.
— Estou apenas dizendo que, se ela for escalada normalmente, não tenho nenhuma objeção. Mas não vamos fazer qualquer arranjo para que isso aconteça.
— Entendi. Em seu voo para Atlanta, parece que vai levar um passageiro grátis. Nome?
— Chloe Steele.
— Vou tentar colocá-la na primeira classe, mas, se estiver lotada, você sabe, ela vai ter de se sentar lá no fundo do avião.

Assim que Rayford desligou o telefone, Chloe apareceu na sala.

— Não vou voar esta noite — ele anunciou.
— A notícia é boa ou ruim?
— Estou aliviado. Quero passar mais tempo com você.
— Depois do modo como falei com você? Imaginei que não me quisesse por perto.
— Chloe, podemos falar francamente um com o outro. Você é minha família. Odeio pensar em ficar longe de você. Vou fazer um

voo de ida e volta para Atlanta na segunda-feira e reservei um lugar na primeira classe, caso queira me acompanhar.

— Certamente.

— Eu gostaria apenas que você não tivesse dito só uma coisa.

— Qual?

— Que não quer nem mesmo considerar minha teoria. Você sempre gostou de minhas teorias. Não me importo se você disser que não a aceita. Não sei o suficiente para articular essa teoria de uma forma que faça sentido, mas sua mãe falou sobre isso. Uma vez ela até me advertiu que, se eu não tivesse certeza de que iria para o céu quando Cristo voltasse para buscar seu povo, eu não deveria tratar isso com pouco caso.

— E você fez isso?

— Fiz, mas nunca mais faço de novo.

— Bem, papai, não vou ser desrespeitosa com isso. Simplesmente não quero aceitar. Isso é tudo.

— Entendo. Mas não me diga que não pode nem mesmo considerar minha teoria.

— Certo. E você considerou a teoria dos invasores do espaço?

— Para dizer a verdade, considerei.

— Está brincando comigo.

— Filha, eu considerei cada hipótese. O que aconteceu está muito acima da compreensão humana; em que mais poderíamos pensar?

— Está bem, então, se eu voltar atrás e disser que vou considerar sua teoria, o que isso quer dizer? Vamos nos tornar religiosos fanáticos de repente, começaremos a frequentar a igreja, e o que mais? Quem sabe se agora já não será muito tarde? Se você estiver certo, talvez tenhamos perdido nossa chance para sempre.

— É o que precisamos descobrir, você não acha? Vamos examinar o assunto, ver se alguma coisa tem a ver com tudo isso. Se houver, devemos saber se ainda existe alguma chance de um dia voltarmos a estar com mamãe e Raymie.

Chloe sentou-se balançando a cabeça.

— É, papai. Não sei, não.

— Ouça, liguei para a igreja que sua mãe estava frequentando.

— Ah, não!

Rayford lhe contou sobre a gravação e o vídeo oferecido.

— Papai! Um vídeo destinado àqueles que ficaram para trás? Por favor!

— Você está incrédula, por isso lhe parece ridículo. Não conheço outra explicação lógica; assim, não vejo a hora de ver o vídeo.

— Você está desesperado.

— Claro que estou! Você não está?

— Estou aflita e assustada, mas não tanto a ponto de perder o juízo. Sinto muito, papai. Não olhe para mim desse jeito. Não o estou censurando por investigar isso. Vá em frente e não se preocupe comigo.

— Você irá junto?

— Prefiro não ir. Mas se quiser...

— Você pode esperar no carro.

— Não é esse o caso. Não estou com medo de encontrar alguém de quem eu discorde.

— Vamos lá amanhã — disse Rayford, desapontado com a reação de Chloe, mas determinado a prosseguir, por causa de ambos. Se estivesse certo, não desistiria de convencer a própria filha.

CAPÍTULO 10

Cameron Williams achou que seria melhor não telefonar para Alan Tompkins, na Scotland Yard, antes de deixar Nova York. Alan era seu amigo e de Dirk Burton também. Com tantos problemas de comunicação já se arrastando por vários dias, além da estranha conversa que teve com o supervisor de Dirk, Buck não queria correr o risco de que sua ligação fosse grampeada por alguém. A última coisa que queria era comprometer a integridade de seu contato na Scotland Yard.

Buck pegou seus dois passaportes, um verdadeiro e outro falso, e seu visto de entrada na Inglaterra — uma precaução habitual de segurança — e embarcou num voo para Londres. Partindo do Aeroporto de La Guardia, no final da noite de sexta-feira, chegou a Heathrow no sábado pela manhã. Hospedou-se no Hotel Tavistock e dormiu até o meio da tarde. Em seguida, saiu a campo para descobrir a verdade sobre a morte de Dirk.

A primeira coisa que fez foi ligar para a Scotland Yard e perguntar por seu amigo Alan Tompkins, um detetive de classificação média na hierarquia da instituição. Os dois tinham quase a mesma idade. Tompkins era alto, cabelos escuros, sempre com uma aparência meio desleixada. Buck o havia entrevistado tempos atrás para uma matéria sobre o terrorismo no Reino Unido.

Eles desenvolveram uma amizade e, certa noite, junto com Dirk, passaram algumas horas num bar londrino, e isso bastou para que se tornassem bons companheiros. Toda vez que Buck visitava Londres, eles se encontravam. Agora, por telefone, ele procurou falar com Tompkins de forma disfarçada, de modo que o amigo imediatamente percebesse as razões daquele contato, sem deixar transparecer que os dois já se conheciam — no caso de o telefone estar sendo grampeado.

— Sr. Tompkins, o senhor não me conhece, sou Cameron Williams, repórter do *Semanário Global*. — Antes que Alan tivesse tempo de fazer algum tipo de brincadeira e dar-lhe as boas-vindas, Buck prosseguiu sem nenhuma interrupção. — Estou aqui em Londres para escrever uma matéria preliminar sobre a conferência monetária internacional na ONU.

Na mesma hora Alan entendeu e assumiu um tom formal.

— Como posso ajudá-lo, senhor? O que isso tem a ver com a Scotland Yard?

— É que estou com dificuldades para localizar uma pessoa que desejo entrevistar e receio que ele esteja com algum problema.

— Qual é o nome dele?

— Burton. Dirk Burton. Ele trabalha na Bolsa de Valores.

— Vou verificar e, em seguida, retorno-lhe a ligação.

Poucos minutos depois, o telefone de Buck tocou.

— Sr. Cameron? Tompkins, da Yard. Gostaria de saber se o senhor faria a gentileza de vir até aqui para me encontrar pessoalmente.

* * *

Na manhã de sábado, em Mount Prospect, Illinois, Rayford telefonou novamente para a Igreja Nova Esperança. Desta vez, um homem atendeu. Rayford apresentou-se como marido de uma mulher que já tinha sido membro daquela congregação.

— Eu conheço o senhor. Já nos encontramos pessoalmente. Sou Bruce Barnes, o pastor auxiliar.

— Olá, pastor, como vai?

— O senhor está falando de uma pessoa que foi membro de nossa igreja. Eu deveria deduzir, então, que a senhora Irene não está mais conosco?

— Exatamente, e nosso filho também.

— Ray Jr., não era esse o nome dele?

— Certo.

— O senhor também tem uma filha mais velha, que não frequenta a igreja, não é isso?

— Chloe.

— E ela não...

— Não desapareceu. Está aqui comigo. Eu queria saber como o senhor está lidando com toda essa situação, verificando quantas pessoas desapareceram, e se os que ficaram estão se reunindo. Sei que o senhor programou um culto para os domingos e está oferecendo um vídeo.

— Sr. Steele, creio que já tenha conhecimento sobre tudo o que aconteceu. Quase todos os membros e frequentadores habituais de nossa igreja desapareceram. Dos membros do conselho, sou o único que sobrou. Pedi a algumas senhoras que ajudassem no escritório da igreja. Não tenho a menor ideia de quantas pessoas virão no próximo domingo, mas será um privilégio tê-lo aqui conosco.

— Estou muito interessado nesse vídeo que foi oferecido ao público.

— Claro. Ficarei feliz em lhe dar uma cópia. Vamos falar sobre isso na manhã de domingo.

— Não sei bem como posso lhe fazer uma pergunta um tanto constrangedora, sr. Barnes.

— Por favor, pode me chamar de Bruce.

— Certo, Bruce. Então, você vai ensinar, pregar para mim... como será?

— Apenas pretendo conversar com as pessoas. Depois de apresentar o vídeo para aqueles que ainda não o viram, vamos discutir o assunto.

— Mas o senhor... quer dizer, você, como consegue explicar o fato de ainda estar aqui?

— Sr. Steele, há somente uma explicação para isso, e eu gostaria de tratar desse assunto pessoalmente com o senhor. Se me disser quando virá buscar o vídeo, estarei esperando.

Rayford propôs ir naquela tarde e disse que talvez Chloe fosse junto.

* * *

Alan Tompkins estava aguardando Buck na recepção do prédio da Scotland Yard. Quando ele chegou, Alan apertou sua mão formalmente e o levou para um carro *sedan* compacto, e foram rapidamente até um bar pouco conhecido, que ficava a alguns quilômetros de distância.

— Não vamos nos falar até chegarmos lá — avisou Alan, sempre monitorando os espelhos retrovisores. — Preciso me concentrar.

Buck nunca tinha visto seu amigo tão agitado e, claro, parecia completamente apavorado.

Chegando ao bar, escolheram um canto bem discreto, levando junto duas canecas de cerveja escura. Alan nem tocou na bebida. Buck, que não havia comido nada desde a chegada a Londres, esvaziou a sua caneca e trocou pela de Alan, que ainda estava cheia. Bebeu tudo num só gole. Quando a garçonete voltou para buscar as canecas vazias, Buck pediu um lanche e um refrigerante. Alan não pediu nada.

— O que vou contar para você agora, Buck, será como botar mais lenha na fogueira — começou Alan. — No entanto, preciso avisá-lo de que se trata de um negócio sórdido, sujo, e você deve ficar o mais longe que puder de tudo isso.

— Para falar a verdade, você é que está ateando fogo na minha curiosidade — interrompeu Buck. — Conte logo o que está havendo.

— Bem, dizem que foi suicídio, mas...

— Mas nós dois sabemos que essa explicação não faz o menor sentido. Qual é a evidência? Você esteve no local?

— Estive. Tiro na têmpora, revólver na mão dele. Nenhum bilhete.

— Alguma coisa estava faltando no local?

— Que eu saiba, não, mas você já imagina o que isso pode significar.

— Não. Realmente não sei!

— Vamos lá, homem, pense um pouco. Dirk acreditava na teoria da conspiração, certo? Estava sempre farejando algum tipo de envolvimento de Todd-Cothran com banqueiros internacionais, queria descobrir qual seria o papel dele na conferência sobre as três moedas e seu relacionamento com Stonagal.

— Alan, há vários livros que falam sobre essa teoria. As pessoas fazem dela um passatempo, atribuindo todo tipo de conspiração maligna à Comissão Trilateral, aos Illuminati[11], até mesmo aos maçons. Dirk pensava que Todd-Cothran e Stonagal faziam parte de um grupo ao qual ele dava o nome de Conselho dos Dez ou Conselho dos Sábios. E daí? Isso é irrelevante.

— Mas, quando alguém é um subordinado, reconhecidamente posicionado vários níveis abaixo do dirigente da Bolsa, e está tentando ligar seu chefe a teorias conspiratórias, certamente ele vai ter um grande problema.

Buck suspirou.

— Geralmente ele será chamado para dar explicações, talvez até seja demitido. Mas explique para mim a razão por que ele foi morto ou cometeu suicídio.

— Vou dizer-lhe mais uma coisa, Cameron — prosseguiu Alan. — Tenho certeza de que ele foi assassinado.

---

[11] Grupo supostamente interessado em implantar uma nova ordem mundial. [N. do T.]

— Eu tenho a mesma impressão, e estou bastante convencido disso. Se ele tivesse cometido suicídio, acho que teríamos alguma pista.

— Estão tentando atribuir como causa do suicídio seu remorso por ter perdido familiares no grande desaparecimento, mas isso não faz o menor sentido. Que eu saiba, ele não perdeu nenhum parente próximo.

— Mas você tem certeza de que ele realmente foi assassinado? Essas são palavras bem fortes para um investigador.

— Sei disso porque o conhecia muito bem, e não porque sou um investigador.

— Um argumento que não se sustenta por si mesmo — ponderou Buck. — Eu também posso dizer que o conhecia bem e que ele não seria capaz de se matar. Estarei dando apenas uma opinião pessoal, mas serei suspeito nessa história.

— Cameron, isso é tão simples, que não iria além de um estereótipo banal se Dirk não fosse nosso amigo. Diga-me, que motivos nós tínhamos para sempre zombar dele?

— Havia muitos. Por quê?

— Nós o criticávamos porque ele era desajeitado.

— Sim. E daí?

— Se ele estivesse conosco aqui e agora, onde estaria sentado?

De repente, Buck começou a compreender a linha de raciocínio que Alan estava seguindo.

— Ele estaria sentado à esquerda de um de nós; e era desajeitado por ser canhoto.

— O tiro foi dado na têmpora direita; a arma do suposto suicida estava na sua mão direita.

— E qual foi a reação dos seus chefes quando você lhes disse que ele era canhoto e, por isso, poderia ter sido realmente assassinado?

— Você é a primeira pessoa a quem estou contando isso.

— Alan! O que você está querendo dizer?

— Que amo minha família. Meus pais ainda estão vivos e tenho um irmão e uma irmã mais velhos do que eu. Tenho também uma ex-esposa de quem ainda gosto muito, e não desejaria que alguém a maltratasse.

— De quem você tem medo?

— É claro que estou com medo de quem estiver por trás do assassinato de Dirk.

— Mas você tem toda a Scotland Yard em sua retaguarda, homem! Você se considera um oficial da lei e vai deixar que isso fique sem investigação?

— Sim, vou. E é exatamente o que você também vai fazer!

— Claro que não. Eu não iria me perdoar nunca.

— Tente fazer alguma coisa e morrerá.

Buck chamou a garçonete e pediu batatas fritas. Ela lhe trouxe uma porção bem generosa. Era exatamente o que ele queria. A cerveja já estava começando a deixá-lo tonto, e o sanduíche não tinha conseguido neutralizar os efeitos do álcool. Ele se sentia atordoado e achava que não comeria outra vez por um bom tempo.

— Estou escutando — sussurrou ele. — O que você está tentando me dizer? Quem está ameaçando?

— Se acredita em mim, não vai gostar de ouvir.

— Não tenho razões para não confiar em você e já não estou gostando disso também. Vamos, fale logo.

— A morte de Dirk foi considerada um suicídio e ponto-final. O local foi limpo; e o corpo, cremado. Perguntei se havia uma autópsia, e eles zombaram de mim. Meu oficial superior, comandante Sullivan, perguntou-me o que uma autópsia poderia mostrar. Falei para ele sobre escoriações, arranhões, sinais de luta. Ele me perguntou se eu achava que fazia sentido um sujeito lutar consigo mesmo antes de se matar. Guardei para mim as próprias conclusões.

— Por quê?

— Senti alguma coisa estranha no ar.

— Que tal eu publicar numa revista internacional uma reportagem apontando essas discrepâncias? Alguma coisa tem que acontecer.

— Fui instruído a lhe dizer que volte imediatamente para casa e esqueça qualquer coisa sobre esse suicídio.

Buck apertou os olhos, demonstrando não querer acreditar no que estava ouvindo.

— Ninguém sabia que eu estava vindo para cá.

— Isso é verdade, mas alguém achou que você poderia aparecer. Eu mesmo não fiquei surpreso com sua vinda.

— E por que deveria se surpreender? Meu amigo está morto, pretensamente por suas próprias mãos. Eu não ignoraria uma coisa dessas.

— Pois então vai ignorar daqui para frente.

— Você acha que eu vou me acovardar só porque você ficou com medo de se envolver?

— Cameron, você me conhece bem, sabe que eu não sou assim.

— Eu fico me perguntando se realmente conheço você. Pensei que tivéssemos as mesmas afinidades. Nós éramos loucos pela justiça, Alan! Sempre buscando a verdade. Sou jornalista, você é investigador. Somos céticos por natureza. Como podemos fugir da verdade, especialmente quando se trata de um amigo nosso?

— Você me ouviu bem? Fui instruído a denunciá-lo, se e quando você aparecesse.

— Então por que você permitiu que eu fosse até a Yard?

— Eu estaria em apuros se tivesse lhe dado uma dica.

— Em apuros com quem?

— Achei que você nunca me faria essa pergunta. Recebi a visita de um daqueles sujeitos que vocês, nos Estados Unidos, chamam de pistoleiros.

— Um daqueles bem grandões?

— Isso mesmo.

— Ele o ameaçou?

— Sim. Ele disse que, se eu não quisesse que acontecesse comigo ou com minha família o mesmo que se passou com meu amigo, eu teria de fazer exatamente o que ele mandasse. Acredito que seja o mesmo cara que matou Dirk.

— É possível. Mas por que você não denunciou a ameaça?

— Eu ia fazer isso. Comecei tentando agir sozinho. Disse a ele que não precisava se preocupar comigo. No dia seguinte, fui à Bolsa e pedi um encontro com o sr. Todd-Cothran.

— O próprio chefão?

— Em carne e osso. Claro que eu não tinha uma entrevista agendada, mas insisti que se tratava de um assunto da Scotland Yard, e ele concordou em me receber. Fui direto ao ponto: "Senhor, creio que um de seus funcionários foi assassinado."

Alan continuou:

— E, muito mais calmo do que você pode imaginar, ele me respondeu: "Preste atenção, governador (um termo que os moradores do extremo leste de Londres usam entre si, mas que não é usado por alguém da posição dele em relação a pessoas como eu), na próxima vez que alguém o visitar em seu apartamento às dez da noite, como fez um certo cavalheiro na noite passada, cumprimente-o por mim, entendeu?"

— E o que você respondeu?

— O que poderia dizer? Fiquei mudo, chocado! Só olhei para ele e fiz um gesto afirmativo com a cabeça. "E deixe-me dizer outra coisa", ele continuou. "Diga a seu amigo Williams para ficar bem longe disso". Eu perguntei: "Quem é Williams?", como se não soubesse de quem ele estava falando. Ele simplesmente ignorou o que eu disse porque, claro, demonstrava ter muito conhecimento sobre tudo.

— Alguém escutou as mensagens de voz de Dirk.

— Sem dúvida. E Todd acrescentou: "Se aquele sujeito precisar ser convencido, diga-lhe que gosto do pai dele e do Jeff tanto quanto ele." Jeff é seu irmão?

Buck afirmou com a cabeça.

— Aí depois disso você desabou?

— O que mais eu poderia fazer? Eu ainda tentei bancar o herói destemido e avisei: "Pode ser que eu esteja gravando nossa conversa." Frio como ele só, ele respondeu: "Os detectores de metais já o teriam apanhado." Ameacei: "Tenho uma boa memória, então posso desmascará-lo." Ele retrucou: "O risco é todo seu, governador. Quem vai acreditar em você em vez de mim? Nem mesmo Marianne acreditaria em você. Ela poderá não estar em condições de entender."

— Marianne? Quem é ela? — Buck perguntou.

— Minha irmã. Mas ainda não cheguei nem à metade da história. Como se quisesse provar seu poder, ele ligou para o meu chefe, colocou no viva-voz e disse: "Sullivan, se um de seus homens viesse ao meu escritório e me aborrecesse por qualquer coisa, o que eu deveria fazer?" Sullivan, um de meus ídolos, respondeu como se fosse uma criancinha obediente: "Sr. Todd-Cothran, faça aquilo que deve ser feito." Todd insistiu: "E se eu o matasse agora, bem onde ele está sentado?" Sullivan simplesmente disse: "Senhor, estou certo de que seria um homicídio perfeitamente justificável."

E virou-se para Buck:

— E ainda tem mais! Em uma conversa telefônica com alguém da Scotland Yard, onde todas as ligações são gravadas, e sabendo muito bem disso, Todd-Cothran ainda continuou: "Mesmo que o nome dele fosse Alan Tompkins?" Sabe o que Sullivan respondeu? "Eu mesmo iria até aí para retirar o corpo." Então, assim, eu entendi bem o recado.

— Ou seja, você não tem para onde correr.

— Não tenho.

— E quanto a mim, devo virar as costas e sair correndo daqui.

Alan concordou.

— Vou ter de informar a Todd-Cothran que transmiti a você o recado dele. Ele espera que você retorne no primeiro voo.

— E se eu não quiser?

— Não posso lhe dar nenhuma garantia, mas eu não me arriscaria a ficar por aqui.

Buck afastou os pratos e empurrou a cadeira para trás.

— Alan, você ainda não me conhece muito bem, mas fique sabendo que não sou do tipo que ouve essas coisas e fica sentado sem fazer nada.

— É exatamente isso que me dá medo. Eu também não sou assim, mas a quem posso recorrer? O que devo fazer? Talvez você imagine que deva existir alguém confiável, mas o que essa pessoa poderia fazer? Se conseguisse provar que Dirk estava certo e que ele chegou muito perto de descobrir alguma coisa clandestina em que Todd-Cothran está envolvido, aonde essa história chegaria? Você incluiria Stonagal na conspiração? E quanto aos outros membros do grupo internacional de banqueiros que se encontram com eles? Você já parou para pensar que essa gente seria capaz de dominar o mundo inteiro? Eu cresci lendo histórias sobre os mafiosos de Chicago, que tinham nas mãos policiais, juízes e até mesmo políticos. Ninguém podia tocar neles.

Buck concordou.

— Ninguém conseguia tocá-los, a não ser aqueles que não pudessem ser comprados.

— Os Intocáveis?

— Ah, eles eram os meus heróis — lembrou Buck.

— E meus também — acrescentou Alan. — Foi por isso que me tornei investigador. Mas, se a Yard é suja, em quem devo confiar?

Buck descansou o queixo nas mãos.

— Você acha que está sendo vigiado? Seguido?

— Estou tentando descobrir. Até agora, creio que não.

— Alguém sabe que estamos aqui?

— Tentei ficar de olho o tempo todo e não vi ninguém nos seguindo. Em minha opinião profissional, acho que ninguém sabe que estamos aqui. O que você pretende fazer, Cameron?

— Aparentemente, há uma pequena coisa, mas bem importante, que pode ser feita. Talvez eu retorne para meu país com um nome diferente e vai parecer, a quem se importar comigo, que estou insistindo em continuar aqui.

— Qual a utilidade disso?

— Veja, Alan, posso estar com muito medo, mas consigo ver as coisas por outro ângulo. E, de alguma forma, acabarei encontrando a pessoa certa para nos ajudar. Não conheço seu país o suficiente para saber em quem posso confiar. Por certo eu confio em você, mas não você pode fazer nada.

— Estou sendo covarde, Cameron? Existe alguma opção para mim?

Buck sacudiu a cabeça.

— Sinto muito por você, amigo. Nem saberia dizer o que eu faria em seu lugar.

A garçonete estava passando de mesa em mesa, perguntando alguma coisa aos clientes. Quando ela se aproximou deles, Buck e Alan fizeram silêncio para ouvir.

— Alguém tem um carro *sedan* verde-claro? Uma pessoa avisou que a luz interna está acesa.

— É o meu — disse Alan. — Não me lembro de ter deixado nenhuma luz acesa.

— Nem eu — Buck concordou. — Parece que estava apagada quando chegamos aqui. Só se eu estiver enganado.

— Provavelmente não vai acontecer nada, mas aquela velha bateria não vai aguentar muito tempo. Vou até lá.

— Cuidado — recomendou Buck. — Tenha a certeza de que ninguém está por trás disso.

— É improvável. Estacionamos bem na frente, lembra?

Buck endireitou-se na cadeira e acompanhou com os olhos Alan sair do bar. Dali, dava para ver que a luz interna do carro estava acesa. Alan andou em volta do carro, abriu a porta do lado do motorista e desligou a luz. Quando voltou à mesa, comentou:

— Estou ficando louco. Daqui a pouco vou acabar esquecendo os faróis acesos.

Buck estava triste, pensando na situação de seu amigo. Que coisa terrível! Trabalhar em algo que desejou a vida inteira, para depois descobrir que seus superiores se submetiam a um assassino internacional e se comprometiam com isso.

— Vou ver se consigo algum voo para esta noite.

— Não há nenhum voo saindo para Nova York a esta hora — Alan comentou.

— Vou pegar algum avião até Frankfurt e saio de lá pela manhã. Acho que não posso abusar de minha sorte aqui.

— Há um telefone ali perto da porta. Vou pagar a conta.

— Eu insisto em pagar — Buck foi logo passando uma nota de 100 libras por cima da mesa.

Enquanto Alan contava o troco que a garçonete havia dado, Buck ligou para o aeroporto de Heathrow. Conseguiu lugar num voo para Frankfurt um pouco mais tarde, o que lhe permitia pegar um voo no domingo de manhã para o aeroporto Kennedy.

— Alô! O JFK está aberto? — Buck perguntou.

— Abriu faz uma hora — respondeu uma voz feminina. — Voos limitados, mas o da Pancontinental que sai da Alemanha vai chegar lá de manhã. Quantas passagens?

— Apenas uma.

— Nome?

Buck vasculhou a carteira para lembrar o nome de seu passaporte britânico falso.

— Ah, perdão — disse ele fingindo não ter ouvido, enquanto Alan se aproximava.

— Seu nome, senhor.

— Oreskovich, George Oreskovich.

Alan avisou que o aguardaria no carro. Buck fez um sinal afirmativo com a cabeça.

— Tudo certo, senhor — disse a atendente. — Seu nome está confirmado em um voo para Frankfurt esta noite, continuando amanhã para o JFK, Nova York. Mais alguma coisa?

— Não, obrigado.

Quando Buck desligou, a porta do bar abriu-se violentamente e um clarão ofuscante, seguido de um grande estrondo, atirou muitos clientes ao chão, e eles começaram a gritar desesperados. Quando o barulho parou, as pessoas correram até a porta para ver o que tinha acontecido. Buck viu horrorizado a estrutura retorcida e os pneus derretidos do carro de Alan Tompkins. Os vidros estouraram, os cacos se espalharam pela rua e uma sirene já estava soando. Uma perna e parte do tronco de seu amigo — tudo o que havia sobrado dele — estavam atirados na calçada.

Enquanto os clientes saíam para ver os destroços em chamas, Buck foi acotovelava-se para abrir caminho, tirando da carteira seu passaporte verdadeiro e sua real identidade. Aproveitando-se da confusão, colocou os documentos perto dos destroços do carro e esperou que eles não fossem atingidos pelo fogo a ponto de ficarem ilegíveis. Quem quer que o quisesse fora de circulação, poderia deduzir que ele havia morrido no atentado. Em seguida, abriu caminho entre a multidão e entrou no bar, agora vazio, correndo em direção aos fundos. Não havia nenhuma porta ali, somente uma janela. Buck saltou por ela, esgueirando-se na parede, numa estreita passagem entre dois edifícios. Correu em direção a uma rua paralela, onde caminhou por dois quarteirões, e chamou um táxi.

— Hotel Tavistock, por favor — pediu ao taxista.

Poucos minutos depois, cerca de umas três quarteirões do hotel, Buck viu uma *blitz* policial e muitos carros parados ali em frente, bloqueando o tráfego.

— Motorista, por favor, vá direto para o Aeroporto de Heathrow — solicitou ao taxista, lembrando que seu *notebook* estava no hotel junto com outras coisas, mas agora não tinha escolha. Pelo menos ele tinha feito *backup* de tudo quando estava no escritório. Mas quem poderia garantir que ele teria acesso àquelas informações novamente?

— O senhor não precisa pegar nada no hotel? — perguntou o taxista.

— Neste momento, não. Preciso me encontrar com uma pessoa.

— Sim, senhor.

Chegando ao aeroporto, Buck notou que as autoridades pareciam estar vasculhando também ali.

— Você sabe onde alguém poderia comprar um chapéu como o seu? — perguntou ao taxista, enquanto pagava a corrida.

— Esta coisa velha? Posso me desfazer disso agora mesmo. Tenho outro exatamente igual. Quer levar uma lembrança, hein?

— Isto é suficiente para pagar? — perguntou Buck, colocando uma boa quantia de dinheiro nas mãos dele.

— É mais do que suficiente, senhor! Muito obrigado por sua bondade.

O motorista removeu o emblema oficial dos taxistas de Londres e entregou-lhe o quepe, que parecia com o de um marinheiro.

Buck enterrou o quepe até as orelhas e correu para o terminal. Pagou em dinheiro suas passagens em nome de George Oreskovich, um polonês naturalizado inglês a caminho de férias para os Estados Unidos, via Frankfurt. Ele estaria no ar antes que as autoridades soubessem que ele havia partido.

CAPÍTULO 11

Rayford estava feliz por levar Chloe para um passeio de carro no sábado, depois de terem ficado um bom tempo confinados em casa, vivenciando a tristeza. Também ficou satisfeito por ela ter concordado em acompanhá-lo à igreja.

Chloe passou o dia todo sonolenta e quieta. Havia mencionado a intenção de trancar a universidade por um semestre e assistir a algumas aulas pela internet. Rayford gostou da ideia, pensando no bem-estar da filha. Mas, então, ele se deu conta de que ela também estava pensando nele, e isso o tocou profundamente.

Enquanto conversavam durante o curto passeio, lembrou a filha de que, depois da viagem de um dia para Atlanta, na segunda-feira, eles deveriam voltar dirigindo dois carros de O'Hare para casa. Rayford pegaria o carro dele, que estava estacionado no aeroporto. Ela sorriu para o pai.

— Acho que já consigo dirigir sozinha, agora que tenho vinte anos.

— Às vezes trato você como uma garotinha, não é mesmo? — ele brincou.

— Não tanto agora — disse ela. — Mas pode me compensar isso daqui em diante.

— Sei o que você está querendo dizer.

— Não, claro que não sabe — ela provocou. — Adivinhe.

— Você vai dizer que posso compensar o tempo em que a tratei como uma garotinha permitindo, agora, que você tenha suas próprias ideias, e que eu não tente convencê-la a fazer nada que não queira.

— Isso é óbvio, espero. Mas fique sabendo que não acertou, seu espertinho. Eu estava querendo dizer que só vou ficar convencida de que você me vê como uma pessoa responsável se deixar que eu dirija o *seu* carro do aeroporto até nossa casa, na segunda-feira.

— Sem problemas, vai ser bem fácil — respondeu Rayford, mudando repentinamente sua voz para uma entonação infantil. — Se é assim que você vai se sentir como uma pessoa adulta, muito bem, papai vai atender ao seu desejo.

Ela deu um soco amistoso no braço dele e ambos sorriram. Rapidamente ela ficou séria.

— É incrível que eu esteja encontrando motivos para fazer algum tipo de brincadeira nestes dias terríveis — refletiu Chloe. — Meu Deus, que pessoa horrível estou sendo.

Rayford deixou esse comentário suspenso no ar, enquanto dobrava uma esquina, e logo surgiu à frente deles uma bela e pequena igreja.

— Não leve muito em conta o que eu disse — ela tentou justificar-se. — Mas eu não vou entrar aí, tudo bem?

— Você não precisa, mas eu gostaria.

Ela comprimiu os lábios e balançou a cabeça, contrariada. No entanto, quando ele estacionou o carro e foi em direção à igreja, ela o acompanhou.

Bruce Barnes era um homem baixo e levemente atarracado, com cabelos encaracolados, e usava óculos de aros metálicos. Ele se vestia com simplicidade, mas com classe, e Rayford avaliou que devia ter uns trinta anos. Bruce surgiu atrás do púlpito com um pequeno aspirador de pó nas mãos.

— Desculpem-me — foi logo dizendo. — Vocês devem ser da família Steele. Sou o único que sobrou do conselho da igreja. Dos membros, apenas Loretta ficou para me ajudar.

— Olá — disse uma senhora idosa por trás de Rayford e Chloe. Ela estava em pé na porta de entrada que dava acesso ao escritório da igreja. Tinha olheiras e cabelos despenteados, como se estivesse chegando de um campo de batalha. Depois dos cumprimentos, Loretta se retirou para um escritório ao lado.

— Ela está organizando um pequeno programa para amanhã — explicou Barnes. — A dificuldade é que não fazemos a menor ideia de quantas pessoas virão. O senhor estará aqui?

— Ainda não sei — Rayford respondeu. — É possível que eu sim.

Ambos se voltaram para Chloe. Ela sorriu educadamente.

— Talvez eu não venha.

— Pois bem, reservei um vídeo para vocês. No entanto, gostaria que me dessem alguns minutos de seu tempo — pediu Barnes.

— Eu tenho tempo — concordou Rayford.

— E eu estou com ele — Chloe falou, resignada.

Barnes levou-os ao gabinete do pastor titular.

— Não estou ocupando a mesa dele, nem usando sua biblioteca — explicou o jovem pastor auxiliar —, mas trabalho aqui nesta mesa de reuniões. Não sei o que vai acontecer comigo ou com a igreja e, certamente, não quero parecer presunçoso. Não consigo imaginar que Deus possa me chamar para assumir este trabalho, mas, se ele o fizer, quero estar preparado.

— E como ele vai chamá-lo? — perguntou Chloe, ensaiando um leve sorriso irônico. — Por telefone?

Barnes não respondeu diretamente.

— Para lhes dizer a verdade, eu não me surpreenderia com isso. Não sei quanto a vocês, mas Deus tem atraído minha atenção nesta última semana. Uma ligação telefônica vinda do céu teria sido menos traumática.

Chloe levantou as sobrancelhas, aparentemente disposta a ouvir o ponto de vista de Barnes.

— Amigos, Loretta e eu tivemos a mesma reação. Nós ficamos abalados e devastados, porque sabemos exatamente o que aconteceu.

— Ou talvez o senhor pense que sabe — interrompeu Chloe.

Rayford tentou olhar para ela, para pedir-lhe que contivesse seus impulsos, mas ela parecia não querer olhar para ele.

— Há todo tipo de teoria nos noticiários, para todos os gostos. É possível escolher.

— Eu sei disso — Barnes concordou.

— E pelo menos uma delas atende aos interesses de cada pessoa — acrescentou ela. — Os tabloides dizem que foi uma invasão de extraterrestres, o que acabaria provando as teorias estúpidas de que eles estão por aí há muitos anos. O governo diz que foi algum inimigo invisível que agiu, por isso é preciso investir mais em nossas defesas de alta tecnologia. O senhor está dizendo que foi Deus, e assim poderá começar a reconstruir sua igreja.

Bruce Barnes ajeitou-se na cadeira, olhou para Chloe e, em seguida, para Rayford.

— Gostaria de pedir uma coisa — disse, olhando para ela novamente. — Posso apresentar meu relato bem resumidamente, sem interrupções, a menos que haja algum ponto que vocês não entendam?

Chloe olhou fixamente para ele, sem dar nenhuma resposta.

— Não quero ser indelicado, mas também não espero que vocês o sejam. Peço alguns minutos de sua atenção. Se ainda tiver algum tempo disponível para mim, eu gostaria de fazer bom uso dele. Depois vou deixá-los à vontade. Podem fazer o que quiserem com as informações. Digam que estou louco, que estou sendo egoísta. Sintam-se livres para sair e nunca mais voltar. A decisão é de vocês. Mas posso contar com sua atenção por alguns minutos?

Rayford achou a proposta de Barnes brilhante. Ele colocou Chloe em seu devido lugar, não lhe deixando espaço para qualquer observação sarcástica. Ela apenas acenou com a mão em sinal de concordância. Barnes agradeceu e se preparou para contar sua história.

— Posso chamá-los pelo primeiro nome?

Rayford concordou. Chloe nem respondeu.

— Ray e Chloe, fica bem assim? Estou aqui, diante de vocês como um homem arrasado. E quanto a Loretta? Se existe alguém que tem o direito de sentir-se tão mal quanto eu, é ela. É a única, de toda sua família, que ainda está por aqui. Tinha seis irmãs e irmãos vivos, não sei quantas tias, tios, primos, sobrinhos e sobrinhas. A família realizou um casamento aqui no ano passado, e ela acredita que havia pelo menos uns 100 parentes na cerimônia. Todos se foram.

— Isso é horrível! — Chloe observou. — Perdemos minha mãe e meu irmão, o senhor sabe. Sinto muito; não queria interrompê-lo.

— Tudo bem. — Barnes respondeu. — Minha situação é muito parecida com a de Loretta, só que numa escala mais restrita. Claro que isso não torna meu sofrimento menor. Vou contar o que aconteceu comigo.

Assim que começou a falar de detalhes aparentemente sem muita importância, sua voz foi ficando mais grave e pausada.

— Eu estava na cama com minha esposa. Ela dormia. Eu estava lendo. As crianças tinham ficado na sala, no andar térreo de nossa casa, por mais algum tempo. Nossos filhos tinham cinco, três e um ano. A menina era a mais velha. Os dois menores eram meninos. Para nós, era comum eu ficar lendo enquanto minha esposa dormia. Além do trabalho com as crianças pequenas, ela tinha um emprego de meio período, e o sono chegava por volta das nove da noite. Bem, eu estava lendo uma revista de esportes, procurando folhear as páginas sem fazer muito barulho, e, de vez em quando, ela respirava mais profundamente. Num certo momento, ela me perguntou quanto tempo eu ainda ia ficar lendo. Eu sabia que deveria ter ido para outro quarto ou simplesmente apagado a tentado dormir também, mas respondi a ela que não demoraria muito, esperando que ela logo caísse no sono e eu pudesse terminar minha leitura. Quando ela começava a respirar profundamente, a luz acesa não a incomodava mais, e alguns minutos depois eu notei que ela estava dormindo completamente.

E continuou:

— Fiquei satisfeito. Meu plano era ler até meia-noite. Eu estava apoiado no meu cotovelo, de costas para ela, e usava um travesseiro entre nós para evitar que a claridade da luz a incomodasse. Não sei por quanto tempo eu estava lendo quando senti a cama se mover e percebi que ela havia se levantado. Achei que ela tinha ido ao banheiro, e não que tivesse se levantado só para demonstrar seu aborrecimento com a luz acesa. Ela era baixinha e, por isso, não estranhei o fato de não ter ouvido seus passos. Mas, como disse, eu estava bastante envolvido em minha leitura. Passados poucos minutos, eu a chamei: "Querida, você está bem?" Não houve resposta. Comecei a pensar que poderia ter sido alguma coisa de minha imaginação ela ter se levantado. Olhei atrás de mim, onde ela estava deitada, e não a encontrei ali, por isso a chamei de novo. Talvez ela tivesse ido ver se as crianças estavam bem, mas seu sono costumava ser tão profundo, que dificilmente fazia isso, a menos que uma delas a chamasse.

Após uma pausa, prosseguiu:

— Talvez mais um ou dois minutos tenham se passado antes que eu me virasse para trás e descobrisse que ela realmente não estava ali. Pensei que ela estivesse tão frustrada comigo, por ainda estar lendo, que resolveu dormir no sofá da sala. Como sou um marido bastante decente, resolvi procurá-la para lhe pedir desculpas e trazê-la de volta à cama. Vocês já devem estar adivinhando o que aconteceu. Ela não estava no sofá. Nem no banheiro. Olhei pelas portas entreabertas dos quartos das crianças e sussurrei seu nome, pensando que talvez ela estivesse com alguma delas ou sentada ao lado da cama de outra. Nada. As luzes estavam apagadas em toda a casa, exceto a lâmpada na minha cabeceira. Não quis acordar as crianças, por isso simplesmente acendi a luz do corredor e voltei para examinar cada quarto.

Então, contou:

— Sinto-me envergonhado por dizer que eu não tinha ainda uma explicação para o desaparecimento dela, até notar que meus filhos mais velhos não estavam na cama deles. Meu primeiro pensamento foi de que teriam ido ao quarto do bebê, como faziam às vezes, para dormir no chão. Achei, então, que minha esposa tivesse levado um deles ou os dois para a cozinha para que comessem algo. Francamente, fiquei um tanto perturbado por não saber o que estava acontecendo no meio da noite. Quando descobri que o bebê não estava no berço, acendi a luz, coloquei a cabeça fora da porta e chamei por minha esposa. Nada. Logo reparei no pequenino pijama do bebê ali dobrado, e foi assim que soube exatamente o que tinha acontecido. Senti-me atingido por um raio. Corri por toda a casa, levantando os cobertores de cada cama para encontrar apenas os pijamas das crianças. Tive medo de fazer isso, mas, ao voltar para o nosso quarto, puxei o cobertor do lado em que minha esposa dormia, e lá estavam sua camisola, seus anéis e até os grampos do cabelo sobre o travesseiro.

Rayford tentava segurar as lágrimas, lembrando-se da própria experiência, muito parecida com aquela. Barnes deu um profundo suspiro e desabafou, enxugando os olhos.

— Comecei a ligar para todos os conhecidos — confessou ele. — A primeira ligação foi para o pastor, mas é claro que a secretária eletrônica foi quem respondeu. Depois liguei para outros números, mas só ouvia a caixa postal. Peguei a lista de telefones da igreja e comecei a procurar pelos irmãos mais velhos, pessoas que julgava não terem secretárias eletrônicas. Seus telefones tocavam até as ligações caírem. Ninguém atendeu. Naturalmente eu já sabia que seria bastante improvável encontrar algum deles. Por alguma razão, saí correndo e entrei no meu carro, dirigindo loucamente até a igreja. Logo encontrei Loretta, sentada no seu carro, com seu roupão de dormir, o cabelo cheio de rolinhos. Ela chorava muito. Chegamos ao saguão e nos sentamos perto dos vasos de plantas. Choramos e nos abraçamos, compreendendo exatamente o que havia sucedido. Cerca de meia hora depois, alguns membros da igreja também apareceram. Ficamos juntos, consternados, e perguntando-nos, em voz alta, o que faríamos em seguida. Então alguém se lembrou do vídeo sobre o arrebatamento que havia sido deixado pelo pastor titular.

— O quê? — perguntou Chloe.

— Nosso pastor gostava de pregar sobre a vinda de Cristo, que arrebataria sua Igreja e levaria com ele os crentes, mortos e vivos, para o céu antes que viesse um período de tribulação na terra. Ele começou a se dedicar particularmente a esse assunto faz uns dois anos.

Rayford voltou-se para Chloe.

— Você deve lembrar que sua mãe falava sobre isso. Ela estava muito entusiasmada a esse respeito.

— Claro, eu me lembro bem.

Barnes prosseguiu:

— Nosso pastor usou aquele estudo e gravou um vídeo em seu gabinete, dirigindo-se diretamente às pessoas que seriam deixadas para trás. Ele guardou o vídeo na biblioteca da igreja com instruções de que fosse retirado, visto e ouvido por todos os que não tivessem sido arrebatados. Nós assistimos ao vídeo duas vezes na noite seguinte. Praticamente ninguém quis argumentar com Deus, dizendo que tinha sido realmente cristão e deveria ter sido arrebatado com os outros, mas estávamos convencidos da verdade: não éramos verdadeiramente cristãos. Não havia uma única pessoa entre nós que não conhecesse o significado de ser um verdadeiro cristão. Sabíamos que não éramos e, por isso, tínhamos sido deixados para trás.

Rayford teve dificuldade para falar, mas não conseguiu deixar de fazer uma observação.

— Bruce, você fazia parte do conselho da igreja.

— Correto.

— E como você foi deixado para trás?

— Vou dizer-lhe uma coisa, Ray, mesmo porque não tenho mais nada para esconder. Eu sinto vergonha de mim mesmo. Antes desse acontecimento, nunca tive realmente vontade ou motivação para falar aos outros sobre Cristo, algo que agora eu tenho, com certeza. Sinto-me terrivelmente mal por ter entendido tarde demais o significado do maior evento catastrófico da história. Fui criado na igreja. Meus pais, irmãos e irmãs eram todos cristãos. Eu amava a igreja. Ela era minha vida, minha cultura. Eu pensava acreditar em tudo o que a Bíblia apresentava. A Bíblia diz que, se você crer em Cristo, terá a vida eterna, por isso julguei estar salvo. Eu gostava especialmente das partes que falavam sobre ser perdoado por Deus. Era um pecador e nunca havia mudado meu modo de ser. Apenas me considerava perdoado porque pensei que Deus seria obrigado a perdoar. Ele tinha que perdoar. Um texto bíblico diz que, se confessarmos nossos pecados, ele é fiel e justo para nos perdoar e purificar. Eu conhecia outros versículos que falavam a respeito de crer e aceitar, confiar e permanecer, mas nunca levei esses mandamentos ao pé da letra. Queria seguir o caminho mais fácil, mais simples. Também conhecia outras passagens bíblicas, segundo as quais eu não deveria permanecer no pecado porque Deus nos mostra sua graça. Eu pensava que tinha uma vida maravilhosa. Até teologia eu fiz. Na igreja e na escola, procurava dizer as coisas certas, orava em público e até incentivava as pessoas em sua vida cristã. Mas ainda era um pecador. Eu sempre dizia isso. Explicava para as pessoas que eu não era perfeito; era apenas perdoado.

— Minha esposa dizia a mesma coisa — confirmou Rayford.

— A diferença é que ela era sincera — esclareceu Bruce — e eu mentia. Falava para minha esposa que entregava o dízimo à igreja, que contribuíamos com 10% de nossa renda, mas eu não dava dízimo algum. Quando a bandeja de ofertas era passada na igreja, eu depositava algum dinheiro nela só para impressionar os outros. Toda semana eu confessava meu pecado a Deus, prometendo mudar na próxima vez. Eu encorajava as pessoas a proclamar sua fé e a dizer a outras como poderiam se tornar cristãs, mas eu mesmo nunca fiz isso. Meu trabalho era visitar todos os dias pessoas em seus lares, casas de repouso e hospitais. Eu era bom nisso. Encorajava os enfermos, sorria, conversava, orava e até lia a Bíblia. Mas nunca fiz isso de coração para mim mesmo mesmo porque eu era preguiçoso. Vivia buscando atalhos. Durante o tempo em que achavam que eu estava visitando pessoas, talvez eu estivesse num cinema em outra cidade. Também era lascivo. Lia coisas que não devia, olhava revistas e entrava em *sites* que aguçavam meus desejos sensuais.

Rayford estremeceu. Esse último tema chegou bem perto dele.

— Aparentemente, eu me comportava como cristão — Barnes continuou — e seguia agindo assim. Mas no meu interior, lá no fundo de minha alma, eu sabia de tudo muito bem. Sabia que era bom demais para ser verdade. Eu estava certo de que os verdadeiros cristãos eram conhecidos pelos seus frutos, e eu não produzia absolutamente nenhum. No entanto, eu me justificava, dizendo que havia pessoas muito piores ao meu redor e que igualmente se intitulavam cristãs. Eu não era um estuprador, nem molestador de crianças ou adúltero, embora muitas vezes eu me julgasse infiel para com minha esposa por causa da lascívia. Mas eu sempre orava e confessava meus pecados, sentindo-me como se estivesse purificado. Isso deveria ter sido óbvio para mim. Quando as pessoas descobriam que eu fazia parte da equipe ministerial da Nova Esperança, eu dizia que tínhamos um excelente pastor e uma ótima organização em nossa igreja, e ao mesmo tempo era tímido para falar de Cristo. Se me desafiassem, perguntando se a Nova Esperança era uma daquelas igrejas que diziam ser Jesus o único caminho para Deus, eu confirmava tudo, mas negava isso na prática. Queria que eles pensassem que eu estava bem com tudo isso. Posso ser um cristão e mesmo um pastor, mas nunca me confunda com algum esquisito, jamais faça isso.

E completou:

— Consigo ver agora, com certeza, que Deus é perdoador, porque somos humanos e temos necessidade do perdão. Mas precisamos receber seu dom, viver em Cristo e permitir que ele viva em nós. Eu imaginava que minha segurança do perdão me permitia fazer o que eu bem entendesse. Basicamente podia viver em pecado e fingir ser uma pessoa piedosa. Tinha uma bela família e um ótimo ambiente de trabalho. E, por mais infeliz que interiormente eu me sentisse na maior parte do tempo, acreditava realmente que iria para o céu quando morresse. Eu quase nunca lia a Bíblia, a não ser quando precisasse preparar uma palestra ou uma aula. Eu não tinha a "mente de Cristo, sabe? Sabia vagamente que ser um *cristão* significava "ser um com Cristo" ou "alguém como Cristo", mas com certeza eu não era um cristão e descobri isso da pior forma possível.

Olhando atentamente para Rayford e Chloe, disse:

— Quero dizer a ambos que a decisão é de vocês. É sua vida. Mas eu, Loretta e outros membros da igreja, que antes estávamos brincando de ser cristãos, sabemos exatamente o que aconteceu há algumas noites. Jesus voltou para buscar sua verdadeira família, e nós fomos deixados para trás.

E, então, olhou diretamente para Chloe.

— Não há nenhuma dúvida em minha mente de que testemunhamos o arrebatamento. Meu maior medo, quando descobri a verdade, era que não houvesse mais esperança para mim. Eu havia perdido a oportunidade. Eu era uma farsa, havia criado meu próprio modelo de cristianismo para desfrutar uma vida de liberdade que me custou a alma. Eu tinha ouvido dizer que, quando a Igreja fosse arrebatada, o Espírito de Deus desapareceria da terra. A lógica era que, quando Jesus foi para o céu após sua ressurreição, o Espírito Santo que Deus enviou à Igreja seria dado aos crentes. Assim, quando eles fossem levados, o Espírito sairia deste mundo, não havendo mais nenhuma esperança para os que ficassem. Vocês não podem saber o alívio que senti quando o vídeo do pastor me mostrou o contrário. Descobrimos o quão estúpidos tínhamos sido, mas os que ficamos nesta igreja, pelo menos os que se sentiram atraídos para este templo na noite em que todos os demais foram arrebatados, estamos sendo tão fervorosos quanto é possível ser. Todos os que vierem até aqui saberão exatamente em que cremos e o que pensamos ser necessário para ter um relacionamento com Deus.

Chloe levantou-se e começou a andar de um lado para outro, com os braços cruzados sobre o peito.

— É uma história muito comovente — disse ela. — Qual foi o problema com Loretta? Como ela perdeu a oportunidade, se toda sua enorme família era composta de verdadeiros cristãos?

— Em algum momento ela mesma lhe contará isso — Bruce sugeriu. — Orgulho e a vergonha afastaram-na de Cristo. Ela nasceu numa família muito religiosa, mas havia chegado ao fim da adolescência sem ao menos pensar seriamente a respeito de sua fé pessoal. Então resolveu seguir com sua família na igreja, participando de todas as atividades. Ainda jovem, casou-se, tornou-se mãe e avó e simplesmente deixou que todos pensassem nela como uma gigante espiritual. Loretta era muito respeitada por aqui, mas ela nunca realmente creu em Cristo nem o recebeu como seu Salvador pessoal.

— Então — Chloe deduziu — essa história de acreditar e receber a Cristo no coração, viver para ele e deixar que ele viva em você, era isso o que minha mãe queria dizer quando falava sobre salvação, ser salvo?

Bruce concordou:

— Ser salvo do pecado, do inferno e do juízo.

— Embora não estejamos salvos de tudo isso.

— É verdade.

— O senhor realmente acredita nisso.

— Sim, completamente.

— É um assunto meio estranho, o senhor tem que admitir.

— Não para mim. Agora não mais.

Rayford, sempre muito objetivo, perguntou:

— Então, o que você fez? O que minha esposa fez? O que fez com que ela se tornasse mais cristã, ou, ah... o que, bem...

— O que a salvou? — Bruce completou.

— Sim — disse Rayford. — É exatamente o que desejo saber. Se você estiver certo, e eu já disse para Chloe que penso estar vendo isso agora, temos que saber como vamos lidar com tudo isso a partir de agora. Como uma pessoa pode passar de uma condição para outra? Obviamente não estamos salvos, porque fomos deixados para trás, e ficamos aqui para enfrentar a vida sem a presença de nossos entes queridos, que eram verdadeiros cristãos. Então, como podemos nos tornar cristãos verdadeiros?

— Vou conduzir vocês neste caminho — Bruce afirmou. — Vou entregar-lhes este vídeo e sugerir que vocês o vejam em casa. Tenho a intenção de também apresentar mais detalhes em minha pregação no culto matinal de amanhã, às dez, para aqueles que vierem. Provavelmente repetirei a mensagem nos próximos domingos, até sentir que o povo saiba tudo de que precisa. De uma coisa estou certo: por mais importantes que sejam todos os outros temas de sermões, nada supera este assunto.

Enquanto Chloe continuava encostada à parede, braços cruzados, observando e escutando, Bruce se voltou para Rayford.

— É bem simples. Deus facilitou tudo. Não estou querendo dizer que não se trata de um processo de transição sobrenatural ou que possamos decidir escolher só as partes que nos agradam, como já tentei fazer. Mas, se encontrarmos a verdade e agirmos de acordo com ela, Deus nos concederá a salvação. Primeiro... temos que olhar para nós do mesmo modo como Deus nos vê. A Bíblia diz que todos pecaram, que não há ninguém justo, nem ao menos um. Ela também diz que não podemos nos salvar por nossos próprios esforços. Muitas pessoas pensaram buscar o caminho para Deus ou para o céu apenas praticando boas obras, mas este é, provavelmente, o maior equívoco de todos os tempos. Perguntem a qualquer um, na rua, o que ele acha que a Bíblia ou a igreja dizem a respeito de como ir para o céu. Nove entre dez dirão que ir para o céu tem a ver com a prática do bem e com uma vida correta. Todos devemos agir assim, é claro, mas não para ganhar a salvação. Devemos fazer isso como *resposta* à salvação que já nos foi dada. A Bíblia diz que não somos salvos pelas boas obras que praticamos, mas, sim, pela misericórdia de Deus. Isso quer dizer que somos salvos pela graça mediante Jesus Cristo, não por nós mesmos, de modo que não possamos nos vangloriar de nossos atos de bondade.

E disse ainda:

— Jesus tomou sobre si nossos pecados e pagou o preço por eles. O preço do pecado é a morte, e ele morreu em nosso lugar porque nos amou. Quando reconhecemos diante de Cristo que somos pecadores perdidos e recebemos dele o dom da salvação, ele nos salva. Um processo de transição é realizado em nós. Saímos das trevas para a luz, da condição de pessoas perdidas para a de encontradas; assim somos salvos. A Bíblia afirma que ele dá, a todos que o receberem, o poder de se tornarem filhos de Deus. Exatamente o que Jesus é, o Filho de Deus. Quando nos tornamos filhos de Deus, temos o que Jesus tem: um relacionamento direto com o Pai e a vida eterna. E porque Jesus pagou a pena que nós merecíamos, recebemos o perdão de nossos pecados.

Rayford estava quase sem palavras. Ele buscou disfarçadamente olhar para Chloe. Ela demonstrava indiferença, mas sem aquela aparência antagônica. Rayford sentiu que havia encontrado exatamente o que estava procurando. Era o que ele imaginava, ouvindo aqui e ali durante anos, mas nunca havia colocado tudo junto. Apesar disso, ele era reservado o suficiente para pensar mais sobre isso, ver e ouvir o vídeo e trocar ideias com Chloe.

— Preciso fazer uma pergunta a vocês — Bruce se adiantou —, algo que nunca quis perguntar antes a ninguém. Vocês estão prontos para receber a Cristo agora mesmo em seu coração, neste momento? Eu ficaria muito feliz em orar com vocês e mostrar-lhes como conversar com Deus.

— Não — Chloe respondeu imediatamente, olhando para seu pai como se estivesse com medo de ele assumir uma reação impensada.

— Não? — Bruce ficou surpreso. — Precisam de mais tempo?

— Pelo menos isso — Chloe respondeu. — Por certo esta não é uma decisão que você toma precipitadamente.

— Bem, vou dizer-lhes uma coisa — Bruce continuou. — É uma decisão que eu gostaria de ter tomado bem antes. Creio que Deus me perdoou e tenho um trabalho a fazer aqui. Mas não sei o que vai acontecer a partir de agora, uma vez que todos os verdadeiros cristãos foram arrebatados. Eu gostaria de ter chegado a esse ponto vários anos antes, e não agora, depois do que aconteceu. Vocês podem estar certos de que eu preferiria estar no céu com minha família agora mesmo.

— Mas, então, quem nos falaria sobre salvação? — Rayford perguntou.

— Eu me sinto grato por essa oportunidade — disse Bruce. — Mas me custou muito caro.

— Compreendo — concordou Rayford, podendo ver nos olhos de Bruce uma expectativa ardente de que ele estivesse quase pronto para assumir um compromisso. Mas ele não costumava tomar nenhuma decisão apressada. E, enquanto não colocasse a questão numa balança, como se estivesse lidando com um vendedor, ele precisava de tempo para pensar, refletir. Possuía uma mente analítica e, embora as explicações fizessem bastante sentido para ele, e não duvidasse daquela teoria dos desaparecimentos apresentada por Bruce, não agiria por impulso.

— Agradeço o vídeo e posso garantir-lhe que voltarei amanhã.

Bruce olhou para Chloe.

— Não tenho certeza se virei — disse ela —, mas agradeço sua atenção e vou assistir ao vídeo.

— É tudo o que posso pedir — completou Bruce. — Mas permitam-me fazer-lhes um pequeno lembrete. Vocês devem ter ouvido essa afirmação muitas vezes durante sua vida, como também aconteceu comigo, ou talvez não. Mas tenho de dizer-lhes que sua salvação ainda não está garantida. Agora é tarde demais para vocês serem arrebatados, como aconteceu com seus queridos há poucos dias. Mas muitas pessoas morrem diariamente em acidentes de carro, em todos os tipos de tragédias, acidentes de avião, ah, perdão, estou certo de que você é um bom piloto. Não vou, de forma alguma, pressioná-los a tomar uma decisão para a qual não estejam prontos. Mas quero encorajá-los, para o caso de Deus lhes dizer de alguma maneira que tudo é verdade, que não adiem sua decisão. O que seria pior do que finalmente ter encontrado a Deus e acabar morrendo sem ele, por ter esperado demais para tomar uma decisão?

CAPÍTULO 12

Buck hospedou-se no Frankfurt Hilton com seu nome falso. Precisava telefonar para os Estados Unidos antes que sua família e seus colegas ouvissem a notícia de que ele estava morto. Encontrou um telefone público na sala de espera e ligou para seu pai no Arizona. Com a diferença de fuso horário, lá deveria ser perto do meio-dia de sábado.

— Alô, papai? Sinto muito por isso, mas pode ser que o senhor ouça uma notícia de que eu morri na explosão de um carro, num ataque terrorista ou coisa parecida.

— O que está acontecendo, Cameron?

— Não posso explicar agora. Só quero que saiba que está tudo bem comigo. Estou ligando do outro lado do mundo e não posso dizer de onde. Voltarei amanhã, mas por enquanto preciso ficar meio invisível.

— O culto em memória de sua cunhada e de seus sobrinhos será amanhã à noite — informou o pai dele.

— Ah! Papai, não poderei ir, por enquanto não posso aparecer em público. Sinto muito. Mas diga ao Jeff o quanto eu lamento.

— Bem, vamos ter que fazer de conta que sua morte aconteceu de verdade? Quer dizer, será preciso fazer um culto em sua memória também?

— Não, papai, eu não serei capaz de me fingir de morto por muito tempo. Logo que o pessoal da *Global* souber que estou bem, o segredo não vai durar muito.

— Você estará em perigo quando essa pessoa que queria matá-lo acabar descobrindo que está vivo?

— É sempre um risco, papai, por enquanto tenho que evitar aparecer em público. Diga isso ao Jeff por mim, está bem?

— Certo, filho. Tenha cuidado.

Buck foi para outro telefone público e chamou a *Global*. Disfarçando a voz, pediu que a recepcionista o ligasse com a secretária eletrônica de Steve Plank e deixou um recado para ele.

— Steve, você sabe quem está falando. Não importa o que você vai ouvir nas próximas 24 horas, estou bem. Ligo amanhã e podemos nos encontrar. Por enquanto, deixe que os outros acreditem no que ouvirem. Tenho que ficar escondido até poder encontrar alguém que realmente possa me ajudar. Ligo para você assim que puder.

* * *

Chloe ficou calada no carro. Rayford sentia um impulso quase incontrolável de falar. Este não era bem seu comportamento natural, mas sentiu a mesma urgência que tinha notado em Bruce Barnes. Ele queria, sim, continuar sendo racional e analítico. Queria estudar, orar, ter convicção. Mas o que ele ouviu não parecia tão verdadeiro, tão real? Poderia ter certeza maior?

O que se passava com Chloe, para que ela agisse com tanta cautela, fosse tão resistente, olhasse com desconfiança para algo que a ele parecia tão óbvio? Ele havia encontrado a verdade, e Bruce estava certo. Precisavam agir antes que alguma coisa acontecesse com eles.

As notícias que circulavam nos meios de comunicação falavam de muitos crimes, saques, gente se aproveitando de todo aquele caos. Pessoas estavam sendo baleadas, mutiladas, estupradas, assassinadas. As estradas e ruas se tornavam cada vez mais perigosas. Os serviços de emergência operavam com falta de pessoal para os atendimentos; poucos controladores de tráfego aéreo atuavam nos aeroportos; pilotos e tripulações pouco qualificadas eram utilizados nos aviões.

As pessoas conferiam os túmulos de seus entes queridos para saber se os cadáveres tinham desaparecido, e indivíduos sem nenhum escrúpulo fingiam fazer o mesmo, mas na verdade estavam procurando objetos de valor que poderiam ter sido enterrados com os ricos. O mundo havia se transformado num lugar terrível de uma hora para outra, e Rayford se preocupava com sua segurança e a de sua filha. Ele queria ver logo o vídeo e confirmar a decisão que já havia tomado.

— Podemos assistir juntos? — ele pediu.

— Na verdade, eu não gostaria, papai. Posso prever aonde você quer chegar e ainda não me sinto muito à vontade sobre isso. É uma decisão muito pessoal. Não é para ser tomada em grupo ou com a família.

— Não estou tão certo assim, Chloe.

— Papai, não insista comigo. Assista ao vídeo quando quiser, e depois eu o verei.

— Você sabe que estou muito preocupado, pois eu a amo e me importo com você, não sabe?

— Claro que sei.

— Você pretende assistir ao vídeo antes da reunião da igreja amanhã?

— Vamos com calma, papai. Se continuar me pressionando assim, poderá criar mais barreiras para mim. Nem tenho certeza se quero mesmo ir lá amanhã. Ouvi o discurso do pastor hoje e ele já disse que vai repetir tudo amanhã.

— Bem, e o que aconteceria se eu decidisse me tornar um verdadeiro cristão amanhã? Gostaria que você estivesse lá.

Chloe olhou bem para ele.

— Não sei, papai. Isso não é igual a uma cerimônia de formatura ou algo parecido.

— Talvez seja. Tenho a impressão de que sua mãe e seu irmão foram promovidos, e eu não fui.

— Papai, por favor!

— Mas é sério. Eles estavam qualificados para o céu. Eu não.

— Não quero falar sobre isso agora.

— Muito bem, mas vou pedir só mais uma coisa. Se você não for amanhã, quero que assista ao vídeo enquanto eu estiver lá.

— Bem, eu...

— Eu realmente gostaria que você tomasse sua decisão antes de nosso voo na segunda-feira. As viagens aéreas estão ficando mais perigosas, e nunca se sabe o que pode acontecer.

— Então é assim? Em toda a minha vida, sempre ouvi você garantir às pessoas que um avião é bastante seguro. Toda vez que acontece um acidente, e alguém pergunta se você não tem medo ou se já passou por alguma emergência, você sempre faz um discurso com suas estatísticas, demonstrando que a segurança do voo é muitas vezes mais confiável do que uma viagem de carro. Então não me venha agora com essa história.

Rayford desistiu. Ele teria que cuidar de sua própria alma e poderia apenas orar pela filha, mas com toda a certeza não insistiria mais com ela sobre questões de fé.

Chloe foi para a cama mais cedo no sábado à noite, enquanto Ray se acomodou na frente da TV para assistir ao vídeo.

"Olá!", soou a voz agradável e confiante do pastor com quem ele tinha se encontrado algumas vezes. Ao começar a falar, o pastor sentou-se na beirada da mesa, naquele mesmo gabinete que Rayford visitou. Rayford ajeitou-se no sofá para não perder nem uma palavra.

Meu nome é Vernon Billings, sou pastor da Igreja Nova Esperança, de Mount Prospect, Illinois. Eu consigo apenas imaginar o medo e o desespero que você deve estar enfrentando enquanto vê este vídeo, porque esta gravação é para ser vista somente após o desaparecimento do povo de Deus da face da terra.

O fato de você estar assistindo isto agora indica que foi deixado para trás. Não há dúvida de que você está assombrado, chocado, temeroso e, talvez, cheio de remorso. Gostaria que considerasse o que vou dizer como algumas instruções para ajudá-lo a conduzir sua vida na Terra, depois do arrebatamento da Igreja de Cristo. Foi o que aconteceu. Qualquer um com algum conhecimento sabe que aqueles que depositaram sua confiança somente em Cristo para a salvação foram levados ao céu por ele.

Quero mostrar-lhe, pela Bíblia, exatamente o que aconteceu. Você não vai precisar mais dessa prova, porque terá experimentado o evento mais chocante da história. No entanto, como este vídeo foi feito com antecedência e estou confiante de que serei levado, pode ser que você pergunte a si mesmo: "Como ele sabia?". Veja a resposta em 1Coríntios 15:51-57.

A tela começou a mostrar o trecho na Escritura. Rayford parou o vídeo naquela cena e saiu à procura da bíblia de Irene. Demorou algum tempo para encontrar o livro de 1Coríntios, e, embora as palavras fossem ligeiramente diferentes da tradução da bíblia que ela usava, o sentido era o mesmo.

O pastor continuou:

Vou ler para você o que o grande missionário e evangelista, o apóstolo Paulo, escreveu aos cristãos da igreja da cidade de Corinto:

"Eis que eu lhes digo um mistério: Nem todos dormiremos, mas todos seremos transformados, num momento, num abrir e fechar de olhos, ao som da última trombeta. Pois a trombeta soará, os mortos ressuscitarão incorruptíveis e nós seremos transformados. Pois é necessário que aquilo que é corruptível se revista de incorruptibilidade, e aquilo que é mortal, se revista de imortalidade. Quando, porém, o que é corruptível se revestir de incorruptibilidade, e o que é mortal, de imortalidade, então se cumprirá a palavra que está escrita: 'A morte foi destruída pela vitória'. 'Onde está, ó morte, a sua vitória? Onde está, ó morte, o seu aguilhão?'. O aguilhão da morte é o pecado, e a força do pecado é a Lei. Mas graças a Deus, que nos dá a vitória por meio de nosso Senhor Jesus Cristo."

Rayford parou o vídeo por um instante. Ficou um pouco confuso. Conseguiu entender uma parte daquele texto, mas muita coisa parecia não fazer muito sentido. Ligou o vídeo novamente. O pastor Billings prosseguiu:

Vou simplificar algumas palavras para que você possa entender mais claramente. Quando Paulo diz que nem todos dormiremos, ele quer dizer que nem todos vamos morrer. Ele está dizendo que o corpo mortal que temos hoje, que pode ser destruído, será tornado perfeito, indestrutível, e vai durar por toda a eternidade. Quando essas coisas acontecerem, quando os cristãos que já morreram e aqueles que ainda estiverem vivos receberem seus corpos imortais, o arrebatamento da Igreja terá, então, acontecido.

Todas as pessoas que creram e aceitaram a morte sacrificial, o sepultamento e a ressurreição de Jesus Cristo previram sua segunda vinda. Enquanto você assiste a este vídeo, todas aquelas pessoas, já arrebatadas, terão visto o cumprimento da promessa de Cristo, quando disse: '[...] voltarei e os levarei para mim, para que vocês estejam onde eu estiver' (João 14:3).

Creio que essas pessoas foram literalmente levadas da terra, deixando para trás todas as coisas materiais. Se você se deu conta de que milhões desapareceram e que bebês e crianças sumiram, sabe que estou dizendo a verdade. Até certa idade, que provavelmente não é a mesma para cada indivíduo, acreditamos que Deus não responsabilizará uma criança por uma decisão que deve ser tomada com o coração e a mente, com pleno conhecimento de suas consequências. Você poderá também verificar que crianças ainda não nascidas desapareceram do útero de suas mães. Posso apenas imaginar o sofrimento e a inquietação de um mundo sem suas preciosas crianças e o profundo desespero dos pais que as perderam desse modo.

A carta profética de Paulo aos coríntios disse que tudo aconteceria num piscar de olhos. Você poderá ter visto um ente querido desaparecer diante de você de repente. Não o invejo por causa desse choque.

A Bíblia diz que o coração dos homens ficará paralisado de terror. Isso pode indicar a possibilidade de ataques cardíacos devido ao choque emocional, ou até mesmo o desespero que leva ao suicídio. E agora você já sabe, melhor do que eu, sobre o caos que as cidades estão enfrentando por causa do desaparecimento de cristãos, que foram arrebatados de dentro dos vários meios de transportes, e da perda de bombeiros, policiais e trabalhadores que atuam em todos os tipos de serviços de emergência.

Dependendo do momento em que você vê este vídeo, talvez já saiba da lei marcial que estará sendo implantada em muitos lugares, bem como das medidas de emergência para tentar impedir que pessoas de mau caráter promovam pilhagens e disputem os bens que foram deixados. Governos cairão, e haverá desordens internacionais.

Você talvez se pergunte a razão de tudo isso. Alguns acreditam que é o julgamento de Deus para um mundo ímpio. Na verdade, isso virá depois. Por mais estranho que lhe possa parecer, esses acontecimentos são o esforço final de Deus para chamar a atenção das pessoas que o ignoram ou o rejeitam. Ele está permitindo, a partir de agora, que haja um longo período de provações e tribulações para você e todos os demais que ficaram. Ele arrebatou sua Igreja de um mundo corrupto que segue seus próprios caminhos, prazeres e objetivos.

Acredito que o propósito de Deus seja dar uma oportunidade àqueles que ficaram, para que avaliem a si mesmos e decidam abandonar sua busca alucinada por prazer e autorrealização, voltando-se para a Bíblia. Assim, eles conhecerão a verdade e poderão entregar-se a Cristo para receber a salvação.

Quero deixar claro a você que seus amados, seus filhinhos e bebês, amigos e conhecidos não foram levados por alguma força maligna ou por uma invasão de alienígenas. Esta poderá ser uma explicação comum. O que antes lhe parecia algo ridículo e fantasioso, agora pode parecer lógico e possível, mas não é.

A Escritura também nos previne de que haverá um grande engano, anunciado com a ajuda da mídia, encenado por um ser que se autoproclamará líder mundial. O próprio Jesus profetizou sobre essa pessoa. Ele alertou, em

Mateus 24:5, que muitos viriam em seu nome, dizendo: 'Eu sou o Cristo!', e, assim, enganariam a muitos.

Quero também avisar que esse líder da humanidade poderá surgir na Europa. Ele se tornará um grande enganador. Fará tantos sinais e maravilhas, que muitos pensarão que ele foi enviado por Deus. Ele terá milhares de seguidores entre os que foram deixados, e muitos acreditarão que ele é, de fato, um grande operador de milagres.

O enganador prometerá força, paz e segurança, mas a Bíblia diz que ele falará contra o Altíssimo e derrotará os santos do Altíssimo. É por isso que desejo alertar você para ter cuidado com esse novo líder que, com grande carisma, tentará assumir o controle do mundo durante o terrível período de caos e confusão. Esse indivíduo é conhecido na Bíblia pelo título de anticristo. Ele fará muitas promessas, mas não as cumprirá. Você deve confiar apenas nas promessas do Deus Todo-poderoso, por meio de seu Filho, Jesus Cristo.

Creio que a Bíblia ensina que o evento do arrebatamento da Igreja dará início a um período de sete anos de provação e tribulação, durante o qual coisas terríveis vão acontecer. Se você não recebeu a Cristo como seu Salvador, estará em perigo. E, por causa dos gigantescos desastres que ocorrerão durante esse período, sua vida estará em risco. Se você se voltar para Cristo, pode ser que ainda acabe morrendo como mártir.

Rayford fez uma nova pausa no vídeo. Ele estava pronto para ouvir o pastor falar sobre salvação. Mas tribulação e juízo? Perder seus entes queridos, enfrentar o orgulho e o egocentrismo que o impediram de ir para o céu, isso já não era o suficiente? Ainda haveria *mais*?

E quanto a esse "grande enganador" mencionado pelo pastor? Talvez tivesse levado esse assunto profético longe demais. Mas ele não parecia um vendedor de ilusões. Era um homem sincero, honesto, digno de confiança — um homem de Deus. Se o que o pastor havia dito sobre os desaparecimentos fosse verdade — e Rayford sabia em seu íntimo que era —, então esse homem devia merecer sua atenção, seu respeito.

Estava na hora de parar de ser crítico, um analista nunca satisfeito com qualquer evidência. A prova estava diante dele: as cadeiras desocupadas, a cama solitária, o vazio em seu coração. Havia somente um modo de agir. Ele apertou novamente o botão para seguir com o vídeo.

Não faz qualquer diferença, neste momento, saber a razão por que você ainda está na terra. Você pode ter sido muito egoísta, orgulhoso ou ocupado, ou, quem sabe, simplesmente não reservou tempo para examinar as palavras de Cristo. A questão agora é que você tem outra chance. Não perca essa nova oportunidade.

O desaparecimento dos santos e das crianças, o caos que resultou disso tudo e o desespero dos corações partidos são a evidência de que minhas afirmações são verdadeiras. Ore para que Deus o ajude. Receba o dom da salvação agora mesmo. Resista às mentiras e aos esforços do anticristo, que certamente se levantará em breve. Lembre-se, ele enganará a muitos. Que você não esteja entre eles!

Cerca de 800 anos antes de Jesus vir ao mundo pela primeira vez, Isaías, no Antigo Testamento, profetizou que os reinos das nações entrariam em grande conflito e seus rostos seriam como chamas de fogo. Para mim, tais palavras anunciam a Terceira Guerra Mundial, uma guerra termonuclear que destruirá milhões de pessoas.

A profecia bíblica é a história escrita com antecedência. Sugiro que você procure livros sobre esse assunto ou pessoas que estudam o tema, mas que por alguma razão não receberam a Cristo em seu coração em tempo e foram deixadas para trás. Estude e examine tudo para saber o que virá, e, assim, esteja preparado.

Você descobrirá que o governo e a religião vão mudar, a guerra e a inflação explodirão, haverá muitas mortes e grande destruição; santos serão martirizados; haverá até mesmo um terremoto devastador. Esteja preparado!

Deus quer perdoar os seus pecados e assegurar a você um lugar no céu. Veja o que está escrito em Ezequiel 33.11: "[...] não tenho prazer na morte dos ímpios, antes tenho prazer em que eles se desviem dos seus caminhos e vivam."

Se você aceitar a mensagem da salvação de Deus, o Espírito Santo entrará em sua vida e fará você renascer espiritualmente. Você não precisa ter uma compreensão teológica de tudo isso. Você pode tornar-se filho de Deus orando a ele agora mesmo, e desejo conduzi-lo nesta oração.

Rayford interrompeu mais uma vez o vídeo, congelando a imagem na tela, e viu a preocupação que o rosto do pastor demonstrava, bem como a compaixão em seu olhar. Amigos e conhecidos de Rayford diriam que ele estava louco, quem sabe até mesmo sua filha. Mas isso tudo lhe parecia claramente verdadeiro. Ele não havia entendido o significado dos sete anos de tribulação, nem a questão a respeito do novo líder, o enganador que deveria surgir. Mas sabia que precisava de Cristo em sua vida. Precisava do perdão de seus pecados e queria ter a segurança de que um dia poderia encontrar-se com sua esposa e seu filho no céu.

Então sentou-se com a cabeça entre as mãos, o coração pulsando forte. Não se ouvia nenhum barulho no andar de cima, onde Chloe descansava. Ele estava sozinho com seus pensamentos e com Deus, e sentia a presença dele ali. Rayford caiu de joelhos sobre o carpete. Ele jamais havia se ajoelhado antes, mas sentia a santidade e a reverência daquele momento. Colocou novamente o vídeo para tocar e deixou de lado o controle remoto. Juntou as palmas das mãos em atitude de oração, apoiou nelas a cabeça, com o rosto voltado para o chão.

O pastor disse: "Repita as palavras desta oração." Rayford assim o fez.

Querido Deus, admito que sou pecador. Eu me arrependo de todos os meus pecados. Por favor, perdoa-me e salva-me. Peço isso em nome de Jesus, que morreu por mim. Eu confio nele agora mesmo. Creio que seu sangue sem pecado é suficiente para pagar o preço da minha salvação. Obrigado por me ouvir e me aceitar. Obrigado por salvar minha alma.

Enquanto o pastor continuava dizendo palavras de ânimo e segurança, citando versículos, prometendo que todo aquele que invocasse o nome do Senhor seria salvo e que Deus não rejeitaria quem o buscasse com sinceridade, Rayford permaneceu algum tempo imóvel.

Ao terminar sua mensagem, o pastor disse:

— Se você foi sincero em sua confissão, está salvo, nasceu de novo, é filho de Deus.

Rayford queria falar mais com Deus. Desejava ser mais específico sobre seus pecados. Reconhecia estar perdoado, mas, de uma maneira quase infantil, queria deixar Deus ciente de que ele tinha conhecimento do tipo de pessoa que havia sido.

Ele confessou seu orgulho. Orgulho por sua inteligência. Orgulho em seu modo de olhar. Orgulho por suas habilidades. Confessou sua lascívia e como havia negligenciado a esposa em busca de seus próprios prazeres, como foi apegado ao dinheiro. Quando terminou sua confissão, sentiu-se limpo. O vídeo o havia deixado muito assustado, mas ele decidiu que era melhor encarar tudo o que viesse como um verdadeiro cristão do que estar na situação anterior.

Sua primeira oração foi em favor de Chloe. Ele intercederia por ela e oraria constantemente até ter a certeza de que ela pudesse sentir o desejo de caminhar ao seu lado nesta nova vida.

* * *

Buck chegou ao JFK e ligou imediatamente para Steve Plank.

— Fique aí mesmo onde está, seu renegado. Sabe quem quer falar com você?

— Nem imagino.

— O próprio Nicolae Carpathia.

— Ah, sim, vou fazer de conta que acredito.

— Estou falando sério, Buck. Ele está aqui com seu velho amigo Chaim Rosenzweig. Aparentemente, Chaim elogiou muito você, e, depois de tudo o que a mídia falou, ele quer conhecê-lo. Agora vou buscar você, e, por isso, terá que me dizer em que parte do mundo você se escondeu. Vamos fazer de você um morto-vivo, então terá aquela ótima entrevista que está procurando.

Buck desligou o telefone e esfregou as mãos de satisfação. "Bom demais para ser verdade", ele pensou. "Se existe alguém que está acima desses terroristas e valentões internacionais e até mesmo da sujeira da Bolsa de Londres e da Scotland Yard, esse sujeito é o Carpathia. E, se Rosenzweig gosta dele, está tudo bem."

* * *

Rayford mal podia esperar até o momento de ir à Igreja Nova Esperança na manhã seguinte. Ele começou a ler o Novo Testamento e vasculhou a casa em busca de livros ou guias de estudo que Irene tivesse guardado em algum lugar. Embora ainda fosse muito difícil entender tudo aquilo, ele se sentia tão faminto e sedento pela história da vida de Cristo, que começou a ler os quatro evangelhos até cair no sono.

Tudo o que Rayford podia pensar enquanto lia era que, agora, ele fazia parte dessa família que incluía sua esposa e seu filho. Embora estivesse com medo daquilo que o pastor havia previsto no vídeo, a respeito das coisas ruins que aconteceriam no mundo depois do arrebatamento da Igreja, ele também estava animado com sua nova fé. Tinha certeza de que um dia estaria com Deus e com Cristo e desejava, mais do que tudo, o mesmo para Chloe.

Ele decidiu não mais insistir com a filha. Achou melhor não contar a ela sobre o que havia acontecido, a não ser que ela perguntasse. E ela não perguntou nada antes de ele sair para a igreja naquela manhã, mas se desculpou por não ir com ele.

— Em algum momento eu irei com você. Prometo. Não estou rejeitando nada, só não estou pronta — ela se justificou.

Rayford lutou contra o desejo de dizer a ela que não esperasse muito tempo. Ele também queria implorar que ela assistisse ao vídeo. Ela sabia que ele tinha assistido e não perguntou nada a respeito. Ele havia deixado o vídeo no ponto certo para começar. Orava para que ela assistisse enquanto ele estivesse na igreja.

Rayford chegou um pouco antes das 10 da manhã e ficou surpreso ao ter de estacionar a três quadras de distância da igreja. O auditório estava lotado. Poucos levaram bíblias, e poucos vestiam roupas minimamente sociais. Eram pessoas assustadas e desesperadas, ocupavam todos os bancos, incluindo a galeria. Rayford ficou em pé na parte de trás por não ter encontrado lugar para se sentar.

Às dez em ponto, Bruce começou a falar. Pediu a Loretta que ficasse à porta e cuidasse para que cada retardatário fosse bem recebido. Apesar da multidão, ele não acendeu os refletores da plataforma, nem utilizou o púlpito. Apenas colocou um único microfone logo à frente da primeira fila de bancos e começou a conversar com o público.

Bruce logo se apresentou:

— Não estou atrás do púlpito, porque é um lugar reservado para pessoas preparadas e chamadas por Deus para isso. Estou liderando esta reunião e ensinando a Palavra por ter sido negligente. Normalmente nós, desta igreja, ficaríamos felizes em ver um público tão numeroso assim, mas não vou dizer que é bom ver vocês aqui. Sei que estão procurando saber o que aconteceu com seus filhos e demais entes queridos. Acredito ter a resposta. Na verdade, eu não tinha antes, porque, se a tivesse, também teria ido com os demais. Não vamos cantar nem fazer avisos sobre a programação da igreja, a não ser avisar que teremos um estudo bíblico na próxima quarta-feira, às sete da noite. Não faremos pedidos de ofertas, embora precisemos começar a buscar recursos a partir da próxima semana, a fim de cobrir nossas despesas. A igreja tem algum dinheiro no banco, mas temos uma hipoteca para pagar e eu preciso me sustentar.

Em seguida, Bruce contou a mesma história que tinha contado para Rayford e Chloe no dia anterior. Sua voz era o único som que se podia ouvir no templo. Muitos choravam. Ele exibiu o vídeo, e mais de 100 pessoas acompanharam a oração feita no final da gravação. Bruce sugeriu-lhes que começassem a frequentar a Igreja Nova Esperança.

E acrescentou:

— Sei que muitos de vocês podem ainda estar incrédulos. Talvez acreditem que o ocorrido foi obra de Deus, mas continuam insatisfeitos e ressentidos com ele. Se quiserem voltar à noite para desabafar e fazer perguntas, estarei aqui. No entanto, não vou dar oportunidade para perguntas nesta manhã, porque muitos aqui são novos na fé e não quero tratar de outros assuntos mais difíceis de compreender. Estejam certos de que estaremos abertos a qualquer pergunta honesta.

Então, encerrou, abrindo espaço para que as pessoas pudessem compartilhar seus testemunhos:

— Quero agora dar oportunidade a qualquer pessoa que tenha recebido Cristo nesta manhã e queira apresentar sua decisão diante de nós. A Bíblia diz que devemos fazer isso para tornar pública nossa decisão e nosso comprometimento. Sintam-se à vontade para vir à frente e usar o microfone.

Rayford foi o primeiro a se manifestar; ao caminhar pelo corredor, notou que muitos vinham atrás dele. Dezenas de pessoas queriam contar suas histórias e dizer onde se encontravam em sua jornada espiritual. A maioria estava numa situação bem parecida com a dele. Estiveram perto da verdade apresentada por meio de uma pessoa da família ou de algum amigo, mas nunca a aceitaram completamente.

As histórias continuavam sendo contadas e quase ninguém saiu, mesmo quando o relógio mostrou que já passava do meio-dia e havia ainda quarenta ou cinquenta pessoas na fila. Todos pareciam ter necessidade de falar sobre aqueles que haviam partido.

Às duas da tarde, quando todos estavam famintos e cansados, Bruce disse:

— Precisamos encerrar a reunião. Hoje não pretendia fazer um culto tradicional, incluindo cantar hinos, mas sinto que precisamos louvar ao Senhor pelo que aconteceu aqui. Vou ensinar um cântico de adoração a vocês.

Bruce cantou uma breve canção que continha palavras das Escrituras, dando glória ao Pai, ao Filho e ao Espírito Santo. Quando o povo se juntou no cântico, com reverente sinceridade, Rayford se sentiu emocionado demais para cantar. Umas após outras, as pessoas foram parando de cantar e apenas murmuravam ou sussurravam as palavras com os lábios semicerrados, envolvidas pela emoção. Rayford acreditava que aquele tinha sido o momento mais comovente de sua vida. Como ele desejava ter compartilhado com Irene, Raymie e Chloe!

As pessoas relutavam em sair, mesmo depois de Bruce ter feito a oração final. Muitos queriam ficar um pouco mais para se familiarizar com os demais, e ficou evidente que uma nova congregação havia começado. O nome da igreja era absolutamente apropriado: Nova Esperança. Bruce apertava a mão de cada pessoa que saía. Ninguém passava direto nem se apressava. Quando Rayford apertou-lhe a mão, Bruce perguntou:

— Você vai estar ocupado esta tarde? Poderíamos tomar um café juntos?

— Quero ligar para a minha filha primeiro, mas será um prazer.

Rayford contou para Chloe onde ele estaria. Ela não perguntou nada sobre a reunião na igreja. Apenas comentou:

— Demorou bastante, hein? Tinha muita gente?

Ele simplesmente respondeu sim para ambas as perguntas. Estava decidido a não dizer mais nada, a menos que ela perguntasse. Esperava e orava para que a curiosidade de Chloe permitisse a ela se interessar pelo assunto. Se mais tarde ele pudesse contar-lhe tudo o que realmente havia acontecido naquele dia, quem sabe ela desejasse ter feito o mesmo. No mínimo, teria de reconhecer que tudo aquilo havia afetado seu pai.

Num pequeno restaurante perto de Arlington Heights, Bruce parecia exausto, mas feliz. Ele disse a Rayford que sentiu um misto de emoções tão grande, que dificilmente saberia como lidar com elas.

— A dor que sinto pela perda de minha família ainda é tão forte, que mal consigo me controlar. Continuo sentindo vergonha pela minha hipocrisia. E, no entanto, desde que me arrependi de meus pecados e recebi verdadeiramente a Cristo, em poucos dias ele tem me abençoado mais do que eu sequer poderia imaginar. Minha casa está solitária, fria e cheia de lembranças dolorosas, mas veja o que aconteceu hoje. Agora tenho um novo rebanho para pastorear, uma razão para viver.

Rayford apenas concordou com um gesto. Ele percebeu que Bruce precisava de alguém com quem pudesse conversar.

— Ray — disse Bruce —, as igrejas são geralmente conduzidas por pastores diplomados em seminários e presbíteros treinados, que foram cristãos durante a maior parte da vida. Nós não podemos nos dar a esse luxo. E nem sei que modelo de liderança vamos adotar. Não faz sentido ter presbíteros quando o pastor é interino, tudo o que posso dizer de mim mesmo. Eu sou um cristão que acaba de ser convertido, exatamente como todos os demais, mas vamos precisar de um grupo de pessoas que possam cuidar umas das outras e estejam comprometidas com a igreja. Loretta e outras pessoas que conheci na noite do arrebatamento já fazem parte desse grupo, além de dois senhores idosos que frequentaram a igreja por muitos anos, mas que, de alguma forma, também não foram arrebatados.

E continuou:

— Sei que isto pode ser novidade para você, mas sinto que devo pedir-lhe que faça parte de nosso pequeno grupo de liderança. Estaremos juntos na igreja, no culto matutino de domingo, em alguma reunião ocasional no domingo à noite, no estudo bíblico na quarta-feira à noite e nos encontraremos em minha casa uma ou duas noites por semana. Oraremos uns pelos outros, dividiremos as responsabilidades e poderemos estudar um pouco mais a fundo sobre como estar à frente da nova congregação. Você gostaria de se juntar a nós?

Rayford recostou-se na cadeira.

— Uau! — suspirou. — Não sei. Sou muito novo nisso.

— Todos nós somos.

— Sim, mas você cresceu nesse ambiente, Bruce. Conhece essas coisas.

— Conheço, mas perdi o ponto mais importante de tudo.

— Bem, vou dizer-lhe o que me atrai. Estou faminto por conhecer a Bíblia. E preciso de um amigo.

— Eu também — concordou Bruce. — E vou lhe dizer qual é o risco. Com o tempo, poderemos discordar um do outro em alguns pontos.

— Estou disposto a assumir o risco, se você também estiver — Rayford falou —, desde que não espere de mim nenhum papel de liderança.

— Combinado — disse Barnes, estendendo-lhe a mão. Rayford apertou-a com força. Nenhum deles sorriu. Rayford tinha a sensação de que esse era o começo de um relacionamento nascido da tragédia e da necessidade. Ele apenas esperava que desse certo.

Quando Rayford finalmente chegou em casa, encontrou Chloe ansiosa por ouvir sobre tudo o que tinha acontecido. Ela ficou admirada diante do que o pai lhe contou e sentiu-se um tanto embaraçada ao dizer que ainda não tinha visto o vídeo.

— Mas vou vê-lo agora, papai, antes de irmos para Atlanta. Você está realmente envolvido nisto, certo? Parece que preciso investigar, mesmo que não tome nenhuma decisão a respeito.

Uns vinte minutos depois de ter chegado em casa e vestido seu pijama e um roupão, para relaxar o restante da noite, Chloe o chamou.

— Papai, estava quase me esquecendo. Uma tal de Hattie Durham telefonou várias vezes. Ela parecia muito agitada. Disse que trabalha com você.

— Ah, sim — Rayford respondeu. — Ela queria ser escalada para o meu próximo voo, e eu não quis. Ela provavelmente descobriu e quer saber a razão.

— E por que você não quis?

— É uma longa história. Contarei a você qualquer dia.

O telefone tocou e Rayford atendeu. Era Bruce.

— Rayford, esqueci de confirmar nosso próximo encontro. Já que você concordou em participar do grupo, a primeira responsabilidade é a reunião de hoje à noite com os desalentados e os céticos.

— Você está sendo um chefe muito exigente, não acha?

— Posso compreender se essa reunião não estiver nos seus planos.

— Bruce — respondeu Rayford —, além do céu, não há outro lugar para o qual eu gostaria de ir. Não vou perder essa reunião. Talvez eu leve Chloe comigo.

— Que reunião é essa? — perguntou ela após a ligação.

— Espere um minuto — pediu ele. — Deixe-me falar com Hattie e acalmar a situação.

Rayford ficou surpreso por Hattie não falar nada sobre não ter sido escalada para seu voo.

— Ouvi uma notícia desconcertante — disse ela. — Lembra-se do repórter do *Semanário Global* que estava em nosso voo, aquele que estava com o *notebook* ligado ao telefone interno do avião?

— Lembro vagamente.

— Seu nome era Cameron Williams, e conversei com ele umas duas vezes depois do voo. Tentei ligar para ele do aeroporto em Nova York na noite passada, mas não consegui.

— Ah, sim.

— Acabo de ouvir pelo noticiário da TV que ele foi morto na Inglaterra, na explosão de uma bomba dentro de um carro.

— Você está brincando!

— Não mesmo. Você não acha isso muito esquisito? Rayford, às vezes não sei o quanto essas coisas me afetam. Eu mal conhecia esse rapaz, mas fiquei tão chocada que me senti arrasada quando ouvi a notícia. Sinto ter incomodado você, mas pensei que talvez se lembrasse dele.

— Não me incomoda não, você fez bem em me avisar, Hattie. E imagino o quanto isso a abateu, porque aconteceu comigo também. Tenho muita coisa para lhe contar, de verdade.

— É mesmo?

— Poderíamos nos encontrar assim que for possível?

— Eu me inscrevi para ser escalada num de seus voos — ela respondeu. — Talvez dê certo.

— Quem sabe — ele concordou. — E, se não for num voo, talvez você possa vir jantar aqui em casa, comigo e com Chloe.

— Gostaria muito, Rayford. De verdade.

CAPÍTULO 13

Buck Williams sentou-se próximo de uma das saídas do aeroporto e leu seu próprio obituário. A manchete dizia o seguinte:

Repórter de revista semanal é dado como morto

Cameron Williams, 30 anos, o mais jovem e importante repórter sênior de uma das mais conhecidas revistas semanais de Nova York, foi dado como morto após um misterioso atentado à bomba num carro, em frente a um bar em Londres, no último sábado à noite. O ataque também tirou a vida de um investigador da Scotland Yard.

Williams, contratado há cinco anos pela revista *Semanário Global*, recebeu o Prêmio Pulitzer como repórter da *Boston Globe*, antes de ingressar na equipe principal da revista semanal aos 25 anos. Ele rapidamente chegou ao posto de repórter sênior e, desde então, escreveu aproximadamente 40 reportagens de capa, tendo conquistado por quatro vezes o prêmio como escritor da "melhor reportagem do ano".

O jornalista ganhou o prestigioso Prêmio Ernest Hemingway como correspondente de guerra, quando escreveu uma reportagem sobre a destruição da força aérea russa sobre o território de Israel, há pouco mais de 1 ano. De acordo com Steve Plank, editor-executivo do *Semanário Global*, a administração da revista se recusa a confirmar a notícia da morte de Williams "até que possam surgir provas concretas".

O pai de Williams e seu irmão casado residem em Tucson, onde Williams perdeu sua cunhada, uma sobrinha e um sobrinho nos desaparecimentos da última semana.

A Scotland Yard informa que a bomba que explodiu em Londres parece ter sido um ato de retaliação, cometido por terroristas da Irlanda do Norte. O comandante Howard Sullivan descreveu a vítima, Alan Tompkins, seu subordinado de 29 anos, como "um dos melhores homens e um dos investigadores mais brilhantes com quem tive o privilégio de trabalhar".

Sullivan acrescentou que Williams e Tompkins tornaram-se amigos depois que o repórter entrevistou o investigador para escrever um artigo sobre o terrorismo na Inglaterra, vários anos antes. Os dois tinham acabado de sair do bar Armitage Arms, em Londres, quando uma bomba explodiu no veículo de Tompkins, da Scotland Yard.

Os restos mortais de Tompkins foram identificados; no entanto, somente os documentos pessoais de Williams foram encontrados no local.

* * *

Rayford Steele tinha um plano. Ele havia decidido que seria totalmente honesto com Chloe sobre a atração que sentiu por Hattie Durham no passado e sobre a culpa que sentia por esse erro. Estava certo de que Chloe ficaria desapontada, ainda que, talvez, isso pudesse não representar um grande choque para ela. Pretendia falar sobre seu intuito de compartilhar sua fé com Hattie, esperando, com isso, conseguir algum progresso com a filha sem que ela se sentisse pressionada.

Chloe tinha ido com ele à reunião da igreja no domingo à noite para o encontro com os descrentes, como havia prometido. Contudo, ela se retirou um pouco depois da metade da reunião. Também cumpriu a promessa de ver o vídeo que o antigo pastor havia gravado. Eles não conversaram nada sobre a reunião na igreja, muito menos sobre o vídeo.

Como não teriam muito tempo para ficar juntos quando chegassem ao O'Hare, Rayford tocou no assunto durante o trajeto de carro até o aeroporto, enquanto olhavam chocados para os destroços e escombros ao lado das ruas e avenidas. No caminho, viram mais de uma dezena de casas consumidas por incêndios. Rayford acreditava que as famílias desaparecidas haviam deixado alguma coisa no fogão ainda ligado.

— E você acha que foi uma ação de Deus? — perguntou-lhe Chloe, mas não em tom de zombaria.

— Sim, acredito.

— E eu sempre pensei que ele deveria ser um Deus de amor e de ordem — ela observou.

— E eu creio que é. Esse foi um plano dele.

— Houve inúmeras tragédias e mortes absurdas antes disso.

— Eu também não compreendo essas coisas — Rayford concordou —, mas, como Bruce mencionou ontem à noite, vivemos num mundo caído. Deus praticamente deixou o controle de tudo nas mãos de Satanás.

— Então, papai. Você ao menos consegue imaginar a razão por que eu saí na metade da reunião?

— Seria por causa das perguntas e respostas que estavam chegando muito perto de você?

— Talvez, mas toda essa história sobre Satanás, a Queda, o pecado e não sei o que mais... — ela parou e balançou a cabeça.

— Não pretendo dizer que entendo desses assuntos melhor do que você, querida, mas sei que sou um pecador e que este mundo está cheio deles.

— Ah, e você me considera uma pecadora também?

— Se você faz parte deste mundo, então digo que sim, é o que penso. Você não acha?

— Não por vontade própria.

— Você nunca é egoísta, gananciosa, ciumenta, mesquinha, rancorosa?

— Eu tento não ser, pelo menos quando diz respeito a outras pessoas.

— Mas você acredita que está isenta do que a Bíblia diz sobre todas as pessoas serem pecadoras e sobre não haver um único ser humano justo em lugar algum deste mundo, "nenhum sequer"?

— Isso eu não sei, papai. Simplesmente não tenho a menor ideia.

— Por certo você sabe o que me causa preocupação.

— Claro que sei. Você acha que o tempo é curto, que neste novo mundo perigoso eu poderia demorar muito para decidir o que fazer, e então seria muito tarde.

— Você disse tudo. Eu não consigo expressar de modo mais claro o meu pensamento, Chloe. Gostaria apenas de deixar claro para você que estou visando unicamente ao seu bem-estar, e nada mais.

— Papai, não precisa se preocupar comigo.

— O que achou do vídeo? Fez algum sentido para você?

— Faz muito sentido para alguém que aceita tudo aquilo sem questionar. Quer dizer, é preciso que uma pessoa use todas essas informações como um alicerce. Desse jeito, tudo fica mais claro. Mas, se ela não tem certeza a respeito de Deus, da Bíblia, do pecado, do céu e do inferno, vai continuar se perguntando o que aconteceu e por quê.

— E é neste ponto que você está?

— Não sei onde estou, papai.

Rayford evitou ficar insistindo mais com ela. Se tivessem tempo disponível em Atlanta, durante o almoço, ele tentaria falar a respeito do caso com Hattie. O avião permaneceria apenas 45 minutos lá antes de retornar para Chicago. Rayford ficou imaginando se seria correto ele orar a Deus pedindo que houvesse algum atraso no voo de volta.

* * *

— Belo quepe — disse Steve Plank ao entrar rapidamente no aeroporto, dando uma palmadinha no ombro de Buck. — E o que é isso, rapaz? Barba por fazer há pelo menos dois dias?

— Nunca fui muito bom em disfarces — Buck justificou.

— Você ainda não é suficientemente famoso para precisar se esconder — Steve brincou. — Pode ficar fora de seu apartamento por algum tempo?

— Sim, e provavelmente ficarei no seu. Tem certeza de que não foi seguido?

— Você está ficando meio paranoico, não acha?

— Tenho o direito de ficar — Buck respondeu, enquanto entravam num táxi. — Central Park, por favor — informou ao motorista. Em seguida, contou a Steve toda a história.

— O que faz você pensar que Carpathia vai ajudar nesse caso? — perguntou Plank mais tarde, enquanto caminhavam dentro do parque.

— Se tanto a Yard quanto a Bolsa estiverem por trás disso, e se você considerar que Carpathia tem ligações com Todd-Cothran e Stonagal, talvez tenha de perguntar se Carpathia seria capaz de voltar-se contra seus próprios anjos da guarda.

Eles caminhavam sob uma ponte para evitar o sol quente da primavera.

— Tenho um palpite sobre esse indivíduo — afirmou Buck, com sua voz ecoando nas paredes de pedra. — Não ficaria surpreso se descobrisse que ele se encontrou com Stonagal e Todd-Cothran em Londres no outro dia. Mas preciso acreditar que ele é só um peão nesse jogo de xadrez.

Steve apontou para um banco, onde se sentaram.

— Bem, encontrei Carpathia hoje de manhã durante a entrevista dele para a imprensa —Steve relatou —, e só espero que você esteja certo.

— Rosenzweig ficou impressionado com ele, e olha que estamos falando de um velho cientista muito perspicaz.

— Carpathia é uma pessoa que impressiona bastante — admitiu Steve. — É um tipo tão atraente quanto um galã de cinema, e nesta manhã falou em nove línguas, tão fluentemente como se cada uma delas fosse sua língua nativa. Os meios de comunicação ficaram deslumbrados com ele.

— Você diz isso como se não fizesse parte da mídia — observou Buck.

Steve encolheu os ombros.

— Estou provando meu próprio ponto de vista. Aprendi a ser cético, deixando que a *People* e os tabloides persigam as celebridades. Mas aqui está um indivíduo com substância, com cérebro, que tem algo a dizer. Gostei dele. Isto é, vi o homem apenas durante a entrevista com a imprensa, mas ele parece ter um plano. Você vai gostar dele, apesar de ser muito mais cético do que eu. E, além do mais, ele também quer ver você.

— Então me fale sobre isso.

— Eu já falei. Ele está acompanhado de uma pequena comitiva de pessoas sem muita influência, com uma exceção.

— Rosenzweig.

— Correto.

— Qual é a conexão dos dois?

— Ninguém tem certeza ainda, mas Carpathia parece estar trazendo para perto dele especialistas e consultores que o mantêm informado sobre tecnologia, política, finanças e tudo mais. E você sabe, Buck, ele não é muito mais velho do que você. Acho que alguém falou hoje de manhã que ele tem 33 anos.

— E fala nove línguas?

Plank acenou com a cabeça.

— Quais?

— Por que você quer saber?

— Por curiosidade.

Steve fez um esforço para se lembrar e falou em ordem alfabética:

— Alemão, árabe, chinês, espanhol, francês, húngaro, inglês, romeno e russo.

— Pode repetir? — pediu Buck, pensativo.

Steve repetiu.

— O que você está pensando?

— Esse cara é um tremendo político.

— Não, ele não é. Acredite em mim, não houve nenhum truque. Ele conhecia bem essas línguas e as usou com muita eficiência.

— Será que você não parou para observar que idiomas são esses, Steve? Pense um pouco.

— Ora, poupe-me o esforço.

— São as seis línguas da ONU e as três línguas do país dele.

— Sério?

Buck acenou com a cabeça e perguntou:

— Então, quando vou me encontrar com ele?

* * *

O voo para Atlanta estava lotado e bem tumultuado. Rayford teve de mudar continuamente de altitude para evitar turbulências. Conseguiu ver Chloe somente por alguns segundos, enquanto seu copiloto estava no comando, com o avião ligado no piloto automático. Caminhou rapidamente pelos corredores, mas não teve tempo de conversar com ninguém.

Conseguiu ter seu desejo satisfeito em Atlanta. Outro 747 teria de voltar a Chicago no meio da tarde, e o único piloto disponível precisou retornar mais cedo. Chicago coordenou com Atlanta, trocou as escalas e reservou um assento para Chloe. Isso garantiu a Rayford mais de duas horas para almoçar, o que lhes dava tempo suficiente para sair do aeroporto.

A taxista, uma jovem com um belo timbre de voz, perguntou se gostariam de contemplar "uma cena verdadeiramente inacreditável".

— Se não estiver fora do caminho...

— Fica apenas a uns dois quarteirões do lugar aonde vocês estão indo — ela garantiu.

Habilmente a jovem contornou destroços e passou por vários desvios e cavaletes, chegando, em seguida, à região onde duas ruas estavam sendo controladas por guardas de trânsito.

— Olhem lá adiante — ela apontou para um edifício-garagem, enquanto entrava em um estacionamento de areia, rodeado por muros de concreto de quase um metro de altura. — Estão vendo aquele edifício-garagem que parece se estender pela rua?

— O que é aquilo? — perguntou Chloe.

— Estranho, não acham? — comentou a motorista.

— O que houve aqui? — perguntou Rayford.

— Isso vem acontecendo desde os desaparecimentos — explicou.

Eles olharam para a garagem de seis andares, cheia de carros que estavam esmagados uns pelos outros, em todos os ângulos, amontoados de forma tão confusa, que os guindastes tinham de retirá-los pelos lados, nas aberturas das paredes laterais do edifício.

— Os motoristas chegaram àquele estacionamento depois de um jogo naquela noite — explicou ela. — A polícia diz que se formou uma enorme confusão. Longas filas de carros tentavam sair do estacionamento, revezando-se nas saídas, enquanto outros não saíam do lugar, impedindo a passagem dos demais. Alguns motoristas ficaram impacientes e começaram a forçar a passagem entre os carros parados. Então outros fizeram o mesmo. Vocês podem imaginar o que aconteceu.

— Congestionamento total.

— De repente, num segundo, mais de um terço dos carros ficou sem motoristas. Foi exatamente assim. Os carros se moveram sozinhos e bateram uns nos outros ou contra as paredes. Em lugares onde não havia espaço, eles empurraram os veículos que estavam na frente. Os motoristas que não desapareceram não podiam seguir em frente, muito menos voltar. A confusão foi tanta, que eles abandonaram seus carros e foram saltando por cima dos outros. Saíram logo do estacionamento para buscar ajuda. Na madrugada, com a ajuda de dois reboques, os carros começaram a ser levados para o térreo. Os guindastes chegaram por volta do meio-dia e estão lá até hoje.

Rayford e Chloe se sentaram e ficaram observando, sacudindo a cabeça. Guindastes que normalmente eram usados para conduzir vigas de ferro para o alto das construções estavam agora envolvendo carros em cabos de aço para arrastá-los e empurrá-los uns sobre os outros, através das aberturas feitas nas paredes de concreto para esvaziar o estacionamento. Pelo jeito, mais alguns dias seriam necessários para que a remoção dos veículos fosse concluída.

— E quanto a você? — perguntou Rayford à motorista. — Perdeu alguém?

— Sim, senhor. Minha mãe, minha avó, duas irmãzinhas. Mas sei para onde elas foram levadas. Estão no céu, exatamente como minha mãe sempre dizia.

— Creio que você está certa — Rayford procurou confortá-la. — Minha esposa e meu filho também se foram.

— E o senhor está salvo agora? — perguntou a jovem.

Rayford ficou impressionado com aquela franqueza, porém sabia exatamente o que ela queria dizer.

— Sim, estou — ele respondeu.

— Eu também. A pessoa precisa ser cega ou ter o coração muito insensível para não ver a luz agora.

Rayford queria olhar para Chloe naquele momento, mas preferiu evitar. Ele deu uma boa gorjeta para a jovem motorista quando ela os deixou no restaurante. Durante o almoço, contou para Chloe sobre sua atração por Hattie, exatamente como aconteceu.

Chloe ficou em silêncio por um longo tempo. Quando falou, sua voz parecia sumida.

— Então você realmente não teve um caso com ela? — perguntou-lhe.

— Felizmente não chegou a esse ponto. Se tivesse chegado, eu não me perdoaria nunca.

— Isso teria partido o coração da mamãe, com toda certeza.

Ele continuou falando, com tristeza.

— Às vezes me sinto tão culpado, como se tivesse sido infiel a ela, de verdade. Mas procurei manter alguma dignidade pelo fato de sua mãe estar obcecada pela fé dela.

— Eu sei. Embora pareça meio irônico, esse sentimento também foi o que me manteve mais comportada do que poderia ter sido na escola. Bem, estou certa de que mamãe ficaria desapontada se soubesse de uma porção de coisas que eu disse e fiz enquanto estive fora, e não me pergunte nada sobre isso. Mas, sabendo o quanto ela era sincera e consagrada, e com grandes esperanças e expectativas a meu respeito, tive forças para não fazer coisas realmente estúpidas. Eu sabia que ela estava orando por mim. Ela me dizia isso toda vez que falava comigo.

— Ela também falou sobre o fim dos tempos para você, Chloe?

— Sim, sempre.

— E, mesmo assim, você ainda não quer se decidir logo?

— Quero, papai. Realmente quero. Mas tenho que ser intelectualmente honesta comigo mesma.

Rayford não podia fazer outra coisa a não ser manter a calma e ter paciência. Será que ele havia sido um tipo intelectual incrédulo na sua juventude? Sem dúvida. Ele já havia experimentado todas as coisas ligadas àquele tipo de comportamento pseudointelectual irritante, e agia assim até pouco tempo, quando o acontecimento sobrenatural fez com que suas pretensões acadêmicas desabassem. Mas, como a motorista de táxi havia dito, é preciso ser cego para não ver a luz agora, não importa o grau de instrução que possamos ter.

— Vou convidar Hattie para jantar conosco esta semana — ele anunciou.

Chloe apertou os olhos.

— O quê? Você acha que está disponível agora?

Rayford ficou espantado com sua própria reação. Teve de se controlar para não dar um tapa na filha, algo que nunca tinha feito. Ele cerrou fortemente os dentes.

— Como você pode falar assim comigo, depois de tudo o que acabei de lhe contar? Isso é um insulto!

— O que você espera dessa Hattie Durham, papai? Você acha que ela não estava por dentro do que se passava? Como você imagina que ela vai interpretar sua atitude agora? Ela pode chegar aqui com muitas expectativas.

— Vou deixar bem claro quais são minhas intenções, e elas são totalmente honestas, mais do que nunca, porque não tenho nada de sentimental para oferecer a ela.

— Então, agora, você vai parar de cortejá-la e pregar para ela.

Ele queria argumentar, mas achou que não deveria.

— Eu me preocupo com Hattie como pessoa, desejo que ela conheça a verdade e que seja capaz de viver de acordo com ela.

— E se ela não aceitar?

— Aí será uma escolha dela. Posso apenas fazer minha parte.

— É assim que você pensa a meu respeito também? Se eu não aceitar da forma como você quer, vai ficar satisfeito por já ter feito sua parte?

— Eu poderia, mas é claro que me preocupo muito mais com você do que com Hattie.

— Pois você deveria ter pensado nisso antes de se arriscar num relacionamento com ela.

Rayford sentiu-se novamente ofendido, mas sabia que merecia esse tratamento.

— Talvez seja por isso que nunca tomei qualquer iniciativa — ele se justificou. — Alguma vez já pensou nisso?

— Esse assunto é totalmente novo para mim. Espero que você tenha refreado seus impulsos por causa da sua família — Chloe alertou.

— Quase não consegui.

— Posso imaginar. E o que aconteceria se essa nova estratégia com Hattie o tornasse mais atraente para ela? E o que pode impedir que você também não se sinta atraído por ela? Você não é mais um homem casado, se é que está convencido de que mamãe está no céu.

Rayford pediu a sobremesa e colocou o guardanapo sobre a mesa.

— Talvez eu esteja sendo ingênuo, mas o fato de sua mãe estar no céu é exatamente como se eu a tivesse perdido numa morte súbita. A última coisa que estaria agora ocupando minha mente seria outra mulher, e certamente não seria a Hattie. Ela é muito jovem e imatura. Além de tudo, eu me sinto aborrecido comigo mesmo por ter me sentido atraído por ela. Quero ficar frente a frente com Hattie para ver o que ela diz. Será importante saber se toda essa história estava apenas em minha mente.

— Você está pensando em alguma possibilidade para o futuro?

— Chloe, eu amo você, mas está se comportando mal.

— Eu entendo. Sinto muito. Acho que passei dos limites. Mas, falando sério, como você vai saber se ela estará dizendo a verdade? Se você disser que esteve interessado nela por motivos errados, e que já não tem mais esse tipo de interesse, por que ela não deveria estar vulnerável o suficiente para admitir que vocês dois ainda poderiam ter alguma chance?

Rayford encolheu os ombros.

— Você pode estar certa. Mas preciso ser honesto com ela, mesmo que ela não seja comigo. Devo isso a ela. Quero que Hattie me leve a sério quando eu lhe disser o que ela precisa ouvir agora.

— Não sei, papai. Penso que é cedo demais para conduzi-la a Deus.

— O que é muito cedo, Chloe? Não há nenhuma garantia, não agora.

* * *

Steve tirou do bolso interno do paletó dois conjuntos de credenciais para a imprensa, liberando seus portadores para assistir ao discurso de Nicolae Carpathia na Assembleia Geral da ONU, naquela mesma tarde. As credenciais de Buck estavam em nome de George Oreskovich.

— Ora, eu cuido bem de você. Ou quer mais?

— Inacreditável — Buck ficou admirado. — E quanto tempo ainda temos?

— Pouco mais de uma hora — informou Steve, chamando um táxi. — E, como eu já disse, ele quer se encontrar com você.

— Você não acha que ele acompanha os noticiários? Deve estar pensando que estou morto.

— Suponho que sim. Mas ele vai se lembrar do que eu lhe disse esta manhã, e terei meios de garantir que, para ele, tanto faz ser entrevistado por George Oreskovich ou pelo legendário Cameron Williams.

— Sim, Steve, mas, se ele for como os demais políticos que conheço, certamente estará preocupado com sua imagem e vai querer um jornalista de alto nível. Quer você goste ou não, é o que sou. Como vai convencê-lo a ser entrevistado por um desconhecido?

— Ainda não sei. Pode ser que eu conte a ele quem realmente você é. E, enquanto estiver fazendo a entrevista, vou liberar a notícia de que sua morte não foi confirmada e que você está entrevistando Carpathia para uma reportagem de capa.

— Uma reportagem de capa? Parece que sua opinião mudou bastante depois de ter considerado esse homem um burocrata de baixo nível, vindo de um país não estratégico.

— Eu estive na entrevista que ele deu para a imprensa, Buck. Falei com ele. E posso ao menos levar em conta a concorrência. Se não fizermos alguma matéria de destaque com ele, seremos a única revista de âmbito nacional a não tratar do assunto.

— Como já expliquei, se ele for um político típico, bem...

— Então pode tirar isso da cabeça, Buck. Com certeza você concordará que esse sujeito tem um perfil exatamente oposto ao dos políticos que conhecemos. Um dia você ainda vai me agradecer por dar-lhe essa chance de fazer uma entrevista exclusiva com ele.

— Pensei que a ideia fosse dele por causa do meu nome famoso — disse Buck, sorrindo.

— Eu poderia ter recusado.

— Sim, e se tornaria o editor-executivo da única revista nacional que falhou na cobertura do mais novo e emblemático rosto a visitar os Estados Unidos.

— Acredite, Buck — acrescentou Steve durante a corrida de táxi até o edifício da ONU —, essa nova onda de notícias poderá trazer mais ânimo após a desgraça e melancolia que temos visto nos últimos dias.

Os dois usaram suas credenciais para entrar, mas Buck procurou esquivar-se e ficar meio invisível tanto para seus colegas quanto para os concorrentes, até a hora em que conseguiu chegar ao seu assento no auditório da Assembleia Geral. Steve reservou um lugar para ele bem atrás, onde não chamaria a atenção quando chegasse. Enquanto isso, Steve usaria seu celular para dar a notícia do reaparecimento de Buck, ainda a tempo de alcançar o fechamento dos jornais e noticiários de circulação vespertina.

Carpathia entrou na assembleia exibindo um ar de dignidade, mas sem grande alarde, embora estivessem com ele meia dúzia de personalidades conhecidas, como Chaim Rosenzweig e um economista do governo francês. Carpathia aparentava ter cerca de 1,85 m de altura, era loiro, bronzeado, com ombros largos, troncudo, alinhado, atlético. A cabeleira espessa estava bem aparada em torno das orelhas e do pescoço, e seu terno azul-marinho, combinando com a gravata, revelava um indivíduo primorosamente conservador.

Mesmo a distância, o homem parecia ter um senso de humildade e, ao mesmo tempo, de determinação. Sua presença dominava o ambiente, embora ele não se mostrasse preocupado consigo mesmo. Suas joias eram discretas. O queixo e o nariz tinham aparência marcadamente romana, e as espessas sobrancelhas emolduravam os penetrantes olhos azuis.

Buck ficou admirado ao perceber que Carpathia não levava consigo nem ao menos um caderno de anotações; imaginou que suas notas para o discurso pudessem estar guardadas no bolso do paletó. Ou que algum de seus assessores estivesse com elas. Buck estava errado com as duas hipóteses.

O secretário-geral Mwangati Ngumo, de Botsuana, anunciou que a assembleia teria o privilégio de ouvir um breve pronunciamento do novo presidente da Romênia, e que a apresentação formal do convidado seria feita pelo honorável dr. Chaim Rosenzweig, com quem todos já estavam familiarizados.

Rosenzweig apressou-se e caminhou em direção à tribuna demonstrando um vigor incompatível com sua idade. Inicialmente recebeu aplausos mais entusiasmados do que o próprio Carpathia. O popular estadista e erudito israelense disse simplesmente que tinha o imenso prazer de apresentar para "esta digna e nobre assembleia um jovem estadista a quem respeitava e admirava como uma das personalidades mais brilhantes que conhecia."

— Recebam agora, senhores, Sua Excelência, o presidente Nicolae Carpathia, da Romênia!

Carpathia se levantou, colocou-se de frente para a assembleia, curvou-se e apertou fortemente a mão de Rosenzweig.

De forma cortês, ele permaneceu ao lado da tribuna até que o idoso cientista se sentasse. Em seguida, mostrou sentir-se bem à vontade, sorrindo cordialmente para todos antes de começar a falar de improviso. Além de não usar apontamentos, não demonstrou hesitação em nenhum momento, não cometeu um único erro de pronúncia nem tirou os olhos de seu auditório.

Ele falou com sinceridade, paixão e um sorriso frequente, além de ocasionalmente demonstrar um senso de humor apropriado. Mencionou respeitosamente que estava ciente de que ainda não havia se passado uma semana desde o desaparecimento de milhões de pessoas em todo o mundo, incluindo muitos que tinham estado "neste mesmo auditório". Carpathia falou num inglês perfeito, com um quase imperceptível sotaque romeno. Não usava contrações gramaticais e pronunciava cada sílaba de todas as palavras. Mais de uma vez, usou as nove línguas em que era fluente, e ele mesmo traduzia tudo para o inglês.

Em uma das mais comoventes cenas que Buck já havia testemunhado, Carpathia anunciou que era com muita humildade e emoção que visitava "pela primeira vez este lugar histórico, onde as nações do mundo marcam presença. Uma após outra elas têm vindo de todas as partes do globo numa peregrinação tão sagrada quanto quaisquer outras que são feitas para Israel, expondo suas faces ao calor do sol nascente. Aqui elas têm se posicionado em favor da paz num compromisso duradouro, sólido como uma rocha, para pôr fim à insanidade da guerra e do derramamento de sangue. Essas nações, grandes e pequenas, sofreram morte e mutilação de seus cidadãos mais promissores no auge de sua juventude."

E Carpathia prosseguiu:

— Nossos antepassados já pensavam na globalização muito antes de eu nascer. Em 1944, ano em que o Fundo Monetário Internacional e o Banco Mundial foram estabelecidos, esta grande nação anfitriã, os Estados Unidos da América, junto com a Comunidade Britânica e a antiga União das Repúblicas Socialistas Soviéticas, esteve na famosa Conferência de Dumbarton Oaks para propor o nascimento desta organização.

Exibindo sua compreensão da história e sua memória fotográfica de datas e lugares, Carpathia avançou em seu discurso:

— Desde seu surgimento oficial, em 24 de outubro de 1945, e de sua primeira sessão na Assembleia Geral em Londres, no dia 10 de janeiro de 1946, até hoje, tribos e nações se associaram para comprometer-se com todo empenho e sinceridade na luta pela paz, pela fraternidade e pela comunidade global.

A seguir, começou a falar quase em tom de sussurro:

— Os povos vieram de terras distantes e das mais próximas: Afeganistão, Albânia, Argélia...

Carpathia continuou, com seu tom de voz subindo e baixando dramaticamente, pronunciando com cuidado o nome de cada país-membro da ONU. Buck observava que ele deixava transparecer uma ardente paixão, um amor sincero por esses países e pelos ideais da ONU. Suas emoções ficavam evidentes à medida que mencionava nação por nação num ritmo bem cadenciado.

Quando o nome de um país era citado, seus representantes se levantavam com dignidade e permaneciam em atitude ereta e solene, como se estivessem novamente dando seu voto pela paz entre as nações. Carpathia sorria e os cumprimentava a distância. Quase todos os países estavam ali representados. Em razão do trauma cósmico que o mundo tinha acabado de sofrer, eles vieram em busca de respostas, ajuda e apoio. Agora tinham a oportunidade, mais uma vez, de confirmar sua posição.

Buck estava cansado e se sentia incomodado por ter de usar as mesmas roupas nos dois últimos dias. No entanto, suas preocupações ficaram em segundo plano, enquanto Carpathia continuava seu discurso. Quando chegou a vez da letra S, em sua lista alfabética, os que estavam em pé começaram a aplaudir suavemente cada país mencionado. Foi uma demonstração digna e poderosa de aceitação, uma nova declaração de boas-vindas feita com respeito e admiração para com a comunidade global. Os aplausos não eram tão fortes a ponto de impedirem que a voz de Carpathia fosse ouvida, mas eram de tal modo sinceros e comoventes, que Buck não conseguiu suprimir o nó na garganta. Ele observou algo peculiar. Os representantes da imprensa internacional ficaram em pé ao lado de seus embaixadores e suas delegações. Até mesmo a objetividade da imprensa mundial parecia ter desaparecido temporariamente diante de algo que eles teriam descrito, em seus artigos, como chauvinismo, patriotismo exacerbado e hipocrisia.

Buck estava ansioso por colocar-se de pé, lamentando o fato de que o nome de seu país estivesse quase no fim do alfabeto, mas o orgulho e a expectativa cresciam dentro dele. À medida que outros países eram citados e seus representantes se erguiam orgulhosamente, os aplausos aumentavam, simplesmente por causa do considerável número de nações. Carpathia estava à altura de sua tarefa, e sua voz se enchia cada vez mais de emoção e poder a cada nome de país que pronunciava.

Sem fazer nenhuma pausa, ele se empolgava cada vez mais à medida que as pessoas se levantavam e aplaudiam. "Síria, Somália, Sri Lanka, Suazilândia, Sudão, Suécia, Suriname!"

Mais de cinco minutos citando nomes de países, e Carpathia não esqueceu um sequer. Não hesitou um só momento, não gaguejou nem errou a pronúncia de uma única sílaba. Buck estava sentado na beira da poltrona quando o orador terminou os nomes iniciados por T, e continuou: "Ucrânia! Uganda! United States of America! [Estados Unidos da América]." Buck ficou em pé ao lado de Steve e de dezenas de outros membros da imprensa.

Alguma coisa tinha acontecido depois do desaparecimento de pessoas amadas em todo o mundo. O jornalismo poderia nunca mais ser o mesmo. Ali estavam os céticos e aqueles que adoravam a objetividade. Mas o que aconteceu com o amor fraternal? E quanto à dependência uns dos outros? O que tinha acontecido com a fraternidade de homens e nações?

Tudo parecia ter voltado ao devido lugar. Embora ninguém tivesse percebido que a imprensa se transformou numa agência de relações públicas para uma nova estrela política, Carpathia certamente havia colocado os meios de comunicação sob seu domínio naquela tarde. No final de sua lista de quase duzentas nações, o jovem Nicolae estava no auge da emoção e do entusiasmo. Com tanto dinamismo e poder demonstrados na simples menção dos nomes de todos os países que ansiavam manter-se unidos uns com os outros, Carpathia tinha feito com que toda a multidão se levantasse, com gritos e aplausos, assim como a imprensa e os representantes internacionais. Até pessoas céticas como Steve Plank e Buck Williams continuaram a aplaudir, sem nenhum embaraço, abrindo mão de sua neutralidade objetiva.

E haveria mais, enquanto Nicolae Carpathia seguia dirigindo seu rolo compressor. Durante a meia hora seguinte, ele demonstrou um conhecimento tão íntimo das Nações Unidas, que parecia ter sido ele mesmo o criador e também o responsável pelo desenvolvimento da organização. Para alguém que nunca pisou em solo norte-americano e muito menos tinha visitado a ONU, ele mostrou uma incrível compreensão de seu funcionamento interno.

Durante seu pronunciamento, mencionou os nomes de todos os secretários-gerais, começando por Trygve Lie, da Noruega, até Ngumo, indicando seus períodos de atividade não apenas pelo ano, mas especificando as datas de posse e término de mandato. Ele mostrou conhecimento e compreensão de cada um dos seis principais órgãos da ONU, suas funções, seus ocupantes atuais e seus desafios peculiares.

Em seguida, citou as dezoito agências da ONU, incluindo o nome de cada uma delas, seus atuais diretores e a localização de seus centros de operação. Foi uma espantosa demonstração de conhecimento. De repente, foi possível compreender que não foi sem razão que ele cresceu tão rapidamente em sua nação, e não era nenhuma surpresa entender por que o líder anterior sucumbiu diante dele e foi posto de lado. Não era de admirar que Nova York já estivesse rendida a ele.

Buck sabia que, depois disso, Nicolae Carpathia seria reconhecido por toda a América. E, então, pelo mundo.

CAPÍTULO 14

O avião de Rayford pousou em Chicago durante o horário de pico no final da tarde de uma segunda-feira. Quando foram pegar seus carros, ele e Chloe não tiveram a chance de continuar sua conversa. Chloe lhe disse:

— Lembre-se de que você prometeu me deixar dirigir seu carro até em casa.

— Isso é importante para você? — ele perguntou.

— Na verdade, não, mas eu gostaria. Posso?

— Claro. Só me deixe pegar meu celular que está lá. Quero ver quando Hattie vem jantar conosco. Tudo bem por você, né?

— Desde que você não espere que eu cozinhe ou faça algo machista e doméstico, tudo bem.

— Eu nem tinha pensado nisso, Chloe. Ela adora comida chinesa. Podemos pedir alguma coisa.

— "Ela adora comida chinesa" — Chloe repetiu. — Você está muito familiarizado com essa mulher, não é mesmo?

Rayford sacudiu a cabeça.

— Nada disso. Quero dizer, sim; eu provavelmente conheça mais sobre ela do que deveria. Mas também posso lhe dizer as preferências culinárias de vários outros membros da tripulação, e eu mal os conheço.

Rayford pegou seu celular da BMW e girou a chave de ignição o bastante para olhar o medidor de combustível.

— Você escolheu o carro certo — disse ele. — O tanque está quase cheio. Vai chegar em casa antes de mim. O tanque do carro da sua mãe está vazio e eu vou precisar parar para abastecer. Você pode ficar sozinha por alguns minutos? Acho que vou aproveitar para comprar um pouco de comida.

Chloe hesitou.

— É estranho quando você fica sozinho, não é? — disse ela.

— Um pouco. Mas precisamos nos acostumar com isso.

— Tem razão — disse ela suavemente. — Eles se foram, e eu não acredito em fantasmas. Vou ficar bem. Mas não demore.

* * *

Depois da coletiva de imprensa de Nicolae Carpathia, da Romênia, Buck logo se transformou no centro das atenções. Alguém o reconheceu e ficou surpreso e feliz por ver que ele estava vivo. Buck tentou acalmar a todos e disse que tudo havia sido um mal-entendido, mas a excitação continuou quando Chaim Rosenzweig o viu e foi rapidamente em sua direção; segurou-lhe uma das mãos entre as suas e agitou-a vigorosamente.

— Oh, estou tão feliz em vê-lo vivo e bem! — disse ele. — Ouvi notícias terríveis sobre sua morte. O presidente Carpathia também ficou abalado com isso. Ele queria tanto conhecer você e conceder-lhe uma entrevista exclusiva.

— Será que ainda podemos ter a entrevista? — sussurrou Buck em meio a vaias e assobios no auditório.

— Você faria qualquer coisa por um furo jornalístico — alguém resmungou. — Até mesmo se explodir!

— Provavelmente isso não será possível, pelo menos até tarde da noite — disse Rosenzweig. Ele apontou para a sala, cheia de câmeras de TV, luzes, microfones e com a presença da imprensa.

— A agenda dele é cheia o dia todo, e ele ainda tem uma sessão de fotos para a *People* logo à noite. Depois disso, pode ser que dê. Vou falar com ele.

— Qual é a sua ligação com ele? — perguntou Buck, mas o idoso homem colocou o dedo nos lábios, afastou-se e voltou a sentar-se mais perto de Carpathia quando a sessão com a imprensa começou.

O jovem romeno não foi menos impressionante e persuasivo ao vivo; antes de responder às perguntas, iniciou a sessão com uma declaração. Carpathia comportou-se como um velho profissional, embora Buck soubesse de sua relação com a imprensa romena e com outras limitadas áreas da Europa que ele visitou e que não lhe proporcionaram essa experiência.

Entre um ponto e outro, Buck notou que Carpathia fixava os olhos em cada pessoa na sala, pelo menos rapidamente. Nunca olhava para baixo, desviava o olhar ou olhava para cima. Era como se ele nada tivesse a esconder e a temer. Mostrava estar no comando de si mesmo e aparentemente não era afetado pela agitação nem pela atenção que recebia.

Parecia possuir uma visão formidável; ficou claro que ele podia ver o nome nos crachás das pessoas que estavam do outro lado da sala. A certa altura, dirigiu-se aos profissionais de imprensa, e se referia a eles chamando-os pelo nome e tratando-os de "senhor", "senhora" e "fulano de tal". Insistia que as pessoas o chamassem por qualquer nome a fim de deixá-las mais à vontade — "até mesmo Nick!", disse sorrindo. Mas ninguém o fez. Eles seguiam sua liderança e o chamavam de "senhor presidente" ou "sr. Carpathia".

Carpathia falou no mesmo tom passional e articulado que havia usado em seu discurso. Tudo o mais que trazia a público mostrava que ele tinha domínio inigualável da comunicação falada.

— Deixem-me começar dizendo que é uma honra para mim estar neste país e neste local histórico. Sempre foi um sonho meu, desde pequeno, em Cluj, ver este lugar um dia.

As gentilezas iniciais foram concluídas, e Carpathia se ocupou de outro assunto, mostrando novamente conhecimento e compreensão espantosos sobre a ONU e sua missão.

Disse ele:

— Vocês se lembrarão de que, no século passado, a ONU parecia estar em decadência. O presidente dos Estados Unidos, Ronald Reagan, intensificou as controvérsias Ocidente–Oriente, e a ONU lembrava uma coisa do passado, com sua ênfase nos conflitos Norte–Sul. Essa organização enfrentava dificuldades financeiras, com poucos membros dispostos a cumprir sua parte. Mas, com o fim da Guerra Fria nos anos 1990, seu sucessor, George W. Bush, reconheceu o que chamou de "Nova Ordem Mundial", produzindo impacto profundo em meu jovem coração. A base original para a Carta da ONU prometia cooperação entre os primeiros 51 membros, incluindo as grandes potências.

Carpathia prosseguiu discutindo as várias ações militares pacificadoras que a ONU empreendeu desde a Guerra da Coreia, nos anos 1950.

— Como vocês sabem — novamente começou a falar de coisas que aconteceram muito antes de ele nascer —, a ONU tem sua origem na Liga das Nações, que, acredito, foi o primeiro organismo internacional voltado para a manutenção da paz. Ela teve lugar no final da Primeira Guerra Mundial, mas, quando não conseguiu evitar o segundo conflito, tornou-se anacrônica. Desse fracasso surgiram as Nações Unidas, que devem conservar-se fortes para evitar a Terceira Guerra Mundial, que resultaria no fim da vida como a conhecemos.

Depois de Carpathia expressar sua ânsia em apoiar a ONU de todas as maneiras possíveis, alguém o interrompeu com uma pergunta sobre os desaparecimentos. De repente, ele ficou sério e falou com compaixão e fervor.

— Muitas pessoas no meu país perderam seus entes queridos nesse terrível fenômeno. Sei que muitas pessoas em todo o mundo têm teorias, e não quero desacreditar nenhuma delas, nem nas pessoas em si, nem em suas ideias. Pedi ao dr. Chaim Rosenzweig, de Israel, que trabalhe com uma equipe a fim de encontrar uma resposta para essa grande tragédia, nos permitindo, assim dar passos para impedir que algo semelhante aconteça novamente. Quando for a ocasião apropriada, permitirei que ele fale, mas, por enquanto, posso dizer-lhes que a teoria que mais faz sentido, para mim, é, de maneira breve, esta: o mundo tem estocado armas nucleares por muito tempo. Desde que os Estados Unidos lançaram bombas atômicas no Japão, em 1945, e a União Soviética detonou pela primeira vez seu próprio armamento, em 23 de setembro de 1949, o mundo tem estado sob risco de holocausto nuclear. Dr. Rosenzweig e sua equipe de renomados cientistas estão próximos de descobrir um fenômeno atmosférico que pode ter causado o desaparecimento instantâneo de tantas pessoas.

— Que tipo de fenômeno? — perguntou Buck.

Carpathia olhou brevemente para seu nome no crachá e depois fitou-o nos olhos.

— Não quero ser precipitado, sr. Oreskovich — disse. Vários membros da imprensa riram, mas Carpathia não perdeu o compasso. — Ou devo dizer "sr. Cameron Williams do *Semanário Global*"? — Isso provocou aplausos divertidos no auditório. Buck ficou surpreso.

— Dr. Rosenzweig acredita que alguma confluência de eletromagnetismo na atmosfera, combinada com ionização atômica ainda desconhecida ou inexplicada provinda de força nuclear e de armamentos em todo o mundo, poderia ter sido detonada ou acionada, talvez por uma causa natural, como um relâmpago, ou até mesmo por uma forma de vida inteligente que descobriu essa possibilidade antes de nós e causou essa ação instantânea em todo o mundo.

— Mais ou menos como alguém acendendo um fósforo numa sala saturada de vapores de gasolina? — sugeriu um jornalista.

Carpathia concordou, pensativo, com um aceno de cabeça.

— Como isso pode ser diferente da ideia de alienígenas abduzindo as pessoas? — perguntou outro.

— Não é muito diferente — admitiu Carpathia —, mas estou mais propenso a acreditar na teoria natural de que um relâmpago reagiu com algum campo subatômico.

— Por que os desaparecimentos seriam tão aleatórios? Por que algumas pessoas sumiram e outras não?

— Eu não sei — disse Carpathia. — Dr. Rosenzweig me diz que eles também não chegaram a conclusões a esse respeito. A esta altura, eles estão cogitando que os níveis de eletricidade de certas pessoas podem torná-las mais propensas a serem afetadas. Isso explicaria o desaparecimento de crianças, bebês e até mesmo fetos. Seu eletromagnetismo não estava desenvolvido até o ponto de poderem resistir ao que aconteceu.

— O que você diz das pessoas que acreditam que isso foi obra de Deus, que ele arrebatou sua Igreja?

Carpathia sorriu compassivamente.

— Deixe-me ser cauteloso em dizer que não critico e não vou criticar qualquer sistema de crenças de pessoas sinceras. Esta é a base para a verdadeira harmonia e fraternidade, paz e respeito entre os indivíduos. Não aceito essa teoria porque conheço muitas pessoas justas que deveriam ter ido para o céu. Se houver um Deus, eu respeitosamente penso que essa não é a maneira caprichosa pela qual ele operaria. Da mesma forma, você não me ouve mostrar qualquer desrespeito para com aqueles que discordam.

Buck ficou surpreso ao ouvir Carpathia dizer que ele havia sido convidado a falar no próximo concílio religioso ecumênico programado para aquele mês em Nova York.

— Lá devo discutir minhas visões sobre milenarismo, escatologia, juízo final e a segunda vinda de Cristo. Dr. Rosenzweig foi muito gentil em convidar-me, e, até lá, penso que seria melhor não tentar falar informalmente sobre esses assuntos.

— Quanto tempo o senhor ficará em Nova York?

— Se os romenos me permitirem, ficarei aqui um mês inteiro. Detesto estar longe do meu povo, mas eles entendem que estou preocupado com o bem global, com a tecnologia como se apresenta hoje e com as maravilhosas pessoas em posição de influência da Romênia.

Estou certo de que posso manter contato com eles e que minha nação não sofrerá com minha breve ausência.

Os telejornais noturnos noticiaram o nascimento de uma nova estrela internacional. Ele até tinha um apelido: São Nick. Mais do que frases breves surgiram no salão da ONU e nas coletivas de imprensa. Carpathia desfrutou alguns minutos em cada transmissão, aumentando a audiência da ONU em vários países, pedindo urgentemente um novo compromisso pela paz mundial.

Cauteloso, ele evitava conversar especificamente sobre o desarmamento mundial. Sua mensagem de amor, paz, compreensão e fraternidade, pedindo o fim das guerras, parecia óbvia. Sem dúvida, ele insistiria nesse ponto quando voltasse ao seu país, mas, no meio-tempo, aproveitaria o belo curso de sua vida.

Os comentaristas insistiam para que ele fosse nomeado assessor adjunto do secretário-geral da ONU e que visitasse cada sede das várias agências da ONU ao redor do mundo. No final da noite, foi convidado a comparecer em cada um dos encontros internacionais que aconteceriam nas próximas semanas.

Carpathia foi visto em companhia de Jonathan Stonagal, o que não foi surpresa para Buck. Logo após a coletiva de imprensa, ele saiu para cumprir outros compromissos, e dr. Rosenweig encontrou-se com Buck.

— Consegui marcar uma entrevista com ele logo mais à noite — disse o velho homem. — Ele tem várias entrevistas, principalmente com o pessoal da televisão, depois ele estará ao vivo no *Nightline* da ABC, com Wallace Theodore. Depois disso, ele volta para o hotel e ficará feliz em lhe conceder uma entrevista ininterrupta de meia hora.

Diante desse combinado, Buck disse a Steve que queria voltar depressa para casa, tomar um banho, olhar seus e-mails e voltar rapidamente ao escritório para se concentrar em pesquisar mais sobre Carpathia e preparar-se para a entrevista. Steve concordou em acompanhá-lo.

— Mas ainda estou ansioso — admitiu Buck. — Se Stonagal está relacionado de alguma forma a Todd-Cothran, e sabemos que ele está, quem sabe o que ele pensa sobre o que aconteceu em Londres?

— Isso é um tiro no escuro — disse Steve. — Mesmo que essa sujeira entre no jogo e na história com a Scotland Yard, não significa que ele tenha algum interesse. Acho até que ele gostaria de ficar o mais longe possível de toda essa história.

— Mas, Steve, você há de concordar que provavelmente Dirk Burton foi sido assassinado por ter chegado muito perto das ligações secretas de Todd-Cothran com o grupo internacional de Stonagal. E se eles acabam com as pessoas que consideram inimigas, até mesmo os amigos de seus inimigos, como Alan Tompkins e eu, onde vão parar?

— Mas você está achando que Stonagal sabia do que aconteceu em Londres? Ele é maior do que isso, Buck. Todd-Cothran ou o cara da Yard podem ter visto você como uma ameaça, mas Stonagal, provavelmente, nunca ouviu falar de você.

— Você não acha que ele lê o *Semanário*?

— Não se preocupe. Você é como um mosquito para ele, mesmo que ele saiba seu nome.

— Você sabe o que um golpe com uma revista pode fazer a um mosquito, Steve?

— Há um grande furo em seu argumento — disse Steve mais tarde, quando chegaram ao apartamento de Buck.

— Se Stonagal é tão perigoso assim para você, o que isso tem a ver com Carpathia?

— Já disse, ele pode ser apenas um peão.

— Buck! Você acabou de ouvi-lo discursar! Acha mesmo que eu o superestimei?

— Não.

— Você não ficou surpreso?

— Fiquei.

— Ele parece ser peão de alguém?

— Não. Então devo supor que ele nada sabe sobre o assunto.

— Tem certeza de que ele se encontrou com Todd-Cothran e Stonagal em Londres, antes de vir para cá?

— Isso tinha a ver com negócios — disse Buck. — Planejamento para a viagem e seu envolvimento com assessores internacionais.

— Você está correndo um grande risco — disse Steve.

— Eu não tenho escolha. De qualquer forma, estou disposto. Até que ele prove o contrário, vou confiar em Nicolae Carpathia.

— Hummm — murmurou Steve.

— Que foi?

— Nada, só que, normalmente, você não age assim. Você desconfia de alguém até que provem o contrário.

— Bem, este é um mundo novo, Steve. Nada é o mesmo que foi na semana passada, não é?

Buck pressionou um botão em sua secretária eletrônica, enquanto começava a se despir para tomar banho.

* * *

Rayford entrou na garagem com uma sacola de compras no assento ao seu lado. Conseguiu interromper Hattie Durham, que queria segurá-lo ao telefone, ao implorar que ela parasse. Ela ficou encantada com o convite para jantar e disse que poderia ser dali a três noites, na quinta-feira.

Ele imaginou que estivesse meia hora atrasado em relação a Chloe e ficou impressionado com o fato de ela ter deixado a porta da garagem aberta para ele. Então, encontrou a porta interna entre a garagem e a casa trancada e ficou preocupado. Bateu à porta e não teve resposta.

Rayford tornou a abrir a porta da garagem para entrar pela frente da casa, mas, pouco antes de fechá-la, se deteve. Alguma coisa estava diferente ali. Ele acendeu a luz para ver melhor a maçaneta da porta. Todos os três automóveis estavam em seus lugares, mas...

Rayford deu a volta e foi até a parte de trás do jipe. Estavam faltando as coisas de Raymie! Sua bicicleta. Seu quadriciclo. O que estaria acontecendo?

Ele correu até a porta da frente. A janela da porta especial estava quebrada e segura por uma só dobradiça. A porta principal havia sido chutada. O golpe pareceu ter sido bem forte, pois a trava daquela porta enorme e pesada não estava funcionando mais. A moldura inteira havia sido destruída, despedaçada e derrubada no piso da entrada. Rayford entrou correndo chamando por Chloe. Ele correu de sala em sala, orando para que nada tivesse acontecido com o único membro da família que havia ficado em casa. Tudo de valor material imediato parecia ter desaparecido. Rádios, televisões, leitores de DVD, *iPods*, joias, jogos de *videogames*, prataria e até porcelanas. Para seu alívio, não havia sinal de sangue ou luta. Rayford estava ao telefone com a polícia quando a chamada de espera foi acionada.

— Odeio fazê-lo esperar — disse ele ao atendente —, mas pode ser minha filha chamando.

E era.

— Oh, papai! — disse ela chorando. — Você está bem? Entrei pela garagem e vi tudo o que faltava. Pensei que talvez eles tivessem voltado, então tranquei a porta para a garagem e ia trancar a porta da frente, mas quando vi o vidro, e a madeira e tudo; então, corri para os fundos. Estou aqui pertinho.

— Eles não vão voltar, querida — disse ele. — Vou buscar você.

— Não precisa, o sr. Anderson disse que me levaria para casa.

Alguns minutos depois, Chloe sentou-se no sofá com os braços cruzados sobre o estômago. Ela disse ao policial o mesmo que havia dito ao pai. Então ele registrou a declaração de Rayford.

— Vocês não usam alarme contra roubo?

Rayford sacudiu a cabeça.

— A culpa é minha. Nós o usamos durante anos, quando eu tinha necessidade de acioná-lo. Mas fiquei cansado de ser acordado no meio da noite com alarmes falsos, ufa!

O policial disse:

— Isso é o que todo mundo diz. Mas desta vez teria valido a pena, não é?

— Percepção tardia e tudo o mais — disse Rayford. — Nunca achei, de fato, que precisávamos de segurança neste bairro.

— Esse tipo de crime vem ocorrendo duzentas vezes mais aqui só na última semana — disse o policial. — Os marginais sabem que não temos tempo e nem pessoal suficiente para fazer algo a respeito.

— Bem, você pode acalmar minha filha e dizer a ela que os bandidos não estão interessados em nos ferir e que eles não vão voltar?

— Isso mesmo, senhorita — disse ele. — Seu pai deverá manter essa porta lacrada até ser consertada, e eu ativaria o sistema de segurança. Mas não esperaria uma visita repetida, pelo menos não pelo mesmo bando. Conversamos com as pessoas do outro lado da rua. Eles viram uma *minivan* de serviço de carpetes aqui durante cerca de meia hora esta tarde. Os marginais foram adiante, abriram a porta da garagem, entraram lá e transportaram suas coisas quase que debaixo dos seus narizes.

— Ninguém os viu forçar a porta da frente?

— Seus vizinhos não têm uma visão clara da sua entrada. Ninguém realmente tem. Foi um trabalho sutil.

— Fico contente que Chloe não tenha sido molestada por eles — disse Rayford.

O policial acenou com a cabeça ao sair.

— Você pode ficar agradecido por isso. Imagino que seu seguro cuidará de tudo. Mas não acho que consigam recuperar todos os pertences. Não tivemos sorte em outros casos.

Rayford abraçou Chloe, que ainda tremia.

— Você pode me fazer um favor, pai? — disse ela.

— Qualquer coisa.

— Eu quero outra cópia daquele vídeo, aquele do pastor.
— Claro, vou para o Bruce e pegamos um hoje à noite.
De repente, Chloe riu.
— Isso foi engraçado? — perguntou Rayford.
— Eu só tive um pensamento — disse ela, sorrindo em meio às lágrimas. — E se os assaltantes assistirem àquele DVD?

CAPÍTULO 15

Uma das primeiras mensagens de voz para Buck foi da comissária de bordo que ele havia conhecido na semana anterior.

— Sr. Williams, aqui é Hattie Durham — disse ela. — Estou em Nova York em outro voo e pensei em ligar para dizer oi e agradecer novamente por me ajudar a fazer contato com minha família. Seria legal a gente se reunir para tomar um drinque ou algo assim, mas não se sinta obrigado. Bem, talvez outra hora.

— Então, quem é essa? — Steve berrou quando Buck deu uma paradinha perto da porta do banheiro, tentando checar todas as mensagens antes de entrar no chuveiro.

— Apenas uma garota — disse ele.

— Ela é legal?

— Mais que isso. Deslumbrante.

— Então é melhor você dar um retorno para ela.

— Não se preocupe.

As outras mensagens não eram importantes. Então, chegaram duas que foram postadas naquela mesma tarde. A primeira era do comandante Howard Sullivan, da Scotland Yard.

— Ah, sim, sr. Williams. Hesito em deixar esta mensagem em seu celular, mas gostaria de falar com o senhor o mais rápido possível. Como sabe, duas pessoas próximas do senhor foram mortas prematuramente aqui em Londres, e, por isso, eu gostaria de lhe fazer algumas perguntas. Talvez tenha ouvido isto de outras agências, mas o senhor foi visto com uma das vítimas pouco antes do fim infeliz que tiveram. Por favor, entre em contato comigo pelo seguinte número... — E ele deixou seu número.

A próxima mensagem chegou menos de meia hora depois da primeira, e era de Georges Lafitte, um agente da Interpol.

— Sr. Williams — disse ele com um forte sotaque francês —, gostaria que me ligasse da delegacia mais próxima assim que receber esta mensagem. Eles saberão como fazer contato direto conosco e terão informações impressas sobre a razão de precisarmos falar com o senhor. Para o seu próprio bem, recomendo que não se demore.

Buck inclinou-se a fim de olhar para Steve, que parecia tão intrigado quanto ele.

— O que você é agora? — Steve perguntou. — Um suspeito?

— Preferiria não ser. Depois do que ouvi de Alan sobre o Sullivan e de como ele está no bolso de Todd-Cothran, não há jeito de eu ir até Londres e voluntariamente me colocar à disposição dele. Essas mensagens não são obrigatórias, não é? Eu não tenho que tomar alguma providência a respeito só porque as ouvi, certo?

Steve sacudiu os ombros.

— Ninguém além de mim sabe que você as ouviu. De qualquer forma, as agências internacionais não têm jurisdição aqui.

— Você acha que eu poderia ser extraditado?

— Só se eles tentarem ligar você a qualquer uma dessas mortes.

* * *

Chloe não queria ficar em casa sozinha naquela noite. Por isso, foi com seu pai à igreja, onde Bruce Barnes se encontrou com eles e lhes deu outra cópia do vídeo. Ele balançou a cabeça quando ouviu sobre o arrombamento.

— Isso está se tornando uma epidemia — disse.

— É como se o centro da cidade se mudasse para os bairros. Não estamos mais seguros aqui.

Isso foi tudo o que Rayford pôde fazer para não contar a Bruce que substituir o DVD roubado foi ideia de Chloe. Ele queria pedir a ele que continuasse orando por sua filha, porque ela estava pensativa. Talvez a invasão da casa tivesse feito com que ela se sentisse vulnerável. Talvez Chloe estivesse pensando que o mundo era muito mais perigoso agora, que não havia garantias, que seu próprio tempo poderia ser curto. Mas Rayford também sabia que isso poderia deixá-la ofendida, insultada, e, por isso, evitou fazer com que Bruce pudesse usar aquela situação para confrontar Chloe. Ela tinha informação suficiente; ele só precisava deixar Deus agir. Achou melhor esperar pelo momento mais oportuno.

Enquanto estavam fora, Rayford comprou coisas de que precisava para substituir tudo imediatamente, incluindo uma TV. Ele providenciou o conserto da porta da frente e deu entrada na documentação do seguro. Além disso, também acionou novamente o sistema de segurança. Ainda assim, sabia que nem ele nem Chloe dormiriam tranquilos naquela noite.

Ao voltarem para casa, receberam um telefonema de Hattie Durham. Rayford pensou que ela estivesse solitária, pois não parecia ter motivo real para ligar, mas ela simplesmente disse que estava agradecida pelo convite para jantar e ansiosa por ele. Rayford contou o que havia acontecido em sua casa, e ela pareceu ficar perturbada.

— As coisas estão ficando tão estranhas — ela disse. — Você sabe que tenho uma irmã que trabalha numa clínica de gravidez?

— Sim — disse Rayford. — Você falou sobre isso.

— Então, lá eles fazem planejamento familiar, dão conselhos e fazem procedimentos para interromper a gestação.

— Certo.

— E estão preparados para realizar abortos lá mesmo.

Hattie parecia estar esperando algum sinal ou reconhecimento de que ele estava prestando atenção no que ouvia. Rayford ficou um pouco impaciente, mas continuou ouvindo.

— Minha irmã disse que eles estão sem movimento lá.

— Bem, isso faria sentido, por causa do desaparecimento de bebês em gestação.

— Minha irmã não parecia muito feliz com isso.

— Hattie, imagino que todos estão horrorizados. Pais estão em luto em todo o mundo.

— Mas as mulheres que minha irmã e seu pessoal aconselhavam queriam fazer abortos.

Rayford procurou dar uma resposta razoável.

— Sim, então quem sabe essas mulheres ficariam agradecidas por não ter de fazer o aborto.

— Talvez, mas minha irmã e seus superiores, mais o resto da equipe, estão sem serviço agora, até as mulheres começarem a engravidar novamente.

— Entendi. É questão de dinheiro.

— Eles precisam trabalhar. Têm despesas a cobrir e famílias.

— Além do aconselhamento e dos processos de aborto em si, eles não têm mais nada para fazer?

— Nada. Não é horrível? Quero dizer, o que aconteceu deixou minha irmã e muitas pessoas sem trabalho, e ninguém realmente sabe ainda se alguma mulher tentará ficar grávida de novo.

Rayford teve de admitir que nunca tinha achado Hattie muito inteligente, mas o raciocínio dela o levou a uma conclusão que lhe soava tão absurda que ele precisava dividir com ela para se certificar de que não tinha entendido errado.

— Hattie, hum, não sei como perguntar isso. Mas você está dizendo que sua irmã espera que as mulheres engravidem novamente e realizem abortos para a clínica continuar em atividade?

— É claro! O que ela pode fazer de diferente? Trabalhos de aconselhamento em outras áreas são muito difíceis de encontrar, você sabe.

Ele concordou, sentindo-se estúpido por isso, mas pelo menos ela não podia ver sua expressão. Que tipo de loucura era essa? Ele não devia perder seu tempo discutindo com alguém que, claramente, não tinha a menor ideia das coisas e não lhe acrescentava nada.

— Acho que sempre pensei nas clínicas como aquela onde sua irmã trabalha mais como um empecilho. Eles não deveriam ficar satisfeitos, e mesmo mais felizes, exceto pela pequena complicação de que a raça humana pudesse eventualmente desaparecer caso não houvesse mais gestações?

Havia ironia nisso.

— Mas, Rayford, esse é o trabalho dela. É disso que o centro trata. É como ter um posto de combustíveis e ninguém mais precisar de gasolina, óleo ou pneus.

— Oferta e procura.

— Exatamente! Entendeu? Eles precisam de gravidezes indesejadas porque esse é o negócio deles.

— Mais ou menos como médicos esperando que as pessoas fiquem doentes ou feridas para terem algo que fazer?

— Agora você entendeu, Rayford.

* * *

Depois de Buck se barbear e tomar banho, Steve lhe disse:

— Eu estava fazendo uma pesquisa aqui. Os detetives de Nova York estão procurando você no escritório. Infelizmente, alguém disse a eles que você estaria mais tarde no Plaza com o Carpathia.

— Beleza!

— Eu sei. Talvez você deva apenas enfrentar a situação.

— Ainda não, Steve. Deixe-me fazer essa entrevista com o Carpathia primeiro e pegar uma fatia do bolo. Depois disso, aí sim eu posso me livrar dessa bagunça.

— Você está esperando que Carpathia ajude.

— Exatamente.

— O que vai acontecer se você não puder falar com ele e a polícia te encontrar antes?

— Preciso conseguir falar com ele. Ainda tenho minhas credenciais de imprensa e a identificação de Oreskovich. Se os policiais estiverem me esperando no Plaza, talvez não me reconheçam logo de cara.

— Ora, Buck, por favor. Você acha mesmo que eles não sabem de sua falsa identidade agora, depois que você saiu da Europa com ela? Vamos fazer uma troca. Se eles acharem que estou tentando passar por você como Oreskovich, você pode ganhar tempo suficiente para entrar e ver Carpathia.

Buck encolheu os ombros.

— Vale a pena tentar — disse ele. — Não quero ficar aqui, mas preciso ver o Carpathia no *Nightline*.

— Quer vir para a minha casa para assistir?

— Eles provavelmente vão me procurar lá em breve.

— Deixe-me ligar para Marge. Ela e o marido não moram muito longe.

— Não use meu telefone.

Steve fez uma careta.

— Você age como se estivesse num filme de espionagem.

Steve usou seu próprio celular. Marge insistiu para que fossem diretamente. Ela disse que seu marido gostava de assistir à reprise de M*A*S*H naquele horário, mas que poderia conversar com ele sobre isso.

Enquanto pegavam um táxi, Buck e Steve viram duas viaturas não identificadas da polícia estacionarem em frente ao prédio de Buck.

— É como um filme de espionagem — disse Buck.

O marido de Marge não gostou muito de ser tirado do seu lugar preferido e impedido de ver seu programa favorito, mas até ele ficou intrigado quando o *Nightline* começou. Carpathia era natural ou bem preparado. Olhava diretamente para a câmera sempre que possível e parecia conversar diretamente com os telespectadores.

— Seu discurso nas Nações Unidas — começou Wallace Theodore —, que aconteceu entre duas coletivas de imprensa hoje, parece ter mexido com Nova York, e porque muita coisa foi veiculada tanto no começo quanto no final da noite nos telejornais, isso fez de você um homem popular neste país, aparentemente tudo de uma só vez.

Carpathia sorriu.

— Como qualquer um da Europa, particularmente Europa Oriental, estou admirado com sua tecnologia. Eu...

— Mas não é verdade, senhor, que suas raízes estão na Europa Ocidental? Embora o senhor tenha nascido na Romênia, sua herança não é efetivamente italiana?

— É verdade, como é o caso de muitos romenos nativos. Daí o nome de nosso país. Mas, como eu estava dizendo sobre sua tecnologia, é incrível, mas confesso que não vim até aqui para me transformar numa celebridade. Tenho um objetivo, uma missão, uma mensagem, que nada tem a ver com minha popularidade ou personalidade.

— Mas não é verdade que o senhor acabou de vir de uma sessão de fotos para a revista *People*?

— Sim, mas eu...

— E não é verdade que eles já o consagraram como o homem vivo mais *sexy* do mundo?

— Não sei o que isso significa, realmente. Concedi uma entrevista que abordou, principalmente, minha infância, negócios e carreira política, e pensei que eles fizessem essa cobertura de homem *sexy* só em janeiro de cada ano; logo, é muito cedo para o próximo ano e muito tarde para este.

— Sim, tenho certeza, sr. Carpathia, de que o senhor ficou tão emocionado quanto nós com o jovem cantor que foi entrevistado dois meses atrás, mas...

— Lamento dizer que eu não conhecia esse jovem antes. Vi sua foto na capa da revista.

— Mas o senhor está dizendo não saber que a revista *People* está quebrando sua tradição e desconstruindo a atual imagem do homem mais *sexy* para colocar o senhor no lugar dele na próxima edição semanal?

— Acredito que eles tentaram me dizer isso, mas não entendi. O jovem causou algum estrago no hotel ou alguma coisa assim, e...

— Então o senhor se tornou um substituto conveniente.

— Não sei nada sobre isso, e para ser bem honesto, eu não teria concordado com essa entrevista nessas circunstâncias. Não me considero *sexy*. Estou envolvido numa cruzada para unir os povos do mundo inteiro. Não busco uma posição de poder ou autoridade, só peço para ser ouvido. Espero que minha mensagem seja publicada na matéria da revista.

— O senhor já tem uma posição de poder e autoridade, sr. Carpathia.

— Bem, nosso pequeno país me pediu para servir, e eu me dispus.

— Como o senhor responde àqueles que dizem que o senhor driblou o protocolo e que sua eleição à presidência na Romênia foi parcialmente conseguida por meio de táticas de braço de ferro?

— Eu diria que essa é a maneira perfeita de atacar um pacifista, alguém que está comprometido com o desarmamento, não apenas na Romênia e no resto da Europa, mas em todo o mundo.

— Então o senhor nega ter tido um rival político assassinado sete anos atrás e ter usado a intimidação e amigos poderosos da América para usurpar a autoridade do presidente na Romênia?

— O suposto rival assassinado era um de meus melhores amigos, e lamento amargamente sua perda até hoje. Os poucos amigos americanos que tenho podem ser influentes aqui, mas eles não poderiam ter qualquer influência na política romena. Você deve saber que nosso ex-presidente me pediu para substituí-lo por razões pessoais.

— Mas essa ação ignorou completamente os procedimentos constitucionais para a sucessão do poder.

— Isso foi votado pelo povo e pelo governo e ratificado por uma grande maioria.

— Depois do ocorrido.

— De certo modo, sim. Mas, por outro lado, se eles não tivessem ratificado, tanto pelo voto popular quanto pela aprovação do legislativo, eu teria sido o presidente de mandato mais curto na história da nossa nação.

O marido de Marge resmungou:

— Esse garoto romano é rápido!

— Romeno — corrigiu Marge.

— Ouvi dizer que ele é um vêneto de sangue puro — disse o marido. Marge piscou para Steve e Buck.

Buck ficou surpreso com o pensamento rápido de Carpathia e seu controle da linguagem. Theodore lhe perguntou:

— Por que as Nações Unidas? Alguns diriam que você causaria mais impacto e conseguiria mais proveito se fosse ao Senado e à Câmara dos Deputados.

— Eu sequer sonharia com tal privilégio — disse Carpathia. — Mas entenda que eu não estava procurando benefícios. A ONU foi concebida originalmente como um esforço voltado para a paz. Ela precisa reassumir esse papel.

— O senhor insinuou hoje, e ouvi isso agora, que tem um plano específico para a ONU, que a tornaria mais eficiente e que isso poderia ser útil durante esta terrível época da história.

— Tenho, sim. Não achei que era meu dever sugerir tais mudanças, visto ser apenas um convidado; no entanto, não vacilo nessa questão. Sou um defensor do desarmamento. Isso não é segredo. Embora esteja impressionado com as amplas capacidades, planos e programas da ONU, creio que, com alguns pequenos ajustes e a cooperação de seus membros, tudo pode ser como deveria. Podemos, verdadeiramente, tornar-nos uma comunidade global.

— O senhor poderia resumir isso em alguns segundos?

Carpathia soltou uma gargalhada profunda e genuína.

— Isso é sempre perigoso — ele disse —, mas vou tentar. Como você sabe, o Conselho de Segurança das Nações Unidas tem cinco membros permanentes: Estados Unidos, Federação Russa, Grã-Bretanha, França e China. Há também dez membros temporários, dois de cada uma das cinco diferentes regiões do mundo, que atuam por um período de dois anos. — Respeito a natureza exclusiva dos cinco permanentes, mas proponho escolher outros cinco, apenas um de cada uma das cinco regiões diferentes do mundo. Acho interessante reduzir os membros temporários. Então você teria dez membros permanentes no Conselho de Segurança, mas o restante do meu plano é revolucionário. Atualmente, os cinco membros permanentes têm poder de veto. Votações sobre os procedimentos requerem maioria de nove votos; votos sobre matérias exigem maioria, incluindo todos os cinco membros permanentes. Proponho um sistema mais resistente. Proponho unanimidade.

— Poderia explicar melhor?

— Selecionar cuidadosamente o representante dos dez membros permanentes. Eles precisam obter informações e apoio de todos os países em suas respectivas regiões.

— Isso parece um pesadelo.

— Mas funcionaria, e aqui está o porquê. Pesadelo foi o que aconteceu conosco na semana passada. Agora é a hora de os povos do mundo se erguerem e insistirem com seus governos para que se desarmem e destruam tudo, exceto 10% de suas armas. Esses 10% seriam, de fato, doados para as Nações Unidas, assim as armas poderiam voltar ao seu lugar de direito como agentes de manutenção da paz mundial, com autoridade, poder e equipamento para esse trabalho.

Carpathia prosseguiu, informando ao público que foi em 1965 que a ONU alterou seus estatutos originais para aumentar o Conselho de Segurança de onze para quinze membros. Ele disse que o poder original de veto dos membros permanentes havia atrapalhado os esforços de paz, como ocorreu com a Coreia e durante a Guerra Fria.

— Senhor, onde conseguiu seu conhecimento enciclopédico sobre a ONU e os assuntos mundiais?

— Todos achamos tempo para fazer o que realmente queremos; esta é minha paixão.

— Qual o seu objetivo pessoal? Um papel de liderança no Mercado Comum Europeu?

— Não, não tenho nenhum objetivo pessoal de liderança, exceto em ser uma voz. Precisamos desarmar, precisamos capacitar a ONU; precisamos ter uma só moeda e nos tornar uma aldeia global.

* * *

Rayford e Chloe sentaram-se quietinhos diante de sua nova televisão, assistindo com interesse e concordando com as ideias de Nicolae Carpathia.

— Que cara! Nunca ouvi um político com tanta coisa para dizer desde que eu era uma menininha e não entendia metade disso.

— Ele é alguma coisa — concordou Rayford. — É muito bom ver alguém que não parece ter uma agenda pessoal.

Chloe sorriu.

— Então você não vai querer compará-lo com aquele mentiroso mencionado no vídeo do pastor, alguém da Europa que tenta dominar o mundo?

— Muito difícil — disse Rayford. — Não há nada de mau ou de egoísmo nesse cara. Algo me diz que o enganador de quem o pastor falou seria um pouco mais óbvio.

— Mas — disse Chloe —, se ele for um enganador, talvez seja bom nisso.

— Ei, de que lado você está? Esse cara parece o anticristo para você?

Ela balançou a cabeça.

— Ele me parece uma rajada de ar fresco. Se tentar conquistar o poder, posso ser desconfiada, mas um pacifista contente em ser presidente de um país pequeno? Sua única influência é a sabedoria, e sua única força são a sinceridade e a humildade.

O telefone tocou. Era Hattie, ansiosa por falar com Rayford. Ela parecia uma fã ao elogiar Carpathia.

— Você viu aquele cara? Ele é tão lindo! Preciso conhecê-lo. Você tem algum voo programado para Nova York?

— Na quarta-feira tenho um voo para o final da manhã, e volto na manhã seguinte. Mas veremos você no jantar à noite, certo?

— Sim. Isso é ótimo, mas, Rayford, você se importaria se eu trabalhasse nesse voo? Ouvi notícias de que o relatório da morte daquele jornalista da revista era falso e que ele está em Nova York. Quero ver se posso encontrá-lo e conseguir que me apresente a esse Carpathia.

— Será que ele o conhece?

— Buck conhece todo mundo. Ele faz cobertura de grandes assuntos internacionais. Acho que ele consegue. Mesmo que não consiga, já ficaria feliz em vê-lo.

Isso foi um alívio para Rayford. Hattie não receava em falar sobre dois caras mais jovens que estava claramente interessada em conhecer ou, ao menos, encontrar. Tinha certeza de que ela não estava dizendo isso apenas para testar seu nível de interesse. Ele pensou se deveria continuar com seu plano de ser franco sobre seus sentimentos anteriores por ela. Talvez devesse ir direto ao ponto de insistir para que ela assistisse ao vídeo do pastor.

— Bem, boa sorte — disse Rayford meio sem jeito.

— Mas eu posso me candidatar ao seu voo?

— Por que você não verifica na escala se há essa possibilidade?

— Rayford!

— Quê?

— Você não me quer no seu voo! Por quê? Eu disse ou fiz alguma coisa?

— Por que você acha isso?

— Acha que não sei que você recusou meu último pedido?
— Eu não fiz isso. Eu apenas disse...
— Você poderia muito bem ter feito isso.
— Como acabei de dizer. Não sou contra você trabalhar nos meus voos, mas por que não espera por alguma chance?
— Você sabe as chances de isso acontecer! Se eu esperar, as chances serão contra mim. Se forçar algumas, com meu tempo de serviço, posso ter sucesso. Agora, qual é o problema, Rayford?
— Podemos falar sobre isso quando você vier para o jantar?
— Vamos falar sobre isso agora.
Rayford fez uma pausa, procurando encontrar palavras.
— Veja o que o seu pedido especial faz com os horários, Hattie. Todo mundo tem de ceder para acomodar você.
— Esse é o seu motivo? A preocupação com todo mundo?
Ele não queria mentir.
— Um pouco — disse.
— Isso nunca o incomodou antes. Você costumava me animar a pedir escala para os seus voos e, às vezes, procurava se certificar de que eu tinha conseguido.
— Eu sei.
— Então, o que mudou?
— Hattie, por favor. Não quero discutir isso por telefone.
— Então me encontre em algum lugar.
— Não posso fazer isso. Não posso deixar a Chloe sozinha assim, depois que fomos roubados.
— Então, vou até aí.
— Já é tarde.
— Rayford! Você está me dando um fora?
— Se eu estivesse rejeitando você, não a teria chamado para jantar.
— Com sua filha em casa? Acho que estou ficando preparada para levar o fora.
— Hattie, o que você está dizendo?

— Apenas que você gostava de ficar comigo a sós, fingindo que algo estava acontecendo.

— Acho que devo admitir isso.

— Eu me sinto mal por sua esposa, Rayford, realmente sinto. Você provavelmente está se sentindo culpado, mesmo que nunca tenhamos feito nada para isso. Mas não me deixe de lado antes de você ter a chance de superar sua perda e começar a viver novamente.

— Não é isso, Hattie. O que significa deixar você de lado? Nós não tivemos um relacionamento. E, se tivemos, por que está tão interessada no romeno e no cara da revista?

— Todo mundo está interessado no Carpathia — disse ela —, e Buck é o único jeito que conheço de chegar até ele. Não pense que estou a fim dele. Não, mesmo! Um jornalista internacional? Faça-me o favor.

— Não me importo com isso. Só estou querendo entender o que isso tem a ver com o que você pensou que tivemos.

— Você quer que eu deixe de ir para Nova York e esqueça os dois?

— De modo nenhum. Não quero dizer isso.

— Porque eu vou mesmo. Se tivesse pensado haver realmente algo com você, eu teria ido atrás, pode crer.

Rayford ficou surpreso. Seus receios e suposições estavam certos, mas agora ele se via na defensiva.

— Você nunca pensou que haveria uma chance?

— Você nunca me deu qualquer indicação disso. Pelo que conheço de você, pensei que era um cara fofo, muito jovem, divertido, mas cheio de não me toques.

— Tem alguma coisa de verdade nisso.

— Mas você nunca quis algo mais, Rayford?

— Isso é algo que gostaria de conversar com você, Hattie.

— Pode falar agora.

Rayford suspirou.

— Sim, houve momentos em que desejei que houvesse algo mais.

— Uau! Errei meu palpite. Eu imaginei que você era intocável.

— E sou.

— Agora, sim. Mas não consigo entender. Você está sofrendo e provavelmente está pior porque considerou alguém além de sua esposa durante algum tempo. E por causa disso eu não posso nem mesmo voar com você, falar com você, tomar uns drinques com você? Poderíamos voltar às coisas como eram antes, exceto pelo que ainda está em sua mente, embora não haja nada de errado com isso.

— Hattie, isso não significa que você não possa trabalhar comigo quando nossos horários coincidirem. Se fosse para evitar você, eu não a teria convidado para jantar aqui em casa.

— Posso ver, Rayford, que isso é tudo o que tem a me dizer. Eu não desejaria seguir a rotina do "vamos ser amigos".

— Talvez isso e um pouco mais.

— Como o quê?

— Apenas uma coisa que quero lhe contar.

— E se eu dissesse que não estou interessada nesse tipo de relacionamento? Não espero que você corra para mim agora que sua esposa se foi, mas também não esperava ser ignorada.

— Mas como é que convidá-la para jantar é ignorar você?

— Por que você nunca me convidou antes?

Rayford ficou em silêncio.

— E então?

— Não teria sido oportuno — ele resmungou.

— Agora é inapropriado pensar de outro jeito?

— Francamente, sim. Mas quero falar com você, e isso não é sobre ignorá-la.

— Será que minha curiosidade me força a ir agora, Rayford? Pois vou lhe dizer que preciso recusar. Estarei muito ocupada. Aceite minhas desculpas. Surgiu algo inevitável, sabe.

— Hattie, por favor. Nós realmente queremos que você venha. Eu quero.

— Não se incomode, Rayford. Há muitos voos para Nova York. Não vou fazer nenhuma ginástica para pegar seus voos, não. Na verdade, vou fazer de tudo para ficar longe deles.

— Você não precisa fazer isso.

— É claro! Sem ressentimentos. Gostaria muito de conhecer Chloe, mas você provavelmente se sentiria obrigado a dizer a ela que uma vez quase se apaixonou por mim.

— Hattie, você pode me ouvir por um segundo? Por favor.

— Não.

— Venha na quinta à noite, por favor. Tenho algo realmente importante para conversar com você.

— Fale o que é.

— Não no telefone.

— Então eu não vou.

— Se eu lhe disser assim por alto, você vem?

— Depende.

— Bem, sabemos que os desaparecimentos aconteceram em toda parte, certo? Eu sei o que eles significam e quero ajudá-la a encontrar a verdade.

Hattie ficou em silêncio por um longo momento.

— Você não se tornou algum tipo de maníaco, não é mesmo?

Rayford teve de pensar um pouco sobre isso. A resposta foi sim, ele se tornou, mas não diria isso.

— Você me conhece mais do que isso.

— Pensei que sim.

— Confie em mim, você não vai desperdiçar seu tempo.

— Dê-me alguma dica sobre o assunto, e eu direi se vou.

— De jeito nenhum — disse Rayford, surpreso com sua segurança. — Isso eu farei apenas pessoalmente.

— Então eu não vou.

— Hattie!

— Tchau, Rayford.

— Hat...

Ela desligou o telefone.

CAPÍTULO 16

Steve e Buck agradeceram a Marge e pegaram dois táxis, quando então Steve disse:

— Eu não faria isso por mais ninguém. Não sei por quanto tempo vou atrasá-los e convencê-los de que sou outra pessoa e, então, cair fora. Mas não se preocupe..

Steve pegou o primeiro táxi, tendo no peito um crachá com as credenciais de imprensa de George Oreskovich, pertencentes ao Buck. Ele deveria ir diretamente ao Plaza Hotel, onde arranjaria uma entrevista com Carpathia. A esperança de Buck era que Steve fosse imediatamente detido como Buck e abrisse o caminho para ele.

Se ele fosse abordado pelas autoridades, mostraria sua identidade como Steve Plank. Ambos sabiam que o plano era fraco, mas Buck estava disposto a tentar qualquer coisa para não ser extraditado e incriminado pelo assassinato de Alan Tompkins e, possivelmente, até de Dirk Burton.

Buck pediu ao taxista que esperasse por um minuto depois de Steve ter ido ao Plaza. Ele chegou ao hotel em meio às luzes dos carros da polícia, de um camburão e de várias viaturas não identificadas. Enquanto passou pelos espectadores, os policiais empurraram Steve, algemaram suas mãos atrás das costas, saíram pela porta e desceram os degraus.

— Já disse a você — insistiu Steve —, meu nome é Oreskovich!

— Sabemos quem você é, Williams. Poupe seu fôlego.

— Ele não é Cameron Williams! — disse outro repórter, apontando e rindo. — Seus idiotas! É Steve Plank.

— Exato, é isso! — Plank acrescentou. — Sou o chefe de Williams no *Semanário Global*!

— Claro que é — disse um homem à paisana, metendo-o num carro sem identificação.

Buck evitou o repórter que reconheceu Plank, mas, quando entrou e pegou um telefone de cortesia, a fim de ligar para o quarto de Rosenzweig, outro colega de imprensa, Eric Miller, deu meia-volta e cobriu o próprio telefone, sussurrando:

— Williams, o que está acontecendo? Os policiais pegaram seu chefe dizendo que ele era você!

— Miller, faça-me um favor — disse Buck. — Aguente as pontas por pelo menos meia hora, por favor? Você me deve essa.

— Eu não lhe devo nada, Williams — disse ele. — Mas você parece muito assustado. Eu posso fazer isso, mas, primeiro, diga o que está acontecendo.

— Tudo bem. Você será a primeira pessoa da imprensa que ficará sabendo. Não prometo que não vou contar para mais alguém.

— Quem?

— Boa tentativa.

— Se você está tentando ligar para o Carpathia, Cameron, pode esquecer. Temos tentado a noite toda. Ele não está mais dando entrevistas hoje à noite.

— Ele voltou?

— Sim, mas está incomunicável.

Rosenzweig atendeu à ligação de Buck.

— Chaim, aqui é Cameron Williams. Posso subir?

Eric Miller desligou o celular e aproximou-se.

— Cameron! — disse Rosenzweig. — Não posso acompanhar você. Primeiro, você está morto e agora está vivo. Acabamos de receber uma ligação dizendo que você foi preso no saguão e que seria interrogado acerca de um assassinato em Londres.

Buck não queria que Miller percebesse nada.

— Chaim, preciso agir rapidamente. Estou usando o nome de Plank, tudo bem?

— Ok, vou arrumar as coisas com Nicolae e levá-lo para o meu quarto de alguma forma.

Ele deu o número a Buck.

Buck fez sinal para que Miller não perguntasse nada, mas não conseguiu convencê-lo. Ele correu para o elevador a fim de fugir do colega, mas Eric foi atrás e lhe deu um pisão. Um casal tentou juntar-se a eles no elevador.

— Sinto muito, pessoal — Buck disse. — Este elevador está com defeito.

O casal se retirou; Miller ficou. Buck não queria que ele visse para que andar estava indo, então esperou as portas se fecharem, desligou o elevador e agarrou a camisa de Miller à altura do pescoço, empurrando-o contra a parede.

— Escute aqui, Eric, eu disse que contaria primeiro para você o que está rolando aqui, mas, se tentar falar nisso ou me seguir, vou deixar você na mão.

Miller se soltou e arrumou as roupas.

— Tudo bem, Williams! Nossa! Relaxe!

— Sim, eu relaxo, daí você fica bisbilhotando.

— Esse é o meu trabalho, cara. Não se esqueça disso.

— O meu também, Eric, mas eu não sigo pistas de outras pessoas. Faço as minhas próprias.

— Você está entrevistando Carpathia? Apenas me diga isso.

— Não, estou arriscando minha vida para ver se uma estrela de cinema está em casa.

— Então é Carpathia, não é?

— Eu não disse isso.

— Vamos, cara, deixe-me ficar por dentro! Faço qualquer coisa!

— Você disse que Carpathia não estava dando mais entrevistas esta noite — disse Buck.

— E não está mesmo, exceto para as redes e lojas nacionais; nunca vou chegar até ele.

— Esse é o seu problema.

— Williams!

Buck pegou Miller pela garganta novamente.

— Eu vou! — disse Eric.

Quando Buck chegou ao andar VIP, ficou surpreso ao ver que Miller, de alguma forma, tinha chegado lá antes dele e foi logo se apresentando como Steve Plank a um guarda uniformizado.

— O sr. Rosenzweig está esperando por você — disse o guarda.

— Espere um minuto! — berrou Buck, mostrando as credenciais de imprensa de Steve.

— Eu sou o Plank. Tire esse camarada daí.

O guarda colocou as mãos nos dois homens.

— Vocês dois terão que esperar aqui, enquanto eu chamo o detetive do hotel.

Buck disse:

— Não é necessário, basta ligar para Rosenzweig e pedir a ele que venha até aqui.

O guarda encolheu os ombros e digitou o número do quarto num telefone sem fio. Miller se inclinou, viu o número e correu em direção ao quarto. Buck foi atrás dele; o guarda desarmado saiu gritando e tentando falar com alguém ao telefone.

Buck, mais jovem e em melhor forma, superou Miller e abordou-o no corredor, fazendo com que portas se abrissem.

— Vão brigar em outro lugar! — uma mulher gritou.

Buck levantou Miller e lhe deu um mata-leão.

— Você é um palhaço, Eric! Acha mesmo que Rosenzweig deixaria um estranho entrar em seu quarto?

— Eu posso abrir caminho em qualquer lugar com meu jeito, Buck, e você sabe que faria a mesma coisa!

— O problema é que eu já fiz. Agora, cai fora!

O guarda veio até eles.

— O dr. Rosenzweig sairá em um minuto.

— Tenho apenas uma pergunta para ele — disse Miller.

— Não, você não tem — falou Buck, virando-se para o guarda. — Ele não tem.

— Vamos deixar que ele decida isso — disse o guarda e, de repente, deu um passo de lado e puxou Buck e Miller com ele para desocupar o corredor. Ali, passando rapidamente por eles, havia quatro homens de terno escuro, cercando o inconfundível Nicolae Carpathia.

— Com licença, senhores — disse Carpathia. — Perdoem-me.

— Oh, sr. Carpathia! Quero dizer, presidente Carpathia — chamou Miller.

— Senhor? — Carpathia disse, virando-se para ele. Os guarda-costas lançaram para ele um olhar ameaçador. — Oh, olá, sr. Williams — cumprimentou Carpathia, olhando para Buck. — Ou devo dizer sr. Oreskovich? Talvez sr. Plank?

O intruso se adiantou.

— Eric Miller, da *Seaboard Monthly*.

— Eu sei muito bem, sr. Miller — disse Carpathia —, mas agora estou atrasado para um compromisso. Se o senhor me ligar amanhã, falamos por telefone. Certo?

Miller pareceu constrangido, mas concordou e recuou.

— Pensei que tinha dito que seu nome era Plank! — o guarda falou, fazendo com que todos rissem, menos Miller.

— Entre, Buck — virou-se Carpathia, fazendo sinal para ele acompanhá-lo. Buck ficou em silêncio. — É assim que eles chamam você, não é?

— Sim, senhor — respondeu Buck, certo de que nem mesmo Rosenzweig sabia disso.

* * *

Rayford se sentiu mal por causa de Hattie Durham. As coisas não podiam ter sido piores. Por que não deixou que ela trabalhasse em seu voo? Ela poderia ter sido mais inteligente e ele, apresentado sua verdadeira razão para convidá-la para jantar na quinta à noite.

Agora ele tinha estragado tudo.

Como se aproximaria de Chloe depois disso? Seu motivo real, mesmo para conversar com Hattie, era comunicar-se com a filha. Ela já não tinha visto o suficiente? Não deveria ele estar animado pela insistência da filha em pegar outra cópia do vídeo do pastor, depois que sua casa foi roubada? Ele chegou a perguntar se Chloe gostaria de ir para Nova York com ele numa viagem noturna, mas ela havia dito que preferia ficar em casa para poder pesquisar alguns cursos na internet. Ele quis insistir, mas achou melhor não incomodá-la.

Depois que ela foi para a cama, Rayford ligou para Bruce Barnes e contou-lhe suas frustrações.

— Você está forçando demais, Rayford — disse o pastor.

— Pensei que falar às outras pessoas sobre nossa fé seria mais fácil do que nunca agora, mas eu me deparo com o mesmo tipo de resistência, e é muito difícil quando se trata da sua própria filha.

— Posso imaginar — disse Bruce.

— Não, você não pode — disse Rayford. — Mas tudo bem.

* * *

Chaim Rosenzweig estava hospedado em um belo conjunto de quartos. Os guarda-costas permaneceram à frente, enquanto Carpathia levava Rosenzweig e Buck para um salão privativo. Carpathia tirou o casaco e colocou-o cuidadosamente na parte de trás de um sofá.

— Fiquem à vontade, senhores — disse.

— Eu não preciso estar aqui, Nicolae — sussurrou Rosenzweig.

— Oh, bobagem, doutor! — respondeu Carpathia. — Você não se importa, não é, Buck?

— De modo nenhum.

— Você não se importa que eu o chame de Buck, não é?

—Não, senhor, mas geralmente é o pessoal de...

— Sua revista, sim, eu sei. Eles o chamam assim porque você contraria as tradições, as tendências e as convenções, estou certo?

— Sim, mas como...

— Buck, esse foi o dia mais incrível da minha vida. Eu me senti tão bem-vindo aqui! E as pessoas pareciam muito receptivas às minhas propostas. Estou impressionado. Voltarei ao meu país como um homem feliz e satisfeito. Mas não agora. Fui convidado a ficar mais tempo. Sabia disso?

— Ouvi falar.

— Não é incrível que todas aquelas diversas reuniões internacionais que acontecerão em Nova York durante as próximas semanas sejam sobre a cooperação mundial que tanto me interessa?

— Pois é — disse Buck. — Fui designado para cobri-las.

— Então nos conheceremos melhor.

— Estou ansioso por isso, senhor. Fiquei muito comovido com seu discurso na ONU hoje.

— Obrigado.

— Dr. Rosenzweig contou-me muito a seu respeito.

— Assim como me falou muito do senhor.

Alguém bateu à porta. Carpathia parecia ansioso.

— Não esperava sermos incomodados.

Rosenzweig levantou-se lentamente, arrastou os pés até a porta e teve uma conversa reservada.

Ele se voltou para Buck.

— Vamos dar a ele mais alguns minutos, Cameron — sussurrou —, para um importante telefonema.

— Oh, não. — disse Carpathia. — Farei isso mais tarde. Esta reunião é prioritária para mim.

— Senhor — disse Rosenzweig —, desculpe... mas é o presidente.

— O presidente?

— Dos Estados Unidos.

Buck levantou-se rapidamente para sair com Rosenzweig, mas Carpathia insistiu que ficassem.

— Não sou um dignitário que deixaria de compartilhar esta honra com meu velho e meu novo amigo. Sentem-se, por favor!

Eles se sentaram, e ele apertou o viva-voz do telefone.

— Aqui é Nicolae Carpathia falando.

— Sr. Carpathia, aqui é Fitz. Gerald Fitzhugh.

— Senhor presidente, sinto-me honrado em ouvi-lo.

— Bem, ei, é bom ter você aqui!

— Apreciei sua nota parabenizando minha eleição, senhor, e seu reconhecimento imediato de minha administração.

— Rapaz, foi algo muito legal quando você assumiu o cargo. A princípio eu não tinha entendido muito bem o que havia acontecido, mas não supunha, tampouco, que era você.

— É, exatamente. Ainda estou me acostumando com isso.

— Bem, escute uma pessoa que está no cargo há seis anos. Você nunca se acostuma, mas acaba desenvolvendo calos nos lugares certos. Entende o que quero dizer?

— Sim, senhor.

— Escute, o motivo da minha ligação é o seguinte: sei que você estará por aqui por mais alguns dias, então gostaria de saber se aceitaria passar uma ou duas noites aqui, comigo e minha esposa, Wilma. O que acha?

— Em Washington?

— Aqui mesmo na Casa Branca.

— Seria uma honra!

— A honra será nossa! Sendo assim, uma pessoa de minha equipe irá entrar em contato com seu assessor para combinar os dias exatos. O ideal seria que fosse em breve, pois o Congresso está em sessão, e sei que eles querem ouvir você.

Carpathia balançou a cabeça, e Buck achou que parecia emocionado.

— Eu ficaria mais do que honrado, senhor.

— Eles acharam seu discurso de hoje fantástico, e também a entrevista à noite. Esperam ansiosamente pelo encontro.

— O sentimento é mútuo, senhor.

Buck estava quase tão emocionado quanto Carpathia e Rosenzweig. Há muito tempo ele tinha perdido a admiração pelos presidentes dos Estados Unidos, especialmente o atual, que insistia em ser chamado de Fitz. Ele havia escrito um artigo sobre Fitzhugh — o primeiro trabalho de Buck e a segunda vez em que Fitz era o assunto. Por outro lado, não era todo dia que um presidente ligava para uma sala na qual você estava.

O rosto de Carpathia estampava a satisfação pela ligação recebida, mas ele logo mudou de assunto.

— Buck, quero responder a todas as suas perguntas e dar-lhe tudo de que precisa para a matéria. Você foi muito bom para Chaim, e estou pronto para contar-lhe um segredo; você chamaria isso de um furo. Mas, primeiro, vejo que você está com um problema sério, meu amigo, e quero ajudá-lo, se puder.

Buck não fazia ideia de como Carpathia sabia que ele estava em apuros. Mas, de qualquer forma, isso significava que ele não precisaria mencionar qualquer coisa, o que era bom demais para ser verdade. A pergunta era sobre o que Carpathia sabia e o que ele precisava saber.

O romeno sentou-se em frente a Buck e olhou diretamente em seus olhos. Isso deu ao jornalista uma sensação de paz e segurança tão grande que o fez sentir-se à vontade para contar-lhe tudo. Tudo. Seu amigo Dirk havia dito que alguém se encontrou com Stonagal e Todd-Cothran, e Buck entendeu que era Carpathia.

— Era eu mesmo — disse ele. — Mas deixe-me esclarecer isso. Não sei nada de conspiração. Nunca ouvi falar de tal coisa. O sr. Stonagal achou que seria bom que eu conhecesse alguns de seus colegas e homens de influência internacional. Não formei opinião sobre nenhum deles, nem estou em dívida com qualquer um.

E continuou:

— Vou dizer-lhe uma coisa, sr. Williams. Acredito em sua história. Não sei nada sobre você, a não ser seu trabalho e sua reputação, que conheci por meio de pessoas que respeito muito, como o dr. Rosenzweig. Mas sua história não é de todo verdadeira, ao que parece. Disseram-me que você é procurado em Londres pelo assassinato do agente da Scotland Yard, e que eles têm várias testemunhas que juraram ter visto você distrair Tompkins, colocar o artefato no carro e ativá-lo de dentro do bar.

— Isso é loucura!

— Bem, é claro que seria, se vocês estivessem lamentando a morte misteriosa de um amigo em comum.

— Era exatamente isso que estávamos fazendo, sr. Carpathia. Tentando ir a fundo na questão.

Rosenzweig foi chamado novamente à porta; depois, sussurrou algo ao ouvido de Carpathia.

— Buck, venha até aqui — disse Carpathia, levantando-se e levando Buck até uma janela, longe de Rosenzweig. — Seu de entrar aqui enquanto estava sendo perseguido foi muito engenhoso, mas seu chefe foi identificado, e agora eles sabem que você está aqui. Querem levá-lo sob custódia e extraditá-lo para a Inglaterra.

— Se isso acontecer e a teoria de Tompkins estiver certa — disse Buck —, sou um homem morto.

— Acredita que eles vão matar você?

— Eles mataram Burton e Tompkins. Sou muito mais perigoso para eles por causa de meus leitores potenciais.

— Se essa trama é como você e seus amigos dizem, Buck, escrever sobre essas pessoas, expô-las, não o protegerá.

— Eu sei. Mas talvez eu deva fazer isso mesmo. Não vejo outra saída.

— Posso encontrar uma para você.

A mente de Buck recuperou-se subitamente. Isso era o que ele desejava, mas temia que Carpathia não fizesse nada rápido o suficiente para impedi-lo de cair nas mãos de Todd-Cothran e Sullivan. Seria possível que ele estivesse mais ligado a essas pessoas do que havia demonstrado?

— Senhor, preciso de sua ajuda, mas, primeiro, sou um jornalista. Não posso ser comprado ou subornado.

— Oh, claro que não. Eu nunca pediria isso. Deixe-me dizer o que posso fazer por você. Farei com que as tragédias ocorridas em Londres sejam revisadas e reavaliadas, a fim de isentá-lo.

— Como o senhor fará isso?

— Isso importa, se for a verdade?

Buck pensou por um momento.

— É a verdade.

— Certamente.

— Mas como vai fazer isso? O senhor parece ser uma pessoa singela, sr. Carpathia, alguém não influente. Como pode interferir no que aconteceu em Londres?

Carpathia suspirou.

— Buck, eu lhe disse que seu amigo Dirk estava enganado a respeito de uma conspiração. E é verdade. Não tenho relacionamento estreito com Todd-Cothran ou Stonagal ou com qualquer outro líder internacional que eu tenha tido a honra de conhecer recentemente. Há, contudo, decisões e ações importantes surgindo, as quais vão afetá-los, e para mim é um privilégio ter algo a dizer nessas questões.

Buck perguntou a Carpathia se ele se importaria de se sentarem novamente. Carpathia fez um sinal para que Rosenzweig os deixasse a sós por alguns minutos.

— Veja — disse Buck quando eles já estavam sentados —, sou jovem, mas já passei por muita coisa. Sinto que estou prestes a descobrir o quão profundo é isso, seja uma conspiração, seja uma ação planejada, e o quão envolvido o senhor está. Posso entrar no jogo e salvar minha vida ou recusar e aproveitar minhas chances em Londres.

Carpathia levantou a mão e sacudiu a cabeça.

— Buck, deixe-me reiterar que estamos falando de política e diplomacia, não de desonestidade ou crime.

— Estou ouvindo.

— Primeiro — disse Carpathia —, uma pequena observação. Eu acredito no poder do dinheiro. E você?

— Não.

— Mas vai. Eu era um empresário bem-sucedido, acima da média, na Romênia, enquanto ainda estava no Ensino Médio. Estudava muitos idiomas à noite, aqueles que eu precisava para ter sucesso. Durante o dia, administrava meu negócio de importação e exportação, e foi assim que enriqueci. Mas aquilo que eu pensava ser riqueza era insignificante se comparado com o que era possível. Precisei aprender isso, e aprendi do modo mais duro. Tomei emprestados muitos milhões de um banco europeu, depois descobri que alguém do banco informava meu maior concorrente sobre o que eu estava fazendo. Fui derrotado em meu próprio jogo, tornei-me inadimplente e fiquei em grande dificuldade. Então, esse mesmo banco me salvou e arruinou meu concorrente. Eu nada fiz para que isso acontecesse e nem quis prejudicar meu concorrente. Ele foi usado pelo banco para me prender num relacionamento.

— Esse banco era de propriedade de um americano influente?

Carpathia ignorou a pergunta.

— O que precisei aprender, em pouco mais de uma década, é quanto dinheiro está lá fora.

— Lá fora?

— Nos bancos mundiais.

— Especialmente aqueles que eram de Jonathan Stonagal — sugeriu Buck.

Carpathia não estava sendo sarcástico.

— Esse tipo de capital é poder.

— E é contra esse tipo de coisa que escrevo.

— Mas é isso que vai salvar sua vida.

— Estou ouvindo.

— Esse tipo de dinheiro chama a atenção de um homem. Ele se torna disposto a fazer concessões para obtê-lo. Começa a entrever a possibilidade de que alguém, um jovem, com mais entusiasmo, vigor e uma nova visão, assuma o poder.

— Foi o que aconteceu na Romênia?

— Buck, não me ofenda. O antigo presidente da Romênia pediu-me, por livre e espontânea vontade, que eu o substituísse, e o apoio a essa ação foi unânime dentro do governo, com aprovação da maioria do povo. Foi bom para todos.

— O antigo presidente está afastado do poder.

— Ele vive no luxo.

Buck não podia respirar. O que Carpathia estava sugerindo? Olhou para ele e sentia-se incapaz de se mexer, incapaz de responder. Carpathia prosseguiu:

— O secretário-geral Ngumo governa um país que está morrendo de fome. O mundo está pronto para o meu plano de dez membros no Conselho de Segurança. Essas coisas precisam andar juntas. O secretário-geral deve dedicar seu tempo aos problemas de Botsuana. Com o incentivo certo, ele fará isso e será um homem feliz e próspero, com um povo feliz e próspero. Antes, porém, ele deve concordar com meu plano para o Conselho de Segurança. Os representantes de cada um dos dez membros formarão uma combinação interessante; haverá alguns embaixadores atuais, mas, principalmente, gente nova com bons antecedentes financeiros e ideias progressistas.

— O senhor está me dizendo que quer se tornar secretário-geral da ONU?

— Eu nunca procuraria essa posição, mas como poderia recusar tal honra? Quem poderia virar as costas para uma enorme responsabilidade dessas?

— Quantos você acha que terá, aproximadamente, daqueles que representam cada um dos dez membros permanentes do Conselho de Segurança?

— Eu simplesmente estarei ali para promover uma liderança serviçal. Você conhece esse conceito? A pessoa lidera servindo, e não simplesmente dando ordens.

— Deixe-me dar um palpite — disse Buck. — Todd-Cothran está na fila para conseguir uma posição em seu novo Conselho de Segurança.

Carpathia sentou-se como se estivesse matutando sobre algo.

— Isso não seria interessante? — disse. — Um sujeito que não é político, uma mente financeira brilhante, alguém inteligente o suficiente, gentil o suficiente e muito atento globalmente, capaz de permitir que o mundo adote um sistema monetário que não inclua suas próprias libras esterlinas? Ele não teria impedimento para exercer esse papel. O mundo ganharia muito com ele, não acha?

— Suponho que sim — disse Buck, visivelmente deprimido com o plano de Carpathia. — A menos que Todd-Cothran estivesse envolvido num misterioso caso de suicídio, um carro-bomba que explodiu por esses dias, esse tipo de coisa.

Carpathia sorriu.

— Imagino que um homem que ocupe uma posição de potencial internacional gostaria de ter a casa limpa logo.

— E o senhor poderia cuidar disso?

— Buck, você me superestima. Só estou dizendo que, se você estiver certo, eu poderia tentar impedir o que é claramente uma ação antiética e ilegal contra um homem inocente: você. Não consigo ver o que há de errado nisso.

**

Rayford Steele não conseguiu dormir. Por alguma razão, foi vencido novamente pela tristeza e pelo remorso da perda de sua esposa e de seu filho. Deslizou para fora da cama e se ajoelhou, enterrando o rosto num lençol ao lado, onde sua esposa costumava dormir. Estava tão cansado, tão tenso, tão preocupado com Chloe, que expulsou de seu coração, mente e alma essa terrível perda. Acreditava piamente que a esposa e o filho estavam no céu, e sabia que eles estavam melhores do que nunca.

Rayford sabia que havia sido perdoado por ter caçoado de sua esposa, por nunca realmente ouvi-la, por ter ignorado Deus por tantos anos. Estava grato por ter recebido uma segunda chance, e, agora, tinha novos amigos e um lugar para aprender sobre a Bíblia.

Mas isso não diminuiu o doloroso vazio em seu coração, o desejo de abraçar a esposa e o filho, de beijá-los e dizer-lhes o quanto os amava. Ele orou, pedindo que o sofrimento diminuísse; de sua parte, porém, queria e precisava continuar.

De certa forma, Rayford sentiu que merecia essa dor, embora soubesse algo mais. Estava começando a entender o perdão de Deus, e Bruce disse que ele não precisava mais continuar a sentir vergonha pelo pecado cometido.

Enquanto Rayford orava e chorava, ajoelhado, uma nova sensação de angústia apossou-se dele. Não tinha esperança a respeito de Chloe. Tudo o havia tentado falhou. Sabia que haviam se passado apenas alguns dias desde o desaparecimento, e ainda menos tempo desde sua própria conversão. O que mais ele poderia dizer ou fazer? Bruce o encorajou a orar, mas ele não estava disposto a fazer somente isso. Oraria, é claro, mas sempre foi um homem de ação.

Agora, cada ação parecia empurrá-lo para mais longe. Sentia que, se dissesse ou fizesse mais alguma coisa, seria responsável pela decisão dela contra Cristo de uma vez por todas. Rayford nunca se sentiu tão fraco e desesperado. Desejava muito ter Irene e Raymie com ele naquele momento. E como estava desesperado a respeito de Chloe!

Orava silenciosamente, mas o tormento brotou de dentro dele, fazendo-o ouvir seu próprio e abafado pranto: "Chloe! Chloe! Chloe!"

Ele chorava amargamente na escuridão e, de repente, ficou agitado por ouvir um rangido e passos. Virou-se rapidamente para ver Chloe; a luz fraca do quarto dela contornava sua silhueta na porta de entrada. Ele não sabia o que ela tinha ouvido.

— Papai, o senhor está bem? — ela perguntou baixinho.

— Estou, sim, querida.

— Teve um pesadelo?

— Não. Desculpe-me por perturbá-la.

— Eu também sinto falta deles — disse ela com voz trêmula.

Rayford virou, sentou-se de costas para a cama e abriu os braços para a filha. Ela veio e sentou-se ao seu lado, permitindo que ele abraçasse.

— Acredito que vou vê-los novamente um dia — disse ele.

— Eu sei que sim — Chloe falou, e havia respeito em sua voz. — Eu sei que sim.

CAPÍTULO 17

Depois de alguns minutos, Chloe deu a Rayford evidências de que ouviu seu lamento:

— Não se preocupe comigo, papai, está bem? Estou chegando lá.

Chegando aonde? O que exatamente ela queria dizer? Que sua decisão era apenas uma questão de tempo ou, simplesmente, que ela estava superando a dor? Ele desejava tanto dizer a ela que estava muito preocupado, mas ela sabia disso. A presença da filha lhe trouxe conforto, mas, quando ela voltou para o quarto, ele se sentiu desesperadamente sozinho outra vez. Não conseguia dormir. Subiu as escadas na ponta dos pés e ligou sua nova TV, sintonizando a CNN. De Israel veio o mais estranho relatório. A tela mostrou uma multidão em frente ao famoso Muro das Lamentações, cercando dois homens que pareciam estar gritando.

Ninguém sabe quem são esses dois homens que se referem um ao outro como Eli e Moishe. Eles já estiveram aqui no Muro das Lamentações antes, no início da madrugada, pregando em um estilo que faz lembrar aquele dos antigos evangelistas americanos. É claro que os judeus ortodoxos aqui estão sobressaltados, acusando os dois de profanar este santo lugar porque proclamam que Jesus Cristo do Novo Testamento é o cumprimento da profecia da Torá acerca do Messias.

Até agora não houve qualquer ato de violência, embora os ânimos estejam acirrados e as autoridades estejam vigilantes. A polícia israelense e os militares sempre relutaram em entrar nessa área, permitindo que os fanáticos religiosos lidem aqui com seus próprios problemas. Essa é a situação mais explosiva na Terra Santa desde a destruição pela força aérea russa, e esta nação próspera tem estado preocupada quase que prioritariamente com ameaças externas. Sou Dan Benett, da CNN, transmitindo aqui de Jerusalém.

Se não fosse tão tarde, Rayford teria ligado para Bruce Barnes. Ele ficou ali, sentindo-se parte da família dos crentes à qual os dois homens em Jerusalém aparentemente pertenciam. Isto era exatamente o que ele estava aprendendo: que Jesus era o Messias do Antigo Testamento. Bruce disse a ele e ao resto do grupo central da Nova Esperança que logo haveria o surgimento dos 144 mil judeus que acreditariam em Cristo e começariam a evangelizar pelo mundo. Seriam esses os dois primeiros?

O apresentador da CNN voltou a transmitir o noticiário nacional.

Nova York ainda está muito agitada depois das várias aparições hoje do novo presidente da Romênia, Nicolae Carpathia. O líder de 33 anos de idade causou boa impressão na mídia durante uma pequena coletiva de imprensa nesta manhã, seguida de um discurso magistral na Assembleia Geral das Nações Unidas, onde manteve o auditório em pé e aplaudindo. Ele posou para uma sessão de fotos para a capa da revista People *e será o primeiro homem eleito o mais sexy do mundo a aparecer na revista em menos de um ano do último indicado.*

Os assessores do presidente anunciaram que ele já prolongou sua agenda para incluir palestras em várias reuniões, em Nova York, durante as próximas duas semanas, e que foi convidado pelo presidente Fitzhugh para falar numa sessão do Congresso e passar uma noite na Casa Branca. Em uma coletiva de imprensa, esta tarde, o presidente manifestou seu apoio ao novo líder.

A imagem do presidente ocupou toda a tela enquanto ele falava.

— Nesta hora difícil da história mundial, é vital que os amantes da paz e da união deem um passo à frente para nos lembrar de que somos parte de uma comunidade global. Qualquer amigo da paz é amigo dos Estados Unidos, e o sr. Carpathia é amigo da paz.

A CNN transmitiu uma pergunta feita ao presidente.

— Senhor presidente, o que o senhor pensa das ideias de Carpathia para a ONU?

— Deixe-me apenas dizer isto: não acredito já ter ouvido alguém, de dentro ou fora da ONU, demonstrar uma compreensão tão ampla da história, da organização e do rumo da instituição. Ele fez seu dever de casa e tem um plano. Eu estive escutando. Espero que os respectivos embaixadores e o secretário-geral Ngumo tenham feito isso também. Ninguém deve encarar uma nova visão como uma ameaça. Estou certo de que cada líder mundial compartilha de minha visão, a de que necessitamos de toda ajuda para podermos enfrentar este momento.

A imagem voltou para o estúdio e o apresentador do noticiário prosseguiu com a transmissão:

Neste fim de noite, chegou de Nova York a notícia de que um repórter do Semanário Global foi inocentado de todas as acusações e suspeitas pela morte de um investigador da Scotland Yard. O premiado jornalista Cameron Williams, havia sido dado como morto na explosão de um carro-bomba que tirou a vida do investigador Alan Tompkins, também um conhecido de Williams.

Com os restos mortais de Tompkins entre os escombros, após a explosão, foram encontrados e identificados o passaporte e a identidade de Williams. A suposta morte do jornalista foi noticiada pelos jornais de todo o país, mas ele reapareceu em Nova York no final da tarde e foi visto na coletiva de imprensa das Nações Unidas após o discurso de Nicolae Carpathia. Williams era considerado um fugitivo procurado pela Scotland Yard e pela Interpol, que investigavam sua ligação com o atentado à bomba. Ambas as agências, desde então, anunciaram que ele foi inocentado de todas as acusações e é considerado um homem de sorte por ter escapado ileso da explosão.

O apresentador, então, deu sequência às notícias:

No noticiário esportivo, as equipes da Major League Baseball, com vistas aos treinamentos da primavera, enfrentam a difícil tarefa de substituir as dezenas de jogadores perdidos nos desaparecimentos cósmicos...

Rayford ainda estava sem sono. Resolveu fazer um café e ligar para a linha 24 horas que acompanhava o voo e as escalas da tripulação. Então, teve uma ideia.

— Você sabe dizer se ainda consigo escalar Hattie Durham para o voo do JFK nesta quarta-feira?

— Verei o que posso fazer — foi a resposta. — Acho que não vai dar. Ela está indo para Nova York. Seu voo é às dez da manhã, e o dela sai às oito.

***

Buck Williams voltou para o apartamento depois da meia-noite com a garantia, de Nicolae Carpathia, de que suas preocupações haviam acabado. Carpathia ligou para Jonathan Stonagal, colocou-o no viva-voz, e ele fez o mesmo, ligando no meio da noite para Londres a fim de inocentar Williams. Buck ouviu a voz rouca de Todd-Cothran mandando suspender as ações da Yard e da Interpol.

— Mas minha encomenda está garantida? — Todd-Cothran perguntou.

— Garantida — respondeu Stonagal.

O mais surpreendente para Buck foi que Stonagal fez seu próprio trabalho sujo, pelo menos neste caso. Buck lançou um olhar acusador para Carpathia, apesar do alívio e da gratidão.

— Sr. Williams — disse Carpathia —, eu estava confiante de que Jonathan lidaria com isso, mas sou tão ignorante quanto aos detalhes como você.

— Mas isso prova que Dirk estava certo! Stonagal está conspirando com Todd-Cothran, e o senhor sabia disso! E Stonagal prometeu que a encomenda dele estava garantida, seja lá o que isso signifique.

— Garanto-lhe que não sabia de nada até você me contar, Buck. Eu não tinha conhecimento prévio.

— Mas agora sabe. O senhor consegue permitir, com a consciência limpa, que Stonagal ajude a promovê-lo na política internacional?

— Confie em mim, vou tratar com eles dois.

— Mas deve haver muitos mais! E quanto a todos os outros dignitários que o senhor conheceu?

— Buck, apenas tenha a certeza de que não há espaço em mim para desonestidade ou injustiça. Vou tratar com eles no devido tempo.

— E enquanto isso?

— O que você aconselharia? Não estou em posição de fazer qualquer coisa agora. Eles parecem ter a intenção de me apoiar, mas, até que isso aconteça, não tenho como agir, a não ser fazer o que sua mídia chama de delação. Mas aonde eu chegaria com isso? Primeiro eu precisaria conhecer o alcance das garras dessa gente. Antes do que ocorreu, você não achava que a Scotland Yard era um lugar confiável?

Buck concordou com um aceno de cabeça.

— Eu sei o que quer dizer, mas odeio isso. Eles têm consciência de que o senhor sabe.

— Isso pode funcionar a meu favor. Eles podem pensar que estou com eles, que estou mais dependente deles.

— E não está?

— Apenas temporariamente. Você tem minha palavra de que vou tratar disso. Por enquanto, estou feliz por ter livrado você de uma situação muito delicada.

— Estou feliz também, sr. Carpathia. Há algo que eu possa fazer pelo senhor?

O romeno sorriu.

— Bem, eu preciso de um assessor de imprensa.

— Eu estava com medo de que o senhor dissesse isso. Não sou a pessoa certa.

— Claro que não. Eu nem teria sonhado em pedir tal coisa.

Brincando, Buck sugeriu:

— E aquele sujeito que o senhor conheceu no corredor?

Carpathia exibiu sua memória prodigiosa mais uma vez.

— Eric Miller?

— Ele é o cara. O senhor iria gostar dele.

— Eu pedi a ele que me ligasse amanhã. Posso falar que você o recomendou?

Buck balançou a cabeça em sinal de negação.

— Estava brincando.

Ele contou a Carpathia o que havia acontecido no saguão, no elevador e no salão antes de Miller apresentar-se, ele não gostou nem um pouco daqueles relatos.

— Vou quebrar a cabeça para ver se consigo pensar em outro candidato para o senhor — disse Buck. — O senhor me prometeu um furo de reportagem nesta noite também.

— Verdade. Essa é uma informação nova, mas não deve ser publicada até que eu possa de colocá-la em prática.

— Estou ouvindo.

— Israel está particularmente vulnerável, como era antes de a Rússia tentar invadir o país. Eles tiveram sorte dessa vez, mas o resto do mundo se ressente de sua prosperidade. Eles precisam de proteção. A ONU pode dar isso a eles. Em troca da fórmula química que faz o deserto florescer, o mundo se contentará em lhes conceder a paz. Se as outras nações se desarmarem e entregarem um décimo de suas armas à ONU, somente a ONU terá de assinar um acordo de paz com Israel. O primeiro-ministro deu ao dr. Rosenzweig a liberdade de negociar tal acordo, porque Israel é o verdadeiro dono da fórmula.

Eles estão, é claro, insistindo em garantias de proteção por não menos de sete anos.

Buck sentou-se balançando a cabeça.

— O senhor vai receber o Prêmio Nobel da Paz, será o Homem do Ano da *Time* e a Personalidade do Ano.

— Estas, certamente, não são minhas metas.

Buck foi embora acreditando nisso tão profundamente quanto jamais acreditou em qualquer coisa. Ali estava um homem não seduzido pelo dinheiro que costuma comprar homens de menor expressão.

Em seu apartamento, encontrou mais uma mensagem de Hattie Durham na secretária eletrônica. Ele precisava ligar para aquela garota.

* * *

Bruce Barnes convocou o grupo-base para uma reunião de emergência na Igreja Nova Esperança na terça-feira à tarde. Rayford foi até lá esperando que valesse o tempo gasto, e que Chloe não se importasse em ficar sozinha por algumas horas. Ambos estavam apreensivos desde a invasão de sua casa.

Bruce reuniu todos em torno de sua mesa no gabinete pastoral. Começou com uma oração, pedindo a Deus para que, apesar de sua agitação, pudesse ser claro e instrutivo; em seguida, todos voltaram a atenção para o livro de Apocalipse.

Os olhos de Bruce brilhavam e sua voz transmitia a mesma paixão e emoção de quando ele havia ligado para falar sobre aquela reunião. Rayford tentou imaginar o que poderia provocar tanta animação. Ele tinha perguntado isso por telefone a Bruce, que insistiu em contar a todos pessoalmente.

— Não quero reter vocês por muito tempo — disse —, mas tenho algo profundo aqui que gostaria de compartilhar. De certo modo, quero que todos sejam cautelosos, prudentes como as serpentes e inofensivos como as pombas, como a Bíblia diz. Como vocês sabem, tenho estudado o Apocalipse e os vários comentários sobre eventos do final dos tempos. Bem, hoje, nos arquivos do pastor, dei uma olhada em um de seus sermões sobre o assunto. Tenho lido a Bíblia e muitos livros sobre o tema, e aqui está o que descobri.

Bruce levantou a primeira folha em branco do *flipchart* e mostrou uma linha do tempo que ele havia desenhado.

— Vou separar um tempo para ensinar isso com calma para vocês nas próximas semanas, mas me parece, e para muitos especialistas que vieram antes de nós, que este período da história em que estamos agora durará sete anos. Os primeiros 21 meses abrangem o que a Bíblia chama de os sete juízos selados, ou os sete juízos do pergaminho selado. Então, depois disso vem um outro período de 21 meses no qual veremos os sete juízos das trombetas. Nos últimos 42 meses desses sete anos de tribulação, se estivermos vivos, passaremos por provas mais severas, os juízos das sete taças. Essa última metade dos sete anos é chamada de grande tribulação, e, se estivermos vivos no final, seremos recompensados e veremos a gloriosa manifestação de Cristo.

Loretta levantou a mão.

— Por que você fica dizendo "se estivermos vivos"? Quais são esses juízos?

— À medida que prosseguem, eles ficam cada vez piores, e, se entendi esse ponto com clareza, eles também serão cada vez mais difíceis de suportar. Se morrermos, estaremos no céu com Cristo e nossos entes queridos. Mas podemos sofrer mortes apavorantes. Se de alguma forma sobrevivermos a esses sete anos terríveis, especialmente a última metade, a gloriosa manifestação será mais do que gloriosa. Cristo voltará para estabelecer seu reinado de mil anos na Terra.

— O milênio.

— Exatamente. Esse é um longo tempo, e é claro que pode ser de apenas alguns dias a partir do início dos primeiros 22 meses do período. Mais uma vez, se entendi corretamente, o anticristo em breve chegará ao poder, prometendo paz e tentando unir o mundo.

— O que há de errado em unir o mundo? — alguém perguntou. — Num momento como este, parece que precisamos mesmo nos unir.

— Pode não haver nada de errado com isso, exceto que o anticristo será um grande enganador, e, quando seus verdadeiros objetivos forem revelados, ele vai se opor. Isso resultará numa grande guerra, provavelmente a Terceira Guerra Mundial.

— Quanto tempo para isso acontecer?

— Temo que seja muito em breve. Precisamos ficar de olho no novo líder mundial.

— E o jovem da Europa que é tão popular com as Nações Unidas?

— Estou impressionado com ele — disse Bruce. — Terei de ser muito cuidadoso e estudar o que ele diz e faz. Ele parece bastante humilde e discreto para se encaixar na descrição daquele que dominaria o mundo.

— Mas estamos prontos se alguém fizer exatamente isso — falou um dos homens mais velhos presentes.

— Desejei que esse cara fosse nosso presidente — alguém falou. Vários outros concordaram.

— Precisamos ficar de olho nele — disse Bruce. — Mas, por ora, permitam-me falar brevemente sobre o livro com sete selos, citado em Apocalipse 5, e então vocês poderão sair. Por um lado, não quero criar um espírito de temor, mas todos sabemos que ainda estamos aqui porque negligenciamos a salvação antes do arrebatamento. Sei que todos estamos gratos pela segunda chance, mas não podemos esperar livramento das tribulações que virão.

Bruce explicou que os primeiros quatro selos do pergaminho foram descritos como homens montados em quatro cavalos: um cavalo branco, um vermelho, um preto e um amarelo.

— O homem do cavalo branco aparentemente é o anticristo, que dá início ao período de três meses de diplomacia, enquanto se organiza e promete paz. O cavalo vermelho significa guerra. O anticristo terá a oposição de três governantes do sul, e milhões serão mortos.

— Na Terceira Guerra Mundial?

— Essa é a minha hipótese.

— Isso significaria que ocorrerá dentro dos próximos seis meses.

— Temo que sim. E imediatamente em seguida, o que levará apenas de três a seis meses por causa do armamento nuclear disponível, a Bíblia prediz inflação e fome: o cavalo preto. Enquanto os ricos ficam mais ricos, os pobres morrem de fome. Milhões vão morrer assim.

— Então, se sobrevivermos à guerra, teremos de estocar comida?

Bruce concordou.

— Eu faria isso.

— Devemos trabalhar juntos, então.

— É uma boa ideia, porque a coisa piora. Essa fome mortal poderia ser tão curta quanto dois ou três meses antes da abertura do quarto selo: o quarto cavaleiro sobre o cavalo amarelo, o símbolo da morte. Além da fome no pós-guerra, uma praga varrerá o mundo inteiro. Antes da abertura do quinto selo, um quarto da população atual estará morta.

— Qual é o juízo do quinto selo?

— Bem — disse Bruce —, você vai reconhecê-lo porque falamos sobre isso antes. Lembra-se de minha exposição sobre as 144 mil testemunhas judaicas que tentam evangelizar o mundo para Cristo? Muitos de seus convertidos, talvez milhões, serão martirizados pelo líder mundial e pela prostituta, que é o nome da religião mundial que nega a Cristo.

Rayford tomava notas apressadamente. Ele se perguntava o que teria pensado sobre essa conversa maluca apenas três semanas atrás. Como poderia ter deixado isso passar? Deus tentou advertir seu povo deixando seus ensinamentos registrados por escrito séculos antes.

Apesar de toda educação e inteligência de Rayford, ele se sentiu um tolo. Agora, ele não conseguia dar conta de todas aquelas informações, embora estivesse claro que as chances estavam contra qualquer pessoa que vivesse até a gloriosa manifestação de Cristo.

— O juízo do sexto selo — Bruce continuou — é Deus derramando sua ira contra os assassinos dos seus santos. Esse flagelo virá na forma de um terremoto mundial tão devastador, que nenhum instrumento será capaz de medi-lo. Será tão terrível, que as pessoas clamarão às rochas que caiam sobre elas e, assim, livre-as de sua desgraça.

Várias pessoas na sala começaram a chorar.

— O sétimo selo apresenta os juízos das sete trombetas, que terão lugar no segundo quarto desse período de sete anos.

— Os segundos 21 meses — acrescentou Rayford.

— Certo. Não quero tratar disso nesta noite, mas já adianto que eles serão progressivamente piores. Quero dar a vocês um pouco de ânimo. Lembram-se de quando conversamos rapidamente sobre as duas testemunhas, e eu disse que estudaria o assunto mais cuidadosamente? Apocalipse 11:3,4 esclarece que as duas testemunhas especiais de Deus, com poderes sobrenaturais de operar milagres, profetizarão por 1.260 dias vestidas de pano de saco. Qualquer um que tentar causar dano a elas será destruído. Nenhuma chuva cairá durante o tempo em que elas profetizarem. Elas podem transformar a água em sangue e atingir a terra com pragas sempre que quiserem.

E disse mais:

— Satanás vai matá-las no final de três anos e meio, e seus corpos jazerão na rua da cidade onde Cristo foi crucificado. As pessoas que elas têm incomodado comemorarão suas mortes, não permitindo que seus corpos sejam sepultados. Mas, depois de três anos e meio, elas ressuscitarão e subirão ao céu numa nuvem, enquanto seus inimigos observam. Depois disso, Deus enviará outro grande terremoto, e um décimo da cidade cairá. O restante ficará apavorado e dará glória a Deus.

Rayford olhou de relance o ambiente, enquanto as pessoas sussurravam coisas entre si. Todas tinham visto o relatório dos dois homens loucos pregando sobre Jesus no Muro das Lamentações em Jerusalém.

— São eles? — alguém perguntou.

— Quem mais poderiam ser? — perguntou Bruce. — Não choveu em Jerusalém desde os desaparecimentos. Esses homens surgiram do nada. Eles têm o poder miraculoso de santos como Elias e Moisés, e chamam um ao outro de Eli e Moishe, seus nomes na língua hebraica. Neste exato momento, os dois ainda estão pregando.

— As testemunhas.

— Sim, as testemunhas. Se algum de nós ainda tiver dúvidas ou temores, não tiver certeza do que está acontecendo, essas testemunhas devem acalmar a todos. Acredito que elas verão centenas de milhares de convertidos, os 144 mil que pregarão Cristo ao mundo. Estamos do lado delas. Precisamos fazer nossa parte.

* * *

Buck ligou para Hattie Durham na terça-feira à noite.

— Então você está vindo para Nova York? — perguntou.

— Sim — confirmou Hattie —, e eu adoraria ver você e, quem sabe, ter a chance de conhecer um cara importante.

— Você quer dizer outro em vez de mim?

— Engraçadinho — disse ela. — Você já se encontrou com Nicolae Carpathia?

— Claro.

— Sabia! Eu disse a alguém, outro dia, que adoraria conhecer esse homem.

— Não prometo, mas vou ver o que posso fazer. Onde vamos nos encontrar?

— Meu voo chega lá pelas onze da manhã e tenho um compromisso no Clube Pancontinental. Mas, se não voltarmos a tempo para isso, tudo bem. Não vou voar até pela manhã, e eu sequer garanti ao cara que o encontraria na hora marcada.

— Outro cara? — perguntou Buck. – Você tem um final de semana agitado, hein?

— Não é nada disso — respondeu ela. — É só um piloto que quer falar comigo sobre alguma coisa, mas não sei se quero ouvir. Se eu estiver de volta e tiver tempo, tudo bem. Mas não vou prometer nada a ele. Por que não nos encontramos no clube e lá veremos para onde queremos ir?

— Por mim, tudo bem. Tentarei arrumar um encontro com o sr. Carpathia, provavelmente em seu hotel.

* * *

Foi no final da noite de terça-feira que Chloe mudou de ideia e concordou em ir para Nova York com seu pai.

— Posso ver que você não está pronto para sair sem mim — disse ela, abraçando o pai e sorrindo. — É bom ser necessária.

— Para dizer a verdade — ele falou —, vou insistir num encontro com Hattie e quero você lá.

— Para a proteção dela ou sua?

— Isso não é engraçado, Chloe. Deixei uma mensagem insistindo com ela para que se encontre comigo no Clube Pancontinental, no JFK, à uma da tarde. Se ela vai ou não, não sei. De qualquer forma, você e eu vamos passar algum tempo juntos.

— Papai, tempo juntos é tudo o que temos tido. Acho que você deve estar cansado de mim agora.

— Isso nunca vai acontecer, Chloe.

* * *

Na manhã de quarta-feira, Buck foi convocado ao escritório de Stanton Bailey, editor do *Semanário Global*. Em todos os seus anos de trabalhos premiados, ele esteve lá apenas duas vezes: uma para comemorar seu Prêmio Hemingway como correspondente de guerra e outra quando ganhou uma excursão de Natal, o que causou inveja nos demais funcionários.

Buck entrou rapidamente para ver Steve primeiro, mas Marge informou que ele já estava com o editor. Os olhos dela estavam vermelhos e inchados.

— O que está acontecendo, Marge?

— Não posso dizer nada — disse ela. — Apenas entre lá.

A imaginação de Buck disparou ao entrar no conjunto de escritórios decorados em bronze. Ele não sabia que Plank também havia sido convocado. O que isso poderia significar? Eles estavam em apuros por causa do que haviam aprontado na segunda à noite? E se, de alguma forma, o sr. Bailey descobrisse os detalhes do negócio de Londres e de como Buck havia escapado? Seja lá o que fosse, ele esperava que essa reunião terminasse em tempo para seu encontro com Hattie Durham.

A recepcionista de Bailey indicou-lhe o gabinete do editor, onde sua secretária ergueu levemente as sobrancelhas e acenou para que ele entrasse.

— Você não vai me anunciar? — ele brincou. Ela sorriu e voltou ao trabalho.

Buck bateu à porta levemente e abriu-a com cuidado. Plank estava sentado de costas para Buck e não se virou. Bailey não se levantou, mas chamou-o e disse:

— Sente-se bem ao lado do seu chefe.

Buck achou interessante a escolha de palavras. De fato, Steve era seu chefe, mas não fazia questão de ser tratado assim.

Buck sentou-se e disse:

— Steve.

Steve acenou com a cabeça, mas continuou olhando para Bailey.

— Algumas coisas, Williams — começou Bailey —, antes de eu tratar do assunto. Você está liberado de tudo no exterior, certo?

Buck concordou com um leve balanço de cabeça.

— Sim, senhor. Não deveria haver qualquer dúvida.

— Bem, é claro que não deveria, mas você teve sorte. Creio que foi inteligente fazer parecer que quem estava atrás de você tenha conseguido pegá-lo, mas você também nos deixou pensar assim por um tempo, entende?

— Desculpe-me. Receio que tenha sido inevitável.

— E acabou dando a eles munição para usar contra você, se quisessem.

— Eu sei. Isso me surpreendeu.

— Mas você cuidou disso.

— Certo.

— Como?

— Perdão?

— Qual parte do "como" você não entendeu? Como você se livrou disso? Temos informações de que houve testemunhas dizendo que você de fato é culpado.

— E deve ter havido muitos outros que sabiam a verdade. Tompkins era meu amigo. Eu não tinha motivo para acabar com ele, e certamente não tinha os meios. Eu não tenho a menor ideia de como fazer uma bomba, transportá-la ou detoná-la.

— Você poderia ter pagado alguém para fazer isso.

— Mas não paguei. Eu não frequento esses círculos, e, se frequentasse, não teriam matado Alan.

— Bem, a cobertura das notícias é muito vaga para que nos comprometa. Parece realmente que foi apenas um mal-entendido.

— E foi.

— Sim, sem dúvida. Cameron, eu pedi para vê-lo nesta manhã porque acabei de aceitar um dos pedidos de demissão mais desagradáveis que já recebi.

Buck ficou em silêncio; sua cabeça girava.

— Steve me disse que isto será novidade para você, então deixe-me falar logo. Ele acaba de renunciar seu cargo aqui para aceitar a posição de assessor de imprensa internacional de Nicolae Carpathia. Ele recebeu uma oferta que não podemos cobrir, e, embora eu não ache que essa escolha seja a mais certa ou ideal, ele a fez, e a vida é dele. O que você acha disso?

Buck não conseguiu conter-se.

— Acho que isso está muito estranho. Steve, o que você está pensando? Vai se mudar para a Romênia?

— Vou ficar sediado aqui, Buck. No Plaza.

— Certo.

— É sério.

— Steve, isso não é para você. Você não é um cara de relações públicas.

— Carpathia não é um líder político comum. Diga-me que você também não estava de pé aplaudindo ele na segunda-feira.

— Eu estava, mas...

— "Mas" coisa nenhuma. Essa é a oportunidade de uma vida. Nada mais me teria atraído para esse trabalho.

Buck sacudiu a cabeça.

— Não estou acreditando nisso. Eu sabia que Carpathia estava procurando por alguém, mas...

Steve riu.

— Diga a verdade, Buck. Ele ofereceu isso a você primeiro, não é?

— Não.

— Ele me contou que sim.

— Bem, ele não o fez. Eu, na verdade, recomendei o Miller da *Seaboard*.

Plank recuou e deu uma olhada para Bailey.

— Mesmo?

— Sim, por que não? Ele é mais esse tipo.

— Buck — disse Steve —, o corpo de Eric Miller foi tragado pela água em Staten Island na noite passada. Ele caiu da balsa e se afogou.

— Bem — disse Bailey de pronto —, chega desse assunto. Steve recomendou que você o substituísse.

Buck ainda se recuperava da notícia sobre Miller, mas ouviu a oferta.

— Oh, por favor — disse —, você não está falando sério.

— A proposta não lhe parece boa? — Bailey perguntou. — Você mesmo poderá montar a revista, determinar a capa, e, ainda, escrever as principais histórias. Diz a verdade! Se aceitar, garanto que você passará a ganhar quase o dobro do seu salário atual..

— Não é isso — disse Buck. — Sou jovem demais para assumir esse cargo.

— Você não pode estar falando sério, senão não seria tão bom naquilo que já faz.

— Sim, mas essa é a opinião da equipe toda.

— Era só que me faltava! — Bailey rugiu. — Eles acham que sou velho. Pensam que Steve é muito descontraído. Outros, que é muito agressivo. Eles reclamariam de qualquer forma, mesmo que trouxéssemos o próprio papa!

— Pensei que ele estivesse indisponível.

— Você entendeu o que eu quis dizer. Então, o que decidiu?

— Eu nunca poderia substituir Steve, senhor. Sinto muito. As pessoas podem ter reclamado dele, mas sabem que ele é justo e que se coloca no próprio lugar.

— Você também.

— Mas eles nunca me deram o benefício da dúvida. Estariam aqui me aborrecendo e reclamando desde o primeiro dia.

— Eu não permitiria isso. Agora, Buck, esta oferta não vai ficar na mesa indefinidamente. Eu quero que você a pegue, e quero poder anunciar isso o mais rápido possível.

Buck encolheu os ombros e olhou para o chão.

— Posso ter um dia para pensar a respeito?

— Vinte e quatro horas. Enquanto isso, não diga uma palavra para ninguém sobre essa conversa, certo? Plank, alguém mais sabe sobre você?

— Apenas Marge.

— Podemos confiar nela. Ela nunca diria nada a ninguém. Tive um caso com ela durante três anos e nunca me preocupei que alguém pudesse descobrir.

Steve e Buck se entreolharam.

— Bem — disse Bailey —, vocês nunca souberam, não é?

— Não — disseram em uníssono.

— Viram como ela sabe ficar de boca fechada? — Ele esperou um pouco. — É brincadeira, rapazes! Nunca tivemos nada.

Ele ainda estava rindo quando os dois saíram do escritório.

CAPÍTULO 18

Buck acompanhou Steve até o seu escritório.
— Você já ouviu falar desses doidos do Muro das Lamentações? — perguntou Steve.
— Por coincidência, estava pensando nisso agora — disse Buck. — Sim, eu os vi e não quero cobrir essa história. Agora, o que temos aqui?
— Este será seu escritório, Buck. Marge será sua secretária.
— Você não acha mesmo que eu queria o seu lugar, não é? Para começar, não podemos perdê-lo. Você é a única pessoa sensata aqui.
— Acha mesmo?
— Mais do que todo mundo. Você fez mesmo a cabeça de Bailey, se ele pensa que eu poderia ser qualquer coisa senão um barril de pólvora em seu trabalho.
— *Seu* trabalho.
— Você acha que eu deveria aceitar.
— Pode apostar que sim. Não sugeri ninguém mais, e Bailey não tinha outros candidatos.
— Ele teria todos os candidatos que quisesse se anunciasse a oportunidade. Quem, além de mim, não gostaria de ocupar essa vaga?
— Se é tão legal assim, por que você não quer?
— Eu me sinto como se estivesse tomando o seu lugar.
— Então, peça sua própria cadeira.
— Você sabe o que quero dizer, Steve. Não será o mesmo sem você. Esse trabalho não é para mim.

— Veja desta maneira, Buck. Se você não aceitar, não terá influência sobre quem se tornará seu novo chefe. Há alguém nesta equipe com quem você queira trabalhar?

— Sim, você.

— Muito tarde. Vou embora amanhã. Agora, falando sério, quer trabalhar para o Juan?

— Você não o recomendaria.

— Não vou recomendar mais ninguém. Você está por conta própria. Aproveite suas chances ou terminará trabalhando para alguém que realmente não gosta de você. Quantos trabalhos legais acha que vai conseguir desse jeito?

— Se quisessem me demitir, eu ameaçaria ir para a *Time* ou qualquer outro lugar. Mas Bailey não deixaria isso acontecer.

— Você recusa uma promoção, ele pode fazer tudo acontecer. Rejeitar uma promoção não é um bom passo na carreira.

— Eu só quero escrever.

— Diga-me que você nunca pensou que poderia dirigir este departamento editorial melhor do que eu.

— Muitas vezes.

— Aqui está sua chance.

— Bailey nunca aceitaria minha nomeação como a melhor coisa.

— Faça disso uma condição para a sua aceitação. Se ele não gostar, é decisão dele, e não sua.

Pela primeira vez, Buck permitiu que uma réstia de luz entrasse em sua cabeça acerca da possibilidade de assumir o cargo de editor-executivo.

— Eu ainda não acredito que você se tornará um assessor de imprensa, Steve. Ainda que seja para Nicolae Carpathia.

— Você sabe o que está reservado para ele, Buck?

— Um pouco.

— Há um oceano de poder, influência e dinheiro por trás dele, e isso vai impulsioná-lo a uma posição mundial rapidamente. Ele se tornará o centro das atenções e sua atenção será ainda mais disputada por todos.

— Escute a si mesmo, Steve. Você é um jornalista.

— Eu me ouço, Buck. E não me sentiria assim em relação a ninguém mais. Nenhum presidente dos Estados Unidos ou secretário-geral da ONU poderia virar minha cabeça assim.

— Você acha que ele será maior que isso?

— O mundo está pronto para Carpathia, Buck. Você estava lá na segunda-feira. Viu isso. Ouviu isso. Você já conheceu alguém como ele?

— Não.

— E nunca conhecerá. Se me perguntar, a Romênia é muito pequena para ele. A Europa é muito pequena para ele. A ONU é muito pequena para ele.

— O que ele vai ser, então, Steve? O rei do mundo?

Steve riu.

— Esse não seria o título, mas não duvide. A melhor parte é que ele não está ciente da própria presença. Não procura esses papéis. Eles são atribuídos a ele por causa de seu intelecto, de seu e de sua paixão.

— Você sabe, é claro, que Stonagal está por trás dele.

— Sim. Mas ele logo superará Stonagal em termos de influência, por causa de seu carisma. Stonagal não pode dar muito as caras e, assim, nunca terá a massa em sua mão. Quando Nicolae chegar ao poder, ele terá, em essência, jurisdição sobre Stonagal.

— Isso não seria alguma coisa?

— Eu digo que tal coisa vai acontecer mais cedo do que qualquer um de nós possa imaginar, Buck.

— Exceto você, é claro.

— É exatamente assim que me sinto. Você sabe que sempre tive bons instintos. Tenho certeza de que estou prestes a testemunhar uma das maiores ascensões ao poder de toda a história. Talvez a maior.

E estarei ali mesmo contribuindo para que isso aconteça.

— O que você acha dos meus instintos, Steve?

Steve apertou os lábios.

— Além de seu texto e de sua comunicação, seu instinto é o que mais invejo.

— Então fique tranquilo. Minha intuição é a mesma que a sua. E, embora eu não me veja como assessor de imprensa de ninguém, quase invejo você. Conseguiu uma posição exclusiva para desfrutar a maior aventura de sua vida.

Steve sorriu.

— Vamos manter contato. Você sempre terá acesso a mim e a Nicolae.

— Não posso exigir mais do que isso.

Sem nenhum aviso prévio, Marge interrompeu-os e foi logo falando pelo intercomunicador:

— Sintonize a TV, Steve ou quem quer que esteja aí. Agora!

Steve sorriu para Buck e ligou a TV. A CNN estava transmitindo direto de Jerusalém dois homens tentando atacar os pregadores no Muro das Lamentações. Dan Bennett entrou ao vivo.

Foi um confronto horrível e perigoso para aqueles homens a quem chamam de profetas heréticos, conhecidos apenas como Moishe e Eli. Descobrimos seus nomes apenas porque eles se referiram um ao outro assim, mas não conseguimos localizar alguém que saiba mais sobre eles. Não sabemos seus sobrenomes, suas cidades de origem, se eles têm família ou amigos. Os dois estão se revezando, falando ou pregando, como queiram, por horas, e continuam a professar que Jesus Cristo é o Messias. Falaram seguidamente sobre os desaparecimentos mundiais na semana passada, incluindo muitos aqui em Israel, a fim de comprovar o arrebatamento da Igreja de Cristo.

Um entrevistador perguntou-lhes por que eles não desapareceram se sabiam disso. O que atendia pelo nome de Moishe respondeu que ninguém podia saber de onde eles vieram e para onde iriam. Seu companheiro, Eli, acrescentou que "na casa de meu Pai há muitos aposentos", aparentemente uma citação do Novo Testamento atribuída a Cristo.

Steve e Buck se entreolharam.

Rodeados de fanáticos a maior parte do dia, os pregadores foram atacados, agora pouco, por dois homens que tinham por volta de vinte anos. Vejam as imagens. Como vocês podem notar, os homens estão atrás da multidão, abrindo caminho até a frente. Ambos vestem trajes longos, com capuz, e são barbudos. Vejam que eles portam armas ao emergir da multidão. Um tem uma arma automática Uzi e o outro, uma faca tipo baioneta que parece ser de um fuzil militar israelense. Aquele que empunha a faca aparece primeiro, mostrando a arma para Moishe, que esteve falando. Eli, atrás dele, imediatamente cai de joelhos, erguendo o rosto para o céu. Moishe para de falar e apenas olha para o homem, que tropeça. Ele se estatela no chão, enquanto o homem com a Uzi aponta a arma para os pregadores e parece puxar o gatilho.

Não se ouve som de arma de fogo; aparentemente a Uzi emperrou, então o agressor tropeça em seu comparsa e acaba no chão. O grupo de espectadores recua e corre para se esconder; agora preste atenção de novo na cena, que vamos repetir. Aquele com a arma parece cair espontaneamente.

Enquanto falamos, os dois agressores jazem aos pés dos pregadores, que continuam a falar. Espectadores raivosos exigem ajuda para eles. Moishe fala em hebraico.

Ele está dizendo: "Homens de Sião, peguem seus mortos! Removam de diante de nós esses chacais que não têm poder sobre nós!" Alguns da multidão se aproximam hesitantes, enquanto soldados israelitas se agrupam na entrada do Muro. Os fanáticos acenam. Eli está falando: "Vocês que estão ajudando os homens caídos não correm perigo, a menos que se voltem contra os ungidos do Altíssimo." Aparentemente ele se refere a si mesmo e ao companheiro. Os agressores caídos estão sendo rolados de costas, e os que os atendem choram, gritam e se afastam. "Mortos! Ambos estão mortos!", dizem. E, agora, a multidão parece querer que os soldados intervenham. Eles estão abrindo caminho. Os soldados estão, claro, fortemente armados. Se eles vão tentar prender os estranhos, nós não sabemos, mas, pelo que vimos, os dois pregadores não atacaram os homens que agora estão no chão nem se defenderam deles.

Moishe está falando novo, e pede para as pessoas levem seus mortos, mas que não cheguem perto deles, diz o Senhor Deus dos Exércitos. Como vocês podem ver, ele fala isso em voz alta, com tanto volume e autoridade, que os soldados rapidamente checaram os pulsos e levaram os homens. Voltaremos com mais notícias de qualquer fato que apurarmos sobre os dois rapazes que tentaram atacar eles aqui no Muro das Lamentações, em Jerusalém. Neste momento, eles continuam dizendo que Jesus de Nazaré, nascido em Belém, rei dos judeus, é o escolhido, governante de todas as nações. De Israel, Dan Bennett para a CNN.

Marge e outros membros da equipe entraram no escritório de Steve durante a transmissão.

— Isso mexe com a cabeça de qualquer um! — disse um deles. — Que par de doidos!

— Quem é doido aí? — perguntou Buck. — Você não pode dizer que os pregadores, quem quer que sejam, não avisaram aqueles dois homens.

— O que está acontecendo lá? — alguém perguntou.

— Tudo o que sei — disse Buck — é que ali acontecem coisas que ninguém pode explicar.

Steve ergueu as sobrancelhas, como se concordasse.

Buck se levantou e disse:

— Bom, preciso ir ao JFK.

— O que vai fazer com relação ao novo cargo?

— Tenho 24 horas, está lembrado?

— Não use todo o tempo. Se responder muito rápido, parecerá ansioso; se demorar muito, parecerá indeciso.

Buck sabia que Steve estava certo. Ele aceitaria a promoção apenas para se proteger de outros candidatos. Não queria ficar obcecado com isso o dia todo. Buck estava feliz pela distração que o encontro com Hattie Durham proporcionaria. Sua única preocupação agora era conseguir reconhecê-la. Eles haviam se conhecido sob as mais traumáticas circunstâncias.

* * *

Rayford e Chloe chegaram a Nova York lá pelo meio-dia de quarta-feira e foram diretamente para o Clube Pancontinental, a fim de esperar por Hattie Durham.

— Estou achando que ela não vai aparecer — disse Chloe.

— Por quê?

— Porque eu não apareceria se fosse ela.

— Mas você não é ela, graças a Deus.

— Oh, não a diminua, papai. O que o torna melhor do que ela?

Rayford sentiu-se mal. Chloe estava certa. Por que ele deveria menosprezar Hattie? Só porque ela parecia um pouco tola às vezes? Isso não o incomodava quando ele a via apenas como uma distração física. E, agora, só porque ela foi desagradável com ele ao telefone e não aceitou o último convite para o encontro de hoje, ele a categorizou como menos desejável ou menos merecedora de seu interesse.

— Eu não sou melhor, de fato — ele admitiu. — Mas por que não apareceria se fosse ela?

— Porque tenho uma ideia daquilo que você tem em mente. Vai dizer a ela que não se sente mais atraído, mas que agora se importa com a alma dela.

— Você faz isso parecer tão vulgar.

— Por que deveria tentar impressioná-la, mostrando que se importa com a alma dela, quando ela pensa que você esteve interessado nela de outra forma?

— Mas é só isso, Chloe. Não estou interessado nela de outra forma.

— Ela não sabe disso. Como você era tão reservado e tão cuidadoso, ela pensou que você fosse melhor do que a maioria dos homens, que apenas querem sair e ficar com ela. Tenho certeza de que ela se sente mal em relação à mamãe e, provavelmente, entende que você não está preparado para começar um novo relacionamento. Mas isso não não pode acabar com o dia dela, como se fosse tudo culpa de Hattie.

— Mas foi, no entanto.

— Não, papai, não foi. Ela estava disponível. Você não deveria, mas foi dando sinais de que estava interessado. Aproveitou-se e fez seu joguinho.

Ele sacudiu a cabeça.

— Talvez seja por isso que nunca fui bom nesse jogo.

— Estou feliz, por causa de mamãe, que você nunca tenha sido.

— Então você acha que não devo decepcionar Hattie nem falar-lhe sobre Deus?

— Você já a decepcionou, papai. Ela adivinhou o que você ia dizer, e você confirmou. É por isso que eu digo que ela não vem. Ela ainda está machucada. Provavelmente com raiva.

— Oh, ela ficou brava, tudo bem.

— E o que faz você pensar que ela será receptiva ao seu lance sobre o céu?

— Não é um lance! De qualquer forma, isso não prova que me importo com ela de uma maneira genuína agora?

Chloe saiu e pegou um refrigerante. Quando voltou e se sentou ao lado do pai, pôs a mão em seu ombro.

— Não quero parecer uma sabe-tudo, papai — disse. — Eu sei que você tem mais do que o dobro da minha idade, mas deixe-me dar uma ideia de como uma mulher pensa, especialmente alguém como Hattie, está bem?

— Sou todo ouvidos.

— Ela tem alguma experiência religiosa anterior?

— Acho que não.

— Você nunca perguntou? Ela nunca disse?

— Nenhum de nós pensou muito nisso.

— Você nunca reclamou com ela sobre a obsessão da mamãe, como às vezes fez comigo?

— Agora que penso nisso, acho que sim. Claro, eu estava tentando usar esse pretexto para provar que sua mãe e eu não estávamos nos comunicando.

— Mas Hattie nunca disse o que pensava sobre Deus?

Rayford tentou lembrar-se.

— Sabe, acho que ela disse algo em apoio, ou talvez algo simpático sobre sua mãe.

— Isso faz sentido. Mesmo que Hattie desejasse ficar entre vocês, talvez ela quisesse ter a certeza de que você é quem criaria obstáculos ao seu casamento com a mamãe, e não ela.

— Não estou entendendo.

— Essa não é a questão, de fato. O que estou querendo dizer é que você não pode esperar que alguém que não é sequer membro de igreja fale sobre o céu, sobre Deus e tudo mais. Estou tendo dificuldade em lidar com isso; eu amo você, e digo que se tornou a coisa mais importante em sua vida. Você não pode esperar que ela tenha algum interesse, principalmente se ela achar que isso é uma espécie de prêmio de consolação.

— Por?

— Por ter perdido sua atenção.

— Mas minha atenção é mais pura agora, mais genuína!

— A você talvez pareça, mas a ela isso é muito menos atraente do que a possibilidade de ter alguém que possa amá-la e estar ao lado dela.

— Isso é o que Deus vai fazer por ela.

— O que parece muito bom para você. Estou apenas dizendo, papai, que não vai ser algo que ela queira ouvir justo agora.

— Então, se ela aparecer, eu não devo falar com ela sobre isso?

— Não sei. Se ela aparecer, isso pode significar que ela ainda espera que haja uma chance com você. Existe?

— Não!

— Então deixe isso claro. Mas não seja tão enfático, e não se aproveite da ocasião para tentar convencê-la.

— Pare de falar sobre minha fé como algo que estou tentando vender ou incutir nos outros.

— Desculpe-me. Só estou tentando pensar um pouco como isso vai afetá-la.

Rayford não sabia o que dizer ou fazer a respeito de Hattie agora. Ele temia que Chloe estivesse certa, e isso lhe deu um vislumbre do que ela poderia estar pensando. Bruce Barnes lhe disse que a maioria das pessoas é cega e surda à verdade até encontrá-la; agora, isso fazia todo o sentido do mundo. Como ele poderia contestar a filha? Aquilo era exatamente o que tinha acontecido a ele.

***

Hattie apressou-se para se encontrar com Buck tão logo ele chegou ao clube, por volta das onze. Ele pressentiu que quaisquer possibilidades seriam dissipadas quando a primeira coisa que saiu da boca dela foi: "Então, vou conhecer Nicolae Carpathia?"

Quando prometeu, antes, tentar apresentá-la a ele, Buck achou que não passaria disso. Agora, depois de ouvir Steve filosofar sobre a proeminência de Carpathia, ele não sabia ao certo se deveria tentar apresentar a ele uma amiga, uma fã.

Ligou para o dr. Rosenzweig:

— Doutor, sinto-me meio idiota em falar sobre isto, e talvez o senhor pudesse dizer apenas não, ou que ele é muito ocupado. Eu sei que ele é ocupadíssimo, e essa garota não é ninguém que ele precise conhecer.

— É uma garota?

— Bem, uma jovem mulher. Ela é comissária de bordo.

— Você quer que ele conheça uma comissária de bordo?

Buck não sabia o que dizer. Essa reação era precisamente o que ele temia. Enquanto hesitava, ouviu Rosenzweig cobrir o bocal do telefone e chamar Carpathia.

— Doutor, não! Não pergunte a ele!

Mas Rosenzweig voltou e disse:

— Nicolae disse que qualquer amigo seu é amigo dele. Ele tem algum tempo disponível, mas só algum, agora mesmo.

Buck e Hattie pegaram um táxi e correram para o Plaza. Ele de pronto percebeu o quão desajeitado se sentia, e ainda se sentiria pior. Qualquer reputação que ele desfrutasse com Rosenzweig e Carpathia como jornalista internacional seria para sempre marcada. Ele seria conhecido como um parasita que arrastou uma tiete para apertar a mão de Nicolae.

Buck não conseguia esconder seu desconforto, e no elevador deixou escapar:

— Ele realmente tem apenas um segundo, então não devemos ficar lá muito tempo.

Hattie olhou para ele.

— Eu sei como tratar VIPs, Buck. Costumo servi-los em voos.

— Claro que sim.

— Quero dizer, se você está envergonhado de mim ou...

— Não é nada disso.

— Se você acha que não sei como agir...

— Não é isso. Sinto muito. Eu só estou pensando na agenda dele.

— Bem, agora estamos na agenda dele, não estamos?

Ele suspirou.

— Acho que estamos.

"Por que, oh, por que me meto nessas coisas?", pensou.

No corredor, Hattie parou diante de um espelho e olhou a própria imagem. Um guarda-costas abriu a porta, acenou para Buck e olhou a garota da cabeça aos pés. Ela o ignorou, esticando o pescoço para tentar ver Carpathia. Dr. Rosenzweig emergiu da sala de visitas.

— Cameron — disse ele —, um momento, por favor.

Buck desculpou-se com Hattie, que também não parecia satisfeita. Rosenzweig puxou-o de lado e sussurrou:

— Ele pergunta se você pode juntar-se a ele primeiro.

"Lá vem", pensou Buck, piscando para Hattie num pedido de desculpas e esticando um dedo para indicar que não se iria demorar. "Carpathia vai cortar meu pescoço por desperdiçar seu tempo."

Ele encontrou Nicolae de pé a poucos metros da TV, assistindo a CNN. Seus braços estavam cruzados, a mão apoiando o queixo.

Olhou para Buck e fez sinal para que entrasse. Buck fechou a porta, sentindo-se como se tivesse sido mandado para o gabinete do diretor da empresa. Mas Nicolae não mencionou Hattie.

— Você viu esse negócio em Jerusalém?

Buck disse que sim.

— A coisa mais estranha que já vi.

— Não para mim — disse Buck.

— Não?

— Eu estava perto de Tel Aviv quando a Rússia atacou.

Carpathia manteve os olhos na tela, enquanto a CNN repetia várias vezes o ataque aos pregadores e a queda dos homens que tentaram assassiná-los.

— Sim — ele murmurou. — Deve ter sido algo parecido com isso. Algo inexplicável. Ataque cardíaco, dizem eles.

— Desculpe-me, como?

— Os agressores foram vítimas de ataque cardíaco.

— Não ouvi nada disso.

— Sim. E a Uzi não emperrou. Está funcionando perfeitamente.

Nicolae parecia paralisado diante das imagens. Ele continuou assistindo enquanto falava:

— O que achou da minha escolha para assessor de imprensa?

— Fiquei chocado.

— Pensei mesmo que você ficaria. Veja isto. Os pregadores não tocaram em nenhum deles. Quais são as hipóteses? Eles morreram de medo, foi isso?

A questão era retórica. Buck não respondeu.

— Hum, hum, hum — exclamou Carpathia, a fala menos articulada que Buck já tinha ouvido dele. — Estranho mesmo. Não há dúvida de que Plank pode fazer o trabalho, concorda?

— Claro. Espero que saiba que o *Semanário Global* não será o mesmo sem ele.

— Ah, imagina! Eu o fortaleci. Que melhor maneira haveria para ter a pessoa que quero no topo?

Buck estremeceu, mas ficou aliviado quando Carpathia desviou finalmente o olhar da telinha.

— Isso me faz sentir como Jonathan Stonagal, manobrando as pessoas para suas posições. — Ele riu, e Buck ficou feliz em ver que Carpathia estava brincando.

— Soube o que aconteceu com Eric Miller? — Buck perguntou.

— Seu amigo da *Seaboard Monthly*? Não, o quê?

— Afogou-se ontem à noite.

Carpathia pareceu chocado.

— Não me diga! Isso é terrível!

— Ouça, sr. Carpathia...

— Buck, por favor! Pode me chamar de Nicolae.

— Não tenho certeza se me sinto bem fazendo isso. Eu só queria pedir desculpas por trazer essa garota para conhecê-lo. Ela é apenas uma comissária de bordo e...

— Ninguém é apenas alguma coisa — disse ele, pegando no braço de Buck. — Todo mundo tem o mesmo valor, independentemente de sua posição.

Carpathia levou Buck até a porta, insistindo em ser apresentado. Hattie era conveniente e reservada, embora tenha rido quando Carpathia a beijou em cada lado da face. Ele fez perguntas sobre ela, sua família, seu trabalho. Buck se perguntou se ele havia feito um curso de etiqueta sobre como fazer amigos e influenciar pessoas.

— Cameron — sussurrou o dr. Rosenzweig. — Telefone.

Buck levou o aparelho para o outro quarto. Era Marge.

— Esperava que você estivesse aí — ela disse. — A esposa do Eric, Carolyn Miller, acabou de ligar. Ela está muito abalada e quer muito falar com você.

— Não posso ligar para ela daqui, Marge.

— Bem, dê-lhe algum retorno assim que puder.

— É sobre o quê?

— Não tenho ideia, mas ela parecia desesperada. Anote o número dela.

Quando Buck voltou, Carpathia estava apertando as mãos de Hattie, depois as beijou.

— Eu estou encantado — disse. — Obrigado, sr. Williams e srta. Durham, gostaria muito que nossos caminhos se cruzassem novamente.

Buck a acompanhou e percebeu que ela estava um pouco abatida.

— Algum problema? — perguntou.

— Ele me passou o número do telefone dele! — ela disse, elevando a voz.

— Como é que é?

Hattie mostrou a Buck o cartão de visitas que Nicolae tinha dado a ela. Nele havia seu título de presidente da República da Romênia, mas seu endereço não era de Bucareste, como se poderia esperar. Era do Plaza Hotel, com o número de sua suíte, o número do telefone do quarto e tudo o mais. Buck ficou sem palavras. Carpathia havia escrito a lápis mais outro número de telefoneno cartão. Buck o memorizou.

— Podemos comer no Clube Pancontinental — disse Hattie. — Eu não estava afim de ver esse piloto, mas acho que vou, só para me gabar de ter conhecido Nicolae.

— Nossa, agora é Nicolae, é? — Buck se conteve, mas ainda estava impressionado com o cartão de visitas de Carpathia. — Tentando deixar alguém com ciúmes?

— Tipo isso — disse Hattie.

— Você me daria licença por um segundo? — disse Buck. — Preciso fazer uma ligação antes de voltarmos.

Hattie esperou no saguão, enquanto Buck ligava para Carolyn Miller. A voz dela soava horrível, como se tivesse chorado por horas e não dormido, o que certamente era verdade.

— Oh, sr. Williams, obrigada por ter retornado!

— Claro, senhora, sinto muito por sua perda. Eu...

— O senhor se lembra de nos termos encontrado?

— Sinto muito, sra. Miller. Ajude-me a lembrar.

— No iate presidencial, há dois verões.

— Ah, sim, claro que me lembro! Desculpe-me.

— Eu só não queria que o senhor pensasse que nunca nos conhecemos. Sr. Williams, meu marido me ligou ontem à noite antes de embarcar na balsa. Ele disse que estava acompanhando uma grande história lá no Plaza e que havia se encontrado com o senhor.

— É verdade.

— Ele me contou uma história maluca sobre como vocês dois tiveram uma disputa, ou algo assim, sobre uma entrevista com esse cara romeno que discursou...

— Também é verdade. Mas não foi nada sério, senhora. Foi só um desacordo, mas sem ressentimentos.

— Também entendi isso. Mas essa foi a última conversa que tive com ele, e isso está me deixando maluca. O senhor sabe como estava frio ontem à noite, não é?

— Estava sim, pelo que me lembro — disse Buck, intrigado com a inesperada mudança de assunto.

— Frio, senhor. Muito frio para estar do lado de fora na balsa, não é mesmo?

— Sim, senhora.

— Mesmo que fosse assim, ele sempre foi um bom nadador. Foi campeão no Ensino Médio.

— Com todo o respeito, senhora, mas isso deve ter sido há uns trinta anos?

— Mas ele ainda era um ótimo nadador. Acredite. Eu sei.

— O que a senhora está querendo dizer, sra. Miller?

— Eu não sei! — Ela gritou em lágrimas. — Só queria saber se o senhor poderia me dar alguma luz. Quero dizer, ele caiu da balsa e se afogou? Não faz nenhum sentido!

— Para mim também não, senhora, e eu gostaria de poder ajudar, mas não posso.

— Eu sei — disse ela. — Eu estava apenas na esperança.

— Alguém está aí cuidando da senhora?

— Sim, eu estou bem, obrigada. Tenho família aqui.

— Estarei pensando na senhora.

— Obrigada.

Buck podia ver Hattie pensativa. Ela parecia bem paciente. Ele ligou para um amigo da companhia telefônica.

— Oi, Alex, poderia me fazer um favor? Se eu lhe der um número, você consegue me dizer de quem é?

— Contanto que não diga a ninguém que estou fazendo isso...

— Claro que não, você me conhece, cara.

— Então pode falar.

Buck ditou o número que havia memorizado do cartão que Carpathia deu à Hattie. Depois de alguns instantes, Alex leu as informações que surgiam na tela do computador.

— Nova York, Nações Unidas, escritórios administrativos, gabinete da secretaria-geral, linha privada não listada, nada de central telefônica, nada sobre secretária. OK?

— OK, Alex. Devo-lhe uma.

Buck estava perdido. Ele não conseguiu obter nada. Voltou para Hattie.

— Preciso resolver só mais uma coisa. — disse ele. — Você se importa?

— Não! Contanto que volte. Sem contar que não sei por quanto tempo esse piloto vai esperar. Ele tem a filha com ele.

Buck voltou ao lugar onde estavam os telefones, feliz por não se interessar em competir com Carpathia ou com esse piloto pela afeição de Hattie Durham. Ligou para Steve. Marge atendeu, e ele foi breve com ela.

— Ei, sou eu. Preciso do Plank imediatamente.

— Bem, tenha um bom dia — disse ela e passou o telefone.

— Steve — ele disse agitado —, seu garotão acabou de cometer o primeiro erro.

— Do que você está falando, Buck?

— Não é seu primeiro trabalho anunciar Carpathia como o novo secretário-geral?

Silêncio.

— Steve? Qual é o próximo?

— Você é um bom repórter, Buck. O melhor. Como descobriu?

Buck contou-lhe sobre o cartão de visitas.

— Uau! Isso não parece coisa do Nicolae. Não posso imaginar que tenha sido um descuido. Deve ter um propósito.

— Talvez ele esteja supondo que essa mulher seja muito tonta para descobrir alguma coisa — disse Buck — ou que ela não me mostraria o cartão. Mas como ele sabe que ela não vai ligar para esse número tão cedo? E perguntar por ele lá?

— Contanto que ela espere até amanhã, Buck, está tudo certo.

— Amanhã?

— Você não pode usar isso, OK? A ligação está sendo gravada?

— Steve, por favor! A quem pensa que vou divulgar? Por acaso você já está trabalhando para o Carpathia? Não, né? Você ainda é meu chefe. Então, se não quiser que eu me envolva algo, é só dizer.

— Bem, estou dizendo. O deserto do Kalahari compõe grande parte do Botsuana, de onde vem o secretário-geral Ngumo. Ele volta para lá amanhã como um herói, tendo se tornado o primeiro líder a obter acesso à fórmula de fertilização israelense.

— E como ele fez isso?

— Com sua diplomacia brilhante, é claro.

— E não se pode esperar que ele lide com os deveres tanto da ONU como de Botsuana durante este momento estratégico na história de seu país, certo, Steve?

— E por que deveria, quando alguém é tão perfeitamente adequado para estar à frente? Nós estávamos lá na segunda-feira, Buck. Quem vai se opor a isso?

— Não é mesmo?

— Acho que é genial.

— Você será um perfeito assessor de imprensa, Steve. Eu decidi aceitar seu antigo emprego.

— Bom para você! Agora, não fale nada sobre isso até amanhã, promete?

— Prometo. Mas pode me dizer mais uma coisa?

— Se eu puder, Buck.

— O que Eric Miller andou fazendo? O que será que aconteceu com ele?

A voz de Steve ficou profunda; o tom de voz, baixo.

— Tudo o que sei sobre Eric Miller é que ele chegou muito perto do corrimão na balsa de Staten Island.

CAPÍTULO 19

Rayford observou Chloe enquanto ela andava pelo Clube Pancontinental; então, olhou pela janela. Sentia-se um covarde. Durante vários dias, disse a si mesmo para não pressionar Chloe, não importuná-la. Ele a conhecia. Ela era como ele. Se fosse pressionada demais, seguiria outro caminho. Chloe havia até sugerido que ele desse espaço a Hattie Durham, se ela aparecesse.

Qual era o problema dele? Nada seria como antes novamente. Se Bruce Barnes estava certo, o desaparecimento do povo de Deus era apenas o começo do período mais cataclísmico da história do mundo. Rayford pensou: "Estou aqui preocupado em não ofender as pessoas, mas sou mais responsável ainda por 'não ofender' minha própria filha."

Rayford também se sentiu mal por causa de sua abordagem com Hattie. Ele reconheceu o próprio erro de tê-la importunado e estava arrependido de tê-la manipulado. Mas ele também não podia mais tratá-la com luvas de pelica. O que mais o assustava era que, pelo que Bruce estava ensinando, muitas pessoas seriam enganadas durante aqueles dias. Qualquer um que tomasse a dianteira com proclamações de paz e união deveria ser suspeito. Não haveria paz. Não haveria unidade. Esse era o começo do fim, e tudo rumaria para o caos daquela hora em diante.

O caos faria com que pacificadores e bajuladores lisonjeiros parecessem mais atraentes. E, para as pessoas que não queriam admitir que Deus estava por trás dos desaparecimentos, qualquer outra explicação acalmaria suas consciências. Não havia mais tempo para conversas polidas, para persuasão gentil. Rayford tinha que direcionar as pessoas para a Bíblia, para as partes proféticas. Ele se sentia tão limitado em sua compreensão! Sempre foi um leitor erudito, mas essa coisa de Apocalipse, Daniel e Ezequiel era nova e estranha para ele. Apesar disso, espantosamente, fazia sentido. Rayford começou a levar a bíblia de Irene consigo para todos os lugares, lendo-a sempre que possível. Enquanto o primeiro-oficial folheava revistas durante seu tempo de inatividade, ele puxava sua Bíblia e a lia.

"O que está ocorrendo no mundo?", perguntaram a ele mais de uma vez. Sem qualquer constrangimento, ele dizia que estava buscando respostas e orientações que nunca tinha visto antes. Mas e com a própria filha e os amigos? Bem, nesse caso, ele era muito educado.

Rayford olhou para o relógio. Faltavam alguns minutos para uma da tarde. Ele chamou a atenção de Chloe, sinalizou que estava indo dar um telefonema e, então, ligou para Bruce Barnes e disse o que estava pensando.

— Você está certo, Rayford. Passei alguns dias assim, preocupado com o que as pessoas pensariam de mim, não querendo ser apenas mais um. Isso simplesmente não faz mais sentido, não é?

— Não, não faz. Bruce, eu preciso de apoio. Vou começar a ser desagradável. Estou com medo. Se Chloe quiser rir ou seguir outro caminho, vou persuadi-la a tomar uma decisão. Ela precisa saber exatamente o que está fazendo. Terá de enfrentar o que encontramos na Bíblia e lidar com isso. Quero dizer, os dois pregadores de Israel são suficientes para me dar certeza de que as coisas estão acontecendo exatamente da maneira como a Bíblia predisse.

— Você viu os noticiários nesta manhã?

— Só aqui no terminal.

— Então, procure uma TV agora mesmo.

— Por quê?

— Vou desligar, Ray. Veja o que aconteceu com os agressores e pense se isso não confirma tudo o que lemos sobre as duas testemunhas.

— Bruce...

— Vá, Rayford. E comece a testemunhar com total confiança.

Bruce desligou o telefone. Como Rayford o conhecia suficientemente bem, apesar de seu breve relacionamento, isso o deixou mais intrigado do que ofendido. Correu para a TV mais próxima que viu e ficou chocado ao ouvir o relato das mortes dos agressores. Mergulhou na bíblia de Irene e leu a passagem de Apocalipse que Bruce havia mencionado. Os homens em Jerusalém eram as duas testemunhas que pregavam a Cristo. Eles foram atacados e não precisaram nem mesmo reagir. Os agressores simplesmente caíram mortos, e as testemunhas não sofreram nenhum dano.

Agora, na CNN, Rayford observava as multidões surgindo na área defronte ao Muro das Lamentações para ouvir as testemunhas. As pessoas se ajoelhavam, chorando, algumas com os rostos prostrados no chão. Eram pessoas que antes achavam que os pregadores estavam profanando o lugar santo. Agora, aparentemente, acreditavam no que eles diziam. Ou teria sido apenas temor?

Rayford conhecia bem. Ele sabia que os primeiros dos 144 mil evangelistas judeus estavam sendo convertidos a Cristo diante de seus olhos. Sem tirar os olhos da tela, ele orou silenciosamente: "Deus, enche-me de coragem, de poder, dê-me qualquer coisa de que preciso para ser uma testemunha. Não quero mais ter medo. Não quero esperar mais. Não quero me preocupar se vou ofender alguém. Dá-me o poder de persuasão arraigado na verdade da tua Palavra. Eu sei que é teu Espírito que atrai as pessoas, mas me usa. Eu quero alcançar Chloe. Eu quero alcançar Hattie. Por favor, Senhor. Ajuda-me."

* * *

Buck Williams sentia-se nu sem sua mochila de trabalho. Só estaria pronto para trabalhar quando tivesse em mãos seu celular, o gravador e o novo *notebook*. Como se via de mãos atadas, pediu ao taxista para ir ao escritório do *Semanário Global*, porque precisava pegar a mochila.

Hattie esperou no táxi, mas ela lhe disse que não ficaria feliz se pe desse o compromisso que tinha. Buck parou diante da janela do táxi e disse:

— Pensei que você não queria muito ver esse cara.

— Mas agora eu decidi vê-lo, OK? Chame isso de vingança, atrito ou do que você quiser, mas não é todo dia que a gente pode dizer a um comandante que conheceu alguém que ele não conhece.

— Você está falando de Nicolae Carpathia ou de mim?

— Muito engraçado. De qualquer forma, ele conheceu você.

— Esse é o comandante daquele voo em que você e eu nos conhecemos?

— Sim, agora se apresse!

— Eu gostaria de falar com ele.

— Vá!

Buck chamou Marge ao saguão.

— Marge, você poderia me encontrar no elevador e trazer minha mochila, por gentileza? Tenho um táxi esperando aqui.

— Já estou indo— ela disse —, mas tanto Steve quanto o velho estão perguntando por você.

"E agora?", ele se perguntou. Buck olhou o relógio, desejando que o elevador fosse mais rápido. Essa era a vida nos arranha-céus.

Ele pegou a mochila das mãos de Marge, entrou no escritório de Steve e disse:

— O que está acontecendo? Estou na correria.

— O chefe quer nos ver.

— O que é isso? — Buck disse, enquanto se dirigiam ao corredor.

— Eric Miller, eu acho. Talvez mais. Você sabe que Bailey não ficou entusiasmado com meu aviso prévio. Ele só concordou com isso pensando que você aceitaria a promoção, porque você sabe onde tudo está e o que foi planejado para as próximas semanas.

No escritório de Bailey, o chefe foi direto ao ponto:.

— Vou fazer algumas perguntas críticas e quero respostas rápidas e diretas. Várias coisas estão aparecendo agora, e estaremos em cima de cada pedacinho delas. Antes de tudo, Plank, estão circulando rumores de que Mwangati Ngumo está convocando uma coletiva de imprensa para o final da tarde, e todos acham que ele está deixando o cargo de secretário-geral.

— Sério? — disse Plank.

— Não se faça de idiota comigo — rosnou Bailey. — Não precisa ser um gênio para descobrir o que está acontecendo aqui. Se ele está renunciando, seu cara sabe disso. Você se esquece de que eu estava no comando do departamento africano quando Botsuana se tornou um membro associado do Mercado Comum Europeu. Jonathan Stonagal tinha as mãos em toda parte, e todo mundo sabe que ele é um dos anjos do Carpathia. Qual é a ligação?

Buck notou que Steve estava pálido. Bailey sabia mais do que qualquer um deles esperava. Pela primeira vez em anos, Steve pareceu nervoso, quase em pânico.

— Vou lhe dizer o que sei — ele começou, mas Buck imaginou que havia mais coisas a serem ditas. — Minha primeira atribuição amanhã cedo é negar o interesse de Carpathia no trabalho. Ele vai dizer que tem muitas ideias revolucionárias e que insiste na aprovação quase unânime por parte dos membros atuais. Eles terão de concordar com suas ideias de reorganização, de mudança de ênfase e algumas outras coisas.

— Como o quê?

— Não tenho liberdade para...

Bailey levantou-se; seu rosto estava vermelho.

— Deixe-me contar-lhe algo, Plank. Eu gosto de você. Você tem sido uma superestrela para mim. Eu o recomendei para o resto do alto escalão quando ninguém mais reconhecia o que você tinha. Você me vendeu a imagem desse inútil aqui, e ele se saiu muito bem. Paguei a você ótimos salários, muito antes de você merecer, porque sabia que um dia valeria a pena. E valeu. Agora, estou dizendo que nada do que você revelar sairá desta sala, então não me esconda nada.

E disse mais:

— Vocês, seus moleques, pensam que, como vivo aqui no escritório, não tenho mais contatos, não tenho os ouvidos atentos. Bem, deixe-me dizer a vocês que meu telefone não para de tocar desde que vocês saíram daqui nesta manhã, e tenho a sensação de que algo grande está acontecendo. Agora, o que será?

— Quem ligou para o senhor? — perguntou Plank.

— Primeiro recebi uma ligação de um cara que conhece o vice-presidente da Romênia. Foi solicitado a ele que se preparasse para gerenciar indefinidamente as questões do dia a dia de seu país. Ele não se tornará o novo presidente porque acabaram de eleger um candidato, mas isso me diz que Carpathia espera ficar aqui por enquanto. Em seguida, pessoas que conheço na África me disseram que Ngumo tem acesso privilegiado à fórmula de Israel, mas que ele não está muito feliz com o negócio, já que isso exige sua saída da ONU. Ele fará isso, mas haverá problemas se tudo não acontecer como prometido.

E continuou:

— Então, além de tudo isso, recebi uma ligação do pessoal do *Seaboard Monthly* querendo que eu explicasse como você, Cameron, e seu companheiro que se afogou na última noite estavam trabalhando na mesma matéria sobre Carpathia, e querendo saber ainda se eu acho que você também será morto misteriosamente. Eu disse a ele que, até onde eu sabia, você estava trabalhando numa matéria geral de capa sobre o cara, e que seríamos bem-sucedidos. Ele falou que o cara tinha a intenção de adotar uma abordagem um pouco diferente, você sabe.... indo contra a maré. Miller estava escrevendo uma história sobre o significado dos desaparecimentos, da mesma forma que você, Buck, segundo sei, planejava publicar nas próximas edições. Como isso se relaciona com Carpathia, e por que deram fim no rapaz, eu não sei. E você?

Buck balançou a cabeça.

— Vejo tudo isso como peças totalmente diferentes. Perguntei a

Carpathia o que ele achava dos desaparecimentos, e todos ouviram a resposta. Eu não sei em qual projeto Miller estava trabalhando, e tenho certeza de que ele não pensou que havia alguma ligação entre Carpathia e os desaparecimentos.

Bailey sentou-se novamente.

— Para dizer a verdade, logo que atendi a ligação do cara da *Seaboard*, achei que ele pediria referências sobre você, Cameron. Pensei que, se eu perdesse vocês dois na mesma semana, desejaria me aposentar mais cedo. Podemos tirar essa coisa do caminho, antes de eu fazer Plank me dizer o que mais ele sabe?

— Que coisa? — perguntou Buck.

— Você vai pular fora?

— Não.

— Está aceitando a promoção?

— Sim.

— Ótimo! Então, Steve, o que mais Carpathia fará antes de aceitar o trabalho da ONU?

Plank hesitou, como se estivesse considerando se deveria contar o que sabia.

— Você me deve — pressionou Bailey. — Mas não pretendo abusar. Quero levá-lo ao ponto que mais me interessa: quem estava por trás dos desaparecimentos. Às vezes, acho que somos muito pretensiosos como uma revista de notícias e nos esquecemos de que as pessoas comuns lá fora estão morrendo de medo, querendo ver algum sentido em tudo isso. Agora, Steve, você pode confiar em mim. Eu já lhe disse que não vou contar o assunto para qualquer um nem comprometer você. Apenas investigue isto para mim: o que Carpathia quer e se ele vai aceitar esse cargo.

Steve franziu os lábios e começou a falar com relutância:

— Ele quer uma nova configuração do Conselho de Segurança, que incluirá algumas de suas ideias para embaixadores.

— Como Todd-Cothran, da Inglaterra? — perguntou Buck.

— Provavelmente, mas por pouco tempo. Ele não está muito satisfeito com esse relacionamento, como você deve saber.

Buck percebeu repentinamente que Steve sabia de tudo.

— E? — Bailey pressionou.

— E ele quer que Ngumo pessoalmente insista nele como seu substituto, com a grande maioria dos votos dos representantes, e algumas outras coisas que, francamente, não acho que ele vai conseguir. Em termos militares, ele quer um compromisso com o desarmamento dos países-membros, a destruição de 90% do arsenal desses países e a doação dos 10% restantes à ONU.

— Para fins pacifistas — disse Bailey. — Ingênuo, mas parece lógico. Você está certo, ele não deve conseguir isso. O que mais?

— Provavelmente o ponto mais controverso e menos provável. A logística é incrível, o custo... tudo.

— Quê?

— Ele quer mudar a sede da ONU.

— Mudá-la?

Steve acenou positivamente com a cabeça.

— Para onde?

— Parece estúpido.

— Tudo parece estúpido nos dias de hoje — disse Bailey.

— Ele quer mudá-la para a Babilônia.

— Você não está falando sério.

— Ele está.

— Ouvi dizer que estão reformando a cidade há anos. Milhões de dólares foram investidos nessa empreitada para torná-la... a Nova Babilônia?

— Bilhões.

— Você acha que alguém vai concordar com isso?

— Depende de quanto gostam dele. — Steve riu. — Ele estará no *Tonight Show* esta noite.

— Ele se tornará mais popular do que nunca!

— Agora mesmo está está acontecendo o encontro com os chefes de todos esses grupos internacionais que estão na cidade para as reuniões.

— O que Carpathia quer com eles?

— Ainda estamos aqui em sigilo, certo? — Steve perguntou.

— Claro.

— Ele está pedindo resoluções que apoiem algumas das coisas que ele pretende fazer. O tratado de sete anos de paz com Israel, em troca de sua atribuição como intermediário da fórmula de fertilização do deserto. A mudança para a Nova Babilônia. O estabelecimento de uma religião mundial, provavelmente sediada na Itália.

— Ele não vai chegar muito longe com os judeus nessa negociação.

— Eles são uma exceção. Carpathia vai ajudá-los a reconstruir o templo deles durante os anos do tratado de paz. Acredita que eles merecem tratamento especial.

— E merecem — disse Bailey. — O homem é brilhante. Nunca vi alguém com ideias tão revolucionárias, mas também nunca vi alguém que se movimenta tão rapidamente.

— Algum de vocês se sente um pouco inseguro sobre esse cara? — Buck perguntou. — Parece-me que as pessoas que chegam perto demais acabam eliminadas.

— Inseguro? — disse Bailey. — Bem, creio que ele é um pouco ingênuo, e ficarei muito surpreso se ele conseguir tudo o que está propondo. Mas ele é um político. Não vai pensar em obter apoio como forma de ultimato, e ainda pode aceitar a posição, mesmo que não consiga o que quer. Pode até parecer que ele passou por cima de Ngumo, mas acho que tinha em mente o melhor interesse de Botsuana. Carpathia será o melhor chefe da ONU. E ele está certo. Se o que aconteceu em Israel acontece em Botsuana, Ngumo precisa ficar perto de casa e administrar a prosperidade. Inseguro? Não. Estou tão impressionado com o cara quanto vocês dois. Ele é o que precisamos agora. Nada de errado com unidade e união num momento de crise.

— E quanto a Eric Miller?

— Acho que as pessoas estão fazendo muito alarde quanto a isso. Não sabemos se sua morte não foi o que parece ser e se não passou de coincidência por sua desavença com Carpathia. De qualquer modo, Carpathia não sabia o que Miller queria, sabia?

— Não que eu saiba — disse Buck, mas percebeu que Steve ficou calado.

Marge falou pelo interfone:

— Cameron, tem uma mensagem urgente de uma tal de Hattie Durham. Diz que ela não pode esperar mais.

— Oh, não — disse Buck. — Marge, peça desculpas de tudo quanto é jeito por mim. Diga-lhe que foi inevitável e que também ligarei para ela ou conversarei com ela mais tarde.

Bailey pareceu aborrecido.

— É isso que posso esperar de você em horário de trabalho, Cameron?

— Na verdade, eu a apresentei a Carpathia esta manhã, e quero que ela me apresente hoje a um comandante de uma companhia aérea na cidade, como parte da história sobre o que as pessoas acham que ocorreu na semana passada.

— Nem vou comentar isso, Cameron — disse Bailey. — Primeiro vamos publicar uma grande história de Carpathia na próxima edição, depois você lida com as teorias por trás dos desaparecimentos. Se você me perguntar, essa pode ser a história mais comentada que já publicamos. Penso que superaremos a *Time* e todo o mundo em nossa cobertura do evento em si. Gostei de suas matérias, a propósito. Não sei se teremos algo realmente novo ou diferente sobre Carpathia, mas precisamos dar tudo o que temos. Francamente, adorei a ideia de você prosseguir na cobertura de todas as teorias. Inclua a sua própria visão sobre isso também, seria interessante.

— Eu bem que gostaria — disse Buck —, mas estou sem conhecimento como qualquer um. O que descobri, porém, é que as pessoas que têm uma ideia creem nela inteiramente.

— Bem, eu tenho a minha — disse Bailey. — E é quase estranho o quão próxima ela está daquela de Carpathia ou de Rosenzweig, ou de quem quer que seja. Tenho parentes que acreditam em alienígenas. Tenho um tio que acredita ter sido Jesus, mas ele também acha que Jesus o esqueceu. Eu acho que foi coisa natural, algum tipo de fenômeno em que todos os elementos de nossa alta tecnologia interagiram com as forças da natureza, mas, de fato, nós realmente pensamos uma série de coisas. Agora, vamos lá, Cameron. Onde você se encaixa nisso?

— Estou na posição perfeita para minha tarefa — disse ele. — Ouvi uma teoria que é tão maluca quanto essas outras que você citou.

— O que as pessoas estão dizendo?

— O habitual. Um médico do O'Hare me disse que tinha certeza de que era o arrebatamento. Outras pessoas disseram o mesmo. Você conhece nossa chefe da sucursal de Chicago...

— Lucinda Washington? Será seu trabalho encontrar uma substituta para ela, você sabe. Precisa ir até lá, conhecer o lugar, ficar familiarizado. Mas você estava dizendo...?

— O filho dela acredita que ela e o resto da família foram levados para o céu.

— Então, como ele ficou para trás?

— Não faço ideia — disse Buck. — Alguns cristãos talvez sejam melhores do que outros ou algo assim. Essa é uma coisa que vou descobrir antes de terminar a matéria. Essa comissária de bordo que acabou de ligar, não tenho certeza sobre o que ela pensa, mas disse que o comandante com quem vai se encontrar hoje tem uma ideia.

— Um comandante de companhia aérea — repetiu Bailey. — Isso seria interessante. A menos que a ideia seja a mesma de outros tipos científicos. Bem, vamos em frente. Steve, vamos anunciar tudo isso hoje. Boa sorte, e não se preocupe com o que conversamos aqui. Nada será publicado, a menos que a gente consiga os dados de outras fontes. Estamos de acordo sobre isso, não estamos, Williams?

— Sim, senhor — disse Buck.

Steve não parecia tão certo.

Buck correu para o elevador e procurou descobrir o número do Clube Pancontinental. Pediu aos atendentes que dessem um recado a Hattie, mas eles não conseguiram localizá-la, então ele supôs que ela não havia chegado ainda ou que tinha saído com seu amigo piloto. Deixou uma mensagem para que ela entrasse em contato, em seguida foi até o táxi e se pôs a caminho.

Sua mente estava zumbindo. Ele concordou com Stanton Bailey sobre o fato de que a causa dos desaparecimentos seria a grande reportagem, mas também suspeitava de Nicolae Carpathia. Talvez ele não devesse pensar assim. Talvez devesse concentrar-se em Jonathan Stonagal. Carpathia devia ser inteligente o suficiente para ver que sua promoção poderia ajudar Stonagal de maneira que seria injusta para seus concorrentes. Mas Carpathia também havia prometido que "lidaria" com Stonagal e Todd-Cothran, sabendo muito bem que eles estavam por trás de ações ilegais.

Isso tornava Carpathia inocente? Buck esperava que sim. Nunca em sua vida quis acreditar tanto em uma pessoa. Nos dias que se seguiram aos desaparecimentos, ele dificilmente teve um segundo para pensar por si mesmo. A perda de sua cunhada e dos sobrinhos mexia com seu coração quase constantemente, e algo o fez pensar se não havia essa coisa do arrebatamento. Se alguém em sua esfera de ação fosse levado para o céu, seriam eles.

Mas ele sabia mais do que isso, não é? Foi educado nas instituições da Liga Ivy. Deixou a igreja quando escapou de uma situação familiar sufocante que ameaçava levá-lo à loucura quando jovem. Ele nunca se considerou religioso, apesar de fazer uma oração por ajuda e libertação de vez em quando. Construiu sua vida em torno de realização, entusiasmo e — não podia negar — de atenção. Ele amava o *status* que proveio de ter seu nome, seus textos, seu pensamento numa revista nacional. E ainda havia certa solidão em sua existência, especialmente agora, com Steve deixando a revista. Buck chegou a namorar, teve alguns relacionamentos sérios, mas sempre foi considerado muito agitado para uma mulher que queria estabilidade.

Desde o evento claramente sobrenatural que tinha testemunhado em Israel com a destruição da força aérea russa, sabia que o mundo estava mudando. As coisas nunca mais seriam como antes. Ele não acreditava na teoria de que alienígenas estavam por trás dos desaparecimentos, mas, embora o evento pudesse ser atribuído a alguma incrível reação energética cósmica, quem ou o que estava por trás disso? O incidente no Muro das Lamentações foi outro inexplicável ponto do sobrenatural.

Buck ficou mais intrigado com a história dos "comos e porquês", como ele gostava de pensar, do que com a ascensão de Nicolae Carpathia. Tão impressionado como estava com o homem, Buck esperava que ele não fosse apenas mais um espertalhão político. Ele era o melhor que Buck havia visto, mas seria possível que as mortes de Dick, Alan, Eric e o atentado que ele próprio tinha sofrido fossem coisas sem nenhuma relação com Carpathia?

Ele esperava que sim. Queria crer que ao menos uma pessoa, em cada geração, pudesse aparecer e renovar as esperanças do mundo. Será que Carpathia poderia ser outro Lincoln, um Roosevelt ou a personificação de Camelot que alguns viam em Kennedy?

Num impulso, enquanto o táxi enfrentava um imenso congestionamento perto do JFK, Buck conectou o *modem* do *notebook* ao celular e acessou um serviço de notícias. Ele rapidamente encontrou os principais trabalhos de Eric Miller nos últimos dois anos, e ficou atônito ao descobrir que ele havia escrito sobre a reconstrução e modernização da Babilônia. O título da série de Miller era "Nova Babilônia, Último Sonho de Stonagal". Uma rápida leitura do arquivo mostrou que a maior parte do financiamento vinha dos Bancos Stonagal em todo o mundo. E havia uma citação atribuída a Stonagal: "Apenas coincidência. Não tenho ideia das particularidades do financiamento realizado pelas nossas várias instituições."

Buck sabia que o ponto principal a respeito de Nicolae Carpathia não tinha nada a ver com Mwangati Ngumo ou Israel, nem mesmo com o novo Conselho de Segurança. Para Buck, o teste decisivo de Carpathia seria saber o que fazer acerca de Jonathan Stonagal depois de ser empossado como secretário-geral das Nações Unidas.

Isso era importante porque, se os demais membros da ONU concordassem com as condições de Nicolae, ele se tornaria o líder mais poderoso do mundo da noite para o dia. Com todos os membros desarmados e com a ONU ampliada, ele teria totais condições de impor militarmente seus anseios. E, para concordar com tal arranjo, o mundo teria de estar desesperado por um líder em quem pudesse confiar cegamente. E o único líder digno da investidura seria alguém com tolerância zero para com um esquema homicida e de bastidores como o de Jonathan Stonagal.

CAPÍTULO 20

Rayford e Chloe Steele esperaram até 13h30, então decidiram seguir para o hotel. Saindo do Clube Pancontinental, Rayford parou para enviar uma mensagem para Hattie, caso ela viesse.

— Recebemos há pouco outra mensagem para ela — disse a moça do balcão. — A secretária de um tal de Cameron Williams disse que o sr. Williams lhe faria companhia quando ela chegasse.

— Quando foi isso? — perguntou Rayford.

— Logo depois da uma hora.

— Talvez devamos esperar mais alguns minutos.

Rayford e Chloe estavam sentados perto da entrada quando Hattie entrou apressada. Rayford sorriu-lhe, mas ela imediatamente retardou os passos ao topar com eles.

— Oh, olá! — disse ela, mostrando sua identificação no balcão e apanhando os recados. Rayford deixou-a fazer seu jogo. Ele merecia isso.

— Na verdade, eu não deveria ter vindo ver vocês — disse ela, depois de ser apresentada a Chloe. — Mas, agora que estou aqui, devo dar um retorno a essa chamada. É do escritor de quem lhe falei. Ele me apresentou a Nicolae Carpathia esta manhã.

— Não me diga.

Hattie acenou com a cabeça, sorrindo.

— E o sr. Carpathia me deu o cartão dele. Você sabia que ele está sendo chamado de o homem mais *sexy* do mundo pela *People*?

— Já tinha ouvido isso, sim. Bem, estou impressionado. Uma manhã reservada todinha para você, não é? E como está o sr. Williams?

— Muito bem, mas muito ocupado. É melhor ligar para ele. Com licença.

* * *

Buck estava numa escada rolante dentro do terminal quando seu celular tocou.

— Bem, olá! — disse Hattie.

— Senhorita Durham, sinto muito.

— Oh, por favor — disse ela. — Alguém que me deixa no centro de Manhattan, num táxi caro, pode me chamar pelo primeiro nome. Eu insisto.

— E eu insisto em pagar pela corrida do táxi.

— Estou brincando, Buck. Vou me encontrar com aquele comandante e sua filha, então não se sinta obrigado a vir.

— Bem, agora já estou aqui — disse Buck.

— Oh!

— Mas tudo bem. Eu tenho muito a fazer. Foi bom vê-la novamente, e da próxima vez que você passar por Nova York...

— Buck, não quero que você se sinta obrigado a se ocupar comigo.

— Nada disso, não me sinto obrigado.

— Lógico que sente. Você é um cara legal, mas é óbvio que somos bem diferentes. Obrigada por estar comigo e especialmente por me apresentar ao sr. Carpathia.

— Hattie, eu poderia pedir-lhe um favor? Seria possível me apresentar a esse comandante? Eu gostaria de entrevistá-lo. Ele vai passar a noite por aqui?

— Posso perguntar para ele. Aliás, você deveria conhecer a filha dele. Ela é linda!

— Talvez eu a entreviste também.

— Sim, faça uma boa abordagem...
— Hattie, só veja isso com ele, por favor.

* * *

Rayford ficou imaginando se Hattie teria um encontro com Buck Williams naquela noite. O certo a fazer seria convidá-la para jantar no hotel em que ele e Chloe estavam hospedados. Agora, ela olhava para ele segurando o telefone.

— Rayford, Buck Williams quer conhecer você. Ele está escrevendo uma história e gostaria de entrevistá-lo.

— Mesmo? Eu? — ele se surpreendeu. — Sobre o que seria a entrevista?

— Não sei. Não perguntei. Suponho que seja sobre voar ou sobre os desaparecimentos. Você estava no ar quando tudo aconteceu.

— Diga-lhe que, lógico, eu aceito. Aliás, por que não pede a ele que se junte a nós três no jantar de hoje à noite, se você estiver livre?

Hattie olhou para Rayford como se tivesse sido enganada em alguma coisa.

— Vamos lá, Hattie. Você e eu podemos falar sobre isso mais tarde, então nos encontramos para o jantar às seis da tarde no Carlisle.

Ela pegou o telefone e ligou para Buck.

— Onde você está agora? — perguntou. Ela fez uma pausa. — Você não está longe! — Hattie olhou para a esquina, riu e acenou. Cobrindo o bocal do telefone, virou-se para Rayford. — É ele, ali mesmo ao celular! — falou.

— Bem, então por que você não desliga, e nos apresenta? — sugeriu Rayford. Ela despediu-se de Buck e ele guardou o celular no bolso enquanto entrava.

— Ele está conosco — Rayford disse à mulher da recepção. Em seguida, apertou a mão de Buck. — Então você é o escritor do *Semanário Global* que estava no meu voo.

— Sou — disse Buck. — E esta é sua filha?

Buck ficou deslumbrado com Chloe. Ele gostou te tudo nela: de seu nome, seus olhos, seu sorriso. Ela olhou diretamente para ele e lhe deu um firme aperto de mão, algo que apreciava numa mulher. Tantas mulheres se achavam femininas ao estender uma mão flácida! "Que garota linda!", pensou.

— Soube que você gostaria de fazer uma entrevista comigo. Sobre o que seria? — a pergunta de Rayford fez com que Buck voltasse sua atenção para ele novamente.

— Quero sua opinião sobre os desaparecimentos. Estou fazendo uma matéria de capa sobre as teorias por trás do que aconteceu, e seria bom saber seu ponto de vista como profissional e como alguém que estava bem no meio da agitação no momento do ocorrido.

"Que oportunidade!", Rayford pensou.

— Fico feliz em colaborar — disse. — Você pode se juntar a nós para o jantar?

— Com certeza — disse Buck.

Buck sentiu-se tentado a dizer ao comandante Steele que, no dia seguinte, ele não seria mais apenas um escritor, e, sim, editor-executivo. Porém, temia que isso soasse arrogante, e não um simples comentário, então achou melhor não dizer nada.

— Vejam — disse Hattie —, o comandante e eu precisamos de alguns minutos, então por que vocês dois não se conversam um pouco? Logo mais nos reunimos todos. Você tem um tempo, Buck?

"Agora mesmo", ele pensou.

— Claro — disse ele, olhando para Chloe e Rayford. —Tudo bem para vocês?

O comandante pareceu hesitar, mas sua filha se mostrou disposta. Ela era madura o suficiente para tomar as próprias decisões, mas aparentemente não queria fazer nada que causasse embaraço ao pai.

— Tudo bem — ele respondeu hesitante. — Estaremos por aqui.

— Vou guardar minha mochila e vamos dar um passeio pelo terminal — falou Buck. — Se você quiser, Chloe.

Ela sorriu e concordou com um aceno de cabeça.

Fazia muito tempo que Buck não se sentia desconfortável e tímido com uma garota. Enquanto ele e Chloe passeavam e conversavam, ele não sabia onde olhar nem o que fazer com as mãos. Deveria mantê-las nos bolsos ou livres? Deixá-las balançando? E será que Chloe preferia sentar-se, observar as pessoas ou olhar as vitrines?

Pediu que ela falasse um pouco de si mesma, que faculdade frequentou e quais eram seus interesses. Ela lhe contou sobre a mãe e o irmão, e ele simpatizou com sua história. Buck ficou impressionado com a inteligência, desenvoltura e maturidade que ela demonstrava. Essa era uma garota que poderia atrair seu interesse, mas ela parecia pelo menos dez anos mais jovem do que ele.

Chloe, por sua vez, queria saber sobre a vida e a carreira de Buck. Ele lhe disse que poderia contar qualquer coisa que ela pedisse, e até um pouco mais. Só quando ela perguntou se ele havia perdido alguém nos desaparecimentos é que Buck falou sobre sua família em Tucson e seus amigos na Inglaterra. Naturalmente, ele nada disse sobre as relações disso com Stonagal ou Todd-Cothran.

Quando a conversa deu uma pausa, Chloe notou que ele estava olhando para ela, mas desviou o olhar. Quando Buck olhou para trás, agora era Chloe que o fitava. Eles sorriram timidamente. "Isso é loucur", ele pensou.

Buck estava morrendo de vontade de saber se ela tinha namorado, mas não ousou perguntar.

Já as perguntas de Chloe seguiam mais a linha de uma jovem perguntando a um profissional veterano sobre sua carreira. Ela invejou suas viagens e experiências. Mas ele não se gabou disso, garantindo que ela se cansaria desse tipo de vida.

— Você já foi casado? — perguntou ela.

Ele gostou dessa pergunta. Estava feliz em dizer que não, que nunca teve compromisso sério o suficiente com alguém para ficar noivo.

— E você? — ele perguntou, sentindo a conversa ficar íntima agora. — Quantas vezes você foi casada?

Chloe riu.

— Só um caso mais sério. Quando eu era caloura na faculdade, ele já era um veterano. Pensei que era amor, mas, quando ele se formou, nunca mais ouvi falar dele.

— Mesmo?

— Ele fez algum tipo de viagem ao exterior e me mandou uma lembrança, e aí foi o fim de tudo. Agora ele até já se casou.

— Quem perdeu foi ele.

— Obrigada.

Buck se sentiu mais ousado.

— Ele era cego ou coisa assim? — Chloe não respondeu. Buck se repreendeu mentalmente e tentou se recuperar. — Quero dizer, alguns caras não sabem o que eles têm.

Ela ainda manteve silêncio, e Buck se sentiu um idiota.

"Como posso ser tão bem-sucedido em algumas coisas e tão desastrado em outras?", perguntou-se.

***

Rayford foi sincero, honesto e direto com Hattie como sempre havia sido. Eles se sentaram frente a frente em cadeiras estofadas no canto de uma sala grande e barulhenta onde não podiam ser ouvidos por mais ninguém.

— Hattie — disse ele —, não estou aqui para discutir com você ou mesmo ter uma conversa. Há coisas que devo dizer e gostaria apenas que me ouvisse, tudo bem?

— Eu não posso dizer nada? Porque pode haver coisas que eu também deseje que você saiba.

— Claro que vou deixar você me dizer o que quiser, mas primeiro a minha parte, minha parte. Não quero que isto seja um diálogo. Preciso que exteriorizar algo que tenho no peito, e quero que você pense bem antes de responder, OK?

Ela encolheu os ombros.

— Não vejo que escolha tenho.

— Você teve uma escolha, Hattie. Você não precisava vir.

— Eu realmente não queria vir. Eu lhe disse isso e você veio com aquela mensagem de sentimento de culpa, implorando que eu o encontrasse aqui.

Rayford ficou frustrado.

— Entende por que eu não queria abordar esse problema? — ele reclamou. — Como posso pedir desculpas quando tudo o que você quer fazer é discutir sobre a razão de estar aqui?

— Você quer se desculpar, Rayford? Eu nunca o impediria de fazer isso.

Ela estava sendo sarcástica, mas ele tinha conseguido sua atenção.

— Sim, eu quero. Agora você vai me deixar falar?

Ela concordou.

— Porque quero falar sobre isso para esclarecer as coisas, para assumir toda a culpa que eu carrego, e então quero lhe dizer o que sugeri no telefone outra noite.

— Sobre o que você descobriu acerca dos desaparecimentos.

Ele ergueu a mão.

— Não ponha o carro na frente dos bois.

— Desculpe-me — disse ela, levando a mão à boca. — Mas por que você não me deixa simplesmente ouvir sobre isso durante sua entrevista com o Buck esta noite? Rayford revirou os olhos. — É só uma sugestão — disse. — Apenas para que você não precise repetir tudo outra vez.

— Obrigado por sua preocupação — disse Rayford — , mas isso que vou lhe contar é tão pessoal e importante que precisa ser feito em particular. Não me importo de contar isso de novo e novo; e, se meu palpite for certo, você não se importará de ouvir isso várias vezes.

Hattie ergueu as sobrancelhas como se fosse dizer que ficou surpresa, mas disse:

— Você tem a palavra. Não vou interromper mais.

Rayford se inclinou para a frente e apoiou os cotovelos nos joelhos, gesticulando enquanto falava.

— Hattie, eu lhe devo um enorme pedido de desculpas e quero seu perdão. Nós éramos amigos. Nós apreciávamos a companhia um do outro. Eu adorava estar com você e passar tempo ao seu lado. Achei-a linda e interessante, e creio que você sabia que eu estava interessado em algo mais.

Ela se mostrou surpresa, mas Rayford supôs que, se ela não mantivesse a promessa de silêncio, teria dito que ele ele tinha uma maneira bastante descontraída de mostrar interesse. Continuou.

— Provavelmente a única razão pela qual eu nunca fui adiante com você foi porque eu não tinha nenhuma experiência nessas coisas. Mas era só uma questão de tempo. Se eu tivesse achado que você estava disposta, acabaria fazendo algo errado.

Ela franziu as sobrancelhas e se sentiu ofendida.

— Sim — ele disse —, seria errado. Eu era casado, embora sem alegria e plenitude, mas isso foi culpa minha. Mais que isso, eu tinha feito um voto, assumido um compromisso, e, não importa o quanto eu justificasse meu interesse por você, estaria errado.

Pelo olhar de Hattie, ele podia sentir que ela não concordava com o que ele dizia.

— De qualquer modo, eu iludi você. Não fui totalmente honesto. Mas agora preciso dizer como sou grato por não ter feito algo idiota. Não teria sido correto para você também. Sei que não sou nem juiz, júri, e seus princípios cabem somente a você. Mas não haveria futuro para nós. Não só estamos separados pela idade, mas o fato é que o único interesse real que eu tinha em você era físico. Você tem o direito de me odiar por isso, e não estou orgulhoso do que fiz. Eu não a amo. Você deve concordar que esse não teria sido um tipo de vida para você.

Ela concordou com um aceno de cabeça, mas sua fisionomia era pesada. Ele sorriu.

— Vou deixá-la quebrar o silêncio um pouco — ele disse. — Preciso saber que você, pelo menos, me perdoa.

— Às vezes me pergunto se a honestidade é sempre a melhor política — disse Hattie. — Eu seria capaz de aceitar isso se você tivesse apenas dito que o desaparecimento de sua esposa fez você se sentir culpado pelo rumo que estávamos tomando. Sei que nós realmente não tivemos nada ainda, mas isso seria uma maneira mais gentil de colocar a questão.

— Gentil, mas desonesto. Hattie, estou cansado de ser desonesto. Tudo em mim prefere ser gentil e educado, evitando que você fique ressentida comigo, mas não posso mais ser falso. Eu não fui autêntico por anos.

— E agora, você é?

— Até o ponto de não ser agradável para você — disse ele. Ela concordou novamente. — Por que que eu ia querer fazer isso? Todo mundo gosta de ser amado. Eu poderia ter sido culpado de outra coisa, sobre minha esposa, seja lá o que for. Mas quero ser capaz de viver em paz comigo mesmo. Eu quero ser capaz de convencê-la de que não tenho segundas intenções quando falar sobre coisas mais importantes.

Os lábios de Hattie tremeram. Ela os contraiu e olhou para baixo; uma lágrima rolou por sua face. Rayford se conteve para não lhe dar um abraço. Não haveria nada de sensual nisso, mas ele não podia se dar ao luxo de demonstrar um sinal errado.

— Hattie — disse ele. — Eu sinto muito. Perdoe-me.

Ela acenou com a cabeça, mas se sentiu incapaz de falar. Tentou dizer alguma coisa, mas não conseguiu recuperar a compostura.

— Agora, depois de tudo isso — disse Rayford —, preciso convencê-la de que me importo com você como amigo e como pessoa.

Hattie ergueu as mãos, lutando para não chorar. Ela balançou a cabeça, como se não estivesse pronta para isso.

— Não — ela se controlou. — Não agora.

— Hattie, tenho que fazer isso.

— Por favor, me dê um minuto.

— Leve o tempo que precisar, mas não fuja de mim agora — disse ele. — Eu não seria amigo se não dissesse o que descobri, o que aprendi e o que estou descobrindo mais a cada dia.

Hattie enterrou o rosto nas mãos e chorou.

— Eu não ia fazer isso — disse ela. — não ia dar a você essa satisfação.

Rayford falou tão ternamente quanto pode.

— Agora você está me ofendendo — comentou. — Se você não aprender mais nada desta conversa, deve saber que suas lágrimas não me dão satisfação. Cada uma delas é um punhal para mim. Sou o responsável por isso. Eu estava errado.

— Dê-me um minuto — disse ela, apressando-se.

Rayford tomou a bíblia de Irene e procurou rapidamente algumas passagens. Decidiu não ficar com a Bíblia aberta enquanto conversava com Hattie. Não queria envergonhá-la ou intimidá-la, apesar de sua coragem e determinação recém-descobertas.

* * *

— Você vai achar interessante a teoria do meu pai sobre os desaparecimentos — disse Chloe.

— Vou mesmo? — perguntou Buck.

Ela assentiu com a cabeça, e ele notou um pouco de chocolate no canto de sua boca. Ele se adiantou:

— Posso? — estendendo a mão. Ela levantou o queixo, e ele tirou o chocolate com o polegar. Agora, o que ele deveria fazer? Limpar o dedo num guardanapo? Impulsivamente, ele trouxe o polegar a seus lábios.

— Credo! — ela disse. — Que nojo! E se eu tivesse uma meleca nojenta ou algo assim?

— Então nós dois a teríamos — ele disse, e os dois riram.

Buck percebeu que estava ficando vermelho, algo que não acontecia há anos; então mudou de assunto.

— Você fala da teoria do seu pai como se, talvez, não fosse sua também. Vocês dois discordam sobre o assunto?

— Ele acha que sim, porque discuto com ele e e o deixo chateado. Eu só não quero parecer muito fácil de convencer, mas, para ser honesta, eu diria que estamos bem perto um do outro. Veja, ele acha que...

Buck levantou a mão.

— Não me diga. Eu quero saber uma versão atualizada.

— Oh, desculpe então.

— Não, tudo bem. Eu não quis deixá-la sem graça, mas é assim que gosto de trabalhar. Adoraria ouvir sua teoria também. Vamos coletar algumas ideias de garotos da faculdade, mas seria improvável usar duas pessoas da mesma família. Claro, você acabou de me dizer que concorda com seu pai, então é melhor eu esperar e ouvir os dois ao mesmo tempo.

Ela ficou em silêncio e se mostrou séria.

— Sinto muito, Chloe, não quis dizer que não estou interessado em sua teoria.

— Não é isso — disse ela. — Mas você acabou de me rotular.

— Eu rotulei você?

— Sim. Como uma garota de faculdade.

— Oh, eu não fiz isso, fiz? Desculpe. Eu sei. Os acadêmicos não são crianças. Eu não a vejo como uma criança, embora você seja muito mais jovem do que eu.

— Acadêmicos? Eu não ouvia essa palavra há algum tempo!

— Estou revelando a minha idade, não estou?

— Quantos anos você tem?

— Trinta e meio, indo para 31 — disse ele com uma piscada de olho.

— Eu perguntei "quantos anos você tem?"! — ela gritou, como se estivesse falando com um velho surdo. Buck deu um grunhido.

— Eu compraria outro biscoito para você, garotinha, mas não quero estragar seu apetite.

— É melhor não. Meu pai adora comer bem e vai pedir bons pratos esta noite. Quero deixar um espaço.

— Certo, Chloe.

— Posso lhe dizer uma coisa, sem que você pense que sou estranha? — ela perguntou.

— Tarde demais — respondeu ele.

Ela franziu a testa e lhe deu um soquinho.

— Eu ia dizer que gosto do jeito que você pronuncia meu nome.

— Não sabia que havia outra maneira de pronunciar — disse Buck.

— Oh, existe! Até meus amigos o fazem em uma sílaba, como *Cloy*.

— Chloe — ele repetiu.

— Sim — ela confirmou. — Exato! Duas sílabas, um longo O, e um longo E.

— Eu gosto do seu nome — disse Buck em um tom que o fazia parecer um homem velho e rouco. — É o nome de uma jovem. Quantos anos você tem, garota?

— Vinte e meio, indo para 21.

— Oh, meu Deus — disse ele, ainda encenando. — Eu estou acompanhando uma menor de idade!

Enquanto retornavam ao Clube Pancontinental, Chloe disse:

— Se você prometer não dar muita importância à minha juventude, não darei muita importância à sua idade.

— Negócio fechado! — concordou ele, com um sorriso brincalhão nos lábios. — Você age como uma pessoa muito mais velha.

— Vou tomar isso como um elogio — ela falou, sorrindo timidamente, como se não tivesse certeza de que ele falava sério.

— Oh, faça isso — disse ele. — Poucas pessoas da sua idade são tão bem versadas e articuladas como você.

— Esse foi definitivamente um elogio — disse ela.

— Você pega as coisas rapidinho.

— E você realmente entrevistou Nicolae Carpathia?

Buck confirmou que sim.

— Ele e eu somos quase amigos.
— Sério?
— Bem, na verdade, não somos. Mas nos damos bem.
— Fale-me sobre ele.
E Buck começou a falar sobre Carpathia.

* * *

Hattie voltou ligeiramente refeita, mas ainda com olhos inchados, e sentou-se novamente como se estivesse pronta para ouvir mais repreensões. Rayford reiterou que era sincero sobre suas desculpas, e ela disse:
— Vamos deixar tudo isso para trás, OK?
— Eu preciso saber que você me perdoou — insistiu ele.
— Você parece realmente fixado nisso, Rayford. Isso o libertaria, acalmaria sua consciência?
— Acho que sim — disse ele. — Significaria principalmente que você acredita que sou sincero.
— Eu acredito — disse ela. — Isso não torna a situação mais agradável ou mais fácil de lidar, mas, se isto o faz se sentir melhor, acredito, sim, que você foi sincero. Não tenho rancor, então acho que isso é perdão.
— E eu aceito — disse ele. — Agora, quero ser muito honesto com você.
— Ah, tem mais? Ou é sobre o que você me falou que aconteceu na semana passada?
— Sim, é isso, mas preciso lhe dizer que Chloe me aconselhou a não entrar nesse assunto agora.
— Na mesma conversa que o, ah, outro assunto, você quer dizer.
— Isso.
— Garota esperta — Hattie disse a si mesma. — Precisamos nos entender.

— Bem, você não está tão velha assim.

— Isso não é o certo a dizer, Rayford. Se pretendia fazer aquela abordagem do "você é jovem o bastante para ser minha filha", deveria ter dito isso antes.

— Não, a menos que eu tivesse sido seu pai quando eu tinha quinze anos — acrescentou Rayford. — De qualquer forma, Chloe está convencida de que você não vai estar com humor o bastante para isso agora.

— Por quê? Isso requer alguma reação? Tenho que comprar sua ideia ou algo assim?

— Essa é minha esperança. Se é algo com que você não possa lidar agora, vou entender. Mas penso que você verá a urgência disso.

Rayford se sentiu da mesma maneira que Bruce Barnes quando eles se conheceram. Ele estava cheio de paixão e persuasão, e sentiu que suas orações por coragem e coerência foram respondidas, conforme ele pediu. Contou a Hattie sobre sua história com Deus, tendo sido criado em uma família que frequentava a igreja, e como ele e Irene assistiram aos cultos em várias igrejas durante todo o casamento. Ele até disse para Hattie que a preocupação de Irene com os eventos finais tinha sido uma coisa que o fez procurar por companhia em outro lugar.

Rayford percebeu, pelo olhar de Hattie, que ela sabia aonde ele queria chegar, que ele agora concordava com Irene e tinha comprado o pacote todo. Hattie ficou imóvel, enquanto ele contava a história de saber de antemão o que encontraria em casa naquela manhã depois que pousaram em O'Hare.

Ele falou sobre a ligação para a igreja, a fim de se encontrar com Bruce, mais a história de Bruce, o DVD, seus estudos, as profecias da Bíblia, os pregadores em Israel, que claramente faziam paralelo com as duas testemunhas mártires de Apocalipse.

Rayford contou-lhe como havia feito uma oração com o pastor enquanto o DVD rodava e como ele agora se sentia tão responsável por Chloe e queria que ela também se encontrasse com Deus. Hattie olhou fixamente para Rayford. Nada em sua linguagem corporal ou expressão o encorajava, mas ele continuou.

Não pediu que ela orasse com ele.

Simplesmente lhe disse que não pediria mais desculpas pelo que acreditava.

— Você ao menos pode perceber que, quando alguém aceita esse fato, deve contar a outras pessoas. Eu não seria um bom amigo se não o fizesse.

Hattie sequer lhe deu a satisfação de acenar com a cabeça concordando com esse ponto.

Depois de quase meia hora expondo seu novo conhecimento, ele esgotou o assunto e concluiu:

— Hattie, eu quero que você pense a respeito; assista ao vídeo, então fale com Bruce, se quiser. Não posso fazê-la acreditar. Tudo o que posso fazer é deixá-la ciente do que aceitei como verdade. Eu me preocupo com você e não quero que se perca simplesmente porque ninguém lhe contou a respeito.

Finalmente, Hattie recostou-se e suspirou.

— Bem, isso é gentil de sua parte, Rayford. É, realmente. Agradeço que você esteja me contando tudo isso. Essa história parece-me muito estranha e diferente, porque eu nunca soube nada a respeito dessas coisas da Bíblia. Minha família ia à igreja quando eu era uma criança, principalmente nos feriados, ou se fôssemos convidados, mas nunca ouvi qualquer coisa assim. Vou pensar sobre o assunto. Preciso pensar. Depois de ouvir tudo isso, é difícil apagar da mente por um tempo. Você vai contar ao Buck Williams no jantar?

— Palavra por palavra.

Ela esboçou um risinho.

— Penso se algo disso estará no artigo da revista dele.

— Provavelmente estará, e também alienígenas, gás venenoso e raios mortais — disse Rayford.

CAPÍTULO 21

Quando Buck e Chloe se reencontraram com Rayford e Hattie, era visível que ela esteve chorando. Buck não se sentiu à vontade o suficiente para lhe perguntar o que havia acontecido, e ela não se mostrou disposta a contar.

Buck estava feliz pela oportunidade de entrevistar Rayford Steele, mas suas emoções eram desencontradas. As reações do comandante, que havia pilotado o avião no qual ele era passageiro quando ocorreram os desaparecimentos, acrescentavam um toque dramático à sua história. Porém, além disso, ele queria passar mais tempo com Chloe. Buck voltou rapidamente para o escritório e depois para sua casa, a fim de se trocar e ir mais tarde ao encontro no Carlisle. No escritório, recebeu uma ligação de Stanton Bailey, perguntando quando tempo ele poderia ir a Chicago para substituir Lucinda Washington.

— Em breve, pois não quero perder os acontecimentos na ONU.

— Tudo o que acontecerá lá amanhã pela manhã você já sabe por meio de Plank — disse Bailey. — O que eu sei é que a coisa já está começando a acontecer. Plank assume seu novo cargo pela manhã, nega o interesse de Carpathia, reitera quais seriam as suas condições, e todos esperamos para ver se alguém morde a isca. Mas não acho que eles o farão.

— Gostaria que fizessem — disse Buck, ainda esperando poder confiar em Carpathia e ansioso por ver o que o homem faria sobre Stonagal e Todd-Cothran.

— Eu também — disse Bailey —, mas quais são as chances? Ele é um homem talhado para este tempo, mas seus planos de desarmamento global e de reestruturação são ambiciosos demais. Eles nunca vão acontecer.

— Eu sei, mas, se você tivesse o poder de decisão, não faria o mesmo?

— Sim — disse Bailey, suspirando. — Provavelmente sim. Estou tão cansado de guerra e violência! Acho até que me mudaria para a Nova Babilônia.

— Talvez representantes na da ONU sejam espertos o suficiente para saber que o mundo está pronto para Carpathia — disse Buck.

— Não seria bom demais para ser verdade? — perguntou Bailey.

— Não aposte tanto nisso nem espere sentado, ou seja lá o que não se deve fazer quando as chances estão contra você.

Buck disse ao novo chefe que voaria para Chicago na manhã seguinte e voltaria a Nova York no domingo à noite.

— Vou conhecer o terreno e descobrir quem é bom em Chicago e se precisamos procurar outros candidatos de fora.

— Eu preferiria os de dentro — disse Bailey. — Mas é meu estilo deixar que você tome essas decisões.

Buck ligou para a Pancontinental, sabendo que o voo de Rayford Steele sairia às oito horas da manhã seguinte. Ele disse à agente de reservas que sua companheira de viagem era Chloe Steele.

— Sim — ela disse —, a srta. Steele está voando de cortesia na primeira classe. Há um assento livre ao lado dela. O senhor também é convidado da equipe?

— Não.

Buck havia reservado um assento mais barato e cobrado da revista, então fez uma atualização reservando o assento ao lado de Chloe. Ele não diria nada naquela noite sobre uma viagem a Chicago.

Fazia muito tempo que Buck não usava uma gravata, mas essa, afinal, era a sala de jantar do Carlisle. Não poderia entrar lá sem uma. Felizmente, eles foram conduzidos a uma mesa particular num pequeno nicho onde poderia guardar sua mochila e, assim, não parecer desleixado ao carregá-la para cima e para baixo. Seus colegas de mesa deduziram que ele precisava da mochila por causa dos equipamentos de trabalho, mas não poderiam imaginar que ali também havia uma muda de roupa.

Chloe estava radiante, parecendo cinco anos mais velha em um clássico vestido de noite. Ficou bem claro que ela e Hattie haviam passado a tarde num salão de beleza.

* * *

Rayford achou que a filha estava deslumbrante noite, e imaginava o que o repórter da revista tinha achado dela. Por certo, esse tal de Williams era velho demais para Chloe.

Ele havia passado as horas livres antes do jantar cochilando e orando para que tivesse na entrevista com Buck a mesma coragem e franqueza que teve ao falar com Hattie. Embora achasse que aquela havia sido uma boa conversa, Rayford não fazia ideia do que se passava na cabeça dela, a não ser que Hattie achava que ele foi muito "gentil" em lhe dizer tudo. No entanto, não sabia dizer se ela estava sendo sarcástica ou condescendente. O jeito era esperar que tivesse conseguido abrir os olhos de Hattie para a verdade e que o tempo a sós que ela havia passado com Chloe, arrumando-se para o jantar, tivesse sido bom. Rayford desejava que Chloe não fosse tão hostil e cabeça fechada a ponto de se tornar uma aliada de Hattie e, assim, ficarem ambas contra ele.

No restaurante, Williams parecia olhar somente para Chloe e ignorar Hattie. Rayford achou aquela atitude um tanto insensível, mas percebeu que não era algo que a incomodava. Talvez ela estivesse saindo com alguém. Rayford nada disse sobre o novo visual de Hattie para aquela noite, mas foi de propósito. Ela era impressionante e sempre havia sido, mas ele não seguiria por esse caminho novamente.

Durante o jantar, Rayford manteve a conversa em tom leve. Buck pediu a ele que sinalizasse quando estivesse pronto para ser entrevistado. Depois da sobremesa, falou com o garçom em particular.

— Gostaríamos de passar mais uma hora aqui, se estiver tudo bem.
— Senhor, temos uma extensa lista de reservas...
— Entendo perfeitamente. Eu não gostaria que esta mesa fosse menos lucrativa para você — disse Rayford, entregando uma generosa quantia de dinheiro ao garçom. — Portanto, avise-nos sempre que for necessário.

O garçom pegou o dinheiro e guardou no bolso.

— Tenho certeza de que vocês não serão incomodados — disse ele. E os copos estavam sempre cheios.

Rayford gostou de responder às perguntas iniciais de Williams sobre seu trabalho, sua formação, treinamento e educação, mas estava ansioso por prosseguir com sua nova missão na vida. Finalmente, a pergunta veio.

Buck tentou concentrar-se nas respostas do comandante, mas sentiu que também tentava impressionar Chloe. Todos da área jornalística sabiam que ele era um dos melhores entrevistadores do mundo. Isso e sua capacidade de selecionar rapidamente as coisas para redigir um artigo legível e envolvente tinham feito dele quem ele era.

Buck passou rapidamente pelas preliminares e gostou daquele cara. Steele parecia honesto e sincero, inteligente e articulado. Logo percebeu que tinha visto muito de Rayford em Chloe.

— Estou pronto — disse ele — para ouvir sua ideia sobre o que aconteceu naquele voo sinistro para Londres. Você tem uma teoria?

O comandante hesitou e sorriu como se estivesse ajeitando-se.

— Tenho mais do que uma teoria — disse ele. — Você pode pensar que isso soa meio maluco vindo de uma pessoa tecnicamente racional como eu, mas acredito que encontrei a verdade e sei exatamente o que aconteceu.

Buck sabia que isso funcionaria bem na revista.

— Não posso deixar de apreciar um homem de convicção — disse ele. — Aqui está a sua chance de dizer ao mundo.

Chloe escolheu esse momento para tocar suavemente o braço de Buck e perguntar se ele se importava de lhe dar licença por um momento.

— Vou me juntar a você — disse Hattie.

Buck sorriu, observando-as sair.

— O que é isso? — disse ele. — Uma conspiração? Será que elas queriam me deixar a sós com você, ou já ouviram sua teoria antes e preferem não repetir a experiência?

Rayford estava particularmente decepcionado, quase ao ponto de ficar com raiva. Essa era a segunda vez, em poucas horas, que Chloe de alguma forma ia embora num momento crucial.

— Garanto que não é esse o caso — disse ele, forçando um sorriso. Mas não conseguia relaxar e esperar pelo retorno delas. A pergunta havia sido feita e ele se sentia pronto para respondê-la, então se entregou ao assunto, dizendo coisas que sabia e que poderiam levá-lo a ser considerado um doido. Assim como fez com Hattie, Rayford contou sua própria história espiritual inusitada e conduziu Williams até o tempo presente em pouco mais de meia hora, cobrindo todos os detalhes que julgava relevantes. Nesse momento, as mulheres retornaram.

* * *

Buck ouviu Rayford sem causar interrupções, enquanto aquele inteligente e sincero profissional calmamente propunha uma teoria que apenas três semanas antes Buck teria achado um absurdo. Parecia-se com as histórias que havia ouvido na igreja e de amigos, mas esse cara tinha capítulos e versículos da Bíblia para apoiá-lo. E aquele negócio dos dois pregadores em Jerusalém representando as duas testemunhas previstas no livro do Apocalipse? Buck estava espantado. Ele finalmente cedeu.

— Isso é interessante — disse ele. — Você ouviu a última?

Buck disse-lhe o que tinha visto rapidamente na CNN, em seu apartamento.

— Aparentemente, milhares de pessoas estão fazendo algum tipo de peregrinação ao Muro das Lamentações. Elas formaram uma fila quilométrica ali na região, tentando entrar e o que aqueles pregadores tinham a dizer. Muitos estão se convertendo e saindo para pregar. As autoridades parecem não ser capazes de mantê-los fora de lá, apesar da oposição dos judeus ortodoxos. Qualquer um que se levante contra eles fica mudo ou paralisado, e muitos dos que fazem parte da velha guarda ortodoxa estão somando forças com os dois.

— Impressionante! — respondeu o Rayford. — Mas o mais incrível ainda é que tudo isso foi previsto na Bíblia.

Buck lutava para manter a compostura. Não estava convicto do que ouviu, mas Steele se mostrava impressionante. Talvez ele só estivesse tentando relacionar a profecia bíblica ao que acontecia em Israel, mas ninguém mais tinha uma explicação coerente. O que Steele leu no livro de Apocalipse para Buck pareceu fazer muito sentido. Talvez isso fosse um equívoco. Talvez fosse uma adivinhação. Mas aquela era a única teoria que ligava tão estreitamente os incidentes a qualquer tipo de explicação. O que mais poderia dar a Buck tantos calafrios?

Ele se concentrou no comandante Steele; seu pulso estava acelerado. Não conseguia se mexer. Tinha certeza de que era possível ouvir seu coração bater. Tudo aquilo era real? Poderia mesmo ser verdade? Teria ele sido exposto a um claro ato de Deus na destruição da força aérea russa apenas para que isso o preparasse para um momento assim? Seria capaz de apenas sacudir a cabeça e descartar tudo isso? Poderia dormir e recobrar os sentidos de manhã? Será que uma conversa com Bailey ou Plank o colocaria no prumo, tirando-o dessa tolice?

Sentia que não. Algo sobre isso requeria atenção. Queria acreditar em algo que ligasse tudo e fizesse sentido. Mas também queria acreditar em Nicolae Carpathia. Talvez Buck estivesse passando por um momento assustador em que se sentia vulnerável diante de pessoas de personalidade marcante. Pessoas diferentes dele. Mas quem não se sentiria assim naqueles dias? Quem conseguiria agir normalmente em tempos como aquele?

Buck não queria racionalizar isso, não queria se convencer. Ele queria perguntar a Rayford Steele sobre sua própria cunhada, sobre seus sobrinhos. Mas isso seria algo de cunho pessoal e não teria relação com a história em que estava trabalhando. A matéria não havia começado como uma busca pessoal, uma busca pela verdade. Era apenas uma forma de apurar fatos, um elemento de uma história maior.

De modo algum Buck pensava em escolher uma teoria favorita e defendê-la como a posição do *Semanário Global*.

Ele deveria coletar todas as teorias existentes, desde a mais plausível até a mais bizarra. Os leitores enviariam as próprias opiniões para a coluna "Cartas", ou tomariam uma decisão com base na credibilidade das fontes. Esse piloto da Pancontinental, a menos que Buck o fizesse parecer um lunático, soaria profundo e convincente.

Pela primeira vez na história de sua carreira, Buck Williams ficou sem palavras.

***

Rayford tinha certeza de que não estava convencendo. Ele só esperava que aquele escritor fosse astuto o suficiente para entendê-lo, fazer as citações corretas e representar suas visões de forma que os leitores pudessem examinar cuidadosamente o cristianismo. Estava claro que Williams não tinha comprado a ideia dele. Se Rayford pudesse adivinhar, diria que ele estava tentando esconder um sorriso malicioso — ou, então, achava tudo tão engraçado ou absurdo que não sabia o que dizer.

Rayford precisou lembrar que seu objetivo era conseguir convencer Chloe primeiro e depois influenciar o público leitor, caso a entrevista viesse a ser publicada. Se Cameron Williams pensasse que ele estava totalmente fora de si, Rayford poderia apenas deixá-lo entregue às próprias opiniões estúpidas.

***

Buck não confiava em si mesmo para responder com coerência. Ele ainda sentia calafrios, a ponto de estar suado e pegajoso. O que estava acontecendo com ele? Depois de algum tempo, conseguiu sussurrar:

— Quero agradecer seu tempo e o jantar — disse. — Voltarei a falar com você antes de usar qualquer uma das suas citações.

Isso era bobagem, claro. Buck disse aquilo apenas para ter um motivo para voltar a falar com o comandante. Ele até podia ter muitas perguntas pessoais sobre aquele assunto, mas nunca permitia que os entrevistados vissem suas citações com antecedência. Confiava em seu gravador e na sua memória, e nunca tinha sido acusado de citar algo erroneamente.

Buck olhou de novo para o comandante e viu um estranho olhar estampado em seu rosto. Ele parecia... o quê? Desapontado? Sim, e então resignado. De repente, Buck se deu conta de quem era a pessoa com quem estava lidando. Aquele era um homem inteligente e educado. Certamente sabia que repórteres nunca verificam novamente suas fontes. Ele provavelmente pensou ter recebido uma esquivada jornalística.

"Que erro de principiante, Buck!", ele se censurou. "Você acaba de subestimar sua própria fonte. Parabéns!"

Buck estava guardando seu equipamento quando percebeu que Chloe estava chorando, lágrimas escorrendo por seu rosto. O que estava havendo com aquelas mulheres? Hattie Durham chorou quando ela e o comandante terminaram de conversar naquela tarde. Agora era Chloe.

Ele podia entender, pelo menos Chloe. Se ela estivesse chorando porque se comoveu com a sinceridade e a honestidade do pai, isso não seria surpresa. Buck tinha um nó na garganta; pela primeira vez desde que havia ficado encolhido, morrendo de medo, lá em Israel, durante o ataque russo, desejou correr para um lugar onde pudesse chorar escondido.

— Comandante, posso perguntar maisuma coisa, sem gravar? Gostaria de saber o que você e Hattie conversaram à tarde lá no clube... Isso se puder e quiser me dizer, é claro?

— Buck! — Hattie o censurou. — Isso não é da sua...

— Se você não quer falar, eu vou entender perfeitamente — disse Buck. — Só fiquei curioso.

— Bem, muito disso era assunto pessoal — disse o comandante.

— Pois bem.

— Mas, Hattie, não vejo problema algum em dizer a ele que o restante da conversa foi o mesmo que tivemos aqui. Não é?

Ela encolheu os ombros.

— Ainda em *off*, Hattie — disse Buck —, você se importaria se eu perguntasse sobre sua reação a tudo isso?

— Por que em *off*? — Hattie retrucou. — As opiniões de um piloto são importantes, mas as de uma comissária de bordo não?

— Se você quiser, posso gravá-la — disse ele. — Eu não sabia se você queria isso.

— E não quero — ela ponderou. — Eu só gostaria de dar minha opinião. Mas agora é muito tarde.

— Você não quer dizer o que pensa...?

— Não, e vou dizer por quê. Acho que Rayford é sincero e ponderado. Se ele está certo, não faço ideia. Isso está fora de minhas cogitações e é muito estranho. Mas estou convencida de que ele crê nisso. Se ele deve ou não, com sua experiência e tudo o mais, eu não sei. Talvez ele esteja sensibilizado com isso por ter perdido a família.

Buck concordou com um aceno de cabeça, percebendo que estava mais perto de aceitar a teoria de Rayford do que Hattie. Ele olhou para Chloe, esperando que ela estivesse mais calma e que ele pudesse ter sua atenção. Ela ainda estava com um lenço nos olhos.

— Por favor, não me pergunte nada agora — disse ela.

* * *

Rayford não ficou surpreso com a resposta de Hattie, mas decepcionou-se profundamente com a de Chloe. Estava convencido de que ela não queria envergonhá-lo dizendo o quão estranho o pai parecia. Ele deveria sentir-se grato, imaginou. Pelo menos ela ainda era sensível aos seus sentimentos. Talvez ele devesse ter sido mais sensível aos dela, mas decidiu não permitir que gentilezas fossem prioritárias. Lutaria com ela, pela fé, até que tomasse uma decisão. Por hoje, no entanto, ficou claro que ela ouviu o suficiente. Não a pressionaria mais. Apenas esperava poder dormir, a despeito de seu remorso acerca da condição dela. Ele a amava muito.

— Sr. Williams — ele disse, estendendo a mão para Buck —, foi um prazer. O pastor de que lhe falei, em Illinois, realmente tem conhecimento sobre essas coisas, e sabe muito mais do que eu sobre o anticristo e tudo o mais. Talvez fosse interessante conversar com ele. Bruce Barnes, Igreja Nova Esperança, Mount Prospect.

— Vou pensar sobre isso — disse Buck.

Rayford estava convencido de que Williams queria apenas ser educado.

* * *

Buck pensou que conversar com Barnes seria uma ótima ideia. Talvez ele encontrasse um tempo durante o dia seguinte em Chicago. Dessa forma, poderia fazer uma busca por si mesmo e não confundir o aspecto profissional com seu próprio interesse.

O quarteto se dirigiu ao saguão.

— Boa noite a vocês — disse Hattie. — Tenho um voo amanhã cedo.

Ela agradeceu a Rayford o jantar, sussurrou algo para Chloe, que pareceu não responder, e agradeceu a Buck a hospitalidade naquela manhã.

— Talvez eu ligue para o sr. Carpathia um dia desses — ela comentou.

Buck resistiu ao desejo de lhe contar sobre o futuro imediato de

Carpathia. Ele duvidava que aquele homem tão atarefado tivesse tempo para ela.

Chloe fez como se fosse seguir Hattie até os elevadores, mas ainda queria dizer alguma coisa para Buck também Ele ficou surpreso quando a ouviu pedir ao pai que lhe desse um minuto a sós.

— Dê-nos um minuto, por favor, papai? Eu ficarei bem.

Buck se sentiu lisonjeado pelo fato de Chloe ter ficado para trás, a fim de lhe dizer adeus pessoalmente, mas ela ainda estava emocionada. Sua voz tremia quando lhe disse formalmente que havia tido bons momentos naquele dia. Ele tentou prolongar a conversa.

— Seu pai é um cara impressionante — disse ele.

— Eu sei — respondeu. — Ultimamente bem mais.

— Posso ver por que você concorda com ele num monte de coisas.

— É mesmo?

— Sim! Eu mesmo tenho muito no que pensar agora. E você não facilita para ele, hein?

— Eu costumava ser pior. Hoje não mais.

— Por que não?

— Você deve ter percebido o quanto isso significa para ele.

Buck concordou. Ela parecia estar no limite emocional novamente. Buck tomou-lhe a mão e disse:

— Foi maravilhoso passar um tempo com você.

Ela riu, como se estivesse envergonhada do que estava pensando.

— Que foi? — Buck pressionou.

— Nada, não. É bobagem.

— Fala, vai? No que você está pensando?

— Bem, eu me sinto idiota — disse ela. — Acabei de conhecer você, mas sei que vou sentir sua falta. Se você passar por Chicago, me avise.

— Com certeza avisarei — disse Buck. — Não posso dizer quando, mas pode ser muito antes do que imagina.

CAPÍTULO 22

Buck não dormiu bem. Estava um pouco ansioso sobre a surpresa da manhã, e esperava que Chloe também estivesse feliz com o encontro. Sua mente se mostrava, em parte, maravilhada. E, se fosse verdade o que Rayford Steele havia exposto — e Buck sabia instintivamente que, se algo disso fosse verdade, tudo seria verdade —, por que Buck levou uma vida inteira para chegar lá? Teria ele procurado por isso o tempo todo, mal sabendo o que estava buscando?

No entanto, até o comandante Steele — um organizado e analítico piloto de linha aérea — tinha falhado nisso, e logo ele que alegava ter tido uma religiosa, uma devota, uma quase fanática vivendo sob seu próprio teto. Buck estava tão inquieto, que saiu de sua cama e andou de um lado para outro. Estranhamente, de alguma forma, ele não estava chateado nem se sentia miserável, apenas oprimido. Nada disso teria feito o mínimo sentido para ele alguns dias antes, e agora, pela primeira vez desde Israel, ele era incapaz de se ver separado de sua história para a revista.

O ataque à Terra Santa foi um divisor de águas em sua vida. Buck tinha encarado a própria mortalidade e reconhecido que algo sobrenatural — sim, sobrenatural, algo vindo diretamente do Deus Todo-poderoso — havia sido lançado sobre aquelas colinas poeirentas, como fogo vindo do céu. Ali soube, sem sombra de dúvida, pela primeira vez na vida, que coisas inexplicáveis não poderiam ser dissecadas e avaliadas cientificamente de uma perspectiva acadêmica.

Buck sempre teve orgulho de se distinguir dos demais, de incluir o humano, o cotidiano, o elemento comum em suas histórias, quando outros resistiam a tal vulnerabilidade. Essa capacidade fez com que os leitores se identificassem com ele, provando, sentindo e farejando as coisas que lhes eram mais importantes. E ele ainda era capaz, mesmo depois de sua experiência mais próxima da morte, de não revelar ao leitor sua própria angústia sobre a existência de Deus. Mas, agora, essa separação parecia impossível. Como poderia cobrir a mais importante história de sua vida, que chegou ao mais íntimo de sua alma, sem inconscientemente revelar sua própria inquietação?

Era tarde da noite, e ele sabia que estava chegando ao limite. Ainda não estava pronto para orar, para tentar falar com um Deus que tinha ignorado por tanto tempo. Ele sequer orou quando se convenceu da existência de Deus naquela noite em Israel. O que aconteceu com ele? Todos no mundo, pelo menos aqueles intelectualmente honestos consigo mesmos, haviam admitido naquela noite que Deus existia. Espantosas coincidências aconteceram, as quais desafiavam toda lógica.

A vitória contra os poderosos russos era algo perturbador, de fato. Mas a história de Israel estava repleta de tais lendas. Não se defender e ainda não sofrer baixas? Aquilo estava além de toda compreensão humana — e a única explicação possível era a intervenção direta de Deus.

Por que, Buck queria saber, isso não tinha causado mais impacto nele? Na solitária escuridão, chegou à dolorosa conclusão de que havia desde muito tempo se apartado dessa que era a mais básica das necessidades humanas e a tornado irrelevante. O que isso lhe dizia? Que tipo desprezível de criatura subumana ele se tornou, que até mesmo a evidência mais gritante do milagre de Israel — pois não se poderia chamar de nada menos que isso — não foi capaz de convencê-lo da existência de Deus?

Pouco tempo depois aconteceu o grande desaparecimento de milhões de pessoas em todo o mundo. Dezenas haviam sumido do avião em que era passageiro. De que mais ele precisava? Parecia que ele estava num filme de ficção científica.

Sem dúvida, ele viveu o mais cataclísmico acontecimento da história. Buck percebeu que não teve sequer um segundo para pensar nas últimas duas semanas. Se não fosse pelas tragédias pessoais que havia testemunhado, talvez tivesse sido sido mais reservado ao abordar aquilo que parecia ser um universo fora de controle.

Queria conhecer o tal de Bruce Barnes, ainda que fosse fingindo uma entrevista para um artigo. Estava empenhado numa busca pessoal agora, procurando satisfazer necessidades profundas. Por muitos anos rejeitou a ideia de haver um Deus pessoal e do qual necessitava, caso ele realmente existisse. Levaria um tempo até se acostumar com isso. O comandante Steele falou sobre todos serem pecadores. Buck não tinha noção do que isso significava. Sabia que sua vida nunca se alinharia aos padrões de um professor da escola dominical, mas sempre esperou que, se enfrentasse Deus algum dia, seu bem compensaria o mal, e, relativamente falando, ele era tão bom ou melhor do que muita gente. Isso deveria bastar.

Agora, se Rayford Steele e todos os seus versículos da Bíblia fossem confiáveis, não fazia diferença o quão bom Buck era ou onde ele estava em comparação com qualquer outra pessoa. Uma frase antiga lhe veio à mente e martelou em sua cabeça: "Não há um justo, nem um sequer." Bem, ele nunca havia se considerado um justo. Poderia, então, galgar o próximo nível e admitir sua necessidade de Deus, de perdão, de Cristo?

Seria possível? Estaria ele prestes a se tornar um cristão nascido de novo? Quando Rayford Steele usou esse termo, ficou quase aliviado. Buck havia lido e mesmo escrito sobre "esse tipo" de pessoa, mas, mesmo em sua sabedoria terrena, nunca havia entendido a frase. Sempre considerou o rótulo "nascido de novo" algo "extremista" ou "fundamentalista". Agora, se ele escolheu dar um passo que nunca sonhou em dar, se não pudesse, de alguma forma, evitar essa verdade, se não pudesse ignorá-la intelectualmente, também assumiria uma tarefa: educar o mundo sobre o que esse pequeno e confuso termo realmente significava.

Buck finalmente cochilou no sofá, apesar da lâmpada iluminando seu rosto. Dormiu profundamente por algumas horas, mas acordou a tempo de chegar ao aeroporto. A ideia de surpreender Chloe e viajar com ela o fez correr, o que ajudou a vencer o cansaço. E ainda mais emocionante era a possibilidade de encontrar em Chicago um homem que poderia ter a resposta para suas perguntas e em quem confiava simplesmente por causa da recomendação de um piloto que parecia falar a verdade com autoridade.

Seria divertido algum dia dizer a Rayford Steele o quanto aquela simples entrevista havia significado para ele. Mas Buck supôs que Steele já tivesse percebido. Talvez por isso Rayford parecia tão encantado.

***

Se isso sinalizasse o breve início do período da tribulação previsto na Bíblia, e Rayford não tinha dúvida que sim, ele se perguntava se haveria alguma alegria nisso. Bruce não parecia pensar que sim, além dos poucos convertidos que poderiam ter o privilégio de vencer. Até agora Rayford sentia que era um fracassado. Embora estivesse certo de que Deus lhe deu as palavras e a coragem de dizê-las, sentiu que tinha feito algo errado ao se comunicar com Hattie. Talvez ela estivesse certa. Talvez ele tivesse sido egoísta. Parecia a ela que ele estava apenas se livrando de sua própria carga de culpa.

Era, porém, mais que isso. Diante de Deus, Rayford acreditava que seus motivos eram puros. No entanto, não conseguiu convencer Hattie de que havia sido sincero naquilo em que acreditava. De que serviu tudo aquilo? Se ele acreditava e ela não, Hattie somente poderia deduzir que ele acreditava em algo falso ou que ela estava ignorando a verdade. O que ele lhe havia dito não deixava mais opções.

E seu desempenho durante a entrevista com Cameron Williams! Na época, Rayford sentiu-se bem, articulado, calmo, racional. Ele sabia que estava discutindo algo revolucionário, chocante, mas achava que Deus o havia capacitado a ser lúcido. Mas, se ele não conseguisse mais nenhuma reação do repórter, além de uma consideração educada, que tipo de testemunha poderia ser? Do mais profundo de sua alma, Rayford queria ser mais produtivo. Ele acreditava que tinha desperdiçado sua vida antes disso, e tinha agora apenas um curto período para compensar o tempo perdido. Era eternamente grato por sua própria salvação, mas agora queria compartilhar sua fé, trazer mais pessoas a Cristo. A entrevista tinha sido uma oportunidade incrível, mas, ao pensar melhor, sentiu que não havia se saído bem. Valeu a pena o esforço de orar por outra oportunidade? Rayford acreditava que tinha visto Cameron Williams pela última vez. Ele não ligaria para Bruce Barnes, e suas citações jamais sairiam nas páginas do *Semanário Global*.

Enquanto Rayford se barbeava, tomava banho e se vestia, ouviu Chloe fazendo as malas. Ela obviamente estava envergonhada dele pela noite anterior, talvez até tenha desculpado-se com o sr. Williams pelas divagações absurdas do pai. Pelo menos ela havia batido à sua porta e dito boa noite ao entrar. Isso já era alguma coisa, não era?

Toda vez que Rayford pensava em Chloe, sentia um aperto no peito, um grande vazio e pesar. Ele poderia conviver com seus outros fracassos se precisasse, mas seus joelhos quase dobraram quando orou em silêncio por Chloe. "Não posso perdê-la", ele pensou. Queria poder trocar sua própria salvação pela dela, se isso fosse algo que pudesse fazer.

Com esse compromisso, sentiu Deus falando com ele, convencendo-o de que esse era precisamente o fardo necessário para ganhar pessoas, para conduzi-las a Cristo. E essa foi a atitude do próprio Jesus, que se dispôs a assumir em si mesmo a punição reservada aos homens e mulheres para que pudessem viver.

Rayford sentiu-se encorajado novamente ao orar por Chloe, ainda lutando contra o medo persistente do fracasso. "Deus, eu preciso de encorajamento", sussurrou. "Eu preciso saber que não a afastei para sempre." Ela tinha dito boa noite, mas ele também a ouviu chorando na cama.

Rayford saiu trajando seu uniforme e sorriu para Chloe, que apareceu à porta, vestida casualmente para viajar.

— Pronta, querida? — disse, hesitante.

Ela assentiu e pareceu esboçar um sorriso, então deu no pai um abraço longo e apertado, encostando sua face no peito dele. "Obrigado", ele orou em silêncio, imaginando se deveria dizer algo. Seria hora para isso? Deveria pressioná-la agora?

Mais uma vez, sentiu-se profundamente impressionado por Deus, como se o Senhor estivesse falando diretamente ao seu espírito: paciência. Deixe estar. Deixe-a ser o que é. Ficar calado parecia tão difícil quanto qualquer coisa que ele já tinha feito. Chloe também não disse nada. Eles tomaram um leve café da manhã e rumaram para o JFK.

Chloe foi a primeira a entrar no avião.

— Vou tentar voltar e ver você — Rayford falou antes de ir para a cabine.

— Não se preocupe se não puder — disse ela. — Vou entender.

**

Buck esperou até que todos tivessem embarcado. Quando se aproximou de seu assento ao lado de Chloe, ela estava virada para a janela, braços cruzados, queixo apoiado na mão. Se ela ainda estava com os olhos abertos, Buck não sabia dizer. Supôs que ela se viraria e olharia quando ele se sentasse ao seu lado, e, por isso, não conseguiu disfarçar um sorriso, antecipando sua reação, embora também se mostrasse um pouco preocupado com a possibilidade de a reação dela não ser tão positiva quanto imaginava.

Ele se sentou e esperou, mas ela não se virou. Estaria dormindo? Contemplando algo? Meditando? Orando? Será que estava chorando? Buck esperava que não. Ele já se importava com ela o suficiente para se incomodar se ela estivesse sofrendo.

Agora ele tinha um problema. Enquanto cuidadosamente tomava uma posição que permitiria a Chloe vê-lo com a visão periférica, ele foi subitamente invadido por uma sensação de fadiga. Seus músculos e suas articulações doíam, seus olhos ardiam. Sua cabeça pesava como se fosse de chumbo. De jeito nenhum ele se permitiria cair no sono e cochilar ao lado dela.

Buck gesticulou para chamar a atenção do atendente.

— Uma coca, por favor — sussurrou ele. Uma dose de cafeína lhe permitiria ficar acordado um pouco mais.

Quando Chloe não se mexeu nem para ouvir as instruções sobre segurança, Buck ficou impaciente. Não queria tomar a iniciativa. Esperava ser descoberto. E, assim, esperou.

Chloe deve ter cansado da posição em que estava, porque se esticou e empurrou com os pés sua bolsa que estava sob o assento da frente. Tomou o último gole de seu suco e colocou o copo numa pequena bandeja entre eles. Ela notou as botas de couro de Buck que ele havia usado no dia anterior. Então, seus olhos pousaram no rosto sorridente e cheio de expectativas de Buck. Sua reação foi mais do que se podia esperar. Ela recolheu as mãos e as levou à boca, os olhos cheios de lágrimas. Então tomou a mão de Buck entre as suas.

— Oh, Buck — ela sussurrou. — Oh, Buck.

— É bom ver você também — disse ele.

Chloe logo soltou a mão dele como se estivesse voltando a si.

— Eu não quero parecer estar agindo como se fosse uma adolescente — ela disse —, mas você, alguma vez, já recebeu uma resposta direta à sua oração?

Buck lançou-lhe um olhar demorado.

— Pensei que seu pai fosse o intercessor da família.

— E é — disse ela. — Mas fiz minha primeira tentativa em anos, e Deus respondeu.

— Você pediu a Deus que eu me sentasse ao seu lado?

— Oh, não, eu nunca teria sonhado com nada que fosse impossível. Como você fez isso, Buck?

— Não foi difícil, uma vez que eu sabia o horário de seu voo, e eu disse que estaria viajando nele para ficar perto de você.

— Mas por quê? Aonde você vai?

— Você não sabe para onde este avião está indo? Para San José, eu espero.

Ela riu.

— Mas vamos, Chloe. Termine sua história. Eu nunca tive uma resposta à minha oração antes.

— É uma longa história.

— Acho que temos tempo.

Ela pegou a mão de Buck novamente.

— Buck, isso é especial demais. Esta é a melhor coisa que alguém fez por mim em muito tempo.

— Você disse que ia sentir minha falta, mas eu não fiz isso apenas por você. Tenho negócios em Chicago.

Ela riu e soltou-lhe a mão novamente.

— Eu não estava falando de você, Buck, embora isso seja amável. Eu estava falando sobre Deus fazendo uma coisa boa para mim.

Buck não conseguiu esconder seu constrangimento.

— Eu sabia — disse.

E ela contou sua história.

— Você deve ter notado que eu estava muito aborrecida ontem à noite. Fiquei tão comovida com a história do meu pai! Quero dizer, eu já a ouvi antes. Mas, de repente, ele parecia tão amoroso, tão interessado nas pessoas. Você poderia dizer o quão importante isso foi para ele e o quão franco ele estava sendo sobre isso?

— Quem não poderia?

— Se eu não o conhecesse bem, Buck, pensaria que ele estava tentando convencê-lo pessoalmente, em vez de apenas responder às suas perguntas.

— Não tenho certeza de que ele não estivesse.

— Isso o ofendeu?

— De jeito nenhum. Para dizer a verdade, ele estava me convencendo.

Chloe ficou em silêncio e balançou a cabeça. Quando ela finalmente falou, estava quase sussurrando, e Buck teve de se inclinar para ouvi-la. Ele amava o som da voz dela.

— Buck — ela disse —, ele estava me convencendo também, e não digo isso por ser meu pai.

— Que interessante... — ele falou. — Passei metade da noite pensando nisso.

— Não vai demorar muito para nenhum de nós, vai? — ela disse. Buck não respondeu, mas ele sabia o que ela queria dizer.

— Quando serei a resposta para a sua oração? — ele deu uma cutucada.

— Oh, certo. Eu estava lá no jantar, com meu pai externando suas convicções a você, e de repente percebi por que ele queria que eu estivesse lá quando disse as mesmas coisas para a Hattie. Causei-lhe tantas dificuldades que, no início, ele se afastou de mim, e agora ele tinha o conhecimento e a necessidade real de me convencer. Ele receava vir direto a mim. Queria que eu entendesse de forma indireta. E eu fiz. Não ouvi quando ele começou, porque Hattie e eu estávamos no banheiro, mas provavelmente já teria ouvido aquilo antes. Quando voltei, fiquei passada, mas não porque estivesse ouvindo algo novo. Foi novidade para mim quando ouvi de Bruce Barnes e assisti àquele DVD, mas meu pai demonstrou tanta urgência e confiança! Buck, que outra explicação há para esses dois caras em Jerusalém estarem lá, exceto que eles são as duas testemunhas mostradas na Bíblia?

Buck concordou.

— Então, papai e Deus tentavam aproximar-se de mim, mas eu não estava pronta ainda. Estava chorando porque eu o amo tanto e porque isso é verdade. É tudo verdade, Buck, você sabe que é, não sabe?

— Acho que sim, Chloe.

— Mas eu ainda não conseguia falar com meu pai sobre isso. Eu não sabia o que estava me impedindo. Sempre fui tão crítica e independente. Eu sabia que ele estava frustrado comigo, talvez desapontado, e tudo o que eu pude fazer foi chorar. Tive que pensar, tentar orar, para resolver a questão. Hattie não ajudou em nada. Ela não entende e talvez nunca vá entender. Só se importava com coisas triviais, como tentar unir você e eu.

Buck sorriu e tentou dar uma de insultado.

— Isso é trivial?

— Comparado com o que estamos falando até agora, devo dizer que sim.

— Sim, tenho que concordar — disse Buck.

Ela sorriu.

— Enfim, eu sabia que algo estava errado com o papai; falei com você por quanto tempo? Uns três minutos, antes de subir?

— Menos que isso, provavelmente.

— Quando cheguei à nossa suíte, ele já estava na cama. Daí, desejei boa noite, só para ter certeza de que ele ainda estava falando comigo. E estava. E, então, revirei-me na cama, despreparada para dar o último passo, chorando por saber que meu pai se preocupava tanto comigo e me amava tanto.

— Isso foi enquanto eu estava acordado, provavelmente — disse Buck.

— Mas — Chloe continuou — isso é tão fora das minhas características. Embora eu estivesse lá... quero dizer, eu estava bem lá. Entende?

Buck concordou.

— Tenho passado pela mesma coisa.

— Estou convencida — disse ela —, mas ainda lutando. Eu deveria ser uma intelectual. Tenho amigos críticos a quem dar respostas. Quem acreditaria nisso? Quem não pensaria que estou maluca?

— Acredite em mim, eu entendo você — disse Buck, espantado com as semelhanças entre suas jornadas.

— Então, eu estava presa — disse ela. — Não estava chegando a lugar nenhum. Tentei encorajar meu pai a não ser tão distante, e posso dizer que ele me viu sofrendo, mas não acho que ele tenha tido ideia de quão perto eu estava. Peguei este avião desesperada para encontrar uma saída e comecei a pensar se Deus responde nossas orações antes que nós... você sabe, antes que realmente sejamos...

— Cristãos nascidos de novo — sugeriu Buck.

— Isso. Eu não sei por que para mim é tão difícil dizer isso. Talvez alguém com mais conhecimento possa me dizer com certeza, mas orei, e acho que Deus respondeu. Fale-me sobre isso, Buck, apenas usando suas habilidades de raciocínio cognitivo. Se existe um Deus e se isso é tudo verdade, ele gostaria que soubéssemos? Quer dizer, Deus não poria obstáculos para que guardássemos a verdade somente para nós? Ele não faria isso? Ou eu deveria, digamos, dizer que ele não pode ignorar uma oração desesperada, pode?

— Não vejo como ele poderia, não.

— Bem, isso é o que eu penso. Então acho que foi um bom teste, razoável, e eu não estava tão desgarrada. Estou convencida de que Deus respondeu.

— E eu fui a resposta.

— E você foi a resposta.

— Chloe, pelo que, exatamente, você orou?

— Oh, bem, a oração em si não foi tão grande coisa, até que ela foi respondida. Eu só disse a Deus que precisava de um pouco mais. Senti-me mal ao perceber que todas as coisas que ouvi e tudo o que eu sabia de meu pai não bastavam. Eu apenas orei com sinceridade e disse que agradeceria se Deus pudesse mostrar-me pessoalmente que ele se importava comigo, que sabia o que eu estava passando, que queria que eu soubesse que ele estava lá.

Buck sentiu uma emoção estranha — que, se tentasse falar, sua voz sairia rouca, e ele seria incapaz de terminar uma frase. Pôs a mão sobre a boca para se recompor. Chloe olhou para ele.

— E você sente que eu era a resposta a essa oração? — ele finalmente perguntou.

— Sem dúvida. Veja, como eu disse, eu nem mesmo tinha pensado em orar pedindo que você estivesse ao meu lado no dia mais importante de minha vida. Eu nem tinha certeza se veria você de novo. Mas é como se Deus soubesse melhor do que eu que não havia ninguém que eu preferisse ver hoje senão você.

Buck sentiu-se comovido. Ele também queria vê-la. Se não quisesse, poderia ter embarcado no voo de Hattie ou qualquer um dos doze que o levassem a Chicago naquela manhã. Ele apenas olhou para ela.

— Então, o que vai fazer agora, Chloe? Parece-me que Deus atendeu ao seu desafio. Não foi um desafio exatamente, mas você pediu e ele atendeu. Parece que você tem uma obrigação.

— Eu não tenho escolha — ela concordou. — Não que eu queira uma. Do que entendi de Bruce Barnes, do DVD e de papai, você não precisa ter alguém para guiá-lo a isso, e não precisa frequentar uma igreja ou algo assim. Somente orei por um sinal mais evidente; posso orar sobre isso.

— Seu pai deixou isso claro na noite passada.

— Você quer se juntar a mim? — ela perguntou.

Buck hesitou.

— Não leve isso para o lado pessoal, Chloe, mas não me sinto preparado.

— De que mais você precisa...? Desculpe-me, Buck. Estou fazendo exatamente o que meu pai fez no dia em que se tornou um cristão.

Ele quase não podia evitar, e eu fui tão terrível com ele! Mas, se você não estiver pronto, você não está pronto.

— Eu não preciso ser forçado — disse Buck. — Como você, eu sinto que estou quase lá. Mas sou cauteloso, e quero falar com esse tal de Barnes hoje. Devo dizer a você, no entanto, que as dúvidas que me restam quase não conseguem fazer frente ao que se passa com você.

— Você sabe, Buck — Chloe disse —, prometo que esta será a última coisa que falo a respeito, mas estou pensando da mesma maneira que meu pai. Tenho o desejo de lhe dizer que não espere muito, porque nunca sabemos o que pode acontecer.

— Eu entendo — disse ele. — Terei de me apegar às chances de este avião não cair, porque ainda sinto que preciso conversar com Barnes, mas você tem razão.

Chloe se virou e olhou por cima do ombro.

— Há dois assentos vagos ali mesmo — disse. Ela deteve uma comissária no corredor. — Moça, posso dar-lhe uma mensagem para entregar ao meu pai?

— Pois não. Ele é o comandante ou o primeiro-oficial?

— Comandante. Por favor, diga-lhe que sua filha tem boas notícias para ele. Notícias extremamente boas!

Rayford estava pilotando o avião manualmente como diversão quando a comissária de bordo deu-lhe a mensagem. Ele não tinha ideia do que isso significava, mas era um modo tão diferente de Chloe iniciar uma conversa que ele ficou intrigado.

Pediu ao primeiro-oficial que assumisse o controle, soltou o cinto de segurança e saiu, surpreso ao ver Cameron Williams ali. Ele esperava que Buck não fosse parte das boas-novas de Chloe. Por mais agradável que fosse pensar que ele estivesse cumprindo sua promessa de procurar Bruce Barnes, Rayford também esperava que Chloe não fosse anunciar o início de um imprudente romance.

Rayford apertou a mão do jornalista e expressou sua satisfação em vê-lo, mas com evidente surpresa e cautela. Chloe envolveu o pescoço do pai com as duas mãos e gentilmente o puxou para baixo, onde ela pudesse falar-lhe ao ouvido.

— Papai, podemos nos sentar lá atrás por alguns minutos para que eu possa falar com você?

* * *

Buck, a princípio, sentiu o desapontamento nos olhos do comandante Steele. Ele ansiava por contar ao piloto por que estava feliz em voar até Chicago. Sentar-se ao lado de Chloe tinha sido apenas um prêmio. Olhou para Steele com a filha, envolvidos numa intensa conversa e depois orando juntos e se perguntou se havia alguma regra da companhia aérea contra isso. Ele sabia que Rayford não poderia se ausentar da cabine de comando por muito tempo.

Em poucos minutos, Chloe apareceu no corredor, então Rayford se levantou e a abraçou. Ambos pareciam tomados de emoção. Um casal de meia-idade do outro lado do corredor se inclinou para fora e olhou-os, levantando as sobrancelhas. O comandante percebeu, endireitou-se e se dirigiu para a cabine.

— Minha filha — disse ele desajeitadamente, apontando para Chloe, que sorria em meio às lágrimas. — Ela é minha filha.

O casal se entreolhou, e a mulher falou:

— Pois bem. E eu sou a rainha da Inglaterra — disse ela, e Buck riu alto.

CAPÍTULO 23

Buck ligou para a Igreja Nova Esperança para marcar um encontro à noite com Bruce Barnes, então passou a maior parte da tarde no escritório de Chicago do *Semanário Global*. A notícia de sua chegada como novo chefe havia circulado por toda parte, e ele foi recepcionado com frieza pela antiga assistente de Lucinda Washington. Ela lhe disse em termos inequívocos:

— Plank não fez nada a respeito da substituição de Lucinda, então achei que eu a substituiria.

Sua atitude e presunção só fizeram Buck dizer:

— Isso é improvável, mas você será a primeira a saber. Eu não mudaria as funções ainda.

O resto da equipe ainda estava entristecido com o desaparecimento de Lucinda, e todos pareceram gratos pela visita de Buck. Steve Plank dificilmente vinha a Chicago e não apareceu por lá desde que Lucinda sumiu.

Buck se acomodou no antigo escritório de Lucinda, entrevistando as pessoas em intervalos de vinte minutos. Ele também contou a cada um sobre sua matéria e pediu a todos que apresentassem suas teorias sobre o que tinha acontecido. Sua pergunta final a cada um era: "Onde você acha que Lucinda Washington está agora?". Mais da metade dizia que não queria responder, mas expressava variações de: "Se houver um céu, ela está lá."

Perto do final do dia, Buck foi informado de que a CNN estava fazendo uma transmissão ao vivo da ONU com grandes novidades. Ele convidou a equipe para vir ao seu escritório, e eles assistiram juntos.

— Na mais dramática e abrangente reforma de uma organização internacional que qualquer um possa lembrar, o presidente romeno Nicolae Carpathia foi catapultado para a relutante liderança das Nações Unidas por votação quase unânime. Carpathia, que insistiu em mudanças radicais de direção e jurisdição das Nações Unidas, parecia fazer um esforço para graciosamente recusar a posição, mas tornou-se secretário-geral há poucos minutos. Ainda hoje de manhã, seu assessor de imprensa e porta-voz, Steven Plank, antes editor-executivo da revista Semanário Global, negou o interesse de Carpathia no cargo e expôs as muitas demandas feitas pelo romeno antes mesmo de considerar a posição. Plank disse que o pedido para a nomeação de Carpathia veio do ex-secretário-geral Mwangati Ngumo, de Botsuana. Perguntamos a Ngumo por que ele estava renunciando ao cargo.

O rosto de Ngumo apareceu em close na tela, os olhos baixos, com a expressão cuidadosamente disfarçada.

— Há muito tempo tenho consciência de que dividir minha lealdade entre meu país e as Nações Unidas tornou-me menos eficaz em cada papel. Tive de escolher; sou, em primeiro lugar, um botsuanense. Temos a oportunidade, agora, de nos tornarmos prósperos devido à generosidade de nossos amigos em Israel. A hora é certa, e o novo homem é mais do que certo. Vou cooperar com ele ao máximo.

— O senhor teria deixado o cargo se o sr. Carpathia não aceitasse a posição?

Ngumo hesitou diante da pergunta.

— Sim. Possivelmente, mas não agora, e não com tanta confiança no futuro das Nações Unidas, mas, em algum momento, sim.

A tela volta a mostrar o rosto do repórter.

— Em apenas algumas horas, cada pedido feito por Carpathia na coletiva de imprensa foi considerado negócio oficial, votado e ratificado pelo plenário. Dentro de um ano, a sede das Nações Unidas será transferida para a Nova Babilônia. A composição do Conselho de Segurança mudará para dez membros permanentes ainda este mês, e uma coletiva de imprensa está sendo esperada para segunda-feira pela manhã, onde Carpathia apresentará várias de suas escolhas pessoais para os cargos da organização.

Não há garantias, é claro, de que mesmo os países-membros apoiem unanimemente o movimento para destruição de 90% da sua força militar, com a entrega dos 10% restantes para a ONU. Mas vários embaixadores expressaram sua confiança em equipar e armar um corpo de manutenção da paz tendo como líder um completo pacifista e um ativista comprometido com o desarmamento. A própria afirmação de Carpathia foi lembrada por eles: "As Nações Unidas não necessitarão de seu poder militar se ninguém mais o possuir, e contemplo o dia em que mesmo a ONU será desarmada." Logo à saída das reuniões de hoje, foi feito o anúncio de um pacto de sete anos entre os membros da ONU e Israel, com garantia de proteção das fronteiras desse país e promessas de paz. Em troca, Israel permitirá que a ONU distribua seletivamente a fórmula do fertilizante desenvolvido pelo ganhador do Prêmio Nobel, dr. Chaim Rosenzweig, que torna as areias do deserto cultiváveis, fazendo de Israel um grande exportador.

Buck ficou assistindo à transmissão da CNN sobre o entusiasmo de Rosenzweig e o aval inequívoco de Carpathia. A reportagem também afirmou que Carpathia havia solicitado a vários grupos internacionais, que já estavam em Nova York para as próximas reuniões a acontecer no fim de semana, que elaborassem propostas, resoluções e acordos. Ele havia recomendado que trabalhassem rapidamente em qualquer coisa que contribuísse para a paz mundial e para o senso de unidade global.

Um repórter perguntou a Carpathia se isso incluía planos para uma religião mundial e, eventualmente, um governo mundial. Sua resposta foi:

— *Penso em algo mais encorajador do que ter todas as religiões do mundo finalmente cooperando. Alguns dos piores exemplos de discórdia e disputas internas ocorreram entre os grupos cuja missão global deveria ser fomentar o amor entre as pessoas. Cada devoto da religião pura deve saudar esse potencial. O dia do ódio é passado. Os amantes da humanidade estão agora unindo.*

O âncora da CNN continuou:

— Entre outros acontecimentos de hoje, há rumores sobre a organização de grupos que defendem um governo mundial. Perguntaram a Carpathia se ele aspirava a uma posição de liderança em tal organização, e ele, visivelmente emocionado, disse que sentia-se sobrecarregado por ter sido convidado para servir como secretário-geral das Nações Unidas e não aspirava a mais nada. Carpathia disse, ainda, que embora a ideia de um governo mundial ressoasse dentro dele, só podia dizer que haviam muitos candidatos mais qualificados que ele para liderar esse empreendimentoe que seria um privilégio servir de qualquer forma, embora não se visse no papel de liderança, e finalizou dizendo que, se preciso fosse, usaria os recursos das Nações Unidas em tal esforço.

"Tranquilamente", pensou Buck em suas divagações. Enquanto comentaristas e líderes mundiais endossavam a criação de uma moeda mundial, um idioma único, e até mesmo a generosidade de Carpathia em expressar seu apoio para a reconstrução do templo em Israel, o pessoal do escritório do *Semanário Global*, em Chicago, parecia disposto a se divertir.

— Esta é a primeira vez em anos que me sinto otimista quanto à sociedade — disse um jornalista.

Outro acrescentou:

— Esta é a primeira vez que sorrio desde os desaparecimentos. Devemos ser objetivos e céticos, mas como não gostar disso? Levará anos para se efetivar, mas algum dia, em algum lugar no futuro, poderemos desfrutar da paz mundial. Sem mais armas, sem mais guerras, sem mais disputas por fronteira ou intolerância baseada em língua ou religião. Ufa! Quem teria acreditado que chegaria a isso?

Buck recebeu um telefonema de Steve Plank.

— Você está assistindo, na TV, ao que está acontecendo? — perguntou Plank.

— Quem não está?

— Muito emocionante, não é?

— Alucinante.

— Escute, Carpathia quer você aqui na segunda de manhã.

— Para quê?

— Ele gosta de você, cara. Não perca a oportunidade. Antes da coletiva de imprensa ele terá uma reunião com o pessoal da alta e os dez nomeados ao Conselho Permanente de Segurança.

— E ele me quer lá?

— Sim. E você pode adivinhar quem são alguns de seus principais convidados.

— Conte-me.

— Bem, é óbvio.

— Stonagal.

— Evidente.

— E Todd-Cothran. Eu suponho que ele vai designá-lo como o novo embaixador do Reino Unido.

— Talvez não — disse Steve. — Outro britânico está lá. Não sei o nome dele, mas ele também faz parte do grupo financeiro internacional que Stonagal dirige.

— Você acha que Carpathia pediu a Stonagal outra pessoa nos bastidores, no caso de querer sacar fora Todd-Cothran?

— Pode ser, mas ninguém diz nada a Stonagal.

— Nem mesmo Carpathia?

— Principalmente Carpathia. Ele sabe quem o fez. Mas ele é honesto e sincero, Buck. Nicolae não fará nada ilegal ou dissimulado, nem mesmo muito político. Ele é puro, cara. Puro como a neve. Então, você virá?

— Acho que seria melhor. Quantos da imprensa estarão lá?

— Está preparado?

— Estou...

— Será só você.

— Mentira! Você está de brincadeira.

— Não estou, eu falo sério. Ele gosta de você, Buck.

— Qual é a jogada?

— Nenhuma. Ele não pediu nada, nem mesmo uma cobertura favorável. Sabe que você precisa ser objetivo e imparcial. A mídia terá toda a informação na coletiva de imprensa depois.

— Obviamente que não posso deixar passar essa — disse Buck, ciente de que sainda parecia desacreditar de tamanha oportunidade

— Qual é o problema, Buck? Isso é história! Este é o mundo do jeito que sempre desejamos e esperamos.

— Espero que você esteja certo.

— E estou. Há algo mais que Carpathia quer.

— Sabia que tinha alguma coisa em jogo!

— Não, nada depende disso. Se você não pode fazer, não faça. Ainda é bem-vindo na segunda de manhã. Mas ele quer ver aquela sua amiga aeromoça de novo.

— Steve, ninguém as chama mais assim. São comissárias de bordo.

— Tanto faz. Traga-a com você, se puder.

— Por que ele não pede diretamente a ela? O que eu sou agora, um cafetão?

— Vamos, Buck. Não é tão simples assim. Um cara solitário numa posição como essa? Ele não tem tempo para encontros. Você os apresentou, lembra? Ele confia em você.

"Deve confiar", pensou Buck, "já que me convidou para sua grande pré-coletiva de imprensa."

— Vou perguntar a ela — disse — mas não prometo nada.

— Não me decepcione, amigo.

* * *

Rayford Steele estava muito feliz com a decisão da filha de aceitar a Cristo. Ver Chloe sorrindo, vê-la com vontade de ler a bíblia de Irene, poder orar com ela e conversar sobre tudo, era mais do que havia sonhado.

— Uma coisa que precisamos fazer — disse ele — é providenciar a você sua própria bíblia. Você vai usá-la muito.

— Quero me juntar a esse grupo principal de vocês — disse ela — e conseguir todo o ensinamento de Bruce em primeira mão. A única parte que me incomoda é que parece que as coisas vão piorar.

No final da tarde eles foram até Bruce, que confirmou o ponto de vista de Chloe.

— Estou muito feliz em recebê-la em nossa família — ele disse —, e você está certa. O povo de Deus está passando por dias sombrios. Todo mundo está. Estive refletindo e orando sobre o que devemos fazer, como igreja, entre o tempo presente e a gloriosa manifestação.

Chloe queria saber tudo sobre isso, então Bruce mostrou-lhe na Bíblia a razão de ele acreditar que Cristo apareceria em sete anos, no final da tribulação.

— A maioria dos cristãos será martirizada ou morrerá em guerra, de fome, pragas ou terremotos — disse.

Chloe sorriu.

— Isso não é nada engraçado — ela falou —, mas talvez eu devesse ter pensado nisso antes de me alistar. Você terá problemas em convencer as pessoas a se juntarem à causa com isso em seu panfleto de inscrição.

Bruce fez uma careta.

— Sim, mas a alternativa é pior. Fomos deixados de fora na primeira vez. Já poderíamos estar no céu se tivéssemos ouvido nossos amados. Sofrer uma terrível morte durante esse período não é o que eu gostaria, mas tenho certeza de que prefiro seguir este caminho a me perder. Todos correm risco também. A única diferença é que teremos outro modo de morrer.

— Como mártires.

— Isso.

Rayford sentou-se para ouvir, ciente de como seu mundo tinha mudado em pouco tempo. Não fazia muito tempo que ele havia sido um piloto respeitado no auge da sua profissão, vivendo uma vida falsa, um homem sob uma carapaça. Agora, aqui estava ele no gabinete pastoral de uma igreja local com sua filha e um jovem pastor, falando sobre como sobreviver a sete anos de tribulação após o arrebatamento da Igreja.

— Temos o nosso grupo principal — disse Bruce —, e, Chloe, você está convidada a se juntar a nós se realmente estiver resolvida em seu compromisso.

— Qual é a opção? — ela questionou. — Se o que você está dizendo é verdade, não há espaço para brincar.

— Você está certa. Mas também estive pensando num grupo menor dentro do núcleo. Estou à procura de pessoas incomuns com inteligência e coragem. Não pretendo menosprezar a sinceridade de outros na igreja, especialmente aqueles da equipe de liderança. Mas alguns deles são tímidos, alguns velhos, outros muitos enfermos. Tenho orado por um tipo de círculo interno de pessoas que querem fazer mais do que apenas sobreviver.

— O que você tem em mente? — Rayford perguntou. — Partir para a ofensiva?

— Algo assim. Uma coisa é se esconder aqui, estudando e descobrindo o que está acontecendo para que não sejamos enganados. É ótimo orar para que as testemunhas surjam fora de Israel, e é bom saber que existem outros grupos de crentes em todo o mundo. Mas você também não sente que uma parte de você quer fazer parte dessa batalha?

Rayford ficou intrigado, mas não seguro. Chloe mostrou-se mais ansiosa.

— Uma causa — disse ela. — Algo não apenas pelo qual morrer, mas pelo qual viver.

— Sim!

— Um grupo, uma equipe, uma força — disse Chloe.

— Você entendeu. Uma força.

Os olhos de Chloe brilhavam de interesse. Rayford amava a juventude da filha e sua e ânsia de se comprometer com uma causa que, para ela, existia há somente poucas horas.

— E como você chama esse período? — ela perguntou.
— Tribulação — disse Bruce.
— Então, seu pequeno grupo dentro do grupo maior é uma espécie de Boinas Verdes, um Comando da Tribulação.
— Comando Tribulação — repetiu Bruce, olhando para Rayford e levantando-se para rabiscar algo em seu *flipchart*. — Gostei disso. Pode acreditar, e não será divertido. Será a causa mais perigosa a que uma pessoa poderia se unir. Vamos estudar, mas também nos preparar e proclamar. Quando o anticristo, o falso profeta e a falsa religião se tornarem evidentes, teremos de fazer oposição e falar contra tudo isso. Passaremos a ser alvos. Cristãos que preferem se esconder nos porões com suas bíblias poderão escapar de tudo, menos de terremotos e guerras, mas nós estaremos vulneráveis a tudo.

Agora, sua atenção voltava-se para Chloe:

— Chegará a hora, Chloe, em que os seguidores do anticristo serão obrigados a carregar o sinal da besta. Há todos os tipos de teorias sobre a forma que esse sinal pode tomar; uma tatuagem, um selo na testa que pode ser detectado apenas sob luz infravermelh, sei lá. Mas, obviamente, nós recusaremos essa marca. Esse próprio ato desafiador será uma marca em si. Seremos os nus, os desprovidos da proteção de pertencer à maioria. Você ainda quer fazer parte do Comando Tribulação?

Rayford acenou com a cabeça e sorriu ao ouvir a resposta firme da filha:

— Eu não perderia isso por nada.

* * *

Duas horas depois da partida dos Steeles, Buck Williams estacionou seu carro alugado na frente da Igreja Nova Esperança em Mount Prospect, Illinois. Ele sofria de um medo antecipatório. Quem seria esse Bruce Barnes? Como ele era? Seria ele capaz de identificar um não convertido de primeira?

Buck sentou-se no carro com a cabeça entre as mãos. Ele era bastante analítico, sabia, para tomar uma decisão precipitada. Até mesmo nos anos passados em seu próprio lar, antes de se formar e se tornar um jornalista, tudo havia sido planejado por muito tempo. Para sua família, tudo aconteceu como um raio, mas para o jovem Cameron Williams, foi um passo lógico, uma parte do seu plano de longo alcance.

Estar onde Buck estava agora não fazia parte de nenhum plano. Nada do que aconteceu desde aquele malfadado voo para Heathrow se encaixava em um padrão predefinido para ele. Ele sempre gostou de acasos na vida, mas os processava em uma peneira de lógica, ligada a uma perspectiva de ordem. A tempestade de Israel o abalou, mas, mesmo assim, ele agiu sob a perspectiva da ordem. Ele tinha uma carreira, uma posição, um papel. Esteve em Israel em missão, e, embora não esperasse virar um correspondente de guerra da noite para o dia, havia sido preparado de acordo com a maneira como ordenou a própria vida.

Nada o havia preparado, contudo, para os desaparecimentos ou as mortes violentas de seus amigos. Embora devesse estar preparado para a promoção, esta também não fazia parte de seus planos. Agora, seu artigo sobre as teorias o estava aproximando das chamas que ele nunca soube que ardiam em sua alma. Ele se sentiu sozinho, exposto, vulnerável e, entretanto, o encontro com Bruce havia sido ideia dele. Claro que o piloto da companhia aérea sugeriu, mas Buck poderia tê-lo ignorado sem remorso. Essa viagem não tinha sido feita para passar algumas horas extras com a bela Chloe, e o escritório de Chicago podia ter esperado. Ele foi até ali, tinha plena consciência, para esse encontro. Buck se sentia muito cansado enquanto se dirigia para a igreja.

Foi uma surpresa agradável para Buck descobrir que Bruce Barnes tinha idade próxima à sua. Ele parecia muito inteligente e sincero, tendo a mesma autoridade e paixão mostradas por Rayford Steele. Fazia muito tempo desde que Buck esteve numa igreja. Esta parecia inócua, bastante nova, moderna, limpa e prática. Ele e o jovem pastor se encontraram num modesto gabinete.

— Seus amigos, os Steeles, disseram que você poderia ligar — comentou Barnes.

Buck ficou impressionado com a honestidade dele. No mundo em que vivia, cheio de disfarces, ele poderia ter guardado essa informação para si mesmo, para outros fins, mas percebeu que o pastor não tinha interesse nisso. Não havia nada a esconder aqui. Em suma, Buck procurava obter informações, e Bruce estava interessado em fornecê-las.

— Quero dizer-lhe logo de cara — falou Bruce — que estou ciente de seu trabalho e respeito seu talento. Porém, para ser franco, não tenho mais tempo para brincadeiras e conversa fiada, como a que usou para caracterizar meu trabalho. Vivemos em tempos perigosos. Tenho uma mensagem e uma resposta para as pessoas que as estão buscando com sinceridade. Digo-lhe que parei de me desculpar pelo que vou dizer. Se você consegue viver com essa regra básica, tenho todo o tempo de que precisa.

— Bom, senhor — disse Buck, quase desconcertado pela emoção e humildade que percebeu na própria voz —, aprecio isso. Não sei de quanto tempo vou precisar, porque não estou aqui a negócios. Pode até fazer sentido ter a visão de um pastor em minha matéria, mas as pessoas já são capazes de imaginar o que os pastores pensam, especialmente com base nas outras pessoas que menciono na reportagem.

— Como o comandante Steele.

Buck concordou.

— Estou aqui por mim mesmo e digo-lhe francamente: eu não sei o que pensar. Há não muito tempo, eu nunca teria colocado os pés num lugar como este ou sonhado que qualquer coisa intelectualmente interessante poderia sair daqui. Sei que isso não foi jornalísticamente justo de minha parte, mas, como o senhor está sendo honesto, eu também serei.

E disse mais:

— Fiquei impressionado com o comandante Steele. Ele é um cara muito inteligente, bom pensador, e está por dentro do assunto. O senhor parece uma pessoa iluminada, e... não sei. Estou prestando atenção, isso é tudo o que vou dizer.

Bruce começou contando a Buck sua história de vida. Criado num lar cristão, educado numa faculdade de teologia, casado com uma cristã, tornando-se um pastor e assim por diante. Ele esclareceu que conhecia a história de Cristo, o caminho do perdão e tinha um relacionamento com Deus.

— Eu achava que tinha o melhor dos dois mundos. Mas as Escrituras são claras ao dizer que você não pode servir a dois senhores. Você não pode ter as duas coisas. Descobri essa verdade da pior maneira possível.

Ele contou sobre a perda de sua família e e de seus amigos, todos muito queridos para ele.

— A dor é tão grande hoje como quando aconteceu — disse ele, chorando enquanto falava.

Então Bruce esboçou, como Rayford havia feito, o plano da salvação do começo ao fim. Buck estava nervoso, ansioso. Queria uma pausa. Interrompeu o pastor e perguntou se Bruce desejava saber um pouco mais sobre ele.

— Claro — disse Bruce.

Buck contou sua própria história, concentrando-se mais no conflito entre Rússia e Israel e nos quase 14 meses transcorridos desde então.

— Posso ver — disse Bruce finalmente — que Deus está tentando chamar sua atenção.

— Bem, e ele conseguiu — falou Buck. — E devo avisar que não sou fácil de convencer. Tudo isso é interessante e parece mais aceitável do que nunca, mas não sou de me envolver com algo.

— Ninguém pode forçá-lo ou importuná-lo com isso, sr. Williams, mas também devo dizer novamente que vivemos em tempos perigosos. Não sabemos quanto tempo temos para refletir.

— O senhor fala como Chloe Steele.

— E ela fala como o pai dela — disse Bruce sorrindo.

— E ele, eu acho, fala como o senhor. Posso ver por que todos vocês consideram isso tão urgente, mas quando digo...

— Eu entendo — disse Bruce. — Se você tiver tempo agora, deixe-me adotar uma tática diferente. Sei que você é um cara inteligente, então pode ter todas as informações necessárias antes de sair daqui.

Buck respirou com mais facilidade. Ele temia que Bruce estivesse prestes a fazer um apelo, obrigando-o a orar, como quando Rayford e Chloe falaram sobre o assunto. Ele entendeu que isso fazia parte da coisa, que sinalizaria o acordo e começaria seu relacionamento com Deus — alguém com quem ele nunca tinha antes realmente falado. Mas não estava pronto. Pelo menos não achava estar. E não seria obrigado.

— Não preciso voltar a Nova York antes da manhã de segunda-feira — ele disse —, então terei tanto tempo hoje quanto o senhor me der.

— Não quero ser mórbido, sr. Williams, mas não tenho mais responsabilidades familiares. Tenho uma reunião com o grupo principal amanhã e domingo na igreja. Você está convidado a participar. Mas tenho energia suficiente para ir até à meia-noite, se você quiser.

— Sou todo seu.

Bruce passou as horas seguintes dando a Buck um curso intensivo sobre profecia e o fim dos tempos. Buck ouviu muitas informações sobre o arrebatamento e as duas testemunhas, e captou trechos sobre o anticristo. Mas, quando Bruce chegou às partes que falavam sobre a grande religião mundial que surgiria, o enganador que se faria passar por pacificador, que causaria derramamento de sangue por meio da guerra, o anticristo que dividiria o mundo em dez reinos, Buck sentiu um frio na espinha. Ele ficou em silêncio, não mais crivando Bruce de perguntas ou comentários. Rabiscou algumas notas o mais rápido que pôde.

Ousaria dizer àquele homem modesto que ele acreditava que Nicolae Carpathia poderia ser exatamente o homem de quem falam as Escrituras? Tudo isso seria coincidência? Seus dedos começaram a tremer quando Bruce contou sobre a previsão do pacto de sete anos entre o anticristo e Israel, da reconstrução do templo e até mesmo da Babilônia tornando-se sede de uma nova ordem mundial.

Finalmente, quando a meia-noite chegou, Buck estava vencido. Sentiu um medo terrível em seu íntimo. Bruce Barnes poderia não ter tido nenhum conhecimento de quais eram os planos de Nicolae Carpathia até o seu anúncio no noticiário daquela tarde. A certa altura, pensou em acusar Bruce de ter baseado tudo o que estava dizendo na reportagem da CNN, que ele teria visto e ouvido, mas, mesmo que fosse assim, tudo estava muito claro na Bíblia.

— Você assistiu ao noticiário hoje? — Buck perguntou.

— Hoje não — disse Bruce. — Estou em reuniões desde o meio-dia e comi alguma coisa pouco antes de você chegar aqui.

Buck lhe contou o que havia acontecido nas Nações Unidas. Bruce empalideceu.

— É por isso que tanta gente tentou me ligar! — disse Bruce. — Não atendi ninguém porque não queria que nada atrapalhasse nossa conversa. Eu bem que achei estranho o tanto de ligações que recebi, mas agora entendi tudo. As pessoas estão ligando para me avisar. Como temos conversado sobre o que a Bíblia diz dos próximos acontecimentos, quando algo assim ocorre, as pessoas querem checar.

— Você acha que Carpathia é o anticristo?

— Não vejo como poderia concluir de outra maneira. E eu realmente acreditei no cara.

— Por que não? A maioria de nós acreditou. Um cara discreto, interessado no bem-estar do povo, humilde, não procurando poder ou liderança... Mas o anticristo é um enganador. E ele tem o poder de controlar a mente dos homens. Ele pode fazer as pessoas verem as mentiras como verdades.

Buck contou a Bruce sobre seu convite para a pré-coletiva de imprensa.

— Você não deve ir — disse Bruce.

— Não posso deixar de ir, isso sim! — exclamou Buck. — Essa é a maior oportunidade da minha vida.

— Desculpe — falou Bruce. — Não tenho autoridade sobre você, mas deixe-me insistir, avisá-lo do que acontece em seguida. O anticristo solidificará seu poder com uma demonstração de força.

— Ele já fez isso.

— Sim, mas parece que todos esses acordos de longo alcance que ele conseguiu levarão anos para surtir efeito. Agora, ele precisa mostrar algum poder. O que ele poderia fazer para se perpetuar sem que ninguém consiga opor-se a ele?

— Eu não sei.

— Sem dúvida ele, tem segundas intenções para querer você lá.

— Não sou útil para ele.

— Seria se ele pudesse controlar você.

— Mas ele não faz isso.

— Se ele for o maligno do qual a Bíblia fala, há pouca coisa que ele não tenha poder para fazer. Peço que não vá até lá sem proteção.

— Um guarda-costas?

— Pelo menos. Mas, se Carpathia for o anticristo, você vai querer enfrentá-lo sem a ajuda de Deus?

Buck ficou surpreso. Essa conversa foi estranha o suficiente para se pensar que Bruce estava usando algum meio necessário para convertê-lo. Sem dúvida, havia sido uma questão sincera e lógica, mas Buck ficou impressionado.

— Entendo o que o senhor quer dizer — disse ele pausadamente —, mas não acho que serei hipnotizado ou coisa semelhante.

— Sr. Williams, faça o que tiver de fazer, mas estou implorando.

Se você for a essa reunião sem Deus em sua vida, estará em perigo mortal e espiritual.

Ele contou a Buck sobre sua conversa com os Steeles e de como eles, juntos, tiveram a ideia de um Comando Tribulação.

— É um grupo de pessoas sérias que ousadamente farão oposição ao anticristo. Eu só não esperava que a identidade dele se tornaria óbvia tão cedo.

O Comando Tribulação acendeu algo dentro de Buck. Levou-o de volta aos seus primeiros dias como jornalista, quando acreditava ter o poder de mudar o mundo. Ficava acordado a noite toda, fazendo planos com seus colegas sobre como criar coragem e ter audácia para suportar a opressão, o grande governo, o fanatismo. Ele havia perdido aquele fogo e o entusiasmo ao longo dos anos, enquanto ganhava elogios por seus textos. Ainda queria fazer as coisas certas, mas tinha perdido a paixão pela filosofia "um por todos, e todos por um" ao ver seu talento e sua fama ficando acima desses mesmos colegas.

Agora, o idealista e o rebelde dentro dele gravitavam em torno de tais ideias, mas ele se conteve diante da decisão de converter-se a Cristo, tornando-se um cristão somente por causa de um pequeno e emocionante clube do qual poderia participar.

— Você acha que eu poderia assistir à sua reunião do grupo principal amanhã? — ele perguntou.

— Creio que não — disse Bruce. — Até penso que você acharia interessante; e, pessoalmente, acredito que ajudaria a convencê-lo, mas a reunião é restrita à nossa equipe de liderança. A verdade é que repassarei com eles, amanhã, o que você e eu estamos conversando agora, então seria uma reprise para você de qualquer maneira.

— E domingo na igreja?

— Você será muito bem-vindo, mas devo dizer que vai ser o mesmo tema que abordo todos os domingos. O mesmo que você ouviu de Ray Steele e de mim. Se acha que ouvir mais uma vez será útil, então venha e veja quantas pessoas buscando respostas haverá. Se for como os dois últimos domingos, terá gente em pé.

Buck se levantou e se espreguiçou. Tinha ficado com Bruce até depois da meia-noite, por isso se desculpou pelo avançado da hora.

— Não precisa se desculpar — disse Bruce. — É o meu trabalho.

— Você sabe onde posso conseguir uma bíblia?

— Eu tenho uma aqui para lhe dar — sugeriu Bruce.

No dia seguinte, o grupo principal, com entusiasmo e emoção, recepcionou seu mais novo membro, Chloe Steele. Eles gastaram grande parte do dia estudando as notícias e tentando determinar a probabilidade de Nicolae Carpathia ser o anticristo.

Ninguém poderia argumentar de outra forma.

Bruce contou a história de Buck Williams, sem usar seu nome ou mencionar sua conexão com Rayford e Chloe. Ela chorou em silêncio, enquanto o grupo orava pela segurança e pela alma de Buck.

CAPÍTULO 24

Buck passou o sábado enfiado no escritório vazio de Chicago, começando a trabalhar em seu artigo sobre a teoria por trás dos desaparecimentos. Sua mente girava continuamente, forçando-o a pensar em Carpathia e no que ele publicaria sobre como o homem parecia ser um paralelo perfeito à profecia bíblica. Felizmente, ele poderia esperar até depois do grande dia da segunda-feira para escrever sobre o assunto.

Na hora do almoço, Buck foi encontrar-se com Steve Plank no Plaza Hotel em Nova York.

— Estarei lá na segunda de manhã — disse ele —, mas não vou convidar Hattie Durham.

— Por que não? É um pequeno pedido, de amigo para amigo.

— De você para mim?

— De Nick para você.

— Então agora, é Nick? Bem, ele e eu não somos próximos o suficiente para essa familiaridade, e eu não provejo companhia feminina nem mesmo para os meus amigos.

— Nem mesmo para mim?

— Se eu soubesse que você iria tratá-la com respeito, Steve, eu arranjaria um encontro seu com Hattie.

— Você não vai fazer isso pelo Carpathia?

— Não. Sou somente um convidado.

— Não vou dizer a ele.

— Como você vai explicar quando ela não aparecer?

— Eu mesmo vou perguntar a ela, Buck, seu puritano.

Buck não disse que avisaria Hattie para ela não comparecer. Ele perguntou a Steve se poderia ter mais uma entrevista exclusiva com Carpathia, antes de escrever a matéria de capa sobre ele.

— Vou ver o que posso fazer, mas você não pode nem fazer um pequeno favor e já quer outra oportunidade?

— Você disse que ele gosta de mim. Sabe que eu vou fazer um artigo completo sobre o cara. Ele precisa disso.

— Se você assistiu à TV ontem, sabe que ele não precisa de nada. Nós é que precisamos dele.

— Nós? Você já se deparou com algumas escolas de pensamento que o ligam a acontecimentos do fim dos tempos na Bíblia?

Steve Plank não respondeu.

— Steve?

— Estou aqui.

— Bem, você ouviu? Alguém que acha que ele pode ocupar o papel de um dos vilões do livro de Apocalipse?

Steve manteve o silêncio.

— Olá, Steve.

— Ainda estou aqui.

— Ora, vamos lá, velho amigo. Você é o assessor de imprensa. Você sabe tudo. Como acha que ele vai responder se eu o questionar sobre isso?

Steve permanecia calado.

— Não faça isso comigo, Steve. Não estou dizendo que é o que penso agora, ou que alguém sabe de alguma coisa, ou que importa quem pense assim. Estou escrevendo o artigo sobre o que está por trás dos desaparecimentos, e você sabe que isso me leva a todos os tipos de reinos religiosos. Ninguém em qualquer lugar esboçou quaisquer paralelos?

Desta vez, com Steve ainda calado, Buck apenas olhou no relógio, determinado a esperá-lo. Cerca de vinte segundos depois de um total silêncio, Steve sussurrou:

— Buck, tenho uma resposta de duas palavras para você. Está pronto?

— Sim.

— Staten Island.

—Você está me dizendo quê...?

— Não diga o nome, Buck! Você nunca sabe quem está ouvindo.

— Então, você está me ameaçando com...

— Não estou ameaçando ninguém. Estou avisando. Deixe-me dizer que eu o estou alertando.

— E deixe-me lembrá-lo, Steve, caso eu não tenha sido claro. Lembra-se de que, anos atrás, quando trabalhamos juntos, você pensava que eu era o melhor cão farejador a quem você já confiou uma matéria?

— Só não vá farejar o terreno errado, Buck.

— Deixe-me perguntar algo, Steve.

— Cuidado, por favor.

— Você quer falar comigo em outra linha?

— Não, Buck, só quero que você seja cuidadoso com o que diz, assim eu também serei.

Buck começou a rabiscar furiosamente algo num bloco amarelo.

— Tudo bem — ele disse. "Carpathia ou Stonagal responsáveis por Eric Miller?" — O que quero saber é isto: se você acha que eu devo ficar fora da balsa, é por causa do cara atrás da direção ou por causa do cara que fornece a ele o combustível?

— O último — disse Steve sem hesitação.

Buck circulou o nome "Stonagal" no bloco.

— Então você não acha que o cara atrás da direção está consciente do que o distribuidor de combustível faz em seu favor.

— Correto.

— Então, se alguém chegasse perto demais do piloto, o piloto seria protegido sem mesmo se dar conta disso.

— Correto.

— E se ele descobrisse sobre isso?

— Ele lidaria com a situação.

— É isso que espero ver em breve.

— Não posso comentar mais nada.

— Pode me dizer para quem você realmente trabalha?

— Trabalho para quem lhe parece.

O que, no mundo, isso significava? Carpathia ou Stonagal?

— Você trabalha para o empresário romeno?

— Claro.

Buck quase se chutou. Esse poderia ser Carpathia ou Stonagal.

— É mesmo? — ele disse, esperando ouvir mais.

— Meu chefe move montanhas, não é? — disse Steve.

— Com certeza — concordou Buck, circulando o nome de Carpathia dessa vez. — Você deve estar satisfeito com tudo o que está acontecendo nestes dias.

— E estou.

Buck rabiscou: "Carpathia. Fim dos tempos. Anticristo?"

— E você está dizendo que a outra questão que levantei é perigosa, mas também uma bobagem — quis saber Buck.

— Uma completa idiotice.

— Eu nem deveria abordar o assunto com ele, apesar de eu ser um jornalista que cobre todos os fatos e faz perguntas difíceis?

— Se eu soubesse que você pretendia mencionar isso, não teria insistido na entrevista nem na matéria.

— Rapaz, não demorou muito para você se tornar um homem de negócios.

* * *

Após a reunião do grupo principal, Rayford Steele falou particularmente com Bruce Barnes, que contou a ele sobre a reunião com Buck.

— Não posso discutir as questões mais particulares — disse Bruce —, mas só uma coisa me impede de ver esse tal de Carpathia como o anticristo. Não posso considerar isso geograficamente. Quase todos os escritores que abordam o fim dos tempos, e que eu respeito, acreditam que o anticristo virá da Europa Ocidental, talvez Grécia, Itália ou Turquia.

Rayford não sabia o que dizer.

— Você nota que Carpathia não parece romeno. Os romenos não são mais morenos?

— Sim. Vou ligar para o sr. Williams. Ele me deu o número. Penso que ele sabe mais sobre Carpathia. — Bruce ligou para Buck e colocou no viva-voz. — Ray Steele está aqui comigo.

— Olá, comandante! — saudou Buck.

— Estamos estudando aqui — disse Bruce — e chegamos a um impasse. — Ele contou a Buck o que havia sido descoberto e pediu mais informações.

— Bem, ele vem de uma cidade, de uma das maiores cidades universitárias chamada Cluj, e...

— Oh, é mesmo? Pensei que ele fosse de uma região montanhosa, sabe, por causa do seu nome.

— O nome dele? — Buck repetiu, rabiscando no bloco de notas.

— Você sabe, achei que o nome dele viesse das montanhas dos Cárpatos e tudo o mais. Ou esse nome significa outra coisa lá?

Buck endireitou-se; aquilo o acertou em cheio! Steve tentou dizer-lhe que trabalhava para Stonagal, e não para Carpathia. E, é claro, todos os novos delegados da ONU ficariam em dívida com Stonagal porque ele os apresentou a Carpathia. Talvez Stonagal fosse o anticristo! Onde sua linhagem começava?

— Bem — disse Buck, tentando concentrar-se —, talvez o nome dele viesse dos Cárpatos, mas ele nasceu em Cluj e seus ancestrais eram romenos. Isso explicaria seus cabelos louros e os olhos azuis.

Bruce agradeceu e perguntou se veria Buck na igreja no dia seguinte. Rayford achou que ele parecia distraído e evasivo.

— Eu não descarto a ideia — respondeu Buck.

* * *

"Sim", pensou Buck, desligando o telefone. "Estarei lá." Ele queria o máximo de informações antes de viajar para Nova York, a fim de escrever a história que poderia custar-lhe a carreira e talvez a vida. Ele não conhecia a verdade, mas nunca deixou de procurar por ela, e não desistiria agora. Ligou para Hattie Durham.

— Hattie — ele disse —, você vai receber uma ligação convidando-a para ir a Nova York.

— Já recebi.

— Eles queriam que eu lhe pedisse, mas eu respondi que fizessem isso por si mesmos.

— E eles fizeram.

— Querem que você se encontre com Carpathia novamente, que lhe sirva de companhia na próxima semana, se estiver livre.

— Eu sei e irei.

— Aconselho que não faça isso.

Ela riu.

— Certo, você acha mesmo que eu vou recusar um encontro com o homem mais poderoso do mundo? Acho que não.

— Esse seria o meu conselho.

— Por quê?

— Porque você não me parece esse tipo de garota.

— Primeiro, eu não sou uma garota. Sou quase tão velha quanto você, e não preciso de um pai ou tutor.

— Estou falando como amigo.

— Você não é meu amigo, Buck. É óbvio que você nem mesmo é como eu. Tentei empurrá-lo para a garotinha do Rayford Steele e não tenho certeza se você teve cérebro para perceber isso.

— Hattie, talvez não a conheça. Mas você não parece o tipo de mulher que se permitiria ser usada por um desconhecido.

— Você, que é praticamente um estranho, está tentando me dizer o que fazer?

— Bem, você é esse tipo de pessoa? Ao não lhe repassar o convite, eu tentei protegê-la de algo que você talvez goste?

— Pode acreditar.

— Não posso tentar convencê-la?

— Não pode nem mesmo tentar — ela disse, então desligou.

Buck sacudiu a cabeça e recostou-se na cadeira, segurando o bloco amarelo bem à sua frente. "Meu chefe move montanhas", disse Steve. "Carpathia é uma montanha. Stonagal é o propulsor e o combustível dele. Steve acha que Stonagal está intimamente envolvido. E Steve não é apenas assessor de imprensa do cara que Hattie Durham corretamente chamou de o homem mais poderoso do mundo, mas está também, na verdade, ligado ao homem por trás do homem."

Buck se perguntou o que Rayford ou Chloe fariam se soubessem que Hattie havia sido convidada para ir a Nova York para ser a companhia de Carpathia por alguns dias. No fim, ele decidiu que isso não era a sua conta, e nem da conta deles.

* * *

Rayford e Chloe procuraram por Buck até o último minuto na manhã seguinte, mas não puderam mais reservar um lugar para ele quando o templo e a galeria se encheram. Quando Bruce começou sua mensagem, Chloe cutucou o pai e apontou a janela que dava para a calçada, defronte à porta de entrada. Lá, em meio a uma pequena multidão atenta a um alto-falante externo, estava Buck. Rayford ergueu o punho em comemoração e sussurrou para Chloe:

— Queria saber quais serão suas orações esta manhã...

Bruce rodou o DVD do pastor, contou sua própria história mais uma vez, falou brevemente sobre profecia, convidou pessoas a receberem a Cristo e, em seguida, ofereceu o microfone para testemunhos pessoais.

Como havia ocorrido nas duas semanas anteriores, as pessoas iam à frente e ficavam na fila até bem depois da uma da tarde, ansiosas por contar como tinham, agora e finalmente, confiado em Cristo.

Chloe disse ao pai que ela queria ser a primeira, mas, no momento em que se dirigiu à última fileira da galeria, acabou sendo uma das últimas. Ela contou sua história, incluindo o sinal que acreditava que Deus lhe havia dado em forma de um amigo que se sentou ao seu lado no voo para casa. Rayford sabia que tanto ele como ela não conseguiam ver Buck no meio da multidão.

Quando a reunião terminou, Rayford e Chloe foram para o lado de fora a fim de se encontrarem com Buck, mas ele já tinha ido embora. Eles foram almoçar com Bruce. Quando chegaram em casa, Chloe achou uma nota de Buck na porta da frente.

"Não é que eu não quisesse despedir-me. Voltarei para cuidar dos negócios do escritório e, quem sabe, apenas para vê-la, se você quiser. Tenho muito a pensar agora, como você sabe, e, francamente, não quero que minha atração por você interfira no caminho desse pensamento. E assim seria. Você é uma pessoa adorável, Chloe, e eu cheguei a chorar por causa de sua história. Você havia me contado antes, mas ouvi-la naquele lugar e naquela circunstância, esta manhã, foi lindo. Você faria algo que nunca pedi a ninguém para fazer antes? Poderia orar por mim? Ligarei de volta ou vou vê-la em breve. Prometo. Buck."

* * *

Buck se sentiu mais solitário do que nunca no voo para casa. Estava agora na classe econômica dentro de um avião lotado, mas não conhecia ninguém. Leu várias partes da bíblia que Bruce lhe havia dado e marcado para ele, levando a mulher ao lado a fazer perguntas.

Ele respondeu de tal maneira, que ela poderia dizer que Buck não estava afim de conversar. Não queria ser grosseiro, mas também não queria enganar ninguém com seu conhecimento limitado.

O sono não veio fácil para ele naquela noite, embora se recusasse a andar. Ele iria para uma reunião na manhã seguinte, mesmo tendo sido advertido a não ir. Bruce Barnes parecia convencido de que Nicolae Carpathia era o anticristo, e Buck corria perigo de ser mentalmente dominado, doutrinado, hipnotizado ou pior.

Enquanto tomava banho e se vestia pela manhã, Buck concluiu que havia percorrido um longo caminho desde o pensamento de que a questão religiosa era algo à parte. Ele havia ido da tremenda confusão das pessoas que pensam que seus entes queridos tinham voado para o céu até a crença de que muito do que estava acontecendo havia sido predito na Bíblia. Ele não estava mais perguntando ou duvidando. Não havia outra explicação para as duas testemunhas em Jerusalém. Nem para os desaparecimentos.

E o mais intrigante de tudo era esse negócio de um anticristo que enganaria tantos... Bem, na cabeça de Buck não era mais uma questão de saber se era algo literal ou verdadeiro. Ele pensou muito sobre o assunto e havia progredido em tentar decidir quem era o anticristo: Carpathia ou Stonagal, embora ainda pendesse para o lado de Stonagal.

Ele colocou a mochila sobre o ombro, tentado a levar sua arma que ficava em cima da mesa de cabeceira, mas sabendo que, se fizesse isso, nunca passaria pelos detectores de metais. De qualquer forma, sentiu que não era aquela a proteção de que precisava. O que precisava era guardar sua mente e seu espírito.

Durante todo o percurso para a sede das Nações Unidas, sentia-se atormentado. "Devo orar?", ele se perguntou. "Devo 'fazer a oração' como muitas daquelas pessoas fizeram ontem de manhã? Estaria fazendo isso apenas para me proteger de um vodu ou da ansiedade?" Decidiu que, caso se tornasse um cristão, não seria com o propósito de ter um amuleto de boa sorte, pois isso soaria como fé barata. Certamente Deus não age assim. E, se fosse para acreditar em Bruce Barnes, não haveria mais proteção para os cristãos agora, durante este período, do que para qualquer outra pessoa. Muitos morreriam nos próximos sete anos, cristãs ou não. A pergunta era, então, onde eles estariam?

Havia apenas uma razão para fazer aquilo, ele decidiu — realmente acreditava que poderia ser perdoado e que se tornaria membro do povo de Deus. Deus se tornou mais do que uma força da natureza ou até mesmo um operador de milagres para Buck, como havia sido nos céus de Israel naquela noite. Se Deus fez as pessoas, ele desejaria comunicar-se com elas, conectar-se a com elas.

Buck entrou na sede da ONU em meio a uma multidão de repórteres preparados para a coletiva de imprensa. Limusines desembarcavam, VIPs e multidões esperavam atrás das barreiras policiais. Buck viu Stanton Bailey no meio das pessoas perto da porta.

— O que você está fazendo aqui? — Buck perguntou, relembrando que, em cinco anos no *Semanário*, ele nunca tinha visto Bailey do lado de fora do prédio.

— Apenas aproveitando minha posição para participar dessa coletiva de imprensa. Estou orgulhoso por você participar do encontro preliminar. Certifique-se de lembrar de tudo. Obrigado por enviar seu primeiro esboço do artigo sobre as teorias. Sei que você tem muito a fazer ainda, mas é um ótimo começo. Vai ser um vencedor.

— Obrigado — disse Buck, e Bailey deu-lhe um sinal de positivo. Buck percebeu que, se isso tivesse acontecido um mês antes, ele teria de sufocar uma risada diante daquele cara cafona e teria dito aos seus colegas que ele trabalhava para um idiota. Agora, estava estranhamente grato pelo encorajamento. Bailey nem imaginava o que Buck estava passando.

* * *

Naquela segunda-feira, Chloe Steele contou ao pai seus planos de finalmente ter aulas pela internet.

— Estive pensando — disse ela — em encontrar-me com Hattie para almoçarmos juntas.

— Pensei que você não se importasse com ela — falou Rayford.

— E não me importo, mas isso não é desculpa. Ela nem sabe o que aconteceu comigo. Não me atende. Tem alguma ideia de como está a agenda dela?

— Não, mas preciso checar a minha. Aí aproveito para ver se ela está voando hoje.

Rayford foi informado de que Hattie não só não estava escalada naquele dia como também de que ela havia pedido uma licença de trinta dias.

— Isso é estranho — ele comentou com Chloe. — Talvez ela esteja com problemas familiares no Oeste.

— Talvez ela esteja apenas dando um tempo — disse Chloe. — Vou ligar para ela mais tarde, quando sair. O que você vai fazer hoje?

— Prometi a Bruce que eu viria e assistiria à coletiva de imprensa que Carpathia daria hoje de manhã.

— A que horas?

— Às dez, eu acho.

— Bem, se Hattie não estiver disponível para o almoço, talvez eu também apareça por lá.

— Ligue-nos de qualquer maneira, querida, que esperamos você.

* * *

As credenciais de Buck esperavam por ele num balcão de informações na portaria da ONU. Ele foi direcionado para uma sala de conferências privativa, fora do edifício de escritórios para onde Nicolae Carpathia já havia se mudado. Buck chegou pelo menos vinte minutos mais cedo, e, quando saiu do elevador, sentiu-se sozinho em meio a uma multidão. Não viu ninguém que conhecesse quando começou a longa descida por um corredor de vidro e aço que levava ao salão onde ele deveria juntar-se a Steve, aos dez embaixadores nonomeados, que representavam os membros permanentes do novo Conselho de Segurança, a vários assistentes e assessores do novo secretário-geral (incluindo Rosenzweig, Stonagal e vários outros membros de sua irmandade internacional de magos financeiros) e, é claro, ao próprio Carpathia.

Buck sempre foi enérgico e confiante. Outros haviam notado seu progresso intencional em suas atribuições. Agora, seu andar era lento e incerto, e, a cada passo que dava, seu pavor aumentava. As luzes pareciam ficar mais fracas, as paredes se fechando. Sua pulsação aumentou, e ele teve um pressentimento.

O temor envolvente lembrou-o de Israel, quando achou que ia morrer. Estaria agora prestes a morrer? Ele não podia imaginar o perigo físico, mas claramente as pessoas que cruzaram o caminho de Carpathia ou os planos de Stonagal para ele estavam agora mortas. Seria Buck apenas outro de uma linha que se estendia desde um rival de negócios de Carpathia na Romênia, anos antes, passando por Dirk Burton e Alan Tompkins, até Eric Miller?

Não. O que ele temia, tinha consciência, não era um perigo mortal. Quanto mais se aproximava do salão de conferências, mais era atacado por uma sensação maligna, como se o mal estivesse personificado naquele lugar. Quase sem pensar, Buck percebeu que estava orando em silêncio: "Senhor, seja comigo. Proteja-me."

Ele não sentiu nenhum alívio. Quando muito, seus pensamentos em Deus fizeram-no reconhecer o mal mais intensamente. Ele parou a três passos da porta aberta, e embora tenha ouvido risos e brincadeiras, estava quase paralisado pela atmosfera sombria. Queria estar em qualquer lugar, menos lá, e ainda assim sabia que não podia recuar. Esta era a sala em que os novos líderes do mundo estariam reunidos, e qualquer pessoa em sã consciência daria tudo para estar lá.

Buck percebeu que o que realmente queria era estar lá. Ele desejava que tudo tivesse acabado, que tivesse visto a boa acolhida aos novos homens, um breve discurso de compromisso ou qualquer outra coisa que fosse, e rapidamente escreveria sobre isso.

Esforçou-se para ir em direção à porta; seus pensamentos eram ensurdecedores. Novamente clamou a Deus, sentindo-se um covarde como qualquer um numa trincheira. Ele havia ignorado a presença de Deus durante a maior parte de sua vida e, agora, quando sentia a angústia mais obscura de sua alma, estava figurativamente de joelhos.

No entanto, ele não pertencia a Deus. Ainda não. Ele sabia disso. Deus havia respondido à oração de Chloe por um sinal antes que ela tivesse, em verdade, uma decisão espiritual. Por que Deus não respondeu ao apelo de Buck por calma e paz?

Ele não conseguiu se mexer, até que Steve Plank o chamou.

— Buck! Estamos quase prontos para começar. Entre.

Mas Buck se sentia mal, em pânico.

— Steve, preciso ir ao banheiro. Tenho um minuto?

Steve olhou para o relógio.

— Você tem cinco — disse ele. — E, quando voltar, ficará bem ali.

Steve apontou para uma cadeira no canto de um bloco quadrado de mesas. O jornalista dentro de Buck gostou disso. Um ponto vantajoso perfeito. Seus olhos se concentraram nas placas de identificação na frente de cada local. Ele estaria em frente à mesa principal, onde Carpathia ficaria diretamente ao lado de Stonagal... ou será que Stonagal havia se encarregado dos assentos? Ao lado de Carpathia, por outro lado, havia uma placa de identificação escrita manualmente às pressas, com a inscrição "assistente pessoal".

— É você? — perguntou Buck.

— Não. — Steve apontou para o canto em frente à cadeira de Buck.

— Todd-Cothran está aqui? — perguntou Buck.

— Claro. Bem ali de cinza-claro.

O britânico parecia bem insignificante. Mas, um pouco além, estavam Stonagal, de terno escuro, e Carpathia, parecendo perfeito em um terno preto, com camisa branca, gravata azul e abotoaduras de ouro. Buck estremeceu ao vê-lo, mas Carpathia deu um sorriso e acenou para ele. Buck sinalizou que estaria ali em um minuto.

— Agora você tem apenas quatro minutos — disse Steve. — Melhor se apressar.

Buck colocou sua mochila num canto, ao lado de um corpulento guarda de segurança de cabelos brancos, acenou para seu velho amigo Chaim Rosenzweig e correu para o banheiro. Deixou o balde de limpeza para fora e trancou a porta. Buck se apoiou contra a porta, enfiou as mãos nos bolsos e colou o queixo no peito, lembrando-se do conselho de Bruce de que ele poderia falar com Deus da mesma maneira que falaria com um amigo. "Deus", ele orou, "eu preciso do Senhor e, não apenas para este encontro."

Enquanto orava, creu. Não foi experimento e nenhuma tentativa irresoluta. Ele não estava apenas esperando ou tentando algo. Sabia que falava com o próprio Deus. Admitiu que precisava de Deus, que sabia estar tão perdido e ser tão pecaminoso como qualquer um. Não repetiu uma oração específica que ouviu de alguém, e, quando terminou, viu-se entregue por completo. Buck não era o tipo de pessoa a lidar levianamente com as coisas. Assim, quando sabia de algo, ele estava certo de que não haveria como voltar atrás.

Buck foi mais depressa para a sala de conferências desta vez, só que estranhamente sem a confiança de antes. Mas não havia orado por coragem ou confiança. A oração foi por sua alma. Ele não sabia o que sentiria depois daquilo, mas também não esperava esse sentimento contínuo de medo.

No entanto, não hesitou. Quando entrou na sala, todos estavam em seus lugares: Carpathia, Stonagal, Todd-Cothran, Rosenzweig, Steve e os poderosos financistas e embaixadores. E uma pessoa que Buck não esperava ver ali: Hattie Durham. Ele olhou, perplexo, quando ela tomava seu lugar como assistente pessoal de Nicolae Carpathia. Ela piscou para ele, mas Buck fez como se não a reconhecesse. Ele pegou a mochila, acenou em agradecimento ao guarda armado e levou consigo apenas um caderno.

Embora nenhum sentimento especial tenha vindo com a decisão de Buck, tinha, agora, mais sensibilidade para perceber que algo estava acontecendo ali. Não havia dúvida em sua mente de que o anticristo da Bíblia estava naquela sala. E, apesar de tudo o que sabia sobre Stonagal e sobre o que esse homem havia feito na Inglaterra, além do mal-estar que se apoderou de Buck enquanto observava seu ar de presunção, Buck sentiu o mais verdadeiro, profundo e sombrio espírito de maldade quando viu Carpathia tomar seu lugar. Nicolae esperou até que todos estivessem sentados, depois se levantou com falsa dignidade.

— Cavalheiros... e dama — ele começou —, este é um momento muito importante. Em poucos minutos, vamos cumprimentar a imprensa e apresentar aqueles que serão designados a liderar a nova ordem mundial de uma era de ouro. A aldeia global tornou-se única, e enfrentamos a maior tarefa e a maior oportunidade jamais concedidas à humanidade.

CAPÍTULO 25

Nicolae Carpathia saiu do seu lugar na mesa e se dirigiu a cada pessoa individualmente. Cumprimentou cada um, um pelo nome, pedindo que ficasse de pé, apertando a mão das pessoas e beijando-lhes a face. Ele pulou Hattie e começou com o novo embaixador britânico.

— Sr. Todd-Cothran — disse ele —, o senhor será apresentado como o embaixador dos Estados Unidos da Grã-Bretanha, que agora incluem boa parte da Europa Ocidental e Oriental. Dou a você e sua equipe boas-vindas e lhe confiro todos os direitos e privilégios que terá em sua nova posição. Que você possa mostrar-me, e também àqueles sob sua responsabilidade, a consistência e sabedoria que o levaram a esta posição.

— Obrigado, senhor — disse Todd-Cothran, sentando-se. Carpathia seguiu em frente. Todd-Cothran parecia chocado, como aconteceu com vários outros, quando Nicolae repetiu o mesmo sentimento, incluindo precisamente o mesmo título, embaixador dos Estados Unidos da Grã-Bretanha, para o financista britânico ao seu lado.

Todd-Cothran sorriu com tolerância. Era óbvio que Carpathia havia simplesmente se enganado, pois deveria referir-se ao homem como um de seus consultores financeiros. No entanto, Buck nunca tinha visto Carpathia cometer tal deslize.

Carpathia rodeou a mesa de quatro lados cumprimentando um por um, dizendo exatamente as mesmas palavras a cada embaixador, mas personalizando a ladainha para incluir o nome e título apropriados. A recitação mudou apenas ligeiramente quando se referiu aos seus assistentes e assessores pessoais.

Quando Carpathia chegou a Buck, ele pareceu hesitar. Buck estava lento em compreender o fato, como se não tivesse certeza de que seria incluído naquilo. Com um sorriso caloroso, Carpathia convidou-o a ficar de pé. Buck estava um pouco desequilibrado, tentando segurar caneta e caderno, ao mesmo tempo que apertava as mãos do dramático Carpathia. O aperto de mão de Nicolae era firme e forte, e ele o manteve assim durante toda a recitação. Olhou diretamente nos olhos de Buck e falou com serena autoridade.

— Sr. Williams — disse ele —, eu o recebo na equipe e lhe confiro todos os direitos e privilégios que acompanham seu cargo...

O que foi isso? Não era o que Buck esperava, mas foi tão afirmativo quanto lisonjeiro. Ele não fazia parte de qualquer equipe e não tinha nenhum direito ou privilégio que devesse ser conferido a ele! Ele balançou levemente a cabeça para mostrar que Carpathia havia se enganado, que aparentemente havia confundido Buck com alguma pessoa. Mas Nicolae acenou positivamente com a cabeça e sorriu ainda mais, olhando bem no fundo dos olhos de Buck. Ele sabia o que estava fazendo.

— Que você possa mostrar-me, e também àqueles sob sua responsabilidade, a consistência e sabedoria que o trouxeram a esta posição.

Buck queria ficar mais aprumado para agradecer ao seu mentor, ao seu líder, ao provedor dessa honra. Mas não! Não estava certo! Ele não trabalhava para Carpathia. Era um jornalista independente, não um correligionário, um seguidor, e certamente não um empregado. Seu espírito resistiu à tentação de dizer "Obrigado, senhor" como todos os outros. Ele sentiu e percebeu a maldade do homem e por pouco não apontou para ele chamando-o de anticristo. Ele quase podia ouvir-se gritando isso para Carpathia.

Nicolae ainda olhava, sorria e segurava a mão dele. Depois de um silêncio constrangedor, Buck ouviu risadas, então Carpathia disse:

— Você é muito bem-vindo, meu levemente atordoado e calado amigo. — Os outros riram e aplaudiram quando Carpathia o beijou, mas Buck não sorriu. Nem agradeceu ao secretário-geral. Seu estômago revirou.

Quando Carpathia seguiu em frente, Buck percebeu a que ele tinha resistido. Se não pertencesse a Deus, certamente teria caído na teia desse homem enganoso. Buck podia ver isso no rosto dos outros. Eles foram honrados além da medida, ao serem elevados a esse nível de poder e confiança, até mesmo Chaim Rosenzweig. Hattie pareceu derreter-se na presença de Carpathia.

Bruce Barnes implorou a Buck que não comparecesse a esta reunião, e agora sabia por quê. Se Bruce e Chloe não tivessem orado por ele, e provavelmente também o comandante Steele, quem sabe se ele teria tomado essa decisão e se comprometido com Cristo, para ter o poder de resistir à sedução da aceitação e do poder?

Carpathia passou toda a cerimônia com Steve, que transbordava de orgulho. Nicolae deu atenção a todos na sala, exceto ao guarda de segurança, a Hattie e a Jonathan Stonagal. Então, retornou ao seu lugar e se virou primeiro para Hattie.

— Srta. Durham — disse, tomando as mãos de Hattie entre as suas —, você será apresentada como minha assistente pessoal, deixando de lado uma carreira brilhante na indústria da aviação. Eu a recebo na equipe e confiro a você todos os direitos e privilégios que acompanham seu novo cargo. Que você possa mostrar-me, e também àqueles sob sua responsabilidade, a consistência e sabedoria que a trouxeram a esta posição.

Buck tentou atrair o olhar de Hattie e balançar a cabeça, mas ela ficou vidrada em seu novo chefe. Teria sido culpa de Buck? Ele a tinha apresentado a Carpathia. Ela ainda o ouviria? Ele teria acesso? Buck olhou ao redor da sala. Todos olhavam com sorrisos de aprovação, enquanto Hattie agradecia de todo o coração e se sentava.

Carpathia virou-se dramaticamente para Jonathan Stonagal. Este abriu um sorriso malicioso e ficou de pé pomposamente.

— Por onde começo, Jonathan, meu amigo? — disse Carpathia.

Stonagal balançou a cabeça agradecendo, enquanto outros expressavam sua concordância de que ele era, de fato, o homem entre os homens na sala. Carpathia pegou a mão de Stonagal e começou formalmente:

— Sr. Stonagal, você significa muito mais para mim do que qualquer um no mundo. — Stonagal ergueu os olhos e sorriu, olhando nos olhos de Carphatia. — Eu lhe dou as boas-vindas à equipe — disse Carpathia — e lhe confiro todos os direitos e privilégios que acompanham seu novo cargo.

Stonagal recuou, mostrando claramente não ter interesse em ser considerado parte da equipe, em ser receber as boas-vindas dohomem que ele tinha levado à presidência da Romênia e, agora, ao cargo de secretário-geral das Nações Unidas. Seu sorriso ficou estático, e depois desapareceu quando Carpathia continuou:

— Que você possa mostrar-me, e também àqueles sob sua responsabilidade, a consistência e sabedoria que o trouxeram a esta posição.

Em vez de agradecer a Carpathia, Stonagal recolheu a mão e olhou para aquele jovem. Carpathia continuou a olhar para Stonagal e falou em tom mais calmo e cálido:

— Sr. Stonagal, o senhor pode pode sentar-se.

— Não, não vou! — Stonagal replicou.

— Senhor, fiz apenas uma brincadeira, pois imaginei que entenderia.

Stonagal ficou vermelho, claramente envergonhado por ter exagerado.

— Imploro seu perdão, Nicolae — disse Stonagal, forçando um sorriso, mas obviamente insultado por ter sido envolvido nessa exibição chocante.

— Por favor, meu amigo — disse Carpathia. — Por favor, fique sentado. Senhoras e senhores, temos apenas alguns minutos antes da coletiva.

Os olhos de Buck ainda estavam fixos em Stonagal, que estava muito irritado.

— Gostaria de apresentar a todos vocês apenas uma amostra de lição de liderança, de discipulado e, posso dizer, de cadeia hierárquica. Sr. Scott M. Otterness, por favor, quer aproximar-se de mim? — O guarda no canto ficou surpreso e se apressou em direção a Carpathia. — Uma das minhas técnicas de liderança é o poder de observação, combinado com uma memória prodigiosa — afirmou Carpathia.

Buck não conseguia tirar os olhos de Stonagal, que pareceu estar considerando um revide por ter sido envergonhado. Ele parecia pronto a se levantar a qualquer momento e colocar Carpathia em seu devido lugar.

— O sr. Otterness aqui foi surpreendido porque não tínhamos sido apresentados, não é mesmo, senhor?

— É verdade, sr. Carpathia, não fomos.

— E ainda assim eu sabia o seu nome.

O guarda idoso sorriu e acenou com a cabeça.

— Também posso dizer-lhe a marca, o modelo e o calibre da arma que o senhor carrega em seu quadril. Não vou olhar quando o senhor a sacar e exibir para este grupo.

Buck observou horrorizado o sr. Otterness soltar o fecho de couro que retinha a enorme arma no coldre. Ele se atrapalhou com ela e a segurou com as duas mãos diante de todos para que a pudessem ver, mas Carpathia havia desviado os olhos. Stonagal, ainda com o rosto vermelho, parecia estar hiperventilando.

— Eu observei, senhor, que você recebeu uma arma calibre 38 da polícia especial com um barril de quatro polegadas, carregado com cartuchos de alta velocidade e pontas ocas.

— O senhor está correto — Otterness disse alegremente.

— Posso segurá-la, por favor?

— Certamente.

— Obrigado. O senhor pode voltar ao seu posto, guardando a mochila do sr. Williams, que contém um gravador digital, um celular e um computador. Estou certo, Cameron?

Buck olhou para ele, recusando-se a responder. Ouviu Stonagal resmungar sobre "algum tipo de truque de salão". Carpathia continuou a olhar para Buck. Nenhum dos dois falou.

— O que é isso? — Stonagal sussurrou. — Você está agindo como se fosse uma criança.

— Eu gostaria de dizer a todos vocês o que estão prestes a ver — Carpathia continuou, e Buck sentiu novamente uma atmosfera maligna na sala. Ele queria mais do que tudo livrar-se dos arrepios em seu braço e correr por sua vida, mas estava congelado no assento. Os outros pareciam extasiados, mas não perturbados.

— Vou pedir ao sr. Stonagal que se levante mais uma vez — disse Carpathia, com a grande e horrível arma ao seu lado. — Jonathan, por favor.

Stonagal estava sentado, olhando para ele. Carpathia sorriu.

— Jonathan, você sabe que pode confiar em mim. Eu o amo por tudo o que você significa para mim, e humildemente peço que me ajude nesta demonstração. Eu o vejo como parte do meu papel como professor. Você mesmo disse que tem sido meu professor por anos.

Stonagal ficou de pé, com cautela e rigidez.

— Agora vou pedir para trocarmos de lugar.

Stonagal praguejou.

— O que é isso? — perguntou.

— Tudo ficará claro em breve, e não precisarei mais da sua ajuda.

Para os demais, Buck sabia, soou como se Carpathia quisesse dizer que não mais precisaria da ajuda de Stonagal na demonstração, seja lá o que ela fosse. Como ele apenas mandou o guarda desarmado para o canto, eles agora supunham que Carpathia agradeceria a Stonagal e pediria que ele voltasse para o lugar.

Stonagal franziu a testa, saiu e trocou de lugar com Carpathia. Isso colocou Carpathia ao lado direito de Stonagal. À esquerda de Stonagal estavam sentados Hattie e o sr. Todd-Cothran.

— Agora vou pedir que se ajoelhe, Jonathan — disse Carpathia; seu sorriso e o tom leve haviam desaparecido.

Para Buck, parecia que todos na sala prendiam a respiração.

— Isso não vou fazer — disse Stonagal.

— Sim, vai — Carpathia disse calmamente. Faça agora.

— Não, senhor, não vou — insistiu Stonagal. — Você perdeu o juízo. Não serei humilhado. Se você acha que se elevou a uma posição acima de mim, está enganado.

Carpathia levantou o 38, armou-o e enfiou o cano na orelha direita de Stonagal. O idoso homem se afastou a princípio, mas Carpathia disse:

— Mexa-se novamente e estará morto.

Vários outros ficaram de pé, incluindo Rosenzweig, que clamava melancolicamente:

— Nicolae!

— Todos fiquem sentados, por favor — disse Carpathia com calma.

— Jonathan, de joelhos.

Dolorosamente o velho se agachou, usando a cadeira de Hattie para se apoiar. Ele não encarou Carpathia, sequer olhou para ele. A arma ainda estava em seu ouvido. Hattie ficou pálida e congelada.

— Minha querida — disse Carpathia, inclinando-se até ela sobre a cabeça de Stonagal —, queira afastar sua cadeira uns noventa centímetros para não sujar sua roupa.

Ela não se moveu.

Stonagal começou a choramingar.

— Nicolae, por que você está fazendo isso? Sou seu amigo! Não sou uma ameaça.

— Implorar não é do seu feitio, Jonathan. Por favor, fique quieto.

— Hattie — ele continuou, agora olhando diretamente nos olhos dela. — Levante-se, mova sua cadeira para trás e sente-se novamente.

Cabelo, pele, tecidos do crânio e matéria cerebral serão em sua maior parte lançados sobre o sr. Todd-Cothran e os outros que estão ao seu lado. Não quero que nada caia sobre você.

Hattie moveu a cadeira para trás com os dedos trêmulos.

Stonagal choramingou:

— Não, Nicolae, não!

Carpathia não estava com pressa.

— Vou matar o sr. Stonagal com uma rodada de balas de ponto oco, de modo indolor, direto no cérebro; ele não vai ouvir nem sentir. O restante de nós vai experimentar alguns zumbidos nos ouvidos. Isso será instrutivo para todos vocês. Dessa forma, os senhores vão entender cognitivamente que eu estou no comando, que não temo nenhum homem e que ninguém pode opor-se a mim.

Otterness levou a mão à testa, como se estivesse tonto, e desabou dobrando um dos joelhos. Buck considerou a possibilidade de um mergulho suicida do outro lado da mesa para pegar a arma, mas sabia que os outros poderiam morrer por sua tentativa. Olhou para Steve, que estava sentado, imóvel como os outros. Todd-Cothran fechou os olhos e fez uma careta, como se esperasse o desfecho a qualquer segundo.

— Quando o sr. Stonagal estiver morto, vou dizer o que vocês lembrarão. E, para que ninguém ache que não fui justo, permitam-me acrescentar que mais do que apenas sangue espirrará sobre o terno do sr. Todd-Cothran. Uma bala de alta velocidade nessa direção também o matará. Como o senhor sabe, sr. Williams, isso é algo que lhe prometi que faria no devido tempo.

Todd-Cothran arregalou os olhos com essa notícia, e Buck gritou "Não!" quando Carpathia puxou o gatilho. O estampido sacudiu as janelas e até a porta.

A cabeça de Stonagal tombou em Todd-Cothran, já caído, e ambos estavam mortos antes de seus corpos entrelaçados chegarem ao chão.

Várias cadeiras rolaram por trás das mesas com seus ocupantes cobrindo as cabeças atemorizados. Boquiaberto, Buck viu Carpathia calmamente colocar a arma na mão direita de Stonagal e pressionar o dedo dele contra o gatilho.

Hattie estremeceu em seu assento e parecia tentar emitir um grito que não veio. Carpathia levantou-se novamente.

— O que acabamos de testemunhar aqui — ele disse gentilmente, como se estivesse falando a crianças — foi um fim horrível e trágico para duas vidas extravagantemente produtivas. Estes eram os dois homens a quem eu respeitava e admirava mais do que quaisquer outros no mundo. O que levou o sr. Stonagal a correr até o guarda a fim de desarmá-lo para tirar a própria vida e a de seu colega? Bem, eu não sei como explicar e nunca poderei entender completamente.

Buck lutou consigo mesmo para manter sa sanidade, a mente lúcida, a fim de, como seu chefe havia dito no caminho, "lembrar-se de tudo".

Com os olhos úmidos, Carpathia continuou:

— Tudo o que posso dizer-lhes é que Jonathan Stonagal revelou-me, no desjejum desta manhã, que ele se sentia pessoalmente responsável por duas mortes violentas na Inglaterra e que não poderia viver com essa culpa. Eu pensava que ele se entregaria à autoridade internacional hoje mesmo, mais tarde. E, se não o fizesse, eu teria de fazê-lo. De que modo ele conspirou com o sr. Todd-Cothran para cometer as mortes na Inglaterra, eu não sei. Mas, se ele foi o responsável, então, de maneira triste, talvez a justiça tenha sido feita hoje.

E continuou:

— Estamos todos horrorizados e traumatizados por testemunhar essa cena. Quem não estaria? Meu primeiro ato como secretário-geral será fechar a ONU pelo restante do dia e publicar o meu obituário de lamento sobre as vidas de dois velhos amigos. Acredito que todos vocês serão capazes de lidar com esse acontecimento infeliz e que essa cena não dificulte para sempre sua capacidade de servir em seus papéis estratégicos. Obrigado, senhores. Enquanto a srta. Durham chama a segurança, vou apurar a versão de vocês sobre o que aconteceu aqui.

Hattie correu para o telefone e mal conseguia fazer-se entender por causa de sua histeria. — Venham rápido! Houve um suicídio, e dois homens estão mortos! Foi terrível! Apressem-se!

— Sr. Plank? — chamou Carpathia.

— Isso foi inacreditável — disse Steve, e Buck sabia que ele estava falando sério. — Quando o sr. Stonagal pegou a arma, pensei que ele mataria todos nós!

Carpathia chamou, então, o embaixador dos Estados Unidos.

— Eu conheço Jonathan há anos — disse ele. — Quem teria pensado que ele faria algo assim?

— Estou feliz que esteja bem, senhor secretário-geral — falou Chaim Rosenzweig.

— Eu não estou bem — discordou Carpathia. — E não estarei bem por muito tempo. Esses homens eram meus amigos.

E foi assim por toda a sala. Buck sentia seu corpo como feito de chumbo, sabendo que Carpathia acabaria por abordá-lo, e que ele era o único na sala livre do poder hipnótico de Nicolae. Mas e se ele dissesse isso? Seria morto em seguida? Claro que sim! Teria de ser. Poderia mentir? Deveria mentir?

Ele orava desesperadamente enquanto Carpathia se dirigia a cada pessoa ali para assegurar que todos tinham visto o que ele queria que vissem e que eles estavam sinceramente convencidos disso.

Silêncio! Deus pareceu colocar isso no coração de Buck. Nem uma palavra!

Buck ficou tão grato por sentir a presença de Deus em meio a todo aquele mal e desordem, que foi levado às lágrimas. Quando Carpathia chegou até ele, as faces de Buck estavam úmidas e ele não podia falar. Simplesmente balançou a cabeça e levantou a mão.

— Horrível, não, Cameron? Um suicídio que também atingiu o sr. Todd-Cothran?

Buck não podia falar e não falaria se pudesse.

— Você se preocupava com os dois e os respeitava, Cameron, porque não sabia que tentaram matá-lo em Londres.

E Carpathia se dirigiu ao guarda.

— Por que o senhor não tentou impedi-lo de pegar sua arma, sr. Otterness?

O velho estava em pé.

— Aconteceu tão rápido, senhor! Eu sabia quem ele era, um importante e rico homem, mas quando ele correu na minha direção, eu não sabia o que ele pretendia fazer. Ele tirou meu revólver do coldre e, antes que eu pudesse reagir, atirou em si mesmo.

— Sim, sim — disse Carpathia, enquanto a equipe de segurança entrava correndo na sala. Todos falavam ao mesmo tempo, e Carpathia se retirou para um canto, chorando a perda de seus amigos.

Um homem à paisana fazia perguntas. Buck o interrompeu:

— Você já tem testemunhas oculares suficientes aqui. Permita-me deixar meu cartão, e você pode ligar se precisar de mim, OK?

O policial trocou cartões com Buck, que então foi autorizado a sair.

Buck pegou sua mochila e correu para encontrar um táxi, a fim de voltar logo para o escritório. Chegando lá, trancou-se no escritório e começou furiosamente a digitar todos os detalhes da história que havia acabado de testemunhar. Ele havia produzido várias páginas quando recebeu uma chamada de Stanton Bailey. O velho mal conseguia respirar para fazer perguntas incisivas, não deixando tempo para que Buck respondesse.

— Onde você esteve? Por que não apareceu na coletiva de imprensa? Você estava lá quando Stonagal deu um fim em si mesmo e levou o britânico com ele? Você deveria estar lá. É um prestígio para nós que você tenha estado lá. Como vai convencer alguém de que estava lá quando não apareceu para a coletiva de imprensa, Cameron? Qual é o problema?

— Voltei correndo para cá a fim de colocar a história no sistema.

— Você não tinha uma exclusiva com Carpathia agora?

Buck havia esquecido, e Plank não tinha confirmado. O que deveria fazer agora? Ele orou, mas não sentiu nenhuma orientação. Como precisava falar com Bruce, Chloe ou o comandante Steele!

— Vou ligar para o Steve e ver isso — disse.

Buck sabia que não poderia esperar muito para ligar, mas estava desesperado para saber o que fazer. Deveria aceitar ficar sozinho numa sala com Carpathia? Se sim, deveria fingir estar sob seu controle mental como todos pareciam estar? Se ele não tivesse presenciado tudo com os próprios olhos, não acreditaria. Seria ele sempre capaz de resistir a tal influência com a ajuda de Deus? Não sabia.

Buck ligou para Steve, que retornou a chamada alguns minutos mais tarde.

— Realmente estava ocupado aqui, Buck. O que houve?

— Eu estava aqui pensando se ainda deveria ter aquela exclusiva com Carpathia.

— Está brincando, certo? Você ouviu o que aconteceu aqui e quer uma exclusiva?

— Ouviu? Eu estava aí, Steve.

— Bem, se estava aqui, então provavelmente sabe o que aconteceu antes da coletiva de imprensa.

— Steve, eu vi com meus próprios olhos.

— Você não está entendendo, Buck. Estou dizendo que, se você estivesse aqui para a coletiva de imprensa, teria ouvido sobre o suicídio de Stonagal no encontro preliminar, aquele ao qual você deveria ter ido.

Buck não sabia o que dizer.

— Você me viu aí, Steve.

— Eu não o vi nem mesmo na coletiva de imprensa.

— Eu não participei da coletiva de imprensa, Steve, mas estava na sala quando Stonagal e Todd-Cothran morreram.

— Não tenho tempo para isso, Buck. Isso não é engraçado. Você devia ter estado aqui, mas não veio. Fico aborrecido com isso, Carpathia sente-se ofendido.... e não! Nenhuma exclusiva será dada a você.

— Tenho credenciais. Eu as apanhei no saguão!

— Então, por que não as usou?

— Eu as usei.

Steve desligou. Marge chamou Buck e disse que o chefe estava na linha novamente.

— Qual é o problema com você, que nem mesmo foi àquela reunião? — perguntou Bailey.

— Eu estava lá! Você me viu entrar!

— Sim, claro, eu o vi. E bem de perto... O que achou de mais importante para fazer? Tinha alguma entrevista urgente, Cameron!?

— Estou dizendo que eu estava lá! Vou mostrar minhas credenciais.

— Eu chequei a lista de credenciamento e você não estava nela.

— Claro que estava nela. Vou mostrar a você.

— Seu nome está lá, estou dizendo, mas não foi marcado.

— Sr. Bailey, estou olhando para minhas credenciais agora. Elas estão em minha mão.

— Suas credenciais não significam nada se não as usou, Cameron. Onde você estava?

— Leia minha história — disse Buck. — Você saberá exatamente onde eu estava.

— Acabei de falar com três ou quatro pessoas que estavam lá, incluindo o guarda da ONU e a assistente pessoal de Carpathia, sem mencionar Plank. Nenhum deles viu você; você não esteve lá.

— Um policial me viu! Nós trocamos cartões!

— Estou voltando para o escritório, Williams. Se você não estiver aí quando eu chegar, está demitido.

— Estarei aqui.

Buck pegou o cartão do policial e ligou para o número.
— Delegacia de polícia — disse uma voz.
Buck leu o cartão.
— O sargento-detetive Billy Cenni, por favor.
— Pode repetir o nome?
— Cenni, ou talvez seja um K? Kenny?
— Não conhecemos. Você chamou o número certo?
Buck repetiu o número do cartão.
— Esse é o nosso número, mas esse cara não é dos nossos.
— Como eu posso localizá-lo?
— Estou ocupado aqui, amigo. Ligue para o centro da cidade.
— É importante. Você tem uma lista do departamento?
— Escute, temos milhares de policiais.
— Basta olhar para C-E-N-N-I para mim, por favor?
— Só um minuto.
Logo veio o retorno.
— Não temos nada, OK?
— Ele poderia ser novo?
— Poderia ser sua irmã, pelo que sei.
— Para onde eu ligo?

Ele deu a Buck o número da sede da polícia. Buck repetiu toda a conversa, mas, desta vez, conseguiu ser atendido por uma jovem simpática.

— Deixe-me verificar mais uma coisa para você — disse ela. — E eu mesma ficarei na linha, porque eles não lhe dirão nada a menos que seja um oficial uniformizado.

Buck ouvia enquanto ela própria soletrava o nome.
— Ah, ah — disse ela. — Obrigada, vou dizer a ele.
E voltou a falar com Buck.
— Senhor? O pessoal disse que não há ninguém no Departamento de Polícia de Nova York chamado Cenni, e nunca houve. Se alguém tem um cartão falso da polícia, eles gostariam de ver.

Tudo o que Buck podia fazer agora era tentar convencer Stanton Bailey.

* * *

Rayford Steele, Chloe e Bruce Barnes assistiram à coletiva de imprensa na ONU, esforçando-se por achar Buck.

— Onde está ele? — Chloe perguntou. — Ele tem que estar em algum lugar. Todos os outros estão nessa reunião. Quem é a garota?

Rayford levantou-se quando a viu, apontando silenciosamente para a tela.

— Papai! — Chloe disse. — Você não está pensando o mesmo que eu, está?

— Com certeza se parece com ela — respondeu Rayford.

— Shh — Bruce repreendeu. — Ele está apresentando a todos.

— ...minha assistente pessoal, deixando de lado uma carreira brilhante na indústria da aviação...

Rayford deixou-se cair numa cadeira.

— Espero que Buck não esteja por trás disso.

— Eu também — disse Bruce. — Isso significaria que ele também pode ter sido atraído.

A notícia do suicídio de Stonagal e da morte acidental de Todd-Cothran os chocou.

— Talvez Buck tenha aceitado meu conselho e não tenha ido ao encontro — disse Bruce. — Realmente espero que seja isso.

— Isso não parece coisa dele — disse Chloe.

— Não, não parece — disse Rayford.

— Eu sei — disse Bruce. — Mas tenho esperança. Não quero vê-lo envolvido num jogo sujo como esse. Quem sabe o que aconteceu lá dentro? E ele indo a essa reunião apenas com nossas orações...

— Quero pensar que isso foi suficiente — disse Chloe.

— Não — replicou Bruce. — Ele precisava da cobertura divina por si mesmo.

* * *

Assim que Stanton Bailey entrou furiosamente no escritório de Buck, horas depois, Buck percebeu que estava enfrentando uma força com a qual não podia competir. O registro de sua presença naquela reunião havia sido apagado, inclusive da mente de todos os presentes na sala. Ele sabia que Steve não estava fingindo. O amigo honestamente acreditava que Buck não esteve lá. O poder que Carpathia exercia sobre aquelas pessoas não conhecia limites. Se Buck precisava de uma prova de que sua própria fé era real e de que Deus estava presente agora em sua vida, ele a tinha. Se ele não tivesse recebido a Cristo antes de entrar naquela sala, certamente seria apenas mais um dos fantoches de Carpathia.

Bailey não se mostrava em um clima de discussão, então Buck deixou o velho homem falar, sem tentar defender-se.

— Não quero ouvir mais nenhum desses absurdos sobre você ter estado lá. Sei que esteve no prédio e vejo suas credenciais, mas você sabe, eu sei e todo mundo sabe que você não apareceu por lá. Não sei o que você achava ser mais importante, mas está errado. É inaceitável e imperdoável. Não o quero mais como meu editor-executivo.

— Fico feliz em voltar ao meu cargo anterior — disse Buck.

— Não posso concordar com isso também, amigo. Quero você fora de Nova York. Vou mandá-lo para o escritório de Chicago.

— Ficarei feliz em fazer isso por você.

Bailey balançou a cabeça.

— Você não entende, não é, Cameron? Não confio em você. Eu deveria demiti-lo, mas sei que, se fizer isso, você acabaria trabalhando com outra pessoa.

— Não quero estar com mais ninguém.

— Bem, porque, se você tentasse partir para a competição, eu teria de contar a todos sobre essa sua manobra. Você vai ser um repórter da equipe de Chicago, trabalhando para a mulher que era assistente da Lucinda. Vou ligar hoje para ela e dar a notícia. Isso vai significar um enorme corte de salário, especialmente considerando aquele que você teria obtido com a promoção. Tire alguns dias de folga, coloque suas coisas em ordem aqui, pegue aquele apartamento sublocado e encontre um lugar em Chicago. Algum dia quero que você fique limpo comigo, filho. Essa foi a mais triste desculpa para a cobertura de notícias que eu já vi, e por um dos melhores na área.

Bailey saiu batendo a porta.

Buck não via a hora de conversar com seus amigos em Illinois, mas não queria ligar do escritório nem de seu apartamento, e não sabia ao certo se o seu celular era seguro. Arrumou as coisas e pegou um táxi para o aeroporto, pedindo ao taxista que parasse em um telefone público, cerca de um quilômetro e meio antes do terminal.

Steele, Buck Williams e Bruce Barnes enfrentaram os mais graves perigos que alguém poderia enfrentar, e conheciam sua missão.

A tarefa do Comando Tribulação era clara. Seu objetivo era nada menos do que se levantar e lutar contra os inimigos de Deus durante os sete anos mais caóticos que o planeta estava prestes a ver.

EPÍLOGO

"Pois nos dias anteriores ao Dilúvio, o povo vivia comendo e bebendo, casando-se e dando-se em casamento, até o dia em que Noé entrou arca; e eles nada perceberam, até que veio o Dilúvio e os levou a todos. Assim acontecerá na vinda do Filho do homem. Dois homens estarão no campo: um será levado e o outro deixado. Duas mulheres estarão trabalhando num moinho: uma será levada e a outra deixada. Portanto, vigiem, porque vocês não sabem em que dia virá o seu Senhor" (Mateus 24:38-42).

A VERDADE POR TRÁS DA FICÇÃO

A profecia por trás das cenas

Duas peças significativas sobre profecia apresentadas na série *Deixados para trás* são o papel da Rússia (*Rosh* na Bíblia hebraica) como inimiga de Israel e a futura importância de Babilônia. Tim LaHaye e Jerry B. Jenkins comentam a respeito nos capítulos de 8 a 11 de sua obra de não ficção *Are We Living in the End Times?* [Estamos vivendo os últimos dias?].

Rússia ataca Israel

O profeta hebreu Ezequiel recebeu uma profecia datada de 2.500 anos, segundo a qual a Rússia se tornaria um elemento dominante no cenário mundial dos últimos dias (Ezequiel 38 e 39, nota explicativa na NVI sobre *Rosh*). Ele previu quem seriam os aliados da Rússia que marchariam com ela contra as montanhas de Israel, a fim de eliminar os judeus da face da terra.

TESTE SEU QI PROFÉTICO*

1. Qual é o propósito de Deus para a tribulação?
2. Esse período começará imediatamente após o arrebatamento?

---

* Veja a resposta no final desta seção.

Ezequiel predisse que Deus destruiria de modo sobrenatural os exércitos russos, revelando sua onipotência ao mundo e demonstrando que ele tem planos inacabados com respeito a Israel.

O julgamento divino sobre as tropas invasoras, descrito por Ezequiel, será certo e repentino. Embora os aliados de Israel aparentemente estejam cientes do ataque, tudo o que farão é enviar uma delegação para conhecer as intenções da Rússia (Ezequiel 38:13). Eles não oferecerão qualquer ajuda, nenhum auxílio a Israel — então, Deus vai intervir.

O Senhor Todo-poderoso enviará um terremoto tão forte, que "os montes serão postos abaixo, os penhascos se desmoronarão e todos os muros cairão" (Ezequiel 38:20). Ele mandará sobre Gogue grandes pedras de granizo, fogo e enxofre, além de chuvas torrenciais e pestilência. E, quando tudo terminar, nenhum dos inimigos de Deus ficará de pé.

Tão grande será a carnificina, que o povo de Israel levará sete meses buscando e sepultando os soldados mortos. As armas de guerra deixadas pelos exércitos derrotados também serão recolhidas, não para serem reutilizadas, mas destruídas. O volume de armas recuperadas será tamanho, que levará sete anos para que todas sejam destruídas.

A profecia sobre esse período de sete anos de destruição das armas russas é a razão pela qual a série *Deixados para trás* situa o ataque da Rússia a Israel cerca de três anos e meio antes do começo da tribulação. As Escrituras ensinam que, na segunda metade dos sete anos de tribulação, Israel mais uma vez será expulso de sua terra natal; a invasão russa, portanto, deve levar pelo menos três anos e meio antes desse tempo.

A importância da Babilônia

A Babilônia é mencionada cerca de 280 vezes na Bíblia — mais do que qualquer cidade, exceto Jerusalém. É, de longe, a mais importante cidade pagã que já existiu, pois não há praticamente nenhum local no mundo que, de alguma forma, não tenha recebido sua influência — religiosa, política ou comercial. A influência da Babilônia espalhou-se não só a oeste de Roma, onde moldou todo o desenvolvimento das nações e a maioria das cidades durante os recentes dois milênios e meio, mas também nas direções leste e sul. A maioria dos governos que a seguiu adotou muitas de suas políticas — uma forma de vida organizada independente de Deus.

É na Babilônia que Satanás fixou sua sede e começou sua batalha secular contra Deus pela conquista das almas dos homens. Foi lá que as sementes de todas as principais religiões do mundo foram plantadas. Lá, o governo formulou suas bases, produzindo líderes como Nabucodonosor, considerado por alguns o ditador mais autocrático da história. De acordo com Daniel, o profeta, e com a história secular, todos os governos mundiais, desde então, têm sido inferiores ao de Babilônia.

Desde o desaparecimento de Roma, 1.500 anos atrás, outro governo mundial surgiu — exatamente como o profeta previu (Daniel 2:7). Não que muitos não tenham tentado! Mas todos falharam, pois Deus revelou que haveria apenas quatro impérios mundiais. Então, no "tempo do fim", o mundo se uniria mais uma vez sob o comando de dez reis que conferiram sua autoridade a um homem — um tipo de Nabucodonosor, se assim preferir — que faria o que quisesse, até mesmo tentaria "mudar os tempos e as leis [...]" por um breve período.

Tão certo como há um Deus no céu que mantém sua palavra, a Babilônia vai reviver como "o trono de Satanás". Esteja certo de que qualquer cidade mencionada sete vezes em dois capítulos, como é a Babilônia em Apocalipse 17 e 18, será uma cidade literal. E, uma vez que é vista como uma cidade de enorme influência, talvez seja até mesmo a capital do governo, do comércio e da religião — mas ainda precisa ser reconstruída.

A Babilônia novamente se tornará a sede de Satanás por um breve tempo, servindo como capital governamental e comercial do mundo durante a primeira metade do tempo da tribulação. Então, após os reis da terra destruírem a Babilônia religiosa, lá pela metade do tempo de tribulação, Satanás moverá seu quartel-general religioso de Roma para a Babilônia, preparando o terreno para o segundo período de três anos e meio, chamado de a grande tribulação.

Mesmo agora, em nossa época, a Babilônia está sendo preparada para o seu surgimento final no palco da história humana. As antigas profecias sobre ela desdobram-se diante de nós, como tantas outras profecias do final dos tempos.

O papel da Rússia

Quando os primeiros livros da série *Deixados para trás* foram publicados, na última metade dos anos 1990, muitos leitores supunham que o papel da Rússia era pura ficção. A União Soviética ruiu em 1991. A própria Rússia, o centro da vasta federação soviética, parecia de súbito impotente. Era mesmo possível imaginar uma Rússia democrática como parte da emergente União Europeia.

A despeito do repentino enfraquecimento da Rússia, ela, de fato, estabeleceu a posição prevista em seu papel profético. Não apenas se voltou rapidamente para o totalitarismo, mas começou a formar novas alianças com os inimigos de Israel. O especialista em profecias Mark Hitchcock destacou o fato numerosas vezes no *Left Behind Prophecy Newsletter* [Informativo profético de *Deixa-*

dos para trás] (2003-2009), particularmente após Vladimir Putin se tornar presidente. Na edição de 19 de janeiro de 2005, ele escreveu:

> É interessante que nos últimos meses tenha havido sinais de alerta de que a Rússia está regredindo para uma ditadura pós-1991, semelhante à do antigo império soviético que ameaçou o mundo. O presidente Vladimir Putin, um ex-coronel da KGB russa, tomou posse no final de 1999. Mais de 50% dos principais cargos do governo são ocupados por ex-funcionários do KGB.

Ao identificar o urso na Bíblia, descobrimos que sua trilha, em última análise, leva à nação de Israel (Ezequiel 38), onde será sobrenaturalmente destruída por Deus. O que vemos acontecer lá hoje está preparando o terreno para esse compromisso com o destino.

A reconstrução da Babilônia

Ainda quando os doze volumes da série *Deixados para trás* estavam sendo escritos, Saddam Hussein começou a reconstruir partes da Babilônia, que fica no centro do Iraque. Ele até inscreveu seu nome em tijolos, assim como Nabucodonosor havia feito. Seus maiores esforços, no entanto, foram feitos na edificação de vários palácios opulentos em torno da cidade antiga. Em 9 de abril de 2003, apenas alguns dias após a invasão do Iraque pelos Estados Unidos, Mark Hitchcock escreveu:

> Saddam Hussein envidou alguns esforços para reconstruir a cidade, mas sua prisão é que acabou tornando a futura reconstrução da cidade muito mais viável. Quando seu regime for eliminado, a ONU, liderada por Estados Unidos e Europa, realizará uma série de edificações na nação iraquiana, e vai trabalhar duro para criar uma nação democrática. Que melhor lugar para o anticristo fundar uma capital do Leste do que na única nação árabe democrática? Sem mencionar o fato de que a Babilônia

está cercada por 60% das comprovadas reservas de petróleo do mundo (Iraque, Arábia Saudita, Kuwait e Irã). Com a prisão de Saddam, o petróleo iraquiano pode começar a ser extraído com plena capacidade, e o Iraque se tornará, assim, uma nação muito rica.

Joel Rosenberg também esteve acompanhando os desenvolvimentos em seu *blog*. Em julho de 2009, ele escreveu:

[Uma matéria de uma revista de arte britânica] indicou que a Babilônia estaria aberta para turistas no dia 1º de junho. Outra notícia recente vinda de Taiwan revelou que a agência turística taiwanesa está começando a levar pessoas ao Iraque para visitações turísticas, incluindo — entre outras coisas — uma visita à cidade da Babilônia, enquanto está sendo reconstruída.

À medida que o Iraque progride em estabilidade e segurança, investimentos estrangeiros diretos estão começando a fluir, e o Iraque se tornará a nação mais rica do planeta. Céticos, tomem nota: a Bíblia vem provando-se verdade, uma profecia por vez.

TESTE SEU QI PROFÉTICO — RESPOSTAS

A tribulação é o principal período de transição entre o poder de Satanás na terra e o reinado milenar de Cristo. Dr. LaHaye sugere que "uma das principais causas da ira divina [por meio dos juízos no período da tribulação] é uma religião única e corrupta, no mundo todo, que surgirá naquele tempo."[12] Quanto ao seu período, a tribulação de sete anos não começará necessariamente após o arrebatamento. Como já mencionado, dr. LaHaye usou a lacuna de três anos e meio para que Israel tenha tempo de lidar com os efeitos mortais do malogrado ataque russo, permitindo que as circunstâncias se desdobrem, o que levará ao tratado de paz forçado com Israel. Se quiser saber mais sobre a natureza da tribulação, leia as páginas finais do próximo livro: *Comando Tribulação*.

---

[12] *Are We Living in The End Times*, p. 169.

Este livro foi impresso pela Geográfica, em 2020, para a Thomas Nelson Brasil. O papel do miolo é avena 70 g/m², e o da capa, cartão 250 g/m².